Jaafar Ben Saoud

Bab Doukkala
oder
Die Seele des Kochens

EUROPA
VERLAG

Bab Doukkala
oder
Die Seele des Kochens

von Jaafar Ben Saoud
aus dem Arabischen übertragen
und bearbeitet von Robert Griesbeck

Europa Verlag
Hamburg · Leipzig · Wien

Die Deutsche Bibliothek – CIP Einheitsaufnahme
Ein Titeldatensatz für diese Publikation ist bei der
Deutschen Bibliothek erhältlich.

Deutsche Erstausgabe

Umschlaggestaltung: Christian Dieter Ring, München
Satz: Paxmann/Teutsch Buchprojekte, München
Druck und Bindung: Druckerei Lokay e. K., Reinheim
ISBN 3-203-75525-4

Informationen über unser Programm erhalten Sie beim
Europa Verlag, Neuer Wall 10, 20354 Hamburg,
oder unter www.europaverlag.de

Vorbemerkung

Das Bab Doukkala ist eines der neun Stadttore des alten Marrakesch.
Das neue Marrakesch – »die Franzosenstadt«, wie die Araber das säuberlich gegenüber der Medina errichtete Wohngebiet nennen – schaut der Stadt der Städte täglich ins Gesicht.
Manchmal wie ein staunendes Kind, manchmal wie ein hartnäckiger Belagerer.
In der Küche des Restaurants »Aghroum« treffen Menschen aufeinander, die so verschieden wie diese Städte sind.
Aber wie sie trennt sie oft nur ein Schritt – oder ein Wort.

Erstes Kapitel

Das Brot

Heute werde ich dem alten Teufel einfach den Rücken zukehren, wenn er kommt", sagte der Koch. „Kein Wort rede ich mit ihm und ich will auch keines von ihm hören. Ihr werdet schon sehen, wie schnell er sich wieder verzieht. Wie ein müder, alter Hund, dem man keinen Knochen gibt."

Die Küchenjungen grinsten, denn im selben Augenblick erschien Hassans Schattenriss auf dem Fliegengitter der Tür, die auf den Hinterhof der Küche hinausführte. Der alte Mann spuckte wie jeden Tag einmal kurz und geräuschvoll in den Sand, bevor er die Tür langsam öffnete. Er trat ein, umgeben von einer grellweißen Gloriole und dem Geruch viriler Mülltüten.

Die Tür schwang zurück, quietschte mit einem helleren Ton, wenn sie nach innen klappte, mit einem etwas dunkleren, wenn sie nach draußen schwang. Aber das hörten nur sehr feine Ohren. Hassan blieb dicht am Türrahmen stehen und betrachtete sein Publikum: den Koch, den Souschef und die beiden Küchenjungen.

Jean ignorierte den alten Mann, Ali und Abderahim strahlten ihn an, und der Koch hatte schon wieder seine guten Vorsätze vergessen. Er hatte ihm doch gleich den Rücken zukehren wollen.

„Ich werde euch heute etwas von meinem Großvater erzählen“, sagte Hassan. „Er war bestimmt der größte Koch, dem Allah je die Gnade des Gaumens erwiesen hat.“

Diese Worte konnte der Küchenchef des »Aghroum« natürlich nicht unwidersprochen lassen.

„Der Mann will mich ärgern! Kommt hier zur Tür herein, zur falschen Tür noch dazu ...“, er breitete die Arme aus und blickte sein kleines Küchenpersonal an, und alle bis auf Jean, der französische Souschef, erwiderten seinen erstaunten Blick ebenso erstaunt wie eine gut eingespielte Schauspielertruppe, „... denn das ist doch wohl der Eingang für Mit-ar-bei-ter, oder? Er kommt zur falschen Tür herein und will mich beleidigen!“

Der Koch stützte die Fäuste in die Hüften und schaute Hassan an, so als wollte er sich noch einmal in Ruhe darüber klar werden, wie unmöglich der sich gerade benommen hatte. Dann nickte er vor sich hin, so wie pickende Hühner nicken, und sagte: „Ja, doch, ich habe mich nicht getäuscht – er kommt herein und beleidigt seinen Gönner. Seinen Freund, dem er all die guten Delikatessen verdankt. All die guten Delikatessen ... unglaublich, dieser Mensch!“

Hassan nickte mit. Eine ganze Zeit nickten die beiden wie verfressene Hühner.

„Mein Großvater war kein Koch wie du, und ich wollte dich auch nicht beleidigen“, sagte der Alte. „Mein Großvater war etwas ganz anderes. Er war ein Zauberer, ein Meister des Herdfeuers, ein Erkunder der verwegensten Geschmackswunder. Er hat die Zungenhaut mit reinem Glück überzogen.“

Die Küchenjungen hielten den Atem an, denn sie hat-

ten ganz gut verstanden, dass diese Entschuldigung nur eine viel größere Beleidigung bedeutete, und sie warteten gespannt, was der Koch nun sagen würde. Nur Jean beachtete das Schauspiel nicht. Er hackte gleichgültig weiter auf einem Büschel Petersilie herum und träumte schon wieder von seiner Beni, einem nussbraunen Mädchen mit hellem Lachen und rotgefärbten Haarspitzen. Seine Gedanken waren in der »anderen Stadt«, sie hatten es in der stickigen Küche des »Aghroum« nicht mehr ausgehalten.

»Aghroum« bedeutet in der Berbersprache, die viel älter als das zugewanderte Arbabisch ist, »Brot«. Das ist zugegebenermaßen ein sehr schlichter Name für ein Restaurant mit Anspruch, ein understatement in einem Land, in dem es alles gibt – nur kein understatement.

Das Restaurant »Aghroum« war ein schlichter weißer Flachbau, für den riesige Betonplatten mit einem Kran in sauber ausgehobene Gräben gehievt worden waren, erst mit Holzbalken abgestützt, dann einbetoniert und an ihren Kanten ordentlich verputzt. Die Öffnungen für Türen und Fenster hatte man mit einer gewaltigen Motorfräse aus den Betonplatten herausgeschnitten und anschließend aluminiumgefasstes Glas eingesetzt. Eine Glastür im Aluminiumrahmen war für Marrakesch damals der Gipfel der Noblesse gewesen.

Inzwischen feierte das »Aghroum« jedoch sein dreißigjähriges Bestehen und eine aluminiumgefasste Glastür galt in Marrakesch längst als armselig. In der Neustadt jedenfalls, so nahe am Platz des 16. Novembers. In der Altstadt wäre eine solche Türe ebenfalls undenkbar gewesen, wenn auch aus ganz anderen Gründen. Und man

denkt immer an die Altstadt, wenn man von Marrakesch spricht. Sogar die frechen jungen Franzosen, die in den Straßencafés an den beiden Seiten der Avenue Mohammed V. sitzen, die Beine »à la manière française« gekreuzt *(So, dass der linke Fuß auf dem rechten Knie ruht, die gestärkten Leinenhosen also nicht an den Oberschenkeln verknittern. Anm. d. Übers.)*, die jungen Franzosen, die ihren Eltern in die Steinzeit folgen mussten, in die Ödnis und die hygienische Diaspora, sogar diese jungen Franzosen denken nur an die Altstadt, wenn sie Marrakesch sagen. Obwohl sie ständig ihre Sonnenbrillen wechseln, passend zu den gerade aktuellen amerikanischen Blockbuster-Filmen, und mit einer geradezu grotesken Arroganz ihren café au lait bestellen, einer Arroganz, zu der sonst nur ganz alte Tunten fähig sind, und obwohl die »Le Monde« von heute auf dem Tisch liegt *(Nur nach wichtigen islamischen Feiertagen verspätet sie sich noch um ein, zwei Tage. Anm. d. Übers.)* und die Straßen breit sind und der Asphalt glatt und fugenlos die grelle Sonne spiegelt. Trotzdem. Die Altstadt spürt man, auch wenn man ihre Mauer gerade nicht sieht, sie scheint überall in der Neustadt den Finger zu heben, achtunggebietend und manchmal sogar drohend, etwa wenn die jungen, frechen Franzosen mal wieder einen ihrer Lieblingswitze über die sexuellen Ausschweifungen des Propheten wagen. Halblaut nur, denn der kleine Junge, der die Tische abwischt und immer Ali heißt, hat bestimmt ein paar Brüder und ältere Freunde.

Die Altstadt sitzt wie ein sehr alter König auf seinem Thron, Stein zwar inmitten seines versteinerten Hofstaats, aber sein Atem ist noch stark, und er weht heiß und gleichmäßig durch das Bab Doukkala hinein in die neue Stadt. Das Wunder der Zweistadtstadt versteht jeder sofort, der jemals Marrakesch von oben gesehen hat. Aber Ali der Tischwischer hat sie so noch nie gesehen, nur die jungen Franzosen, die aus den Sommerferien zurückkehren, den letzten Rest Campari beim Anflug auf Menara trinken und stirnrunzelnd aus dem Flugzeugfenster blicken, auf das Geflecht von Runzeln und Sprüngen, die nicht stillzustehen scheinen, sich für eine Stadt völlig unpassend benehmen. Die dicke Mauer, die all das umgibt, wirkt wie eine Schale um ein längst ausgebrütetes Ei, das gleich zu zerspringen scheint – damit sich die angestaute Energie im Inneren in das reglose Nest aus Palmenhainen und Ausfallstraßen ergießen kann. In die Neustadt hinein, in die rechtwinkligen Quartiers, wo sich die Straßen wie auf einem Millimeterpapier kreuzen, über die Busbahnhöfe und Plätze mit ihren Erinnerungen an Freiheit und Bastille. Die jungen Araber, die immer wieder die vierte und fünfte Republik durcheinander bringen und sich nie einig sind, was den 16. November im Vergleich zum 16. August denn so denkwürdig gemacht hat, können sich erstaunlich gut die Namen der ersten französischen Könige merken. Die Karolinger und Kapetinger sind deshalb bei ihnen so beliebt, weil man mit ihnen viel Spaß haben kann, wenn man etwa neben ein paar jungen Franzosen an einem Tisch im Café Central sitzt und ein abwechselndes Historienrezitativ veranstaltet: »Karl der Kahle« – »Ludwig der Stammler« – »Karl der Dicke« – »Karl der Einfältige« – »Ludwig der Zänker«. Den jungen Franzosen am Nebentisch wird es bei dieser Ballung aristokratischer Blödheit sichtlich ungemütlich, und sie fragen sich im Stillen, wie man den eigenen Königen solche Namen geben kann. Aber die Araber geben ja nur ein Beispiel ihres Geschichtswissens, kein Grund also, sie deshalb anzustänkern oder gar eine Prügelei anzufangen. Besser man fängt hier nie eine Prügelei an, denn es stellt sich immer wieder schnell heraus, wer der Besucher ist. Und wer der Gastgeber.

Selbst dem Koch war klar, dass Hassan nie als Besucher in die Küche des »Aghroum« kam, spätestens dann, wenn der seinen Fuß endlich unter der Eisenstange eingehakt hatte. Er war kein Gast, ein Bittsteller schon gar nicht. Er war der Gastgeber, abgesandt vom steinernen König jenseits der dicken Mauer, und er erwies dem kleinen Zeltlager aus Beton vor den lehmverputzten Bruchsteinwänden die Gnade seiner Aufwartung. Der Koch verstand zwar nicht alle Feinheiten dieser Abhängigkeit, aber er benahm sich so korrekt, wie man es einem Südfranzosen in Marokko bestenfalls zutrauen kann. Auf jeden Fall benahm er sich besser als seine jungen Landsleute in den Staßencafés. Nur über Hassans Geschichten schüttelte der Koch ein übers andere Mal den Kopf. „Soso, ein Zungenzauberer war dein Großvater. Wahrscheinlich so einer wie du, alter Mann. Dich lässt die Zunge ja auch nie im Stich. Dann erzähl uns doch, was er gezaubert hat."

Hassan schloss kurz die Augen, holte Luft und erkundete dabei das Aroma in der Küche. Er roch glacierte Zwiebeln, Couscous mit Feigen und Korinthen, Fischpastete und eine Kräutersauce, die wahrscheinlich für kurz gebratene Lammkoteletts bestimmt war. In seinem Kopf fügte sich die Landkarte einer ebenso vergnüglichen wie sättigenden Wanderung zusammen.

„Mein Großvater hatte an der Medersa studiert. Fast acht Jahre lang wurde er darauf vorbereitet, nach den Worten des Propheten Recht zu sprechen. Er war von unserer Familie ausgewählt worden, weil er schon als Junge durch seinen wachen Geist und seine Zungenfertigkeit auffiel."

„Aah!", rief der Koch. „Zungenfertigkeit – es liegt also in der Familie!"

Hassan ließ sich nicht beirren: „Ja. Im Alumnat hatte er ein kleines Zimmer, wo er zusammen mit einem Jungen aus Fés wohnte. Und wie es im Alumnat üblich ist, kochten die beiden jeden Abend zusammen ihr e'uscha ..."

„Ihr Dîner, ihr Abendessen kochten sie", unterbrach ihn der Koch mit erhobenem Zeigefinger. „Du weißt genau, dass das ein französisches Restaurant ist, und hier heißt es nicht e'uscha, sondern A-bend-esssssen!"

Hassan ignorierte den Einwurf, denn er wusste, dass der Koch kleine Unterbrechungen liebte. Das gab ihm den Anschein, als trüge er selbst auch etwas zur Unterhaltung bei.

„Ihr Abendessen, das bei uns eben »e'uscha« heißt. Mein Großvater hatte all die Rezepte meiner Urgroßmutter gesammelt, hatte sich genau erklären lassen, wie man eine Weißfischtajine zubereitet und Dattelhumus und Couscous mit Mechoui und Bastilla mit Rosinen, Mandeln und Taubenfleisch und Kebab und Kafta und Harira für den Ramadan und eingemachtes Kamelfleisch und ..."

„Genug!", rief der Koch erschrocken – so wie sich jeder andere Koch angesichts dieser geballten Ladung Küchenlyrik erschrocken hätte. „Sag, was dein Großvater auf der Hochschule gemacht hat, nicht was er abends geköchelt hat!"

„Darauf eben wollte ich hinaus", sagte Hassan. „Mein Großvater kochte wohl mit so großem Talent ..."

„Soso ..."

„... dass sein Zimmerfreund ihm eines abends nach einem besonders guten Essen – so hat es mir jedenfalls mein Großvater erzählt – die Hand auf die Schulter legte und sprach: »Abduhl, verschwende deine Zeit nicht in einer Schule, die deinen Kopf mit trockenen Regeln füllt. Du trägst ein großes Talent in dir und das solltest du im Namen Allahs für alle Gläubigen einlösen. Werde Koch und überlasse die schwer erarbeiteten Urteile uns, den Unbegabteren.« So sprach dieser Freund und mein Großvater wurde sehr nachdenklich. Er hielt die ganze Nacht über Zwiesprache mit dem Propheten – auch eine Tradition, die in unserer Familie üblich ist –, und am nächsten Morgen teilte er seinem Fqih mit, dass er die Medersa verlassen müsse. Einfach so. Er hat nie erzählt, was sein Lehrer darauf geantwortet hat, aber schon drei Tage später kehrte mein Großvater in sein Dorf zurück."

„Schön, schön", sagte der Koch. „Das war eine herzerweichende Geschichte, aber ich glaube nicht, dass sie mir eine Fischtajine wert ist oder gar ein Lammkotelett mit grüner Sauce, schon gar kein süßes Couscous – eigentlich ist diese Geschichte ein Nichts. Jedenfalls im Vergleich zu dem, was du früher erzählt hast. Hassan, ich bin enttäuscht ..."

Die Küchenjungen ließen die Köpfe hängen. Sie schämten sich für den alten Mann.

„Das war erst der Anfang der Geschichte, du Giaur

eines Giaurs! Es war nichts anderes als eines dieser kostenlosen Appetithäppchen, die ihr euren Gästen vorsetzt, damit sie es sich in letzter Minute nicht noch anders überlegen und das Lokal wechseln."

Das war eine sehr schöne Definition eines amuse geule, das musste der Koch im Stillen zugeben, aber er schnaubte trotzdem zur Verteidigung der französischen Küche und stocherte mit einem Holzschaber an den Rändern des Dampfsiebs herum, um das Couscous zu lockern. Hassan beobachtete ihn stirnrunzelnd, denn er dachte an seine Mutter. »Couscous muss ruhen, bis es auf den Tisch kommt. Nur ein serrak stochert im seffa.«

(Das bedeutet, dass nur ein Dieb ins Couscous greift, solange es noch auf dem Feuer steht. Anm. d. Übers.)

Jean näselte mit seiner gelangweilten Stimme, die er sich für die Unterhaltung mit Arabern zugelegt hatte: „Ach, meinst du die kostenlosen Häppchen, die du hier jeden Abend abstaubst? Dabei ist die Gefahr, dass ausgerechnet du das Lokal wechselst, doch nicht sehr groß."

Hassan überhörte das, denn der junge Mann trug seine Verachtung zu deutlich vor, so unverschämt deutlich, wie es manchen Menschen, die unreifen Datteln ähneln, zur Natur geworden ist. Bitter und säuerlich. Es gab junge und alte unreife Datteln, doch bei den jungen blieb die Hoffnung, dass sie irgendwann Risse in der Haut bekämen. Dass daraus dicke, feuchte Süße träte und sich die glänzende pralle Haut mit einem Zuckerseim überzöge. Selbst der Koch empfand die Worte seines Souschefs als ungehörig. Wenn hier jemand mit Hassan stritt, dann er, und außerdem störte ihn irgendetwas am Tonfall des jungen Marseillers. „Wie ein altes Weib", dachte er mit einem kleinen innerlichen Seufzer, „wie ein altes nörgelndes Weib, das jeden Menschen in den Strudel seiner eigenen Unzufriedenheit mithineinreißen will. Ich will froh sein, wenn der Kerl endlich wieder Land gewinnt."

Laut sagte er: „Wenn Hassan hier isst, dann als mein Gast. Also kümmere dich nicht um Dinge, die dich nichts angehen. Hast du die Dattelfüllung fertig?"

Jean brummelte etwas, ohne aufzublicken. Diese Küche kam ihm heute wieder als ein besonders verachtenswerter stinkender Stall vor, in dem ausgerechnet er sich von stinkenden dummen Stallknechten beleidigen lassen musste. Er wählte einen neuen Traum aus seinem Repertoire, diesmal den Traum von seinem Fünf-Sterne-Restaurant in Cap d`Or, von seinen untertänigen Jungköchen und Küchenjungen, von der Patisserie, die er mit einem kleinen Ladengeschäft zur Promenade hinaus einrichten würde, von den Fondants und Crémehütchen, von seiner Frau, die dem Mädchen im vorherigen Traum so ähnlich sah, von den Näschereien und Plaudereien, von einem Motorboot und zwei Bersois, und er ließ seinen Blick in den zähen Strudel des weichen Teiges fallen, den er rührte, immer im Uhrzeigersinn, so wie es jeder Jungkoch auf dieser Erde gelernt hat.

Hassans Stimme ertönte wie aus weiter Ferne. „Mein Großvater kehrte also zurück in sein Dorf, das eines von 25 in Tinghir war und nicht einmal einen eigenen Namen hatte, und kochte. Seine Eltern verziehen ihm. Das ist nicht so leicht, müsst ihr wissen, wenn ein Sohn das heilige Studium abbricht, aber sie verziehen ihm."

Hassan nickte noch ein paarmal mit dem Kopf, nun nicht mehr wie ein Huhn, sondern wie ein Fqih, der nach vielem Abwägen seinem Schüler doch die bessere Note erteilt. Und er fing den ehrfürchtigen Blick des

kleinen Ali ein und gab ihm mit einem schnellen Schlag seiner Nasenflügel den Tipp, schleunigst seinen Rotz hochzuziehen, bevor der Koch den verräterischen Tropfen über der Schale mit Tamarindenmus sehen würde. „Sie verziehen ihm, aber die Leute in Tinghir machten sich ihre Gedanken über meinen Großvater. Die einen glaubten, er hätte in Mraksch etwas mit einem Mädchen angefangen, die anderen, er hätte unehrenvollen Handel getrieben. Ich glaube, es ist so etwas wie eine ansteckende Krankheit – alle Leute machen sich Gedanken über unsere Familie ..." Hassan lächelte und zeigte den Küchenjungen, dass ein Huhn auch seitwärts picken kann. „Aber mein Großvater kümmerte sich nicht um die Leute. Er hatte schließlich in dieser einen Nacht mit dem Propheten gesprochen und war sich sicher, dass das, was er tat, richtig war. Er kochte zusammen mit seiner Mutter, obwohl das für einen Mann und dazu für einen ehemaligen Medersaschüler keine ehrenvolle Arbeit war, aber er kochte und lernte von ihr alles, was sie konnte. Das war eine Menge, aber es war nicht die Seele des Kochens."

„Soso, nicht die Seele", sagte der Koch mit einem seltsamen Unterton. „Die Seele war es also nicht?"

„Nein. Es waren nur Rezepte, wunderbare Rezepte, eine Sammlung der ältesten Rezepte aus dem Tinghirtal und auch aus anderen Gegenden, denn meine Familie war schon immer sehr reiselustig gewesen. Rezepte aus El-Kelêa und Imi n'Ifri, Rezepte für scharfen Fisch aus Bir-Retma und Kamelfleisch aus Zagora, sogar Rezepte mit Kif und Honig aus Ketama."

Ali und Abderahim zwinkerten sich zu, denn nichts war in ihrem Alter spannender als Geschichten über Kif zu hören. Allein das Wort „Kif“ war schon eine erregende Nachricht für die beiden, wenigstens eine prickelnde Erinnerung an die erste Kifpfeife beim Onkel in Larache. Er hatte die feinen Blätter auf dem harten Brett aus Thujawurzelholz geschnitten, hauchfein wie Zuckerfäden, und dann ein bräunliches Tabakblatt hervorgezogen und damit durch die Luft gewedelt. „Vergesst nie, dass dieses Blatt dem König gehört – er wird euch strafen, wenn er euch je damit erwischt. Der Kif gehört uns, der Tabak dem König!“ Dann hatte er die Tabakkrümel mit dem Kif zu einer kleinen Kugel gerollt und in den Tonkopf seiner Pfeife gestopft. Der erste Zug gehörte immer ihm, und eigentlich gab es nie mehr als einen Zug aus dieser Pfeife, aber den mageren Rest durften sich die beiden teilen, bis der Onkel ihnen die Pfeife wieder wegnahm, kurz und scharf hineinblies, dass die glühende Füllung weit hinaus über die Lehmbrüstung des Vorplatzes flog und ihnen ein Lächeln aus zerschossenen Zahnpalisaden schenkte.

„Nein, die Seele des Kochens war nicht dabei“, sagte Hassan, „und mein Großvater muss wohl sehr traurig gewesen sein, als er das bemerkte. Aber er hatte schon einmal mit dem Propheten gesprochen – also wandte er sich in einer sehr dunklen Nacht wieder an ihn.“ Für die beiden Franzosen erklärte er mit großer Aufmerksamkeit und Nachsicht, während Ali und Abderahim in der stolzen Weisheit ihrer Jugend nickten: „Wenn die Nacht hell ist, also bei wolkenlosem Himmel oder gar bei Vollmond, dann kann man den Propheten nicht erreichen. Dann ist man von Allahs Sternen zu sehr gefangen. Mein Großvater rief also den Propheten an und bat ihn um ein Zeichen, wie er es anstellen sollte, die Seele des Kochens zu finden.“

Der Koch war ganz still geworden und lauerte gespannt auf jedes Wort aus dem Mund des Alten.

„Al-Hamdu-Lillah sang er die ganze Nacht über. Die ersten Stunden presste er die Töne stürmisch und fordernd wie ein junger Ziegenbock im Arganbaum heraus, aber nach und nach ließ sein wilder Eifer nach und er summte die heiligen Worte ruhig und stetig, so wie der Atem eines Kindes im Schlaf geht – und dann, der neue Morgen war schon fast angebrochen, da sprach der Prophet endlich zu ihm."

Die ganze Küche lauschte, was der Prophet wohl gesagt haben mochte, und sogar Jean bewegte sich nicht mehr. Er blickte den alten Mann zwar nicht an, aber er hätte um nichts auf der Welt Hassans nächste Worte versäumen wollen. Er atmete flach und langsam, wie ein Kater, der auf Beute geht. Da stellt ein junger Gourmet dem höchsten Bevollmächtigten einer großen Weltreligion die Grundsatzfrage: Was ist die Seele des Kochens? Ebenso hätte man den Papst fragen können oder den Dalai Lama, nur zweifelte Jean aus irgendeinem Grund stark daran, dass diese beiden die Frage aller Fragen auch nur annähernd verstanden hätten. Obwohl er den meisten Arabern deutlich kundtat, wie sehr er sie verachtete, in dieser Frage vertraute er der Weisheit der Prohpeten.

„Und? Was sagte der ... Prophet?", fragte der Koch ganz leise, als er die lange Pause nicht mehr ertragen konnte.

Hassan hatte die Augen geschlossen und lächelte, so als ob er gerade einen unglaublichen Geschmack auf der Zunge gekostet hätte.

„Der Prophet antwortete: »Sei ein Nador für ein Jahr. Weniger ist zu wenig für die Seele jedes Dinges und mehr ist zu viel.« Dann schwieg der Prophet wieder."

Der alte Mann schloss den Mund und saugte an einem hohlen Zahn, was er oft tat, wenn ihn seine eigenen Worte gerade sehr bewegt hatten. Wer ihn dabei aufmerksam beobachtete, wurde an ein kleines Kind erinnert, das an der Brust trinkt, denn sowohl die kleinen zuckenden Bewegungen um die Mundwinkel waren die eines glücklichen Säuglings als auch der zufriedene Ausdruck in seinem Gesicht, der ihm die Augen zudrückte. Nur das schmatzende Geräusch nahm man einem Mann in seinem Alter übel.

Jean rührte enttäuscht weiter die Dattelfüllung, denn er hatte mehr vom Propheten erwartet. Die beiden Küchenjungen versuchten den Sinn dieser Worte zu fassen, obwohl sie schon ahnten, dass sie ohne fremde Hilfe zu keinem befriedigenden Schluss kommen würden. Nur der Koch unterbrach die weihevolle Stille.

„Ein Nador – du weißt genau, dass ich kein Arabisch spreche. Nador-Pador-Schmador – was bedeutet das?"

Es sollte, jedenfalls dem Tonfall nach: »WAS ZUM TEUFEL, MEINETWEGEN AUCH ZUM SCHEITAN, BEDEUTET DAS, DU SCHRECKLICHE AUSGEBURT EINES JEDEN TAG AUFS NEUE MEINE KÜCHE ÜBERFALLENDEN GRAUENS?« heißen, aber der Koch bemühte sich, die plötzlich auf seiner Stirn erschienenen Schweißtropfen mit einer lässigen Schnippbewegung der rechten Hand als Ergebnis der Küchenhitze abzutun.

„Ein Nador", sagte die Ausgeburt des Grauens mit liebevollem Lächeln, „ist ein Besessener. Aber keiner, so wie ihr das versteht – kein Verrückter, der plötzlich auf einer Straßenkreuzung stehen bleibt und laut schreiend die Lastautos zur Umkehr auffordert. Ein Nador

ist ein Mensch, der ganz in einer Sache aufgeht, so wie ein …"

„So wie ein Philatelist!", rief der Koch. „Ein Briefmarkensammler", erklärte er mit leiserer Stimme den beiden Küchenjungen. Ein Onkel von ihm hatte mit derartiger Besessenheit Briefmarken gesammelt, dass die ganze Verwandtschaft sich um ihn Sorgen gemacht hatte. Er schien völlig in dieser unsäglich dummen und langweiligen Beschäftigung aufzugehen, in einer Kindermarotte, in einem öden Pfadfinderspiel *(Das jedenfalls waren die Gedanken des Kochs, nur um das für Sie zu relativieren – ich jedenfalls finde am Sammeln und systematischen Aufbewahren von Postwertzeichen durchaus nichts Lächerliches. Es bringt einem Geschichte sowie Geographie nahe, es hat für mich einen hohen künstlerischen und kulturellen Anspruch - und ganz nebenbei ist eine sorgfältige Sammlung von Raritäten ein ständig wachsender Wert. Die Aktie des kleinen Mannes, wie mein Vater zu sagen pflegte! Anm. d. Übers.)*, einem Ausweichen aller gesellschaftlichen Kontakte und Verpflichtungen, kurz: die innere Wüste. Der Koch konnte nur den Kopf schütteln, wenn er an diesen Onkel dachte. Obwohl Patrique, sein anderer Onkel, nicht viel besser war.

Patrique Bellechamp war Zeit seines Lebens ein fanatischer Esser. Fresser wäre wohl treffender ausgedrückt, wenn auch ungleich direkter. Einerseits aus Lust an der Gaumenfreude, andererseits hatten eine harte und entbehrungsreiche Kindheit und ein sechsjähriger Internataufenthalt zu einem starken Hungertrauma geführt; kurz, er lebte in der dauernden Angst, seine Essensvorräte könnten sich eines Abends, oder schlimmer noch, an einem Wochenende erschöpfen, und ihm bliebe nichts, als mit kreischenden Magennerven und rumpelnden Därmen durch die Stadt zu taumeln, auf der verzweifelten Suche nach Schokoladeautomaten oder wenigstens einem angebissenen Schulbrot in fettigem Pergamentpapier. Diese Vorstellung allein trieb ihm schon den Angstschweiß auf die Stirn und ihn selbst sofort in die Küche, wo er sich ein dreifaches Sandwich mit Schinken, Remoulade, harten Eiern und Kapern zusammenstellte, es in der Hocke vor dem offenen Kühlschrank auffraß und dabei furchtsam beobachtete, wie sich seine Vorräte dezimierten.

Er besaß zwar drei Kühlschränke und eine hochmoderne Tiefkühltruhe, eine anheimelnde Speisekammer und einen Weinkeller – alle wohlgefüllt und äußerst geschmackssicher zusammengestellt – doch nicht einmal dieser Luxus konnte die tiefe Urangst bannen, irgendwann könnte sich hinter diesen Türen nichts Essbares mehr finden lassen.

Vor allem, nachdem die Wirklichkeit eines Tages seine schlimmsten Alpträume fast eingeholt hatte. In weinseliger Laune war Patrique Bellechamp darauf verfallen, drei seiner Arbeitskollegen einzuladen, seinen Geburtstag bei sich zu Hause weiter zu feiern, nachdem sie schon alle Flaschen im Büro geleert hatten. Auf dem Weg zu seiner Wohnung stießen noch zwei Sekretärinnen zu der ausgelassenen Gesellschaft, im Treppenhaus schloss sich die Conçierge mit ihrer Tante an, und vor der Wohnungstür traf man ausgerechnet auf Brigardier Leroux, dem Nachbar von Monsieur Bellechamp, einen schwatzhaften Veteranen aus dem letzten oder vorletzten Krieg.

Man feierte ausgelassen bis lange nach Mitternacht,

nur das Geburtstagskind war schon nach einer knappen Stunde mit einer Flasche Napoleon zwischen den Knien auf einem Ledersessel eingenickt. Ob daran der genossene Alkohol oder die weitschweifige Erzählweise des Brigardiers die Schuld trugen, weiß man nicht.

Monsieur Bellechamp erwachte gegen sechs Uhr morgens, und eine schreckliche Ahnung umklammerte sein Herz, so dass erst ein Schluck Cognac und eine Handvoll Salzstangen, die unerklärlicherweise neben ihm auf dem Fußboden lagen, es einigermaßen wieder zum Schlagen brachten. Er stürzte in die Küche und riss die Türen der Kühlschränke auf. Er stolperte in den Weinkeller, in die Speisekammer ... Chaos, Verderben und Leere! Abgrundtiefe, kalorienarme Leere!

Er wusste nicht ganz genau, wer oder was die Vandalen eigentlich gewesen waren – aber so mussten sie gehaust haben! Von hysterischen Schluchzern geschüttelt, suchte er seine Essensreste zusammen und sortierte sie liebevoll in der Mitte des Küchenbodens. Es waren nach dieser Nacht des Wahnsinns und der Ausschweifung übrig geblieben: eine halbe Schachtel Kümmelcracker, ein Pfund Mehl, zwei gefrorene Brathühner, etwas Chesterkäse, eine Pfeffersalami, an der aber schon ein gutes Teil fehlte, schwarze Oliven im Glas und jede Menge Kartoffeln und Zwiebeln. Kein einziges Glas von Tante Hupperts süßsauer eingelegten grünen Tomaten war mehr da! Monsieur Bellechamp stürzte sofort zum nächsten Supermarkt und kaufte das Nötigste ein.

Was aber, wenn dieser Tag ein Sonntag gewesen wäre?

Patrique Bellechamp lud nie wieder eine Seele zu sich nach Hause ein.

Soweit die eine Eigenart dieses Mannes. Die zweite, nicht weniger frappierende, war seine erstaunliche naturwissenschaftliche Begabung.

Sein Spezialgebiet in dieser Disziplin war die elektromagnetische Wellentheorie. Und obwohl er nur als Abstimmer von Autoradios arbeitete, korrespondierte er doch mit den bekanntesten Naturwissenschaftlern seiner Zeit, tauschte die neuesten Forschungsergebnisse mit ihnen aus und war in diesem Kreis hoch geachtet als klarer und kritischer Geist, der schon mehr als einmal den Gedankengang eines seiner berühmten Kollegen widerlegt oder gar erst auf die richtige Spur geleitet hatte. Diese Arbeit war für Patrique Bellechamp jedoch nur ein Steckenpferd, freies Denken um der eigenen Klarheit willen und nicht etwa, um Ruhm oder Reichtum zu erlangen.

Nun, so hätte er ein beschauliches Leben zwischen Kühlschränken und Denksportaufgaben führen können, aber eben diese – in der Familie nannte man es dezent – »Überbetonung der Wichtigkeit von Nahrungsaufnahme« war letztendlich der Baugrund für ein gewaltiges Gedankengebäude, von dessen Ausmaßen sich die Physiker seiner Zeit nicht einmal den Grundriss vorstellen konnten. Der Auslöser für die wohl umwälzendste physikalische Entdeckung der Neuzeit war allerdings umgekehrt proportional zu deren Bedeutung – nämlich äußerst banal.

Als er eines Abends gerade eine Dose Thunfisch öffnete und dabei „Suis-je gentille ainsi?“ aus Manon summte, fiel plötzlich das Licht aus. Das war nun nicht gerade ungewöhnlich, denn Monsieur Bellechamps vielfältige Gerätschaften, die sich der Frischerhaltung von Lebensmitteln widmeten, zwangen die Sicherungen stets an die

äußerste Grenze der Belastbarkeit. Schon wollte er sich zum Verteilerkasten tasten, als ihm unvermittelt Duprés Korpuskeltheorie in den Kopf schoss. *(Der geneigte und, wie ich annehme, auf diesem Gebiet kaum sehr bewanderte Leser soll hier keineswegs mit wissenschaftlichen Abhandlungen gelangweilt werden, doch ein kurzer Abriss dieser Theorie scheint mir zum Verständnis dieser gedanklichen Abschweifungen des Kochs unerlässlich. Dupré führt im Wesentlichen aus, dass eine Lichtquelle, die abrupt ausgeschaltet wird, ihren Lichtwellen nicht mehr die erforderliche Beschleunigung mitgeben könne, die zum Erreichen der Lichtgeschwindigkeit eben nötig sei. Da diese Korpuskeln nun ebenso elektromagnetische Wellen wie Materie sein können, entschlössen sie sich folgerichtig, stoffliche Form anzunehmen, sobald sie sich langsamer als mit Lichtgeschwindigkeit fortbewegten. Nun etwa anzunehmen, beim Löschen der Nachttischlampe riesele jedes Mal eine Handvoll Lichtkörnchen zu Boden, und deshalb müsse man neben dem Bett öfter staubsaugen als darunter, wäre eine zu simple Auslegung dieser Theorie. Denn Licht benötigt ein Medium, in dem es sich materialisieren kann - und eben daran dachte unser Erfinder, als er im Dunklen vor seinem Kühlschrank kauerte. Anm. d. Übers.)* Warum sollte eine Dose Thunfisch nicht ein ausgezeichnetes Medium für zu langsam fliegende Lichtkorpuskeln abgeben?

Die restliche Nacht verflog im fieberhaften Aufbau einer geeigneten Versuchsanordnung. Patrique Bellechamp installierte eine 200-Watt-Birne über besagter Thunfischdose, verband einen Schalter mit dem Elektromotor des Kühlschranks und überließ es zwei eilig am Ventilator angelöteten Unterbrecherkontakten, das Licht viermal

pro Sekunde an- und wieder auszuschalten. Bis zum frühen Morgen kniete der Erfinder vor der Thunfischdose, wechselte alle paar Stunden die durchgebrannten Birnen aus und bekam rote Augen vom Flackerlicht.

Jedoch, die nächtliche Strapaze hatte sich gelohnt. Als er, nach fast zehn Stunden permanenter Lichtberieselung, (*Man rechne nach: exakt 144.000 Lichtblitze. Anm. d. Übers.*) die Dose auf die Waage stellte, zeigte diese 257 Gramm an – ganze sieben Gramm mehr, als auf der Verpackung vermerkt war. Da man davon ausgehen kann, dass bei derlei Angaben immer nach oben hin aufgerundet wird, ließ sich also eine fast fünfprozentige Gewichtszunahme konstatieren. Monsieur Bellechamp verspeiste den Thunfisch, während er seinen Arbeitgeber anrief, um ihn darüber zu informieren, dass er sich wegen eines bösen Bronchialkatarrhs die nächsten Tage außerstande sähe, Autoradios abzustimmen.

Dann erst begann die eigentliche Arbeit. Patrique installierte 70 Lampen, keine unter 500 Watt, in seiner Wohnung, verband sie mit einem ausgeklügelten Schaltmechanismus, der dafür sorgte, dass das Licht im Rhythmus einer Hundertstelsekunde aus- und wieder eingeschaltet wurde und huschte tagelang durch die von Blitzen erhellte Wohnung, lötete dort einen Kontakt, rückte hier ein Brot mit Leberpastete ins Licht, wog Weißbrot und harte Eier, malte Tabellen und wechselte Glühbirnen. Bis am Ende des dritten Tages der Körper schließlich sein Recht forderte und Patrique Bellechamp auf sein Lager warf. Als er nach einem zwanzigstündigen bleiernen Schlaf wieder erwachte, hatte sich das Gewicht der bestrahlten Lebensmittel mehr als verdoppelt.

Ein grandioser Erfolg! Außer sich vor Begeisterung unterzog der Erfinder die behandelten Esswaren sogleich einem ausgiebigen Geschmacks- und Sättigungstest. Dabei stellte sich heraus, dass der Geschmack intensiver geworden und der finale Sättigungsgrad ungleich schneller erreicht war als bei unbehandelten Lebensmitteln. Nach einem Leberwurstbrot, vier harten Eiern, einigen Grillwürstchen und einem Teller Schokoladenpudding sah sich Patrique Bellechamp tatsächlich außerstande, auch nur noch den kleinsten Happen zu verzehren, während er sich bisher von all dem leicht die vierfache Menge hätte einverleiben können; von Grillwürstchen sogar die sechsfache.

Die Nahrung der Zukunft war geboren. Wohlschmeckend, nahrhaft und leicht zu transportieren. Nach grober Schätzung ließ sich ein frugales Hochzeitsmenü für 70 Personen nach einmonatiger Bestrahlung in einer Damenhandtasche unterbringen. Das Zaubermittel gegen Hunger, Missernten und die schäbige Bordverpflegung bei europäischen Charterflügen war gefunden.

So schien es.

Aber kaum hatte Patrique Bellechamp seine Stromrechnung für Oktober erhalten, zerrann der Traum von der Erlösung von allem Übel wie Vanillesorbet im Hochofen. 37.000 neue Francs! Und dabei hatte man ihm sogar den günstigen Industrietarif eingeräumt. Sozusagen als Großabnehmer.

Nach zwei Wochen hatte er einigermaßen die Gewalt über seine zitternden Hände zurückgewonnen und stimmte wieder Autoradios ab. Aber weil er im Herzen eben doch ein exakter Naturwissenschaftler war, musste er – quasi um das Experiment sauber abzuschließen – die

Stromkosten noch in Essvaluta umrechnen. Er gelangte zu dem deprimierenden Ergebnis, dass man für das Geld, das die Pariser Elektrizitätswerke freudestrahlend eingestrichen hatten, 18.567 Paar Grillwürstchen hätte kaufen können, respektive 192.642 hartgekochte Eier oder drei Eisenbahnwaggons voll Schokoladenpudding, oder – und das schmerzte ihn am meisten – fast 20.000 Dosen Thunfisch.

Der Koch seufzte leise, als er an diese Geschichte dachte, und er fasste ihr schmähliches Ende mit der Erinnerung an den besessenen Briefmarkensammler zusammen: „Das sind meine Onkel – und ich bin mir nicht sicher, ob der Rest der Familie besser ist. Was ist das für eine Familie? Ein Stall voller Idioten und Versager. Bin ich denn der Einzige, der ein vernünftiges Leben führt, der einzig Normale?" Aber als er bei diesen Gedanken den Blick senkte und seine dicken, von der Feuchtigkeit des Küchendampfs geschwollenen Hände betrachtete, wurde er traurig.

Immer wenn er seine Hände betrachtete, musste er an seinen Vater denken. Seltsam, was? Dabei hatte ihn sein Vater nie geschlagen, ihn nie beim Masturbieren auf der Toilette erwischt – also warum nur? Ausgerechnet die Hände. Dieser Vater also, Luc Aristide Bellechamp, *(Der Koch hatte auch einen ausführlichen Namen, obwohl man ihn in Marrakesch nur »Koch« oder »Patrique« nannte. Anm. des Übers.)* war in jungen Jahren ein recht begabter Handballer mit einer erstaunlichen mathematischen Auffassungsgabe gewesen, ein hübscher Kerl, ein glücklicher Kerl, weil sich die richtigen Mädchen zur richtigen Zeit (*nämlich immer möglichst schnell – Anm. d. Übers.)* mit ihm einließen, ein großäugiger Lehrersohn

aus Nîmes, der die ersten fünfundzwanzig Jahre seines Lebens keinen Gedanken daran verschwendete, womit er einmal sein Geld verdienen sollte. Sein Vater, der ein glühender Anhänger ultraliberaler Erziehungsideen war und jedem immer nur Zeit geben wollte, damit er »zu sich selbst finden« möge und all den Quatsch – ach, Luc Aristide hasste das Geschwätz und die Gutmütigkeit seines Vaters, und er hätte sicher auch noch als Fünfzigjähriger keinen Gedanken daran verschwendet, wie er einmal sein Geld verdienen sollte, wenn da nicht Annette Tisserand aufgetaucht wäre, eine Zweiundzwanzigjährige mit einem Kopf wie Porzellan, ebenso hart wie glatt und mit mildem Teint, der allerdings auf den Wangen sehr schnell ins Schweinchenrosa wechselte, wenn sie sich erregte. Und so sehr Luc Aristide das auch mochte, wenn sie sich liebten *(Dann nannte er die Farbe auch insgeheim „wie Rosenmarzipan“ oder „flamingofarben“. Anm. d. Übers.)*, so sehr verabscheute er es, wenn Annette sich über seine mangelnden Zukunftsperspektiven aufregte. „Ich will keinen Mann, der jeden Tag vor sich hinlebt wie ein Schaf! Mit den gleichen blöden Augen glotzt du mich an, wenn ich dich frage, womit du ein Haus am Quai d'Aversy kaufen willst und wovon die Kinder leben sollen, denn ich will Kinder, zwei Jungen und ein Mädchen – das weißt du genau, und du schläfst mit mir und sagst Choucrutte und seufzt und küsst meine Füße, aber ich dulde das nur, wenn es richtig weitergeht! Compris?“ O, da hasste er das Schweinchenrosa ihres Gesichts und nannte es insgeheim sogar »Pavianarschrosa«. Er konnte sich des Eindrucks nicht erwehren, dass sein lieber braver Vater bei solchen Gelegenheiten die mögliche Schwiegertochter mit einer Mischung aus tiefer Abscheu und hysterischer Verachtung anstarrte. *(Er hatte sich gewaltig getäuscht – sein lieber schwacher und langsam auch schon an der Grenze dieser neumodischen Liberalität angekommener Vater starrte Annette Tisserand nämlich mit gebannter Hochachtung und scheuer Bewunderung an. Anm. d. Übers.)* Und eines Tages, als Luc Aristide den Gesichtsausdruck seines Vaters wieder einmal völlig falsch interpretierte und ihm den Todesstoß versetzen wollte, schrie er sie an: „Na schön, dann werden wir eben heiraten! Und ich werde irgend so einen verdammten bürgerlichen Beruf ergreifen, wir werden Kinder haben und in einem Haus wohnen und die Küche blau ausmalen lassen wegen den verdammten Fliegen, und du wirst eine Nähmaschine kriegen und jeden Abend mit den verdammten Kleinen Lieder singen, verdammt! Ist es das, was du willst?"

„Ja, mein Liebling", sagte Annette gerührt und bekam wieder viel Farbe im Gesicht. Sie küsste ihn, sein Vater sprang auf, umarmte sie beide, holte einen Bordeaux grand cru 1919 aus dem Keller und hatte Tränen in den Augen, als er mit den beiden so plötzlich Verlobten anstieß.

Am nächsten Morgen verspürte Luc Aristide die kaum noch wahrnehmbaren Reste eines fernen Gefühls von ... na, von ... und da war der kaum noch wahrnehmbare Rest auch schon verflogen. Luc Aristide erinnerte sich seiner mathematischen Begabung, trat in das Büro eines Buchhaltungskonsortiums ein, avancierte ebenso prompt wie er Annette schwängerte, heiratete sie, zahlte ein kleines Haus am Quai d'Aversy an *(Der Vater hatte versprochen, den beiden das Haus bei der Geburt ihres ersten Kindes zu schenken – und keinen*

Tag früher. Der Vater war plötzlich ganz schön konsequent und durchsetzungsfreudig geworden, stellte Luc Aristide überrascht fest. Anm. d. Übers.) und überwarf sich mit Paul Eluard und Pierrot, seinen beiden ältesten Handballerfreunden. Am 22. Dezember 1951 kam sein Sohn zur Welt, den sie Patrique tauften (*Nach dem Bruder Luc Aristides, dem einen der schrecklichen Onkel. Anm. d. Übers.)*, und nach der Grundschule bestand Luc Aristide mit allem Nachdruck darauf, dass Patrique sofort eine Lehre begann. „Egal ob Schreiner, Metzger oder sogar Koch – du lernst einen verdammten Beruf, und zwar sofort. Ich will keine Träumer und Tagediebe unter meinem Dach haben!"

Das alles ging dem Koch durch den Kopf, als er seine dicken, von der Feuchtigkeit des Küchendampfs geschwollenen Hände betrachtete.

„Nein", sagte Hassan, „ein Nador ist kein Briefmarkensammler und auch kein Mensch, der aus Langeweile oder weil er keinen eigenen Gemüsegarten hat, Steine mit den Maserungen sammelt, die irgendwie dem Namenszug Mohammeds ähneln, ein Nador ist auch kein Mann, der zu schwach ist, um abends ins Kaffeehaus zu gehen, oder der keine Geschichten erzählen kann – ein Nador kann überhaupt kein schwacher Mensch sein. Man muss nämlich sehr stark dafür sein ..." „Wofür?", fragte der Koch mit einer Stimme, deren Klang an das Geräusch einer Espressomaschine erinnerte. Vor Ungeduld schnaufte er mehr als er sprach. Hassan dagegen antwortete gelassen: „Wofür? Um ein besessener Kundschafter zu sein, ein Brennglas Allahs ..."

(Wir wollen es kurz machen. Schließlich ist es nicht nötig, dass Sie den wütenden Fragen des Kochs weiter-

hin lauschen – und auch die äußerst ausweichenden Antworten Hassans werden Sie auf die Dauer nur ärgern. Ein Nador ist tatsächlich eine Figur aus der marokkanischen Mythologie, die der Fleisch gewordenen Neugierde entspricht, der akribischen Leidenschaft, Wissen zu vertiefen, der detektivischen Sezierlust und dem Wissensdurst eines in der Wüste Einfalt Wandelnden.)

„Und was ist dann ein Nador für ein Jahr?", fragte der Koch, als er aus Hassans umständlichen Erläuterungen endlich ein schemenhaftes Bild gewonnen hatte.

„Ein Nador für ein Jahr ist ein Mensch, der verstanden hat, dass die Erkenntnis nie vollständig sein kann, dass man sich ihr nur nähern kann. Bis zu einer gewissen Grenze. So wie man sich einer Wildkatze nur so weit nähern kann, wie sie es zulässt, bevor sie lospringt. Deshalb musste sich mein Großvater bei seiner Suche auf eine gewisse Zeit festlegen. Ein Jahr für jedes Ding."

„Für jedes Ding?", fragte der Koch. „Was für Dinger denn?"

„Ich werde dir die ganze Geschichte erzählen, aber das ist anstrengend für einen alten Mann ..." Hassan schnaufte tief und machte eine Kunstpause. Er rieb sich unter seiner Djellaba die Brust, als hätte er dort einen schmerzhaften Stich gespürt. „... vor allem, wenn er hungrig ist." Er ließ seinen Blick zur Anrichte wandern, wo der Koch gerade die frische Lieferung aus der Heimat ausgepackt und stolz aufgebahrt hatte: Ziegenkäse aus St. Croix Vallée Français. Daneben frisches Weißbrot in einem Strohkörbchen mit rotweiß karierter Serviette. Ein Stillleben wie eine Nationalhymne. Der Koch verstand.

„Hassan! Keine Geschichte kann so gut sein, dass sie einen solchen Käse wert ist. Einen Käse wie diesen – ei-

nen aus der Heimat! Einen Rohmilchkäse aus den Cevennen, in wilden Thymian gewickelt und von der Sonne angeschmolzen. Verstehst du, keine Geschichte! Nicht mal deine beste."

Aber die Küchenjungen dachten insgeheim, dass eine Geschichte von Hassan sehr wohl einen Käse wert wäre. Seine Geschichten waren so groß und so rund wie diese Rohmilchkäse aus den Cevennen, und sie waren so würzig und leicht von der Sonne angeschmolzen, ja sie waren wohl ein Teil von dieser grellen Sonne. Und sie rochen nach wildem Thymian, aber nach viel mehr noch. Nach der bläulich grünen Marokkanischen Minze und nach Tau und Kameldung und Baumhonig und Lavendel und poliertem Ambra und feinen Frauenhöschen. Einen Käse waren sie allemal wert.

Hassan war nicht beleidigt. Er schnaufte nur und sagte: „Ich verspreche dir, die Geschichte ist so gut wie eine dieser Flugenten, die da gerade im Rohr braten. Und ich kenne Worte, die sind so knusprig wie das beste Krustenstück, nämlich das um ihre Achselhöhlen herum."

„Das beste Krustenstück ist der Bürzel", sagte der Koch und rollte die Augen, so wie man die Augen rollt, wenn ein achtjähriger Junge die Uhr immer noch nicht lesen kann. „Außerdem heißt es Schenkelbeuge, nicht Achselhöhle. Wir sind nämlich keine Kannibalen!"

Er fiel immer wieder darauf herein. Nur mit standhaftem Schweigen hätte er den Alten loswerden können, aber der Koch konnte nicht schweigen. Kein Koch kann schweigen, wenn man ihn mit solchen Behauptungen ködert. Die Küchenjungen merkten es gleich, wenn Hassan es wieder einmal geschafft hatte. Dann bewegte er sich nämlich ein klein wenig aus dem Halbkreis der Schwingtüren heraus, schob seinen linken Fuß unter die Eisenstange, die tief unten am Herd angeschweißt war, damit die Küchenjungen darauf steigen konnten, wenn sie mit ihren kurzen Armen nach den aufgehängten Schöpfkellen fischten, verhakte den Fuß und lehnte sich leicht zurück, so wie ein Esel, der sich gegen das Zaumzeug stemmt. Das verlieh ihm einen festen Stand und er verwurzelte sich so in der Küche. Für eine Stunde oder anderthalb, aber Hassan hatte auch schon über drei Stunden Geschichten erzählt.

Die Küchenjungen hörten auf, den Bohnen die Fäden auszureißen und öffneten die Münder etwas, damit die Worte des alten Mannes besser in sie eindringen konnten.

Der Koch versuchte es noch einmal. „Glaubt ihm kein Wort, er ist ein verrückter alter Mann und will sich nur einen Käse erschwindeln."

„Ohooo!", rief der Alte. „Erschwindeln! Das nimmst du zurück, Küchenmeister. Du weißt, dass ich nicht schwindeln muss."

„Gut, einen Käse verdienen", sagte der Koch beschwichtigend, denn eine Regel des geheimen Rituals besagte, dass er niemals so weit gehen durfte, den alten Mann tatsächlich zu beleidigen. Niemals so sehr jedenfalls, dass der in seinem ständigen Kampf zwischen Hunger und Stolz dem Hunger eine vorzeitige Niederlage bescheren musste.

„Verdienen – das klingt schon besser." Er räusperte sich und begann zu erzählen. „Mein Großvater hatte also endlich erfahren, was er mit seinem Leben anstellen sollte. Es ist gut, wenn man das weiß. Das macht die Menschen zufrieden."

Der Koch nickte, die Küchenjungen nickten, nur Jean hackte unbeeindruckt weiter. Er hasste diese Sprüche. Zufriedenheit! Das Allerunterste und Erbärmlichste auf der Leiter des Glücks: Zuerst kommen stille Demut und Zufriedenheit, dann Interesse, aufgeregte Anspannung, heißes Wollen, scheinbar unerfüllbare Wünsche, dann Erfolg, Glanz und das Bad im Neid der anderen. Das war das Leben. Zufriedenheit, das war nur ein Taschengeld, ein paar Sous, wie sie kleine Kinder zum Spielen kriegen.

Der alte Mann saugte an seinem hohlen Zahn, öffnete dabei den rechten Mundwinkel etwas, damit man die schmatzenden Laute besser hören konnte und fuhr fort: „Er musste nur noch das finden, mit dem er sich das erste Jahr über beschäftigen sollte. Weißfische? Honig? Kalte Gemüsesuppen? Hühnertajine?

Meine Urgroßmutter löste dieses Problem auf die einfachste Art der Welt. Sie nahm ihn mit auf den Markt, und auf dem Weg erzählte sie ihm eine alte Geschichte, die Geschichte, die ihr alle kennt: Wie nämlich das Rifgebirge entstanden ist …“

(Natürlich kannten die beiden Küchenjungen diese Geschichte, und auch der Koch hatte sie schon gehört. Jean kannte sie nicht, und es war ihm auch egal. Selbst auf die Gefahr hin, Kenner der arabischen Märchenwelt zu langweilen, muss ich sie hier trotzdem wiedergeben: Es lebten in einem kleinen Dorf in der Nähe von Midar zwei Berberinnen, wie sie unterschiedlicher kaum sein konnten. Die eine war eine hässliche, verkniffene Frau mit kleinen, bösen Augen und einem Mund wie eine Giftschlange, während im Haus gegenüber eine schöne und hilfsbereite Frau wohnte, die für jeden Nachbarn

ein freundliches Wort und für jeden Bettler eine Hand voll Datteln hatte. Nun war die liebliche Frau – wie das so oft im Leben, und nicht nur in Marokko vorkommt – bitter arm, während die böse Nachbarin Reichtümer in ihrem Haus angesammelt hatte: portugiesische Goldmünzen, mit Perlen bestickte Brokatmieder, Kristallkelche und aus reinem Silber getriebene Schalen, Säcke mit Safran und kindskopfgroße Haschischklumpen, Truhen voller ägyptischer Weißwäsche und mannshohe Krüge mit dem besten Arganöl. Eines Tages nun kam ein Fremder ins Dorf, ein abgerissener Alter in dreckigen Lumpen, der einen dürren Hund bei sich hatte. Der Hund humpelte auf drei Beinen durch den heißen Staub, denn sein rechter Hinterlauf war lahm von offenen Geschwüren, und eine Traube summender Fliegen hing an der schlimmen Wunde. Die arme Berberin saß vor ihrer Hütte und zupfte gerade Minze, als das armselige Paar auf sie zustolperte. Mitleid erfasste ihr Herz, und sie griff in die Tasche ihres Kittels, um zu sehen, ob sich dort vielleicht eine milde Gabe für den armen Mann mit seinem Hund finden ließe. Tatsächlich spürte sie eine Silbermünze in der Hand, die letzte, die ihr von der Bezahlung der Sommerernte geblieben war. Ohne lange nachzudenken, streckte sie dem Mann die Münze entgegen und stellte dem Hund eine Schüssel mit frischem Wasser hin. Dann brach sie ein Agavenblatt ab, schabte das Fruchtfleisch heraus und rieb damit vorsichtig die Wunde des Hundes ein. Agaven haben eine gewaltige Heilkraft und der Hund schien tatsächlich auf der Stelle zu genesen. Er schaute den Mann an und sagte: „Diese Frau hat es verdient, dass sich ihr Leben ändert, meinst du nicht?“

Der Mann nickte, steckte die Silbermünze ein, grüßte und wandte sich wieder zum Gehen. Der Hund lief ihm hinterher, jetzt leichtfüßig wie ein junger Welpe. Die Frau jedoch sperrte vor Überraschung den Mund weit auf, denn sie hatte noch nie einen sprechenden Hund getroffen.

Aber als sie nach einer Zeit die Hand erneut in die Tasche steckte, fühlte sie dort die Münze wieder. „Seltsam", dachte sie, „Ich habe sie dem Mann doch gegeben. Es war ganz bestimmt die letzte. Wie geht das nur zu?!"

Sie legte die Münze vor sich auf den Boden und betrachtete sie lange. Dann fasste sie noch einmal in ihre Tasche, wie um sich zu vergewissern, dass sie nun aber wirklich leer wäre. Aber Wunder – wieder fühlte sie eine Münze, und als sie diese herausgezogen hatte, steckte schon die nächste in ihrer Tasche, und danach noch eine und so fort. Immer wenn sie eine Münze herausgefischt hatte, war die nächste schon in ihre Tasche geschlüpft. Sie glaubte bereits an böse Hexerei oder dass sie dem Scheitan begegnet sei, aber da kam ein weiser alter Mann aus dem Nachbardorf die Straße entlang und fragte sie, was sie denn so aufgeregt mit Silbermünzen herumzuwerfen habe. Sie erzählte ihm alles, und der alte Mann lachte. „Bismillah! Das waren keine Teufel, das waren Dschinn. Aus dem Feuer geschaffen zwar, aber dir wohlgesonnen, weil du ein gutes Herz hast. Der Silberbrunnen in deiner Tasche wird niemals mehr versiegen!"

Und so war es. Die Frau kaufte sich mit den vielen Silbermünzen zuerst eine Ziegenherde, dann ließ sie ein großes Gehöft bauen, lud ihre weitläufige und ebenfalls arme Verwandtschaft zu sich ein, heiratete einen anstän-

digen und liebevollen Mann aus Kefta, bekam viele Kinder und schenkte jedem Bettler und jedem Bedürftigen Silber, wann immer sie einen sah.

Aber sollte dieses Märchen nicht erklären, wie das Rifgebirge entstanden ist? Nun, der Mann und sein Hund kamen nach einiger Zeit wieder in das Dorf, vielleicht um zu sehen, wie es ihrem Schützling ergangen war. Da sah die reiche und hässliche Nachbarin sie schon von weitem, bückte sich, hob einen faustgroßen Stein auf und schleuderte ihn auf den Hund. Der wich dem Wurf geschickt aus, schaute den Mann an und sagte: „Diese Frau hat es verdient, dass sich ihr Leben ändert, meinst du nicht?" Der Mann nickte, und schon im nächsten Moment hatte die böse Nachbarin wieder einen Stein in der Hand. Sie warf ihn weg, erschrocken über dieses plötzliche Erscheinen, aber schon hielt sie den nächsten Stein in der Hand. Sie warf auch den weg, dann den nächsten, den nächsten …

Bis zu ihrem Tode warf sie Steine von sich, bis schließlich nach siebzehn Jahren das Rifgebirge seine heutige Größe erreicht hatte. Anm. des Übers.)

„Also beschloss mein Großvater, es genau so zu machen wie die arme Berberin und das Erstbeste zur Hand zu nehmen. Das sollte heißen, er wollte das zum Gegenstand seiner Untersuchungen machen, was er auf dem Markt als Erstes erblickte. Aber weil er sich auch erinnerte, dass gleich hinter dem Tor zum Souk die Zwiebelhändlerinnen saßen, schloss er die Augen ein paar Schritte vorher und tappte wie ein Blinder auf den Markt. Er wollte nicht ausgerechnet mit etwas so Armseligem wie der Zwiebel seine heiligen Forschungen beginnen."

Hassan kicherte und wackelte mit dem Kopf, als wäre

er damals dabei gewesen und erinnere sich gerade an den Anblick, den sein blind vor sich hinstolpernder Urahn auf dem Markt von Tinghir abgegeben haben mochte.

„Seine Nase sagte ihm nach einem Dutzend Schritte, dass er die gefährliche Zwiebelzone hinter sich hatte, und er wollte schon die Augen öffnen, als er stolperte und kopfüber in einen stinkenden Haufen fiel. Da lag er, mitten in einer kreischenden Menge von Marktfrauen, in dem Abfallkorb, in dem jede das verfaulte Gemüse warf. Das Erste, was er sah – war eine riesige verfaulte Zwiebel. Also war es beschlossen, und mein Großvater pries im Stillen die Weisheit des Propheten und seine Geschicklichkeit, denn schließlich hatte der ihn sehr elegant dem Thema seines ersten Jahrs als Nador zugeführt."

„Hm, Zwiebeln also", sagte der Koch. „Das ist keine schlechte Wahl. Die Zwiebel wird oft unterschätzt. Aber ich kenne bestimmt zwei Dutzend herrliche Zwiebelrezepte – und außerdem gehört sie in fast jeden Salat, zu jeder Sauce und zu Braten ..."

„Zwei Dutzend!", unterbrach ihn der Alte und stieß dabei die Luft aus den Nasenlöchern, wie es Stiere auf der Weide tun. „Erlaube bitte, aber zwei Dutzend sind NICHTS! Mein Großvater hat ein Buch über die Zwiebel geschrieben."

„... Zwiebelsuppe natürlich, da alleine gibt es schon eine Handvoll verschiedene Rezepte", fuhr der Koch ungerührt fort. „Dann im Teig ausgebackene Zwiebelringe ... gefüllte Zwiebeln ... glacierte Zwiebeln ... dann, die eingelegten Zwiebeln natürlich, scharf, süßsauer oder orientalisch."

„Jaja", sagte der alte Mann und legte dem Koch beruhigend die Hand auf den Unterarm, „ich glaube dir, dass auch du ein paar Rezepte kennst. Aber mein Großvater hat keine Zwiebelrezepte gesammelt – er hat das Wesen der Zwiebel erforscht. Vergiss nicht: Er wollte schließlich die Seele des Kochens finden. Und dafür muss man zuerst das Wesen der Zutaten kennen."

„Hmm!" Der Koch schnaubte beleidigt und befahl Ali und Abderahim, gemeinsam den Kessel mit dem gedämpften Gemüse vom Feuer zu nehmen. Vorsichtig, denn der Kessel wog fast so viel wie ein halber Küchenjunge. Heute waren Karotten, Zucchini, rote Zwiebeln und Fenchel darin. Der feuchte Atem aus dem gewaltigen Stahltopf trieb kurz am Erzähler vorbei und schlüpfte wie ein verlockendes Versprechen einer nicht mehr allzu fernen Sättigung in seine beiden Nasenlöcher.

Der Koch musste Ali und Abderahim nicht sagen, was sie als Nächstes zu tun hatten, er warf ihnen nur einen schnellen Blick zu, der vor hundert Jahren vielleicht einmal ein Peitschenhieb gewesen sein mochte. Ali schlang sich ein nasses Tuch um die rechte Hand, packte den Griff des Backrohrs, kippte die schwere Tür nach unten, hielt die Luft an, damit der beißende Hitzeschwall ihm nicht in die Lungen fahren konnte und goss schnell drei, vier Kellen der Gemüsebrühe über die Lammkarrees, die eng gereiht in dem gusseisernen Bräter lagen. Abderahim riss den Bohnen weiter die Fäden aus, aber er ließ kein Auge von dem alten Mann.

„Na gut", sagte der Koch, „dann erzähl mir etwas vom Wesen der Zwiebel."

Zweites Kapitel

Die Zwiebel

Zuerst kaufte sich mein Großvater bei einem Apotheker eine Lupe, ein gewaltiges Werkzeug, das ich noch heute aufbewahre. Es ist eine dieser alten Kristallscheiben, in Kupfer gefasst mit einem Griff aus Horn. Diese Vergrößerungsgläser sind ein Schatz für jeden wahrhaft Suchenden.“ *(Tatsächlich findet man diese Lupen in jedem noch so kleinen Laden an der nordafrikanischen Küste, der sich mit dem Verkauf von Gewürzen, Heilmitteln, Schmuck, Uhren oder der Reparatur derselben befasst – also in fast jedem Laden überhaupt. Bevor der Ladenbesitzer eine neue Lieferung Safran kauft, eine Tüte getrocknete Froschaugen oder eine Goldkette, die ein junger Marokkaner am Strand gefunden hat, nimmt er seine Lupe zur Hand. Das heißt: „Versuche gar nicht erst, mich zu betrügen! Diese Lupe wird mir ganz schnell zeigen, ob der Safran nur aus getrockneten Ringelblumen besteht, die Froschaugen in Wirklichkeit Fischaugen sind und die Kette geklaut ist!“ Das Leben durch ein vergrößerndes Glas betrachten zu können, reicht schon als Legitimation dafür, Wahrheit von Lüge unterscheiden zu können. Das funktioniert mit Fernrohren, mit Lupen, ja sogar mit Brillen. Die »weisen Männer«, die auf dem Djemaa el-Fna sitzen und den jungen Marokkanerinnen sagen, ob sie einen guten Mann bekommen, ob er ihnen treu sein wird und wie viele Kinder er ihnen machen wird, den jungen Männern, wie sie ihre Potenz verbessern können und trotzdem möglichst keine Rechtgläubige vor dem gemeinsamen Versprechen schwängern, den alten Frauen, ob ihre Töchter einen guten Mann bekommen werden, ob er ihnen treu sein wird und wie viele Kinder er ihnen machen wird – und den alten Männern, wie sie ihre Potenz verbessern können und gleichzeitig verhindern, dass ihre Ehefrauen davon Wind bekommen – diese »weisen Männer« müssen nicht unbedingt alt sein. Es gibt auch junge »weise Männer«, aber sie müssen wenigstens eine dicke Brille tragen. So dick, dass ihre Augäpfel dahinter wie geschälte hart gekochte Eier aussehen. Die jungen Männer, die mit diesem Beruf ihr Geld verdienen, sehen meist jedoch sehr gut, und das Tragen einer solchen Brille ist eine Qual für sie. Vor allem in den Mittagsstunden auf dem Platz der Gehängten, wenn die Sonne jeden Blecheimer zum Gleißen bringt und sich die Lichtstrahlen schmerzhaft in die Augen bohren. Es dauert nicht lange, dann werden die gequälten Augen der jungen »weisen Männer« immer schlechter, sie brauchen eine Brille, noch nicht so stark wie die tatsächlich getragene, aber immerhin – ein Anfang ist gemacht. Nach einem Jahr oder zwei (bei besonders hartnäckigen jungen »weisen Männern«) erfüllt die dicke Brille ihren Zweck, die Männer sehen ohne sie fast nichts mehr und loben den Propheten für seine Voraussicht. Jetzt sind sie wahre »weise Männer«. Sie haben schließlich auch eine Erfahrung gemacht, nämlich dass Allah sich nicht alles gefallen lässt. Ich könnte auch sagen, dass Allah selbst ein ziemliches Schlitzohr sein muss, aber ich will keine neue fatwa provozieren.*

Vielleicht verkauft sich das Buch auch ohne sie ganz gut. Jedenfalls sieht man daran, dass im Orient die Lehre von der Optik, insbesondere der Augenoptik, eng verwoben mit Mystik und Menschenkenntnis ist. Wissen setzt schlechtes Sehen voraus. Um das zu überwinden, erfordert es technisch brillante Lösungen. Die erste Brille, wie könnte es anders sein, war eine arabische, und deshalb ist sie hierzulande ein Symbol für Weisheit. Und nachdem Brillen in arabischen Ländern immer noch vererbt werden, wird auch die Weisheit vererbt. Wer eine Brille trägt, kann kein dummer Kurzsichtiger sein. Das gibt es nur im Okzident. Anm. d. Übers.)

Der Koch schaute Hassan ungläubig *(Sehen Sie, doch ein Ungläubiger! Anm. d. Übers.)* an. „Du meinst, er hat mit einem Vergrößerungsglas die Zwiebeln untersucht? Das ist doch nicht dein Ernst!"

„Das ist mein Ernst", sagte Hassan vergnügt. „Er musste doch erst einmal wissen, wie dieses Ding überhaupt aussieht. Wer ein Jahr mit nur einer Sache beschäftigt ist, muss sie sich ganz genau ansehen."

„Man hätte ihm sagen können, dass die Zwiebel schon so gut erforscht ist wie die Pariser Innenstadt", sagte Jean, trocknete sich die Hände ab und schob Hassan zur Seite, damit er an den Korb mit den Gewürzsträußen kam. *(Er hätte auch um den Alten herumgehen können, aber so verdeutlichte er ihm, dass der eine hier etwas Wichtiges zu tun hatte – und der andere nur ein Radio auf zwei Beinen war. Anm. d. Übers.)* „Stell dir vor: Es gibt sogar schon Bücher über die Zwiebel."

„Das weiß ich", sagte Hassan. „Das wusste auch mein Großvater. Aber das genügte ihm eben nicht. Zuerst untersuchte er die Schichten der Zwiebel. Weißt du, wie viele Schichten eine Zwiebel hat?“

Obwohl der Alte Jean dabei nicht angesehen hatte, wusste der nur zu gut, dass die Frage an ihn gerichtet war.

Der Souschef antwortete ohne aufzublicken. „Ist doch egal. Ich kann mit Zwiebeln kochen, das reicht mir.“

Der Koch hörte diesem Wortwechsel mit einem unguten Gefühl zu. Natürlich muss man nicht wissen, wie viele Schichten eine Zwiebel hat, um eine gute Suppe zu machen, aber ein anständiger Koch sollte es trotzdem wissen – da war schon etwas dran. Er versuchte sich zu erinnern: Waren es sechs? Oder sieben? Oder neun?

Hassan erlöste ihn. „Eine Zwiebel hat drei Häute, sieben Schichten und ein Herz. Es ist wichtig, das zu wissen. Denn für die Zwiebel sind die Häute und Schichten wie für uns die Arme und Beine, Knochen und Sehnen. Wer würde zu seinem Arzt sagen, es sei unwichtig, ob er ihn am Arm oder am Bein operiere?“

„Wir sind keine Zwiebelärzte, wir sind Köche“, sagte Jean knapp. Er war sehr stolz auf diesen Satz. Der Koch war sehr stolz, dass er diesen Satz nicht gesagt hatte, nicht einmal im Stillen.

Der Alte ließ den Kopf zwischen seinen Schultern hin und her rollen, bis er sich endlich wieder in der Mitte stabilisiert hatte. „Mein Großvater war kein Koch und kein Arzt. Er war ein Suchender, das sagte ich doch schon. Und er hat gefunden.“

Jean griff möglichst unauffällig nach einer Zwiebel, setzte sein Messer am Trieb an und schnitt sie sauber durch,

„Er hat tatsächlich das Wesen der Zwiebel gefunden.“

„Jaja“, sagte der Koch und schob einen kleinen Teller mit gerösteten Kürbiskernen in Hassans Griffweite. Als Vorschuss sozusagen.

„Zuerst hat er nur eine einzige Zwiebel untersucht – eine ganze Woche lang, Tag und Nacht, so hat es mir mein Vater erzählt.“

Jean hatte die Zwiebelschichten gezählt. Es waren sieben. Er schnitt die beiden Zwiebelhälften in feine Streifen, mit dem schönen Stakkato eines Tarantella tanzenden Stahlmessers auf einem Tujenbrett, und fegte die Streifen anschließend mit dem Messer in den Abfall.

Nur Ali hatte es gesehen – und er grinste.

„Er gab allen Teilen der Zwiebel Namen, die heute noch benützt werden.“

„Allen Teilen?“, fragte der Koch. „Wie vielen Teilen denn? Es gibt die Haut und die Schichten, meinetwegen noch das Herz, den grünen Trieb in der Mitte ...“

„Ach, es gibt bestimmt mehr als zwanzig Teile der Zwiebel“, sagte Hassan, und seine Zähne zerstampften dabei hörbar die Kürbiskerne. „Ich weiß nicht mehr genau wie viele, und manche Namen habe ich schon vergessen, aber ich habe die Bücher meines Großvaters zu Hause. Ich lese gerne darin. Manchmal über die Zwiebel, manchmal über die Olive, manchmal über die Dattel, am liebsten über das Huhn. Ich müsste nachsehen, aber über zwanzig Teile der Zwiebel sind es bestimmt. Da ist zuerst die all´rachmin, die harte, papierene Außenhaut, die man von der Zwiebel reibt, mit der man aber Stoff färben kann. Darunter liegt der kalora, der zähe, safrangelbe erste Schutzmantel. Wenn man ihn vorsichtig im Ganzen abzieht, lassen sich darin frische Oliven für ein Picknick aufbewahren. Sie bleiben feucht und aromatisch. Dann kommen die Schwestern l'chila und l'chllia, zwei hauchdünne durchscheinende Häute, die man leicht für eine einzige halten könnte. Aber das wäre ein schwerer Fehler, denn nur wenn man weiß, dass es zwei sind, kann man sie geschickt lösen, ohne die nächste Schicht zu verletzen. Mit l'chila und l'chllia reibt man sich ein, wenn man von einer Kamelbremse gestochen worden ist. Jetzt kommen die großen Fleischschichten der Zwiebel, sieben an der Zahl, immer dicker und saftiger, je weiter man nach innen kommt. Aber jede einzelne hat einen bestimmten Geschmack und für jede gibt es eine bestimmte Verwendung ..."

(Verlassen wir den alten Mann hier, bevor Sie sich zu sehr langweilen. Die Geheimnisse der Zwiebel kann ich Ihnen gerne nachliefern, oder vielleicht lesen Sie sie einfach im Anhang nach. Natürlich hat dieses Buch einen Anhang. Jedes anständige Buch hat einen Anhang, was dachten Sie denn?

Ich erzähle Ihnen lieber von meinen Erlebnissen mit Zwiebeln, jedenfalls von dem einen, sehr unangenehmen, aber eben auch sehr prägenden Erlebnis.

Ich kann den Geruch von frisch geschnittenen Zwiebeln nicht ausstehen, besser gesagt, ich kann ihn nicht mehr ausstehen. Seltsamerweise ist dieser Geruch immer mit Frauen verbunden, außerdem haben ständig Zwiebeln in meinen Beziehungen rumgefunkt, wenn ich das einmal flapsig so nennen darf. Ein prägendes Zwiebelerlebnis hatte ich vor fast 30 Jahren mit Anne, einer sehr hübschen, sehr blonden, sehr kleinen und strammen, sehr deutschen Frau aus dem Breisgau. Sie hatte gerade ihr Medizinstudium hinter sich und bereitete sich in einem Straßburger Krankenhaus auf ihre Kar-

riere als Anästhesistin vor. Sie wohnte mit zwei Kolleginnen in einem Dorf, eine halbe Autostunde von der Stadt entfernt, auf der deutschen Seite. Die drei hatten sich in einem der aufgelassenen Grenzbauernhöfe eingenistet: Anne, blond und patent, Sophia, blond und immer verschlafen wie ein alter Kater, und Vero, Kichererbse und Pharmaziestudentin, weshalb ich auch ernsthaft annahm, ihr Name sei eine Abkürzung von Veronal und nicht von Veronika. Egal, jedenfalls wäre es mit jeder der beiden anderen besser gegangen als mit Anne, aber wo die Liebe hinfällt und so weiter. Der ganze karmische Quatsch eben, und außerdem muss ich zugeben, dass Anne für mich etwas ungemein Exotisches und Anziehendes hatte: diese Lebenstüchtigkeit, diese Ernsthaftigkeit und schlafwandlerische Fähigkeit, mit der linken Hand eine Rüschenbluse zu bügeln, mit der rechten im Pschyrembel zu blättern, dabei das Telefon in Kommissarmanier an der Schulter eingeklemmt zu halten und mit der ebenso patenten Mutter Rezepte für gedeckten Apfelkuchen auszutauschen. Meine Verwandtschaft hätte unisono gejubelt und mir den Rücken geklopft: »Da kriegst du aber ´ne gute Frau! Patent, die Anne!«

Das war sie. Sie war sogar ihrer Zeit weit voraus, denn sie hatte schon ein ökologisches Bewusstsein entwickelt, als das Wort Ökologie noch selig im Wörterbuch schlummerte. Erinnern Sie sich: Ende der 60er gab es keinen Trennmüll, keine Luftverschmutzung, keine Dosenpfanddiskussion und kein Haareschneiden nach dem Mondkalender. Aber Anne wusch sich die Haare mit Bier und Hopfen, legte einen Komposthaufen! an und trug aus Prinzip keine Strumpfhosen.

Natürlich spielte Anne auch Klavier, aber nur nach Noten und ausschließlich Etüden von Chopin und Debussy, und wenn sie zwei Minuten gespielt hatte und man sich gerade an der Musik freute, konnte man sicher sein, dass sie abrupt abbrach und stöhnte: „Ich lern es einfach nicht!" Dabei habe ich nie einen Fehler oder Patzer gehört, und ich nehme für mich in Anspruch, ein recht genaues musikalisches Gehör zu haben. Das fand ich schon damals verdächtig. Als ich das erste Mal sagte: „Dann spiel doch einfach weiter! Das nervt doch, dieses ewige Mittendrinaufhören!", wusste ich nicht, dass das ein prophetischer Satz gewesen war, dessen ganze Tragweite mir erst Wochen später klar werden sollte.

„Ich kann nicht weiterspielen, wenn es nicht perfekt ist."

„Es kann nie perfekt sein, sagt doch schon Glenn Gould. Und der spielt trotzdem weiter."

„Ich bin aber zufälligerweise nicht Herr Gould."

„Kein Grund gleich schnippisch zu werden."

„Vielleicht liegt es daran, dass du es nicht hörst, wenn ich falsch spiele."

„Dann spiel eben noch mal falsch, vielleicht hör ich's dann."

Spätestens jetzt klappte Anne den Klavierdeckel zu, nicht ohne zuvor das grüne Filzdeckchen, das das wertvolle Elfenbein schützen sollte und von ihr selbst in der dritten Klasse mit einem Wiesenblumendekors bestickt worden war, sorgfältig auf den Tasten auszubreiten. Das nannte Anne einen »Temperamentsausbruch«. Andere Frauen hätten kreischend den Deckel zugeknallt, mir mit dem Notenständer den Unterkiefer gebrochen oder wenigstens drei Tage nicht mehr mit mir geschlafen.

Apropos geschlafen, ich wollte ja von der Zwiebel erzählen. Also, Anne hatte zwar auf gut deutsche Art etwas gewartet, bis sie mit mir ins Bett ging, aber es waren die späten 60er Jahre, und länger als eine Woche hat damals nicht mal eine Zeugin Jehovas gewartet. Es gab noch kein AIDS, keine Erektionsstörungen, keine Wampe … ach, das können Sie sich wahrscheinlich gar nicht vorstellen. Anne musste trotz ihrer patenten Art wenigstens ein bisschen mit der Zeit gehen, also ließ sie mich ran. Es war ein Samstagabend, Sophia und Vero waren in Straßburg in der „Chat Noir" und würden, wenn überhaupt, erst am frühen Morgen wiederkommen. Perfekt. Anne schüttelte das Bett auf wie Frau Holle, schaute mich ernsthaft an, sagte, ich sollte mich schon mal ausziehen und hinlegen, sie käme gleich. Sie zog die Vorhänge zu und verschwand im Bad. Ich legte mich hin und schnitt Grimassen, machte ein wenig Schattenspiel im Licht der Nachttischlampe, der Flamingo, der Elefant, der Ständer …

Es dauerte ganz schön, bis sie endlich aus dem Bad kam. Kaum hatte sie die Tür hinter sich zugemacht, löschte sie alle Lichter und schlüpfte zu mir ins Bett. So finster machte es mir mehr Angst als Spaß, und ich wollte ihr das gerade sagen, als sie mir die Hand auf den Mund legte und „Schschschhh!" machte. Na gut, es war trotzdem schön, und mit der Zeit kam sie derart in Fahrt, dass sie sich schon sehr zusammenreißen musste, nicht zu schreien oder wenigstens zu stöhnen. Sie blieb eisern, aber ich blieb es leider nicht. Denn irgendetwas war komisch, und dass es in absoluter Finsternis komisch war, machte es nicht besser. Bei jedem Stoß stieß meine Eichel an einen Widerstand, an irgendein hartes

Ding, das da drin war und das da nicht hingehörte. Das jedenfalls bei meinen vorherigen Erfahrungen nirgends drin gewesen war. Ich grübelte, was das wohl sein konnte, versuchte links oder rechts daran vorbeizustoßen, aber es ging nicht. Schließlich brannte meine Eichel, ich war völlig aus dem Rhythmus gekommen, und es machte überhaupt keinen Spaß mehr. Mein Schwanz wurde immer kleiner, flutschte raus, und ich legte mich neben Anne auf den Rücken, schwer frustriert.

„Was ist denn los?", fragte sie mit dieser milden Ist-doch-nicht-so-schlimm-das-kann-doch-jedem-einmal-passieren-Stimme. „Bist du abgelenkt oder was?"

„Bin ich allerdings", sagte ich. „Was ist denn das für'n komisches Teil, an dem sich mein Schwanz abarbeitet?"

Anne kicherte und pustete mir ins Ohr. „Dummkopf, das ist ein Pessar. Noch nie davon gehört?"

Doch, hatte ich. Aber ich hatte noch nie eines getroffen. Anne war eng und klein, und ich fühlte mich ganz gut dabei, dass sich mein Großer den Kopf daran stieß. So fühlte sich also ein Pessar an. Alles wäre gut gewesen, wenn Anne es nicht ganz genau hätte erklären müssen.

„Das ist ein Ökopessar. So'n ganz altes Rezept, das haben die Weisen Frauen schon im Mittelalter gekannt – ist das nicht irre?"

„Hmmm."

„Und total spermizid. Die chemischen Cremes, die es heutzutage zu kaufen gibt, sind auch nicht wirksamer. Aber wahrscheinlich viel unverträglicher für die Frau."

„Ach."

Anne schlang im Dunkeln ihre Beine um meine Hüften und wuschelte mit den Händen in meinen Haaren

herum. Mir begann diese ganze Aktion schwer auf die Nerven zu gehen.

„Aber das Beste ist, dass sich jede Frau ihr Pessar selber machen kann – und es kostet fast nichts. Riecht nur ’n bisschen.“

„Riecht ’n bisschen? Wonach denn?“

„Nach Zwiebel eben.“ Und sie erzählte mir begeistert, wie man ein mittelalterliches Weise-Frauen-Pessar herstellt. Man schneidet eine kleine Gemüsezwiebel etwa unterhalb der Mitte durch, löst vorsichtig die inneren Schichten heraus, bis man nur noch eine Kuppel hat, legt sie eine Stunde in Honigwasser ein und stülpt sie sich dann über den Muttermund. Leichter gesagt als getan, berichtete Anne stolz, sie hatte eine Woche gebraucht, bis das einigermaßen geklappt hatte – aber jetzt ging es prima, und es sei total sicher.

Dieser erste Fick war der Anfang vom Ende unserer Beziehung gewesen. Wir versuchten es in dieser Nacht nicht mehr – ich war beleidigt, Anne schien ganz vergnügt, knipste das Licht wieder an und las ihren Castaneda weiter. Ich tat so, als wäre ich eingeschlafen und dachte nach: Wie kommt ein aufgeklärtes deutsches Mädchen, das tagsüber Medizin studiert und die Bücher im Regal alphabetisch sortiert hat dazu, sich nachts halbe Zwiebeln in die Vagina zu schieben und darauf auch noch stolz zu sein? Ich tastete vorsichtig nach meinem Schwanz, rieb etwas an der Eichel herum, rollte mich mit einem angedeuteten Schnarcher zur Seite und roch an meinen Fingern. Eindeutig Zwiebel.

Heute noch läuft bei mir sofort die Assoziationskette Penis-Sex-Misserfolg-Anästhesie-Deutschland ab, wenn ich Zwiebeln rieche, manchmal sogar, wenn ich nur das

Wort Zwiebel lese oder das Foto einer oberbayerischen Kapelle sehe. Ich muss deswegen zu keinem Analytiker gehen, denn ich weiß ja, woher es kommt, aber störend ist es trotzdem.

Sie haben übrigens nicht viel versäumt, denn Hassan hat bis jetzt nur erzählt, was die meisten sowieso schon wissen: dass Zwiebelschalen mit etwas Essig und Alaun in warmem Wasser über einen Tag gelöst ein wunderbares Färbebad für Baumwollstoffe ergeben. Dass man sich bei Ohrenschmerzen Zwiebelstifte in den jeweiligen Gehörgang stecken und eine Nacht damit schlafen sollte. Dass eine gehackte Zwiebel mit Zucker und Minze einen Sirup ergibt, der gegen hartnäckigen Husten hilfreich ist. Dass fein gehackte rohe Zwiebeln ein Wundermittel bei Lustlosigkeit und Appetitmangel sind. Bei diesem Anlass machte Jean einen Scherz, der sich auf die Vorliebe Hassans für fein gehackte rohe Zwiebeln bezog. Dass Zwiebelsaft die Verdauung fördert und gut gegen Insektenstiche hilft. Dass man, wenn man halbierte Zwiebeln im Schatten keimen lässt, ein Gift erhält, mit dem man zwar niemanden töten, aber immerhin schwere Magenkoliken auslösen kann. Dass Zwiebeldämpfe schnell und heilsam bei Erkältungen wirken, dass man bei Bienen- oder Wespenstichen im Mund sofort eine Zwiebel kauen muss, und dass Kamelmilch, in der gehackte Zwiebeln gekocht wurden, eine schleimlösende Wirkung hat. Außerdem hat Hassan erzählt, dass Frauen mit Wasser in den Beinen eine Zwiebelkur machen sollten: täglich ein Dutzend mittelgroße Zwiebeln als Salat essen, mit Honig, Olivenöl und Zitrone angemacht. Aber das mit dem Zwiebelpessar weiß er anscheinend nicht. Schade, dass ich ihm das nicht erzählen kann. Anm. des Übers.)

Der Koch saß am Hackstock und hatte den Kopf auf die Fäuste gestützt. Die Glocke an der Durchreiche war gerade dreimal geschlagen worden, zum Zeichen, dass das Mittagsgeschäft begonnen hatte.

Er stand auf und schob Hassan auf seinen Platz. Jean hatte schon den ersten Bestellzettel von dem halb umgeschlagenen Nagel gerissen, der als Kontaktstelle zwischen Service und Küche fungierte, und garnierte drei Portionen Lamm. Der Koch stellte einen Teller vor den Alten, schöpfte Gemüse darauf, spendierte ein Lammkotelett und legte ein halbes Baguette daneben.

Hassan atmete tief durch und schob den Teller zur Seite. Er zog eine grüne Stoffserviette aus den Tiefen seiner Djellaba hervor, breitete sie sorgfältig auf dem Tisch aus, strich sie glatt, stellte den Teller darauf, murmelte ein paar Worte, die bei der nun einsetzenden Hektik in der Küche niemand verstehen konnte und fing an zu essen. Wenn ein voller Teller vor dem Alten stand, versiegte der sonst so munter plätschernde Fluss seiner Rede augenblicklich.

Essen und Reden schließen sich aus, so wie Kochen und Reden. Wenn der Koch Ali oder Abderahim kurz anschnauzte, war das etwas anderes. Das war kein Reden, das war Befehlen. Der normale Ton in einer Küche unterscheidet sich nicht sehr vom normalen Ton auf einem Kasernenhof.

Hassan kaute glücklich auf ein paar grünen Bohnen herum und ließ seine Gedanken schweifen. Wahrscheinlich, so dachte er, ist der Mund so etwas wie ein Ventil, in das nichts hineingehen kann, wenn gerade etwas herauskommt. Deswegen sollte man unter Wasser ein Lied singen, wenn man nicht ertrinken will. Der alte Mann

biss in das kleine Kotelett, riss einen Fetzen knusprigen Fleisches vom Knochen und lobte insgeheim seinen Großvater.

Der Koch dachte über die Nadorgeschichte nach, während er das Couscous mit einem kalt ausgespülten Weinglas formschön portionierte. Sicher, es war der hohen Kunst des Kochens durchaus angemessen, sich derart ernsthaft und spirituell mit ihren Geheimnissen zu befassen. Aber war das, was dieser Mann gemacht hatte, nicht etwas völlig anderes als Kochen, als das Kochen jedenfalls, um seinen Lebensunterhalt damit zu verdienen und im besten Fall andere zu verwöhnen? Wird eine Zwiebelsuppe wirklich besser, wenn man weiß, wie viele Häute die Zwiebel hat?

Jean machte sich andere Gedanken. Er dachte an seinen Vater Paul, während er eine Portion Bohnen mit Rosmarin und Pinienkernen in einer Pfanne mit heißer Butter schwenkte. Jeans Vater arbeitete als Lektor und schwärmte immer noch von den Pariser Straßenschlachten im Mai 1968.

Als Jean sechs oder sieben Jahre alt war, lauteten die häufigsten Sätze, die sein Vater an ihn richtete: „Hast du das gelesen?" und „Warum liest du denn nichts?" Erwischte er Jean doch einmal mit einem Buch, kam mit ziemlicher Sicherheit: „Warum liest du nur so 'nen Quatsch?" Eine planmäßige Entwöhnung vom Lesen also, bevor es noch so richtig angefangen hatte, aber Papa entwöhnte Jean nach und nach auch von Politik, Musik, Malerei, ja sogar von einfachen handwerklichen Fähigkeiten, denn er wusste alles besser und verachtete in erstaunlicher Voraussicht alles, was den kleinen Jean interessierte. Nur eines blieb übrig.

„Dann kannst du ja gleich Koch werden!“ Das war einer seiner Standardsätze, denn der Beruf des Kochs bedeutete für ihn den letzten Ausweg für absolute Versager, und Jean hörte diesen Satz oft. Komisch, bei jedem Thema war sein Vater eine Koryphäe, nur vom Essen und Trinken verstand und hielt er nichts. Und das als Franzose! Vielleicht hing das ja mit seinem Vater Eduard zusammen, der ein freundlicher, rundlicher Herr gewesen war, Berufsschullehrer für Mathematik und Maschinenbau, und der immer dann einen lustvollen Beschlag auf seiner Glatze bekam, wenn seine Frau einen Teller Fricandeau mit glacierten Karotten vor ihn stellte. Er hatte andere Lieblingssätze als sein Sohn, nämlich: „Hast du jemals eine solche Kalbsschulter gesehen?“ oder „Kannst du dir vorstellen, dass deine Mutter der einzige Mensch auf der Welt ist, der eine solche Trüffelsauce hinkriegt!“ und „Du bist doch nicht etwa schon satt?“

Jeans Vater lernte das Essen zu hassen, er salzte ein flaumig-zartes Soufflé mit grimmigem Gesichtsausdruck so lange nach, bis die Mutter feuchte Augen bekam und der Vater ein resigniertes Seufzen ausstieß. Er quälte seine Eltern, weil sie so hingebungsvoll um ihn und seine Erziehung zu einem Genussmenschen bemüht waren. Hätte Jeans Vater seinen Enkel noch kennen gelernt, er hätte ihn geliebt. „Koch willst du werden!“, hätte Eduard gerufen, sich schnell die Finger abgeleckt (Sauce Bernaise) und die Hände in schierem Entzücken zusammengeschlagen. „Koch! Eine wunderbare Idee! Weißt du, dass Leonardo da Vinci eigentlich auch lieber Koch geworden wäre? Aber es hat nicht ganz gereicht ... hahaha!“ Das war einer seiner Lieblingssätze gewesen, und Jeans Vater hatte ihn gehasst wie all die anderen – mit dem kleinen Unterschied, dass er bei solchen Anlässen über sein geheimes inneres Funksystem sofort Kontakt mit Leonardo aufgenommen hatte (Kinder können so etwas, manche behalten diese Fähigkeit sogar bis ins hohe Alter bei) und ihm mitteilte: „Ach, übrigens Leonardo, wusstest du schon, dass hier unten Fachleute der Meinung sind, du wärst zu blöd gewesen, Koch zu werden? Du musstest als Ausgleich Ölbilder pinseln, ausgeflippte Science-Fiction-Maschinen kritzeln und solchen Quatsch." Und Leonardo antwortete in einem seltsamen Französisch, einem Eisverkäufer-Französisch, das die Konsonanten affig rollte und in die Länge zog, dass diese Fachleute über unglaubliche Geheiminformationen verfügen müssten und dass er, Leonardo da Vinci, auf keine seiner Schöpfungen wirklich stolz sein könnte angesichts seines Unvermögens, eine Schweinshaxe mit Frühlingszwiebeln zuzubereiten.

Jeans Vater hatte bei diesem inneren Funkverkehr einen abwesenden Gesichtsausdruck, den seine Eltern abwechselnd als angestrengtes Grübeln und schlechtes Gewissen angesichts wahrer kulinarischer Größe interpretierten. Leider lernte Jean seinen Großvater nicht mehr kennen. Der starb nämlich an einem durchgebrochenen Magengeschwür, was seinen Sohn dazu brachte, den inneren Funkverkehr mit Leonardo, den er seit Jahrzehnten nicht mehr gepflegt hatte, wieder aufzunehmen. Es war nur ein kurzer Satz, den er in den Kosmos hinaus morste: „SAG-ICH-DOCH!"

Ein paar Minuten, nachdem seine Mutter ihrem Mann die Augenlider zugedrückt hatte, meldete sich Leonardo mit leisem Knistern in der Leitung: „Er ist ge-

storben, ohne der Nachwelt ein großes Rezept hinterlassen zu haben? Kein Halbgefrorenes à la Eduard Truit, kein Boeuf Truit? Was für ein Drama!“ Der Kopf des trauernden Jungen füllte sich für lange Zeit mit hysterischem Kichern, das erst wieder verschwand, als er mit seiner Frau Hortense einen überraschend heftigen Orgasmus hatte. Im Nachhinein bedacht, könnte es sogar die geglückte Empfängnis des kleinen Jean gewesen sein – terminlich käme es hin –, und das ist doch das Holz, aus dem unverwüstliche Mythen geschnitzt werden. Von all dem erzählte Paul seinem kleinen Jean nichts. Er war zwar der Meinung, dass er sich in der Beziehung zu seinem Vater nichts hatte zuschulden kommen lassen, aber ganz wohl war ihm bei der Erinnerung an den lieblosen Abschied nicht. Vielleicht war es ein Anflug von schlechtem Gewissen, ganz zart nur – so wie der Hauch eines überreifen Camemberts, der durch eine Ritze des Kühlschranks dringt …

Jean wäre es auch egal gewesen. Die Schmerzen nehmen nämlich nicht ab, nur weil man weiß, dass ein Folterknecht sie einem nur deshalb zufügt, weil er eine schwere Kindheit hatte. Der Satz seines Vaters: »Da kannst du ja gleich Koch werden!« war jedenfalls eine Unvorsichtigkeit gewesen, die erste ungeschützte Stelle, die Jean in der ansonsten makellosen Rüstung seines Vaters entdeckte, eine unvermutete Bresche in der scheinbar uneinnehmbaren Festungsmauer, die diesen gebildeten und moralisch integeren Alleswisser und Alleskönner umgab – und Jean stieß sofort zu. Er beschloss, Koch zu werden. Sein größter Lebenstraum war ihm auf einmal erschienen, ein leuchtender Finger, der die Wolkendecke des Schicksals durchstoßen und ihm das Ziel seines

Glücksstrebens gezeigt hatte. Koch! Ein Küchenmeister, ein ernsthafter Zauberer mit allem, was Flora und Fauna dem Menschen als essbar darboten.

Vor diesem Erweckungserlebnis hatte der kleine Jean mit der Zubereitung von Mahlzeiten nichts zu tun gehabt, er hatte sich mit dem Vertilgen dessen begnügt, was seine Nana früh, mittags und abends gekocht hatte: Süßes und Kompottartiges, Gemüseterrinen, Quiches, Braten, Sülzen, sogar Kohlsuppen. Und er hatte es sich angewöhnt, großzügig vom Angebot des Nachschlags Gebrauch zu machen, wenn es sich um Grießbrei mit frischen, zermusten Erdbeeren handelte, um Crêpes mit Nusscreme, um Crêpes mit Staubzucker, um Crêpes mit Heidelbeeren, um Crêpes mit Vierfruchtmarmelade, um Würstchen, um Kartoffelbrei mit dunkel gerösteten Brotbröseln, um Poularde, um Reisauflauf, um Reispudding, um Reis mit Zucker und Zimt und um Weißbrotscheiben vom Vortag, die Nana in Milch einweichte, dann in verschlagene Eier tauchte, in viel Butter in der Pfanne ausbriet und anschließend mit Zucker und Zimt bestäubte.

Doch nach dieser Kampfansage an den Vater war für Jean der Akt des Kochens zu einer heiligen Handlung geworden. Er saß bei Nana in der Küche und beobachtete jeden Handgriff der ebenso resoluten wie übergewichtigen Frau aus Marseille, die als Kindermädchen angefangen hatte und nun Papa den Haushalt führte, nachdem Mama verschwunden war.

„Sie ist weg – und sie kommt auch nicht wieder. Und falls sie doch käme, würde ich sie nicht reinlassen. Das ist alles. Frag nicht mehr. Mir tut es auch weh. Wahrscheinlich mehr als dir. Ach … Scheiße!“ Abgang Papa.

Das war der übliche Monolog, wenn Jean auf Mama zu sprechen kam. Aber er hatte es bald verstanden: Mama war weg und sie würde auch nicht wiederkommen. Falls sie doch käme, würde Papa sie nicht reinlassen. So einfach war das. Also, das verstand doch auch ein Elfjähriger, das hätte sogar ein Fünfjähriger schon verstanden. Aber als er Fünf war, war Mama ja noch dagewesen. Wie hieß sie doch gleich? Marthe? Madeleine? Marie … nein! Er wollte Papa fragen, aber dann fiel ihm ein, dass der ja nicht gerne darüber redete. Vielleicht hatte er ihren Namen ja auch vergessen.

Jean begann ein Rezeptbuch zu schreiben. Er fragte Nana jeden Mittag und jeden Abend nach den Zutaten und der Zubereitung der jeweiligen Mahlzeit, bis sich die ersten Rezepte wiederholten. Dann horchte er sie nach neuen Rezepten aus, aber Nana war eine schlichte Person, deren Küchenkanon nicht mehr als insgesamt drei Dutzend Gerichte umfasste: fünf Braten, drei Eintöpfe, vier Fischgerichte, ein paar Suppen und Gemüseterrinen.

Nicht mitgezählt Salate und Süßspeisen. Für Süßes hatte Jean ein separates Buch angelegt, eine dicke Kladde mit hellblau karierten 256 Seiten. Süßspeisen musste es fast unendlich viele geben.

„Fast unendlich viele!“, höhnte sein Vater, als Jean einmal dummerweise auf das Buch zu sprechen kam. „Was lernt ihr eigentlich in der Schule? Unendlich ist nicht so was wie »ein Pfund« oder »eine ziemlich große Zahl«! Unendlich ist jenseits unserer Vorstellung, verstehst du?“

Jean zog die Augenbrauen zusammen, spannte die Gesichtsmuskeln an und fixierte seinen Vater. Er nickte nicht. Er schaute ihn nur sehr, sehr fest an.

„Unendlich viele Rezepte würden nicht mal in dein Buch passen, wenn jedes Rezept nicht größer wäre als ein Punkt mit dem Füller. Und dann: »Fast unendlich«! Die Hälfte von unendlich ist immer noch unendlich, da wird »fast unendlich« kaum weniger sein. Oder? Was meint du?"

„Nein", sagte Jean.

„Nein – was?"

„Nein. Fast unendlich ist sicher mehr als halb unendlich."

Der Vater stöhnte. „Du kapierst es einfach nicht. Du plapperst mir nur alles nach, damit du deine Ruhe hast. Stimmt's?"

„Stimmt", dachte Jean, und in einem plötzlich wilden logischen Übermut setzte er in Gedanken hinzu: „Wenn ich etwas nachplappere, muss es mir jemand vorplappern – und das bist du! Vorplapperer! Vorplapperer!" Aber das dachte er nur, laut sagte er: „Nein. Ich will nicht meine Ruhe haben."

„Ach nein! Was willst du denn?"

Meist war es eine Stelle wie diese in ihren Konversationen, an der Jean nichts mehr einfiel. Er fand keine Worte mehr, und er wollte auch nichts Falsches sagen, um seinen Vater nicht noch mehr gegen sich aufzubringen. Er schaute ihm nur weiter fest ins Gesicht und hoffte, dass er die Luft lange genug anhalten konnte – bis sein Vater seinerseits kurz und kräftig die Luft durch die Nasenlöcher stieß, die Hände zusammenschlug oder sie auf den Esstisch klatschte oder auf seine Oberschenkel, aufstand und mit unfreundlichen Worten zur Tür ging, stehen blieb, Jean adlerhaft anblickte, zurückkam und ihm die Hände auf die Schultern legte, sein Gesicht ganz

langsam an das seines Sohnes schob, leise und eindringlich sprach: „Ich will dich doch nur auf all dieses ... dieses schrecklich schwierige ... da draußen ... ach! Ich will doch nur, dass du ..." Noch ein Stöhnen, die Augen klappten zu, dann wieder auf, dann lösten sich die Hände langsam, und Jeans Vater ging zur Tür. Stöhnte. „Fast un-end-lich! FAST!"

Solche Anlässe trainierten die Lungen des kleinen Jean ganz außerordentlich, und er wäre bestimmt ein berühmter Apnoetaucher geworden, wenn er nicht Koch geworden wäre. Er war zwar erst Souschef, aber eigentlich – doch das hielt er noch geheim – war er schon viel, viel besser als der Koch.

Jean zeigte Ali, wie er die dünne Zucchinisuppe mit Totentrompeten abziehen konnte, ohne sie klebrig werden zu lassen. „Setz sie danach au bain marie, und nimm nur eine heiße Kelle, wenn du sie schöpfst!"

Der Souschef war der Einzige, der in dieser Küche noch daran glaubte, die beiden Küchenhilfen wären hier, um zu lernen, wie man kocht. Ali und Abderahim schauten ihn mit großen Hundeaugen an, wenn er ihnen wieder ein neues Geheimnis der französischen Küche verriet und hofften beide, er würde sie nicht wieder ausfragen, wie man eine Julienne schneidet, oder ob man zum Glacieren eine Stahl- oder eine Kupferpfanne nimmt. Weil sich Jean an seine eigene leidvolle Zeit unter seinem Vater erinnerte, der sein Wissen mit harter Hand in ihn hineingestopft hatte, so wie die Entenmästerinnen aus dem Perigor ihre kleinen Lieblinge nudeln, wiederholte er geduldig und mit freundlicher Stimme alle Erklärungen, die er den beiden wieder und immer wieder gegeben hatte. Nein, für die Mehlbutter muss das Mehl nicht gesiebt werden; ja, die linke Hand darf den Fischschwanz beim Filetieren halten, auch wenn sie die unreine ist, aber man sollte sie sich trotzdem nach dem Kacken waschen; nein, nicht mit der Gabel, sondern mit der Kelle; doch, zum Donnerwetter, mit Butter und nicht mit dem verdammten Arganöl!

Wenn es mal wieder so weit war, dass Jean die Geduld zu verlassen drohte, wischte er sich den Schweiß von der Stirn, schob Ali oder Abderahim beiseite, schickte ihn zum Salatputzen oder Spülen und strich die Backform selber mit Butter aus.

Die Stoßzeiten in der Küche des »Aghroum«, oder »les temps d´amour«, wie der Koch sie mit poetischem Sarkasmus nannte, unterschieden sich wenig von den Stoßzeiten in anderen Küchen. Natürlich, in Großküchen mit zwanzig, dreißig Köchen war der Krach noch gewaltiger, wuselten die Arme und Beine noch dramatischer um das flammende Zentrum der Herdstation, schlug die Glocke am Ausgabetresen noch schneller und wurden die Bestellungen noch hektischer vom Bord gerissen, aber grundsätzlich blieb der Ablauf derselbe. Der Tag eines Kochs verläuft wie ein übertrieben in die Länge gezogener Geschlechtsverkehr, aber das merken die meisten Köche nicht. Sie sind nur am Ende ihrer Schicht sehr aufgekratzt und dämpfen ihre natürlich geweckte Lust mit Alkohol und anderen Drogen.

Der Tag eines Kochs fängt wie eine anständige Verführung an, wie eine, die noch vor hundert Jahren zu jedem Liebesabenteuer gehörte. Er lernt den Geruch des Tages kennen, nimmt die Witterung auf, die von den

Spankörben und Holzkisten zu seinem Posten herüberweht. Was der Chef am Morgen eingekauft hat, das wird seine Geliebte des Tages. Der Koch tastet sich langsam an das neue Abenteuer heran, packt die Pfifferlinge aus, beschnuppert sie und drückt sie vorsichtig, um ihre Frische zu testen. Die Barben werden aus dem Kasten mit gestoßenem Eis gehoben, vielleicht noch ein paar Lachsforellen, eine Brasse, ein Knurrhahn. Man klappt die Kiemen zurück, in der Hoffnung, nur rosige Lamellen zu sehen, kontrolliert die Augen und zwängt die Mäuler auf. Dann wandern die Hände schnell durch das Gemüse, reißen ein paar dunkle Lauchblätter ab, entfernen die Stiele der Auberginen und kämmen durch den Spinat, um zu fühlen, wie sandig er ist. Die Stubenküken antworten ihm auf die Frage nach ihrem Alter, wenn er ihnen gefühlvoll auf die Bäuche drückt, die Hühner, wenn er an ihrer Brusthaut zieht, Lammschultern und Rinderschlegel dagegen muss man schon etwas fester mit dem Mittelfinger beklopfen. Es ist ständiges Tasten, Drücken und Schnuppern, so wie wenn man sich zum ersten Mal mutig einer Frau nähert, die man bisher nur von weitem angehimmelt hat.

Hat der Koch die Geliebte des Tages erst einmal ausgiebig betrachtet und sich ihrer Attraktivität versichert, kann er sie und sich auf die Lust vorbereiten. Zuerst wird er sich eine Zigarette anzünden, einen Kaffee mit seinen Kollegen trinken und sie von Ferne betrachten. Man tauscht ein paar kleine Geheimnisse aus, spricht von der gestrigen Geliebten und lässt die heutige dabei nicht aus den Augen. Dann fängt man langsam und gefühlvoll an, lässt die Küchenjungs den Spinat putzen, die Pilze sauber reiben, Bohnen entfädeln und Salat waschen, nimmt sich sein Lieblingsmesser und filetiert den Lachs, oder man spaltet Lammnieren, enthäutet sie vorsichtig und zieht ihnen Sehnen, Adern und Fett ab. Gemüseterrinen werden vorgekocht, Kartoffelplätzchen gespritzt und in die Kühlung gestellt, Fleisch wird mariniert.

Nach und nach steigt die Erregung, der Vormittag nähert sich dem Ende, die Ober decken die Tische ein, der Patron marschiert durch die Küche und kann es nicht lassen, jeden Deckel zu lüpfen, so wie die Karikatur eines Ehemanns, nachdem er von der Arbeit nach Hause gekommen ist. Das Klima heizt sich auf, zum einen, weil nun an jedem Herd die Flammen brennen, weil der Salamander glüht und der Wärmetisch sich langsam aufheizt, zum anderen, weil die Atmosphäre brünstig wird, die Köche nervös ihre Posten kontrollieren, schnell noch ein paar Messer nachschleifen, die Haare hinter den Ohren zusammenstecken, sich also so benehmen wie Akrobaten im Zirkus, kurz bevor ihre Nummer angesagt wird – oder wie Schauspieler, die durch den Spalt des Vorhangs ins Publikum spähen. Oder wie Liebende eben, die sich entschlossen dem Vorspiel zuwenden, sich betasten, küssen und langsam die Kleider abstreifen.

Dann kommt der große Moment, von Spiel ist jetzt keine Rede mehr, es wird ernst, jetzt geht es zur Sache, jetzt dringen Genuss fordernde Gäste ins Restaurant ein, jetzt weht erwartungsvolle Schwüle durch die Küche. Wenn der erste Bestellzettel am Haken hängt, springt die Maschinerie an, bewegen sich konzentrierte Menschen mit sensiblen Fingern und der Feinmotorik von Safeknackern wie Matrosen auf der Brücke eines angegriffenen Schlachtschiffs. Die Liebe wird zur Lust, zur hitzigen Reibung, zur Pflicht. Die nächsten eineinhalb Stunden, oft sind es sogar zwei oder mehr, sind die »temps d'amour«, die schweißtreibende Bestätigung, dass die richtigen Männer am richtigen Platz sind. Kochen ist Kampf, aber gleichzeitig auch Liebkosung. Kochen ist Krieg und Zärtlichkeit. Kochen ist Auflösung und Konzentration, Schöpfung und Abschied, Gebären und Töten. Kochen ist – jedenfalls wenn man es in einem professionellen Rahmen und in einer Meute besessener Männer betreibt – die Alexanderschlacht in Zeitrafferaufnahme.

Dann irgendwann, wenn die Küche immer kleiner wird, wenn eng gedrängt ein Durcheinander von zischenden Pfannen, garnierten Tellern, verschwitzten Haaren, brodelnden Kasserollen und stoßenden Hüften jede Bewegung zu ersticken drohen, dann ist es Zeit für den Orgasmus, für den »bon final«. Dieser kleine Zettel wird wie jeder andere von einem Ober auf das Nagelbrett an der Passage gepinnt, aber er enthält das Aufbäumen der gesamten Mannschaft als Programm. Ein »bon final« liest sich zum Beispiel so: Ti7-1 rog.v. pilaf, 1 tj-veg, 1 st-agneau pr., 1 rouget-O, 1 tour/choron, 1 navarin.

Ausführlich entschlüsselt, bedeutet diese kryptische Botschaft, dass sechs zum Ende der Mittagszeit angekommene Menschen an Tisch sieben Platz genommen und alle in hämischer Einstimmigkeit à la carte bestellt haben. Nämlich einmal Rognons de veau à la moutarde au riz pilaf, was nicht mehr heißt als Kalbsnierchen in Senfsauce im Reisrand. Das Gefährliche an diesem Gericht ist, dass Kalbsnieren nur zu gerne hart werden. Man muss sie immer wieder im Ofen begießen und genau zur richtigen Sekunde herausnehmen, flambieren und salzen. Dann sofort auf den Tisch damit. Aber wenn ein Tisch bestellt, sollten alle Essen auch gleichzeitig serviert werden. Das ist das Böse an diesem »bon final«, dass er eine erschöpfte Küchenmannschaft am Ende ihrer Kräfte zu einer letzten, fast übermenschlichen Anstrengung herausfordert.

Die Nummer zwei war harmlos, die konnte Ali übernehmen. Eine vegetarische Tajine bedeutet nur, dass in eine kleine Tonform, in der schon seit einer Stunde Kartoffeln und Zwiebeln zart köcheln, ein paar vorgegarte Stücke Karotten, Fenchel, Paprika und zwei Scheiben scharf gebratene Auberginen gemischt werden. Aber Position drei verlangte nach einem ganzen Kerl, denn »st-agneau pr.« bedeutete »Sauté d'agneaude lait printanier«, ein Milchlamm-Ragout mit Frühlingsgemüse.

»Tour/choron« bedeutete Rindertournedos mit Croutons und Artischockenböden, und ein Navarin ist ein klassischer Lammtopf, den man im »Aghroum« natürlich auch in der Tajine anrichtete.

Natürlich musste einer wieder Fisch bestellen. Es ist nichts so störend für einen Koch, wie wenn er ein Fleisch- und ein Fischgericht gleichzeitig zubereiten muss. Ein »rouget-O« ist eine rote Meerbarbe auf orientalische Art, also gegart in einer Mischung von eingekochten Tomaten, Knoblauch, Safran, Fenchellaub, Koriander, Lorbeer, Thymian und Petersilie. Diese Mischung stand zwar schon längst fertig an Jeans Posten, aber er musste trotzdem den Fisch erst salzen und pfeffern, mehlen und anbraten, in eine Form umlegen, übergießen und in den Ofen schieben.

Der Koch und sein Souschef verteilten die Gerichte. Für jeden blieben drei übrig, den Rest teilten sich die Küchenjungen.

„Kocht den Nieren hinterher!“, rief der Koch, und damit hatte er den Zieleinlauf festgelegt. Alles musste jetzt in 18 Minuten fertig sein, denn das war die Zeit für Kalbsnierchen. Jetzt hieß es bei manchen Gerichten verzögern und bei anderen wieder Gas geben, jetzt war das Rennen eröffnet.

Nach 18 Minuten kam der Orgasmus, heftig und glückselig. Und es kamen alle gleichzeitig.

Nach dem Ansturm des Mittagsgeschäfts sinkt auch der erfahrenste Koch als verschwitztes aber glücklich grinsendes Bündel irgendwo nieder, vor dem erfrischenden Bodenschlitz des Kühlraums, im Durchgang zum Weinkeller, auf einer Partie geschälter Kartoffeln oder auf den Stufen zum kleinen, vor Hitze flimmernden Hinterhof des Restaurants »Aghroum«, mitten in der Neustadt von Marrakesch.

Der Koch nahm die Zigarette, die ihm Jean wie nach jedem letzten »bon final« anbot und vergaß wie jeden Tag, dass er eigentlich schon seit drei Jahren nicht mehr rauchte. In diesem Augenblick mochte er seinen Souschef sehr gern, und auch der liebte seinen Chefkoch mit einer plötzlichen Wallung, vor der er sich in beherrschteren Zeiten ekelte. Aber, wie gesagt, das war keine beherrschte Zeit. Es war der Moment nach dem Orgasmus, nach einem besonders guten Orgasmus, nach einem, der einem das Hirn aus den Ohren bläst, der vielleicht nur unter drei extremen Voraussetzungen möglich ist: einer frischen Leidenschaft, einer neuen Droge, oder einem wirklich gelungenen Kampf mit Töpfen und Pfannen. Küchensex eben.

Schön, aber auch schwer zu ertragen. Besonders, wenn man zweimal am Tag Küchensex haben musste, wie diese Köche. Der Patron konnte sich nämlich keine zweite Brigade leisten.

Die »temps d'amour« waren zart verklungen, die Sympathie zwischen Koch und Souschef hatte sich wieder auf ein kaum noch wahrnehmbares Maß reduziert, die Küchenjungen spülten ab, und Hassan hatte gerade sein Mahl beendet, als wieder ein Zettel angesteckt wurde und die Glocke noch einmal läutete. Jean schaute den Koch an, und der schaute Jean an, und Jean blickte zu Abderahim hinüber, der schon den Hochdruckschlauch in der Hand hatte, mit dem man die bösen angetrockneten Krusten der Teller entfernen konnte, bevor sie in den Spüler kamen, und der schob den Blick an Ali weiter, bis der ihn endlich aufnahm, sich zur Durchreiche schleppte, den Zettel abriss und las. »Trois fois caravane des poissons.«

Eine Fischkarawane bedeutete, dass je ein Stück Meerbarbe, Sardine, Seewolf und Brasse auf einen kleinen Stahldegen gespießt, mit der vorbereiteten Fisch-Tandoori-Gewürzmischung bestreut und unter dem Salamander gegrillt wurde. Dazu gab es Couscous mit einem geflochtenen Bohnenstrauß. Die Sauce blubberte noch im Wasserbad. Jean zog an seiner Zigarette, verdrehte die Augen und lehnte sich noch bequemer an die Türfüllung. Der Koch schaute Ali an, winkte ihm mit den Augen »Viel Glück« zu und lehnte sich ebenfalls zurück. Der kleine Ali steckte todesmutig die Fische auf den Spieß. Der Koch und sein Souschef schauten weg.

„Erzähl doch weiter von der Zwiebel“, sagte der Koch nach einer langen Pause zu Hassan. Die Fischkarawane hatte gerade die Küche verlassen, und der kleine Ali setzte sich stolz neben Jean, der seinen Posten geputzt hatte und mit einem Glas Rotwein und einer Zigarette auf der obersten der drei Holzstufen hockte, die zum Hinterhof führten. Der Souschef klopfte dem Küchenjungen freundlich auf die Schulter, obwohl er deutlich gerochen hatte, dass sich die Fische unter dem Grill mit der Hühnerwürze vermählt hatten. „Ich will jetzt keine Zwiebelrezepte hören“, sagte Jean. „Wieso in aller Welt muss ein ungelernter Koch alle Rezepte aufschreiben, in denen die Zwiebel vorkommt? Er hätte sich den Großen Larousse in der Stadtbibliothek ausleihen und ihn abschreiben sollen – da wäre er weiter gekommen.“

„Aber Rezepte interessierten ihn am Anfang noch gar nicht“, sagte Hassan mit einem mitleidigen Blick auf den Souschef. „Mein Großvater wollte alles wissen, was es von der Zwiebel zu wissen gibt, und deshalb hat er auch die Menschen befragt, die etwas wissen könnten. Er hätte bestimmt auch deinen Herrn Larousse gefragt.“

Jean schnaubte verächtlich.

„Aber er ging anders vor. Zuerst versuchte er sich in das Wesen der Zwiebel zu versetzen. Das klingt vielleicht komisch für euch, aber ihr müsst daran denken, dass wir schon immer Wissenschaftler waren, genaue Beobachter der Natur und große … Experimentatoren.“

„Natürlich“, sagte der Koch, der die Atmosphäre zwischen seinem Souschef und Hassan entspannen wollte, „das weiß man ja: die Araber und die ganze Mathematik und die Astronomie und das alles …“

(Eine sehr halbherzig gebrochene Lanze, und der Koch merkte das, noch während er sprach, aber er hielt unterschwellige Spannungen einfach schlecht aus. Deshalb hatte er im Lauf seines Lebens immerhin vier Frauen verlassen, die heute noch nicht genau wussten, was eigentlich die Trennungsgründe gewesen waren. Anm. d. Übers.)

Jean schnaubte noch einmal und nahm einen großen Schluck Wein. Er zog ihn bei offenem Mund geräuschvoll durch die Zähne, schwemmte ihn im Mund hin und her, schmatzte und schluckte. Dann nahm er einen tiefen Zug von seiner Zigarette, schloss die Augen und ließ den Kopf nach hinten auf den Holzrahmen der Tür sinken.

„Und weil er erst am Anfang seiner Studien stand, wusste er natürlich noch nicht, wie man sich dem Wesen einer Sache nähert. Zuerst setzte er sich eine Woche lang zu den Marktweibern in Tinghir und beobachtete sie beim Zwiebelverkaufen. Das war keine gute Idee, denn er lernte nur ein paar seltene Flüche und die Melodie des Liedes: »Zwiebeln! Frische Zwiebeln! Scharfe Zwiebeln, milde Zwiebeln!«, und er beobachtete, dass der Zwiebelpreis steigt, wenn nur noch wenige Zwiebeln auf den Strohmatten liegen. Immer wenn die letzte Zwiebel einer Matte verkauft worden war, griff die Händlerin nach einem versteckten Sack hinter sich, und schon war die Strohmatte wieder voll belegt. Gleichzeitig war der Preis wieder etwas gefallen. Aber das interessierte meinen Großvater nicht, das wäre höchstens für einen Studenten der Ökonomie interessant gewesen.

Danach ging er auf den Zwiebelacker seiner Familie und grub eine Zwiebel aus. Das tat er sehr langsam und

vorsichtig, mit einem kleinen Holzlöffel und einem Pinsel, so wie man die Pyramiden ausgegraben hat und all diese verschütteten Altertümer. Weil er so langsam und vorsichtig arbeitete und die Zwiebel nicht einfach beim Schopf packte und aus der Erde riss, wie man es gewöhnlich macht, fiel ihm auf, dass kleine dunkle Erdklumpen daran hafteten, auch wenn der Boden völlig trocken und staubig war. Als er die feuchten Klümpchen vorsichtig zwischen den Fingern verrieb und daran roch, stellte er fest, dass es nicht anders roch, als wenn jemand Zwiebeln geschnitten hatte. Dieser Geruch, der sehr ... anhänglich ist, brachte meinen Großvater darauf, was es wirklich war. Die Zwiebel schwitzte. Sie wurde unter der Erde auf ihrer äußeren Zwiebelhaut feucht, so wie wir unter der Mittagssonne unter den Achseln feucht werden."

Jean lachte. „Wenn sie schon so viel kann, deine Zwiebel, warum krabbelt sie dann nicht aus der Erde und setzt sich in den Schatten, wenn es ihr heiß ist?"

„O, sie schwitzt gerne", sagte Hassan vergnügt und runzelte nur ein wenig die Stirn, als er sah, dass sich der Souschef das zweite Glas Wein einschenkte. „Sie ernährt sich dadurch. Auch das hat mein Großvater herausgefunden. Die Zwiebeln schwitzen rund um ihre Knollen, dann löst diese Flüssigkeit langsam die guten Stoffe aus dem Boden, von denen die Zwiebel lebt, all das sickert langsam tiefer und tiefer, bis es schließlich an den feinen Wurzelhaaren der Zwiebel angekommen ist – und damit saugt es die Zwiebel wieder auf. Sie ist ein Wunder. Die Zwiebel ist ein echtes Wunder!"

Die Küchenjungen saßen nebeneinander, mit offenen Mündern, ohne mit den Beinen zu baumeln und zu kichern. Noch nie zuvor hatten sie derartig abenteuerliche Geschichten gehört. Der Koch überlegte sich, ob er Hassans botanische Abhandlungen zurechtrücken sollte, aber so sehr er auch in seinem Gedächtnis kramte, es fiel ihm einfach nicht ein, wie das mit den Pflanzen und ihrer Ernährung wirklich funktionierte.

Nur Jean war unbeeindruckt. „Sprach er auch mit den Zwiebeln, dein Großvater?“

„Natürlich nicht“, sagte Hassan. „Zwar leben auch die Zwiebeln, so wie alle Wesenheiten, die Allah geschaffen hat, aber nur uns hat er die Gabe der sinnvollen Rede gegeben.“

Jean machte eine schnelle Plapperbewegung mit der Zunge, um anzudeuten, was er von Hassans sinnvollen Reden hielt, aber der war in seine Erzählung vertieft und hatte obendrein keinen Sinn für Sarkasmus.

„Nachdem er herausgefunden hatte, wie die Zwiebel lebt und sich ernährt, versuchte er zu erfahren, wie sie fühlt. Er wollte sich in eine Zwiebel hineinversetzen und zog deshalb eines Tages sieben Djellabas übereinander an. Dafür musste er sich zwei von seinem Vater und je eine von seinen drei jüngeren Brüdern ausleihen. Als er sie endlich alle übereinander gezogen hatte, konnte er sich kaum noch bewegen. Vor allem an den Ärmeln wurde es sehr eng. Er setzte sich auf die Bank neben der Haustür in die Sonne und blieb so den ganzen Tag sitzen. Er trank nichts, er aß nichts, und wenn ihn ein Nachbar fragte, warum er plötzlich so dick geworden wäre und warum er so lange bewegungslos dasitze, antwortete er nicht und schaute ihn auch nicht an. Denn eine Zwiebel hätte es nicht anders gemacht.

Am Abend half ihm die Familie aus den sieben Djellabas, und der Vater wechselte einen kurzen besorgten

Blick mit der Mutter, ob der Junge jetzt nicht doch verrückt geworden wäre. Als mein Großvater endlich von seinen Schalen erlöst war, streckte er sich und seufzte: »Das hat mich dem Wesen der Zwiebel auch nicht näher gebracht. Aber es ist eine wunderbare Meditation. Stellt euch vor – wenn man lange genug wartet und nur auf ein kleines Stück Mauer schaut, fängt es an, wie Honig zu zerlaufen!«

Am nächsten Tag ließ er sich in einem weit vom Dorf entfernten Ackerstück eingraben, so dass nur sein Kopf noch aus dem Boden ragte. Sein Lieblingsbruder Said blieb bis zum Abend bei ihm sitzen, hielt ihm ein Palmblatt gegen die Mittagssonne über den Kopf, besprenkelte ihn manchmal mit etwas Wasser, das er in einem Blecheimer mitgebracht hatte, legte ihm ein paar Körnchen Salz auf die Zunge und ließ ihn danach einen Schluck trinken. Am Abend war mein Großvater sehr müde und machte die Augen nicht mehr auf, auch nicht, nachdem ihn Said mehrmals laut gerufen und ihn sogar auf beide Wangen geschlagen hatte. Da bekam er Angst und grub meinen Großvater wieder aus. Das war viel schwerer als das Eingraben, und erst als Said zwei weitere Brüder zu Hilfe geholt hatte, konnten sie ihn aus seinem Loch ziehen. Er war ohnmächtig, und sein Körper fühlte sich heiß und geschwollen an – wie der einer Ziege, die kurz vor dem Werfen ist. Sie schleppten ihn heim. Meine Urgroßmutter jammerte und schlug ihre drei Söhne, auch wenn sie ihren Ältesten ausgegraben und gerettet hatten, aber irgendwie tat es ihr gut, jemanden schlagen zu können. Dann rieb sie den immer noch ohnmächtigen Sohn am ganzen Körper mit Minze ab, flößte ihm gezuckerten Tee ein und legte ihn mit dem Gesicht nach Osten auf

den Bauch. Nach einiger Zeit muss mein Großvater erwacht sein und geflüstert haben: »Meine Wurzeln ... oh, meine Wurzeln sind so trocken!«

Da wickelte seine Mutter nasse Tücher um seine Füße, und dabei weinte sie und haderte mit dem Propheten, weil sie Angst hatte, dass ihr ältester Sohn nun tatsächlich zur Zwiebel geworden wäre.

Aber am nächsten Morgen war mein Großvater wieder ganz normal, er klagte noch über Kopfweh und brennende Fußsohlen, aber er aß mit viel Appetit eine frische Zwiebelsuppe. Denn das war schon am ersten Tag seines ersten Jahres als Nador klar gewesen: Er würde sich auch von dem Stoff seiner Studien ernähren."

„Er hat ein ganzes Jahr nur Zwiebeln gegessen?", fragte der Koch schockiert.

„Ja. Auf jeden Fall waren sie immer die Hauptsache, ein paar Kleinigkeiten kamen schon dazu. Für eine Zwiebelsuppe braucht man ja auch mehr als nur Zwiebeln. Aber er fand auch viele neue Rezepte, die fast nur aus Zwiebeln bestanden, scharfe Dörrzwiebeln und süße Arganzwiebeln zum Beispiel."

Und weil mindestens zwei Augenpaare mit dem luchsartigen Ausdruck höchster Konzentration auf ihn gerichtet waren, den es nur unter Köchen zu geben scheint, erklärte er: „Man schält kleine Zwiebeln und kocht sie mit Klumpenzucker und Minze, bis sie nicht ganz weich sind, eben so lange, bis sie sich anfühlen wie ein hart gekochtes Ei. Dann rührt man in einer Pfanne Arganöl mit etwas Muskatblüte und Honig an und gibt die Zwiebeln dazu. Wenn man sie gut darin schwenkt, so dass sie nicht anbacken, überziehen sie sich mit der Zeit mit einer goldgelben Haut. Das ist eine gute Nachspeise."

Der Koch und sein Souschef hatten bei diesen Sätzen die Augen geschlossen, das Rezept quasi im Geiste mitgekocht, und schmatzten jetzt beide leise vor sich hin, weil sie sich den Geschmack nur zu gut vorstellen konnten.

„Ja“, dachte Jean, „das klingt nach einem vernünftigen Rezept. Vielleicht könnte man zum Schluss noch etwas geröstete Sesamsaat darübergeben. Es klingt auch nach einer guten Beilage zu scharf gebratenem Fisch, einer Brasse etwa oder einem gegrillten Stück Thunfisch ...“ Er kannte Hassan schon lange, leider viel zu lange, aber zum ersten Mal hatte er das Gefühl, dass in diesem geschwätzigen alten Mann ein paar entdeckenswerte Geheimnisse verborgen sein könnten.

„Und wie hat er die scharfen Dörrzwiebeln gemacht?“, fragte der Souschef.

Der Alte winkte ab, mit einer Bewegung, die besagte, dass ein solches Rezept ein Fliegendreck sei im Vergleich zum Fortgang seiner Geschichte. „Eines Tages kam der Dorfvorsteher ins Haus und unterhielt sich lange mit der Familie meines Großvaters. Ihr müsst dazu wissen, dass diese Familie nicht gerade reich, aber wenigstens gesund und glücklich war und in kleinem, aber sicherem Wohlstand lebte. Nachdem nun der älteste Sohn von der Medersa zurückgekehrt war, gab es ein Problem: Er musste heiraten!“

Die Küchenjungen kicherten und Jean prostete Hassan zu: „Eine Zwiebelhochzeit! Das war sicher schön. Wie werden sie alle geweint haben.“ Er lachte und verschluckte sich gleichzeitig am Wein und am Zigarettenrauch, hustete und kreischte: „Eine Zwiebelhochzeit! Ihr spinnt doch alle, ihr ...“ Der Rest ging in Gehuste unter, aber wahrscheinlich hatte er die komplette Bevölkerung aller nordafrikanischen Staaten gemeint.

Der Koch brachte wieder Ruhe in seine Küche, schon deshalb, weil er seit einiger Zeit das Gefühl hatte, er müsse wieder daran erinnern, wer hier der Chef sei. Er hieß Ali die Bohnen für den Abend abziehen und erinnerte Abderahim daran, dass er noch Petersilie und Minze pflücken wollte. Die beiden nickten freundlich und bewegten sich nicht von ihrer Bank weg.

„Er musste heiraten, damit seine anderen Brüder und vor allem seine Schwestern heiraten konnten", erklärte Hassan. „Denn erst, wenn der Erstgeborene eine Frau genommen hat, dürfen auch die anderen heiraten. Aber mein Großvater hatte anderes im Kopf als Frauen. Der Dorfvorsteher redete lange mit seinen Eltern, während er sorgfältige Zeichnungen von durchgeschnittenen Zwiebeln anfertigte. Ihm war aufgefallen, dass die Zwiebel ein ziemlich vertracktes geometrisches Wesen ist – von oben gesehen orientiert sie sich an der Kreisform, von der Seite an der Ellipse. Er versuchte gerade eine Formel für diese besondere Form, die er »das Kind einer Pyramide und einer Kugel« nannte, zu finden, als sein Vater eintrat und ihm erklärte, dass er sich auf Brautschau machen müsse. Er wisse zwar, dass er ein Nador sei und mit dem Propheten über die Seele des Kochens gesprochen habe, und er sei auch stolz auf seinen ältesten Sohn – aber er müsse auch an seine Geschwister denken.

Mein Großvater wurde blass. Eine Frau würde ihn sicher bei seinen heiligen Arbeiten stören, sie würde mit ihm reden wollen, sie würde Kinder haben wollen und ihn ständig fragen, ob sie nicht einen roten Vorhang ans Küchenfenster hängen sollten oder ob er ihre Füße wirk-

lich schön fände oder ob Suleyman ein guter Name für ihren Erstgeborenen sei oder ob sie heute Abend mal einen Kichererbsensalat machen sollte. Einen Kichererbsensalat? Im Zwiebeljahr?

Natürlich passte eine Frau überhaupt nicht in das Leben meines Großvaters, aber weil er ein guter und gehorsamer Sohn war, gab er nach und versprach, sich nach einer Kandidatin umzusehen.

Er ging nicht ins Kaffeehaus, um sich Tipps von seinen Altersgenossen oder ein paar älteren Kupplern zu holen, er ging auch nicht in den Basar, um Mädchen bei den Mittagseinkäufen zu beobachten, sondern er setzte sich in den kleinen Kakteengarten seiner Mutter und sprach mit dem Propheten. Er hatte es jedenfalls vor. Zweimal schon hatte ihm der Prophet bei schwierigen Entscheidungen geholfen, warum nicht auch ein drittes Mal. Er wollte gerade die Augen schließen und Al-Hamdu-Lillah singen, als ihm ein Bild in den Kopf sprang. Es war, so hat er es jedenfalls seinem Sohn, meinem Vater, berichtet, als hätte jemand in seinem Kopf eine Lampe entzündet, und im Schein dieser Lampe sah er ein Mädchengesicht. Er erkannte dieses Gesicht sofort – und er erschrak so sehr, dass er zitterte. Mein Großvater zitterte an einem Augustnachmittag in einem Kakteengarten, wo doch jeder weiß, dass es gerade dort am heißesten ist. Es waren dort bestimmt 40 Grad, wenn nicht mehr."

Hassan schüttelte leise den Kopf, so als würde er diese Geschichte gerade zum ersten Mal hören und wäre nicht der, der sie erzählte.

„Das stimmt", sagte der kleine Ali leise, „bei den Kakteen ist es immer am heißesten. Sie mögen das so."

Auch Abderahim nickte.

Jean schaute den Koch an und wollte sich versichern, dass die französische Fraktion wenigstens noch die Nerven behalten hatte, und dass es nicht gerade der Gipfel eines Spannungsbogens ist, wenn ein Mann in einem Kakteengarten zittert. Aber der Koch nickte mit den anderen mit. Dann seufzte er, stand auf und ging zum Schnapskäfig *(Ein vergitterter, aus groben Winkeleisen geschweißter Kasten mit einem Schloss daran, für den traditionell nur der Chef der Küche einen Schlüssel hat. Darin stehen Flaschen mit Hochprozentigem, feine Cognacs ebenso wie schwere Armagnacs, Obstbrände zum Flambieren, Liköre zum Parfümieren und meist ein großes Einmachglas mit Früchten in Rum. Anm. d. Übers.)*, schloss ihn auf und schenkte sich einen doppelten Calvados ein.

„Wie ging es weiter?“, sagte er mit müder Stimme, so als wäre ihm schon einmal etwas Ähnliches widerfahren. „Was war mit dem Mädchen?“

„Das Mädchen war ein Krüppel!“, sagte der alte Mann und schnalzte mit der Zunge. „Das war mit dem Mädchen. Sie war ohne Beine zur Welt gekommen. Wie immer das passiert ist – die einen sagen, es sei, weil der Vater in einem Kobaltbergwerk gearbeitet hat, die anderen, es wäre ein Dschinnzauber gewesen –, man weiß es nicht. Sidane hatte jedenfalls keine Beine. Sie hörte einfach bei den Pobacken auf. Aber sie war ein sehr hübsches Mädchen – und sie war stolz. Viele Leute im Dorf sagten, man merke es fast nicht, dass Sidane keine Beine habe, weil sie die Nase so hoch trüge, was den Größenunterschied wieder ausgliche.

Das Bild dieses Mädchens war meinem Großvater also erschienen, als er den Propheten gerade nach einer passenden Gemahlin fragen wollte. Er hatte Sidane schon oft von weitem gesehen, aber er hatte noch nie mit ihr gesprochen. Es war ihm immer egal gewesen, ob ihr ein erboster Dschinn die Beine weggezaubert hatte oder die Kobaltstrahlen den Samen ihres Vaters verdorben hatten, sie tat ihm einfach Leid, und mehr wollte er nicht damit zu tun haben. Aber seltsam, sie war ihm schon in manchen Träumen in der Medersa erschienen, und er hatte immer einen kleinen elektrischen Schlag gespürt, wenn jemand den Namen Sidane ausgesprochen hatte.

Früher hatte er gedacht, das sei eben eine Erinnerung an die Heimat, und dieser kleine Schlag würde ihn auch treffen, wenn jemand Tinghir oder Jussuf *(Der Name seines Lieblingsesels, als der Großvater noch ein kleiner Junge war. Anm. d. Übers.)* sagte, aber es war nicht so. Mein Großvater hatte in Mraksch und bei seinen Unterweisungen in der Moschee genügend gelernt, um nicht mehr an einen Zufall glauben zu können, so gerne er das auch getan hätte. Eine halbe Frau, eine Frau, die umfällt, wenn man sie hinstellt, ein Krüppel, ein hochnäsiges Wesen, das bei den Pobacken aufhört. War es das, was der Prophet ihm zugedacht hatte? Als Prüfung, als Einforderung der Schuld, ihn zum Nador geadelt zu haben? Mein Großvater muss wohl einen sehr unangenehmen Nachmittag im Kakteengarten seiner Mutter verbracht haben", sagte Hassan und sprühte einen Nebel von Spucketröpfchen durch die Küche, so sehr lachte er dabei.

„Scheint so, als ob du wenig Mitleid mit ihm hast", sagte Jean.

„O nein, ich habe kein Mitleid mit ihm. Warum auch? Er hat in seinem Leben nie gelitten. Er konnte hinfassen, wohin er wollte: Wenn jeder von uns in Kaktusstacheln gelangt hätte, er hätte in weiche Seide gegriffen, wenn wir in bittere Orangen gebissen hätten, er hätte die süßesten Datteln geschmeckt – und Sidane ist das Glück seines Lebens geworden."

„Er hat sie geheiratet?"

„Ja, er hat sie geheiratet", bestätigte Hassan dem überraschten Souschef, der sich immer mehr für diese Geschichte zu interessieren schien.

„Was ist passiert? Erzähl!"

„Er ist am nächsten Tag zu dem Haus ihrer Eltern gegangen, hat seinen Kopf über die Mauer gesteckt, und da saß Sidane, in einem Korbstuhl neben einem alten Olivenbaum, dort wo sie immer saß, wenn sie nicht in der Küche auf einem gepolsterten Lehnstuhl saß oder auf dem Markt neben ihrer älteren Schwester zwischen zwei Lederkissen oder in ihrem Zimmer auf einer harten Matratze lag. Sie sah ihn sofort und rief ihn an: »Na, verrückter Nador! Hat dich die große Stadt wieder ausgespuckt? Bist du jetzt auch aussätzig, so wie ich?«

»Nein«, sagte mein Großvater. »Ich habe geträumt, dass ich dich heiraten werde, und deshalb bin ich gekommen, um dich zu fragen, was du davon hältst!« Das sei das erste und einzige Mal gewesen, erzählte mein Großvater, dass Sidane sprachlos war." Hassan kicherte und kniff die Augen zusammen, als er das erzählt hatte. „Er hatte sie mit Hilfe des Propheten in einer Sekunde von all ihrem Leid erlöst und zusammen wurden sie reines Glück. Fettes, glänzendes Glück!"

„Aber ...", stammelte Ali mit weit aufgerissenen Augen, „ ...aber, dann ist sie ja deine ... Großmutter!"

„Das stimmt, kleiner Ali“, sagte Hassan nicht ohne Stolz in der Stimme. „Und wir haben es allen bewiesen, dass wir dem Dschinn oder dem giftigen Zeug aus dem Bergwerk trotzen können, denn keiner von uns ist seitdem ohne Beine zur Welt gekommen!“

„Donnerwetter“, sagte Jean, aber es klang eher frech als anerkennend. Kaum hatte er es gesagt, schämte er sich dafür. Ein bisschen nur, aber immerhin. Das war ein seltsames Gefühl, denn er hatte sich lange nicht mehr geschämt. Das letzte Mal, als er beim Masturbieren vergessen hatte die Klotür abzuschließen und sein Vater plötzlich eintrat. Er stand verdattert vor seinem 13jährigen Sohn, der erschrocken mit seinem Schwanz in der Hand auf der Klobrille hockte und sich wie ein Tier in der Falle fühlte. Seinem Vater schoss das Blut ins Gesicht, er drehte sich um, ging hinaus und warf die Tür hinter sich zu, und Jean hörte noch, wie er im Weggehen rief: »Schließ das nächste Mal gefälligst ab!« Das nächste Mal? So lange er noch zu Hause lebte, fasste Jean nie wieder seinen Schwanz an, höchstens ganz vorsichtig, um ihn einzuseifen und abzuwaschen.

Hassan war viel zu stolz auf diesen besonderen Teil seiner Familiengeschichte, als dass ihn die komischen Blicke des Souschefs hätten ablenken können. „Er hat mit Sidane nicht nur sein Glück gefunden, er hat ihr auch die Beine wiedergegeben“, sagte der Alte und schaute seine Zuhörer nacheinander an, so als wollte er jedem die Möglichkeit geben zu fragen, wie denn das in aller Welt wohl möglich sein konnte. Aber keiner fragte.

Hassan griff nach dem Deckelstock, einem fast zwei Meter langen, gerade gewachsenen und entrindeten Haselnussast, in den an einem Ende ein krummer Nagel eingeschlagen war. Damit konnten die Küchenjungen die Topfdeckel herunterangeln, die an Haken an der Küchendecke hingen. Der Alte stellte den Stock vor sich auf den Boden, schlang seinen rechten Arm darum und sagte: „Ja, sie bekam die Beine wieder. Er konnte sie zwar nicht mehr gehend machen, so wie es ein großer Prophet, den ihr alle kennt, einmal mit einem Lahmen gemacht hat, aber die Beine bekam sie wieder."

„Er hat ihr Krücken geschnitzt?", fragte der Koch.

„Unsinn. Er war ein Nador. Von einem solchen Mann erwartet man ein wenig mehr." Hassan machte eine Pause und beobachtete sein Publikum. Er schmatzte zufrieden und kratzte sich unter seiner Djellaba. Man sah jedenfalls, wie sie sich bewegte, als krabbele eine junge Katze einer Maus hinterher. Er hielt den Deckelstock wie ein Schäfer seinen Stab und wiegte sich abwartend hin und her. Jean schwor sich, ihn nicht zu fragen, und er wurde schrecklich böse, als er merkte, dass sein Kopf trotzdem keinen anderen Gedanken zuließ als den, wie diese Frau wieder an ihre Beine gekommen sein mochte.

„Ich werde euch sagen, wie meine Großmutter wieder Beine bekam", sagte Hassan, zufrieden mit der deutlich atemlosen Aufmerksamkeit, die er erzeugt hatte. „Mein Großvater machte eine Erfindung, eine geniale Erfindung. Er nahm einen solchen Stock ...", dabei packte er den Haselnussast fester und klopfte mit ihm auf den Boden, „ ... und spitzte ihn an der einen Seite an. Dann schnitt er aus Kamelleder, denn das ist besonders fest und trotzdem weich, einen handbreiten Streifen zu und befestigte ihn wie eine Schlaufe in der Mitte des Stocks. Den rammte er vor dem Haus in den Boden. Meine Großmutter zog ihr schönstes Kleid an, ein blaues dünnes Leinenkleid, so lang, dass es auch bei einer Frau mit langen Beinen bis zum Boden gereicht hätte, und dann trug mein Großvater sie hinaus und setzte sie in die Schlaufe. Er streifte das Kleid über den Stock, dass es bis auf den Boden herabhing, und meine Großmutter hielt sich mit dem Arm an diesem Stock fest, so wie ich es gerade tue. Dann standen sie lange lange vor dem Haus und sprachen liebevoll miteinander, und die Leute aus den Nachbarhäusern kamen vorbei und lobten die Weisheit meines Großvaters und sagten, dass er eine so schöne Frau wirklich verdient hätte, und man trank Minztee und aß dazu Datteln und Sesamgebäck, bis es dunkel wurde."

Der Alte schaute ganz glücklich auf einen kleinen Riss in der Küchendecke, als würden dort Bilder aus der Vergangenheit auftauchen. Die anderen schwiegen.

„Es gab viele kleine Feste und Plaudereien danach, alle im Garten oder vor dem Haus meines Großvaters, und immer stand meine Großmutter mit ihrem Stock in der Mitte. Gewöhnlich stellte man einen hohen Tisch neben sie, auf dem Platz für Gläser, Tassen und eine Schale mit Nüssen oder Kürbiskernen war. Wenn sie müde wurde, hob mein Großvater sie sachte aus der Schlaufe und trug sie ins Haus. Das machte er so geschickt, dass alle glaubten, die beiden würden Arm in Arm nebeneinander her gehen."

„Und sie hat tatsächlich Kinder bekommen?", fragte der Koch argwöhnisch.

„Ach, das war das Leichteste. Sie hatte meiner Tante, der Schwester meines Vaters, erzählt, dass wohl das Einzige, das Frauen ohne Beine besser können als Frauen mit Beinen, das Kinderkriegen ist. Ich weiß nicht warum, und ich will von solchem Frauenkram auch nichts wissen – es geht wohl einfach leichter. Die beiden hatten sowieso einen sehr seltsamen Humor. Mein Großvater sagte oft, dass die Familie nur deshalb so wohlhabend geworden war, weil er sich das Geld für die Schuhe seiner Frau sparen konnte. Sie brachte drei Kinder zur Welt, und sie war eine gute Mutter, sie konnte sie nur nicht herumtragen. Aber mein Großvater war ein moderner Mann, denn schließlich war er ein Nador. Er trug seine Kinder herum, brachte sie zum Säugen zu seiner Frau, und jedes Mal bevor einer der kleinen Köpfe sich bei ihr ansaugte, küsste er Sidane auf die Stirn: »Für das alles«, sagte er immer. Sie haben sich sehr geliebt."

Jean blieb still, obwohl jeder eine sarkastische Bemerkung oder wenigstens einen Zischlaut von ihm erwartet hatte.

„Dein Großvater muss wirklich ein interessanter Mensch gewesen sein", sagte der Koch. „Er war ein Forscher, vielleicht sogar ein großer Koch."

„Ja", nickte Hassan weihevoll, „er war ein Suchender. Er hat dem Wesen alles Essbaren nachgespürt."

„Diese Bücher", sagte der Koch in einem auffällig beiläufigen Ton, „wie viele sind es eigentlich?"

„Es sind 41 Bände", sagte der Alte stolz.

„41 Bände? Unglaublich! Hat dein Großvater nichts anderes gemacht in seinem Leben?"

„Nichts anderes, und er hätte nichts Größeres machen können."

„Und wovon hat er gelebt?"

„Am Anfang hielt seine Familie geheim, was er tat. Aber das ging nicht lange, denn er blieb nicht zu Hau-

se, fragte alle Menschen, die er fragen konnte, nach der Zwiebel, nach ihren Erfahrungen damit, nach Vorlieben und Abneigungen, nach Rezepten und Geschichten. Mit der Zeit sprach es sich im Tinghir-Tal herum, dass hier ein Suchender lebte, einer, dem der Prophet einen Weg gewiesen hatte. Das ist so, als wenn er im Auftrag Allahs hier unten forschte. Deshalb ist es bei uns eben so, dass ein solcher Mensch geehrt und beschenkt wird. Mein Großvater und seine Familie mussten sich keine Sorgen mehr machen. Es war für jeden Menschen in Tinghir eine Ehre, meiner Familie zu helfen."

„Eine Familie von Nassauern, Bettlern und Faulenzern", dachte Jean bitter. „Daher hat der Alte also dieses Talent, sich überall durchzuschwindeln."

„Ich würde gerne mal ein Rezept aus seinem Zwiebelbuch lesen", sagte der Koch.

„Unmöglich", sagte Hassan und stieß seine rechte Hand aus der Djellaba hervor, wie ein angreifender Adler seine Kralle. „Diese Bücher sind unser Familienschatz, und sie werden immer vom Vater zum Sohn …", hier stockte er ein wenig, seine Augen wurden trübe, so als würde plötzlich in seinem kleinen, ganz persönlichen Kino ein schrecklicher Film gezeigt, einer, von dem er schon gehofft hatte, die letzte Kopie sei längst verbrannt – „… vererbt. Jedenfalls ist es ganz unmöglich für dich, sie zu sehen."

Aber der Koch hatte ganz offensichtlich Gefallen an dem Gedanken gefunden, in den geheimen kulinarischen Werken herumzustöbern.

„Was ist gut daran, wenn kein Mensch diese Bücher liest? Ist das der Dank für die Mühe deines Großvaters? Hätte er das gewollt?"

Hassan blieb hart, verschränkte die Arme über der Brust und kniff den Mund zu einem schmalen Strich zusammen.

„Wir könnten ja eine Wette daraus machen, ein Spiel – lass uns um die Bücher spielen! Vielleicht am Anfang nur um eines."

„Ein Spiel? Eine Wette?", zischte Hassan. „Das ist ehrlos! So etwas tun Moslems nicht."

„Dann machen wir eben etwas Ehrenvolles", versuchte der Koch ihn zu beruhigen. „Etwas, das deinem Großvater auch gefallen hätte."

„Macht doch ein Wettkochen", schlug Jean vor. „Dann kannst du gleich sehen, was die Bücher wert sind. Eins seiner Rezepte gegen eins von Bocuse. Krieg der Kulturen!"

Jeans Stimme hatte gehässig geklungen, aber dem Koch gefiel die Idee trotzdem. Krieg, nein. Aber einen Wettkampf der ... nein, nicht Kulturen ... der Küchen.

„Ein Wettkampf der Küchen!", sagte der Koch begeistert. „Das ist eine ehrenhafte Sache und das hätte deinem Großvater bestimmt gefallen. O ja, ich glaube, den Wettkampf hätte er am liebsten selber noch geführt. Und nun trittst du an, sein ehrenvoller Nachfahre ..."

Der Koch salbaderte drauflos, so fanatisch wie ein amerikanischer Gebrauchtwagenhändler, denn er hatte das Gefühlt, als ob Hassan an diesem Köder immer mehr Interesse fand.

„Was willst du einsetzen", sagte der abfällig. „Was willst du gegen die geheimen Bücher eines Nador setzen?"

Darüber hatte sich der Koch schon seine Gedanken gemacht.

„Ich setze einen lebenslangen freien Mittags- und Abendtisch ein. Solltest du mit einem Rezept deines Großvaters gewinnen, bist du für den Rest deines Lebens mein Gast – und kannst von der Karte bestellen, was du willst."

Hassan schaute den Koch verblüfft an. Er schien zu schwanken, wie ein Boxer, der eine plötzliche Kombination schwerer Schläge verdauen muss. Der Koch setzte nach.

„Du kannst dir B'stilla und Harirasuppe bestellen, wenn dir danach ist. Du kannst Fischtajines kriegen, Lammbraten und Gemüse, Obst soviel du willst. Meinetwegen sogar Wein und Cognac."

„Bah", sagte der Alte, „du weißt genau, dass ein rechtgläubiger Moslem keinen Alkohol trinkt. Dieses Wettkochen ist eine verrückte Idee!"

„Das glaube ich auch", sagte Jean. „Wahrscheinlich taugen die Bücher nichts. Vielleicht existieren sie nicht einmal!"

Der Koch warf seinem Souschef einen vernichtenden Blick zu. Aber der Schlag unter die Gürtellinie hatte mehr Wirkung gezeigt als alle raffinierten Finten zuvor.

„Du wirst sehen, was sie taugen!", sagte Hassan mit bösen kleinen Augen. „Sie werden eure dummen Küchengötzen wegfegen – ihre dummen Moden und aufgeblasenen Gerichte. Mein Onkel hat das Wesen alles Essbaren ergründet, die Seele des Kochens! Dagegen sind eure Kochbücher ...", er dachte nach, um ein besonders abfälliges und verletzendes Wort zu finden, dann spuckte er nur aus und schaute Jean nicht mehr an.

Der Koch rieb sich die Hände und wippte in seinen orthopädischen Sandalen auf und ab: „Dann ist es abgemacht. Ein Wettkochen! Ein Wettkochen um die 41 Bücher!"

Hassan sagte nichts. Er starrte auf den Boden, auf einen Punkt knapp neben den baumelnden Füßen der beiden Küchenjungen, die auf der Bank neben der Tür zum Kühlraum saßen. Sie waren sich nicht ganz sicher, wie sie das finden sollten. Auf der einen Seite war ein Wettkampf natürlich toll. Aber der Alte hatte sich so aufgeregt dabei. War es möglich, dass er verlieren könnte? Würde das heißen, dass Marokko gegen Frankreich verlieren würde, so wie in schöner Regelmäßigkeit bei den Fußball-Freundschaftsspielen in Casablanca? Oder sollte es gar gegen den Propheten gehen? Aber dann konnten sie doch gar nicht verlieren! Die beiden suchten die Augen Hassans, um ihn aufzumuntern.

Hassan sagte mit lahmer Stimme: „Aber was soll das Thema sein? Was sollen wir kochen? Wer will das entscheiden?"

„Wir könnten mit dem Großen Larousse Buchstechen machen", schlug Jean vor.

„Nein, das muss in einer angemessenen Art entschieden werden", sagte Hassan und saugte hingebungsvoll an seinem hohlen Zahn, um ihn von den letzten Resten seiner Mahlzeit zu befreien. „Am besten, wir verfahren so, wie es mein Großvater gemacht hat ..."

„O nein", sagte der Koch und schüttelte den Kopf. „Ich glaube nicht, dass ich dir so weit trauen kann. Du meinst, du gehst auf den Markt, und das Erste, das dir ..."

„Na gut, nicht mir. Dann nehmen wir eben jemand anderen. Such dir jemanden aus, dem du vertraust. Einen, der dich nicht über dein Ohr schlägt.“ *(Obwohl Hassan ein sehr gutes Französisch sprach – mit den speziellen Redewendungen haperte es noch ein wenig. Anm. d. Übers.)*

Der Koch schaute sich in der Küche um. Die Auswahl war kärglich. Die beiden Küchenjungen würden alles tun, was der Alte von ihnen verlangte. Sie würden mit einem Sack voller Ziegenköpfe oder Kamelhoden zurückkommen und Stein und Bein schwören, dass diese Schweinerei das Erste war, was ihnen auf dem Markt untergekommen war. Nein, die Wahl war ganz leicht: Jean würde mitgehen. Er würde es dem Alten schwer machen, denn Jean konnte ihn nicht leiden. Das war ihm deutlich anzumerken.

„Jean soll mit dir gehen“, sagte der Koch.

„So soll es sein“, sagte der Alte und blickte Jean ins Gesicht. Der starrte Hassan mit einem seltsamen Blick an, nicht bösartig, eher unruhig und aufgeregt wie ein wildes Tier, das sich plötzlich in einer Drahtschlinge verfangen hat. Er warf sein Messer auf den Tisch, zog sich die Mütze vom Kopf, warf sie daneben und ging zur Tür.

„Warte“, sagte der Koch. „Nimm Geld mit. 200 Dirham werden genügen. Und kauf das Erste, das du siehst, wenn du auf den großen Markt kommst. Compris?“

Jean nickte, ging zurück, nahm das Geld und steckte es ein. Er schaute keinen mehr an, den Koch nicht, Hassan nicht und die kleinen Küchenjungs nicht, die sich grinsend und feixend umarmt hatten und gemeinsam auf und ab hüpften. Der Alte ging hinter ihm her und zuzelte an seinem hohlen Zahn. Es klang wie eine vergnügte Melodie.

Drittes Kapitel

Der Kif

Kaum hatten die beiden die Küche verlassen und waren durch den staubigen kleinen Hof auf die schmale Straße hinausgetreten, die auf die Avenue Yacoub el Mansur führt, änderte sich Jeans Verhalten abrupt. Er schaute sich noch einmal um, ob sie auch bestimmt außer Sichtweise waren, dann griff er in die Tasche und zog ein offenbar abgezähltes Geldbündel hervor. Er machte einen schnellen Schritt auf Hassan zu und wollte es ihm gerade in die Hand drücken, als der Alte das Manöver durchschaute, seine Arme fest an den Körper presste und den Kopf schüttelte. „Lâ!"

„Wieso denn nicht? Ich schulde es dir doch."

„Aber nicht hier", zischte Hassan wütend. Er ging schneller und winkte mit der Hand ab.

Es dauerte etwas, bis sich Jean an den Schritt des Alten gewöhnt hatte und ebenso souverän seinen Weg zwischen prall gestopften schwarzen Mülltüten, aufgeplatzten und halb verfaulten Melonen und Bodenkratern fand, die den Gehsteig zu einer Slalomstrecke machten. Er ärgerte sich, weil es so aussehen musste, als ob ein Franzose hinter einem Marokkaner herlief, wie ein Hund hinter seinem Herren, oder – schlimmer noch – wie ein Diener.

Aber auch als er endlich neben Hassan ging, war unübersehbar, wer von beiden führte und wer folgte.

„Wieso", fragte sich Jean mit zusammengebissenen Zähnen, „muss ich diesem alten Wrack und Schwätzer hinterherlaufen?" Aber weil bei solchen Gedanken die entspannte Konzentration leidet, ohne die man bei einem Slalomlauf unweigerlich die Balance verliert, rutschte Jean prompt auf einer Melonenschale aus und stürzte in einen Berg schwarzer Mülltüten. Die Tüten platzten und entleerten explosionsartig ihren unappetitlichen Inhalt. Der Souschef rollte sich so schnell zur Seite, als wären Schlangen und Skorpione losgelassen worden, aber ein paar verklebte Papiertaschentücher, ölige Plastikschälchen und Klumpen von Tee- und Kaffeesatz erreichten ihn doch noch. Hassan war ungerührt weitergegangen.

Jean saß auf dem Boden und schaute ihm mit geballten Fäusten hinterher. Der Kerl war ein schrecklicher Schwätzer, ein Bettler und Angeber, aber das war gar nicht der Grund, warum er ihn so hasste. Es war viel schlimmer. Er hatte Jean einmal schwach gesehen. Schwach, verängstigt und mit Tränen in den Augen.

Das war so gekommen: An einem Dienstagvormittag im Mai hatte Bazoo ihn mit zwei Mädchen im Restaurant besucht. Bazoo war der einzige Freund, den Jean in Marrakesch hatte, vielleicht nicht gerade ein Freund, aber das einzige menschliche Lebewesen eben, das er hier kannte und mit dem er nicht jeden Tag zusammen in der Küche stand. Wenn Jean an seinen Bekanntenkreis dachte, musste er zugeben, dass der nach fast zwei Jahren etwas dürftig war, aber der Beruf eines Kochs ist auch nicht dazu prädestiniert, viele zwischenmenschliche Kontakte zu schließen. Ganz anders der Beruf einer Serviererin, und deshalb zerfällt das Personal in einem Restaurant auch immer in zwei psychologische Segmente: den extrovertierten Service und die introvertierte Küchenmannschaft. Je nach Prägung der Geschäftsleitung läßt sich schon absehen, was in einem Restaurant besser ist: der Service oder das Essen.

Bazoo war jedenfalls der einzige Mensch außerhalb der Küche, den Jean in dieser Zeit kennen gelernt hatte. In den ersten Wochen, nachdem er in Marrakesch angekommen war, hatte der Souschef kleine, vorsichtige Erkundungstouren in die Medina unternommen. Er war jedes Mal aufs Neue schockiert von der Altstadt. Das Gedränge der warmen Leiber, zwischen denen er sich eingezwängt fühlte wie in einer Schafherde, irritierte ihn genauso wie die frechen Blicke der überall in kleinen Gruppen hockenden Jungs. Er war erschrocken über die tastenden Berührungen von hinten, die nur die Einleitung zu einem Verkaufsgespräch darstellen sollten, über das plötzliche Auftauchen eines Mopeds in einer der engen Soukgassen, über das Kreischen eines übersteuerten Mikrofons, bevor es die Stimme eines Muezzins übertrug. Die Medina kam Jean wie ein Zoo vor, in dem man alle Gitter und Wassergräben entfernt hatte. Der kleine Jean war gerne mit seiner Nana in den Zoo von Montpellier gegangen, aber ohne Gitter und Wassergräben ist ein Zoo eben kein Zoo. Denn ohne Gitterstäbe fressen sich die Tiere gegenseitig auf oder fallen die Besucher an. Es hatte lange gedauert, bis Jean einigermaßen sicher war, dass ihm in der Altstadt kein Arm abgebissen werden würde, aber wohl fühlte er sich dort nie. Wenn er einmal mit einem Buch in der Sonne sitzen und Kaffee

trinken wollte, ging er in eines der Straßencafés im Gueliz. Dort waren die Ober sogar zu Franzosen arrogant, der Kaffee dreimal so teuer wie in der Altstadt, und man saß mitten im Krach und Gestank des Verkehrs. Aber da fühlte sich Jean sicher und geborgen.

Kein Wunder, dass er Bazoo hier kennen gelernt hatte, in der Medina hätte er dem kleinen Kerl mit seinem verwischten Französisch keine Sekunde zugehört. Da hätte er nur mit seiner rechten Hand die Geldscheine in seiner Hosentasche umklammert und gehofft, dass dem anderen bald die Geduld ausginge. Jean las gerade »Der Mann, der die Welt verbessern wollte« von irgendeinem verrückten Engländer, der sehr schön die kalte, klamme Atmosphäre auf einer winzigen Insel nördlich von Schottland schilderte, was an einem Augustnachmittag in der Neustadt von Marrakesch eine wohltuende Lektüre bedeutet, als sich jemand an seinen Tisch setzte. Jean tat so, als würde er völlig vertieft weiterlesen, aber er dachte angestrengt nach, was jetzt besser wäre: den Besucher zu ignorieren oder wie aus tiefer Meditation langsam in der Wirklichkeit aufzutauchen und ihn erstaunt zu mustern, als ihn dieser einer Entscheidung enthob. Er nahm sich das Feuerzeug, das auf dem Tisch lag, klopfte damit an die Rückseite von »Der Mann, der die Welt verbessern wollte« und sagte: „Vous permettez?“

Jean blickte auf und schaute in die begeisterten riesengroßen Augen eines jungen Marokkaners, der sich gerade eine Zigarette in den Mund steckte und Jeans Feuerzeug anschnippte.

Das war das erste und letzte Mal gewesen, dass ihn Bazoo gesiezt hatte. Wahrscheinlich war der erschrockene Blick des jungen Franzosen, der besagte, wie sehr er

über einen Überfall in der »sicheren Stadt« schockiert war, für Bazoo ein deutliches Zeichen, hier habe er es mit einer sehr sensiblen Seele zu tun, mit einem eben erst geschlüpften scheuen Junghahn, dem man vorsichtig auf den Rücken klopfen und das Leben erklären muss. Jedenfalls sagte er: „Ich will dir nichts verkaufen, nur keine Angst. Und ich klau dir auch dein Feuerzeug nicht!“

„Ich habe keine Angst“, sagte Jean hochnäsig. Er hielt sich das Buch wieder vor das Gesicht und ärgerte sich gewaltig.

„Dann ist’s ja gut. Ich will nämlich nicht, dass man Angst vor mir hat. Aber die meisten Franzosen haben Angst. Die Deutschen sind anders, die sind genervt, die glauben, man macht ihre hellen Sommerhosen dreckig. Und die Spanier erst. Lêla sa’îida! Die Spanier wissen genau, dass wir die schönsten Paläste in Spanien gebaut haben, und dass sie ohne uns noch mit den Fingern rechnen würden ...“ Bazoo lachte und stupste Jeans Ellenbogen an, so als solle der endlich zustimmen. Jean überlegte, ob er das Buch weglegen sollte, aber würde dieser ungebetene Gast das vielleicht als Schwäche auslegen?

„Die Engländer sind ganz anders, die Engländerinnen jedenfalls. Also, Männer aus England hab ich hier eigentlich noch nie gesehen, immer kommen nur die Frauen. Immer einzeln, immer mit komischen Figuren, nicht fett, eher stämmig, und immer haben sie vorher in dicken Büchern alles gelesen, was man über Marrakesch jemals geschrieben hat. Sie erklären dir das gerne, und sie erklären dir auch, dass sie keinen Führer brauchen, weil sie alles alleine finden, aber wenn du trotzdem neben ihnen her gehst, dann fragen sie dich nach deiner

Familie aus, wie viele Geschwister du hast und ob auch alle brav in die Schule gehen ..."

Bazoo (*Von dem Jean zu diesem Zeitpunkt natürlich noch nicht wissen konnte, dass er Bazoo heißt. Anm. d. Übers.)* klopfte wieder begeistert an Jeans Ellenbogen, und der ließ das Buch tatsächlich langsam sinken, weil ein plötzlicher Schwächeanfall in seinem Arm ihn daran hinderte, es weiterhin aufrecht als Palisade vor dem Gesicht aufzubauen. Er schaute wieder in glänzende braune Augen, die reine Begeisterung angesichts der Geschichte widerspiegelten, die ein paar Zentimeter weiter unten aus dem nicht still stehenden Mund kam.

„Dann laden sie dich zum Essen ein, natürlich in ein o-ri-gi-na-les Restaurant in der Hivernage, und wenn sie dich darum bitten, etwas ganz O-ri-gi-na-les beim Ober zu bestellen und du ihn fragst, ob er eine Fischtajine hat, wird der bestimmt sagen, dass die Harirasuppe empfehlenswert ist und danach vielleicht eine Portion Mechoui. »Was? Harira mitten im Sommer!«, sag ich dann, »und ganze Hammel grillt man meines Wissens nur zu Aid alkabir *(Das traditionelle Opferfest, das jährlich 50 Tage nach dem Ende des Ramadan gefeiert wird. Anm. d. Übers.)*, wenn wir schon über o-ri-gi-nal und tra-di-tionell reden wollen«, und der Ober schaut mich an wie Rotz am Ärmel, und die Engländerin fragt mich aufgeregt, ob etwas nicht in Ordnung sei ...", und Bazoo lachte und winkte dem Ober, der es Gott sei Dank nicht mitbekommen hatte, dass man gerade über einen seiner Kollegen gelästert hatte, bestellte einen thé de menthe und nahm sich die zweite Zigarette aus Jeans Packung.

Sie waren Freunde geworden oder irgendetwas Ähnliches, Jean kannte die genaue Bezeichnung dafür nicht.

Vielleicht gab es ein solches Wort im Französischen auch gar nicht. Bazoo hatte ihm keine Chance gelassen und ihm diese Freundschaft mehr oder weniger aufgezwungen, aber ab einem bestimmten Moment hatte Jean sie heftig erwidert, denn er spürte zum ersten Mal seit langer Zeit wieder die prickelnde Wärme, die man nur am Feuer der Begeisterung fühlen kann. Eine Wärme, die nicht gleichmäßig und behaglich ist, sondern einen Augenblick lang spitz, hektisch und heiß, dann wieder atemverzehrend wie ein Saunaaufguss, mindestens aber so erquickend wie das Bad in einem isländischen Geysir. Bazoo erzählte ihm, dass Engländerinnen nach solchen Mittagessen meist ein schrecklich schlechtes Gewissen haben, denn sie merken natürlich, mit welcher Verachtung der Ober den armen kleinen Marokkaner behandelt. Dafür bekommt der Ober in der Regel kein Trinkgeld, und die jeweilige Engländerin besteht darauf, dem armen kleinen Marokkaner als Entschädigung etwas Nettes zu kaufen – vielleicht ein poliertes Kästchen aus Thujenholz oder einen blauen Berberschal.

„Ich könnte meinen eigenen Laden einrichten mit Geschenken von beschämten Engländerinnen“, sagte Bazoo stolz, und es dauerte ein paar Wochen, bis Jean ihn so gut kannte, dass er das als gewaltige Übertreibung einordnen konnte. Stattdessen hielt er ihn anfangs tatsächlich für einen, der sich von dicken alten Engländerinnen aushalten ließ, für einen marokkanischen Lustsklaven. Erst als Bazoo ihm erläuterte, dass Frauen immer ein Problem sind, einheimische wie ausländische, und dass ein Joint im Vergleich dazu geradezu paradiesisch ruhig und anspruchslos ist und obendrein höchste Lust verspricht, verstand er ihn. An diesem ersten Nachmittag

erzählte ihm Bazoo so ziemlich alles, was man wissen muss, wenn man in Marrakesch angenehm leben will.

„Ihr müsst nur euer Mitleid ablegen", sagte er. „Eure falsche Hilfsbereitschaft. Man soll anderen schon helfen, wenn sie in Not sind, das sagt auch der Prophet, aber er sagt NOT! Man muss nicht irgendeinen Zettel von irgendeinem Fremden in irgendeinem Laden abliefern, nur weil der einem vorspielt, da lebe ein Verwandter und der müsse sofort eine Nachricht bekommen, weil sein Bruder schwer krank geworden ist. Wieso sollte das ausgerechnet ein Fremder machen?" Bazoo grinste in, wie Jean argwöhnte, Erinnerung an ähnliche Scherze, die er sich selbst mit Touristen geleistet hatte.

„Da transportieren freundliche Menschen aus Europa kilometerweit Zettel mit Nachrichten, die sie selber nicht einmal lesen können. Würden sie das auch tun, wenn ihnen in Paris jemand einen Zettel in die Hand drückte mit der leserlichen Botschaft: ‚Der Überbringer ist auszurauben und umzubringen!', und sie den in Marseille abliefern sollten? Aber hier wundern sie sich, wenn sie in einem Teppichladen ankommen, und der Besitzer ihnen in übergroßer Dankbarkeit einen echten alten Berberteppich für einen lächerlichen Preis anbietet."

An diesem Nachmittag erfuhr Jean auch, dass man außerdem mit absoluter Sicherheit in einem Teppichladen landet, wenn man auf der Straße von einer alten Frau angesprochen wird, die einen bittet, den Beipackzettel für ein Medikament zu übersetzen, den sie gerade nicht bei sich hat. Man landet auch in einem Teppichladen, wenn man von einem jungen Mann angesprochen wird, der einen bittet, den Brief seiner Freundin zu übersetzen, die aus dem Heimatland des jeweiligen Touristen kommt. Der Brief? Nun, den hat er gerade nicht bei sich, denn der liegt gleich nebenan, in einem Teppichladen. Wer einen Anhalter auf den letzten Kilometern vor Marrakesch mitnimmt, kann sich darauf einstellen, dass ihn der zum Dank auf einen Tee einlädt, im Teppichladen seines Onkels. Im Großen und Ganzen lernte Jean das Einmaleins des maghrebinischen Handels: dass man es hierzulande von einem Fremden nicht erwartet, dass er hilfsbereit ist, und wenn doch, muss er sich darauf einstellen, dafür in einem Teppichladen zu landen.

Nachdem sie sich getrennt hatten, fiel Jean ein, dass er dem kleinen Marokkaner nichts über sich erzählt hatte. Nicht wie alt er war, wo er herkam, wo er arbeitete. Aber Bazoo hatte auch nichts gefragt und Jean war ganz froh darüber. Er erzählte Fremden nur ungern über sein Leben, seine Vergangenheit und seine Vorlieben. Viel zu schnell wurden die Szenen aus der Kindheit und Jugend wieder lebendig, und sie waren es doch gewesen, weswegen er nach der Kochlehre und einem zweijährigen Abstecher im »institut des cuisiniers de France« gleich ins Ausland gegangen war. Jean vermied es, zu intensiv und zu oft an Bilder, Gesichter und Vorkommnisse seiner Vergangenheit zu denken. Nach und nach hatte er die Geschichte seines Lebens in der Erinnerung so umgestaltet, dass es darin unglaublich viele unangenehme Szenen und Dialoge gegeben hatte, zu viele, um sich daran schmerzfrei zu erinnern. Aber manchmal schlich sich der flüsternde Verdacht in seinen Kopf, dass es vielleicht doch ganz anders gewesen war. Dass es nämlich zu wenig erinnernswerte Szenen und Dialoge gegeben hatte.

Warum gerade ich? Das fragte sich Jean oft. Diesmal fragte er es sich im Zusammenhang mit diesem seltsamen Jungen, der ihn so charmant um Zigaretten angeschnorrt hatte. Wochen später würde er sich fragen, warum es gerade er war, den sich Bazoo als Freund ausgesucht hatte. Und ob er wirklich sein Freund war. Er fand keine Antwort, und es gab auch keine, denn hätte man Bazoo gefragt, hätte der auch nur sagen können, dass dieser schmale blonde Franzose ihn so anzog, weil er eben ganz anders war als die Jungs, mit denen er groß geworden war. Ob es Freundschaft war? Ja, vielleicht schon, soweit man eben mit einem Giaur befreundet sein kann.

Sie hatten sich zum Schluss ihres ersten Treffens für den nächsten Dienstag auf dem Djemaa el-Fna verabredet, dem berühmtesten Platz in der Medina, der trotz ständigem Touristenansturm noch immer nicht zur Postkartenidylle geworden war. Diesen vormals staubigen Marktplatz, auf dem vor 1000 Jahren die Köpfe der Hingerichteten auf langen Spießen steckten, bis sie nur noch als abgenagte Kalkkugeln leuchteten, ließ König Hassan II. anlässlich des GATT-Gipfels 1995 teeren. Wahrscheinlich wollte er sich nur nicht vor den ausländischen Ministern und Staatsoberhäuptern blamieren. »Alt kann das Zeug ja sein, aber ein bisschen ordentlich sollte es schon aussehen!«, dachte er wahrscheinlich. *(Hätte er zur selben Zeit in Italien etwas zu sagen gehabt, wäre das Kolosseum wahrscheinlich zum Fußballstadion umgebaut worden. Anm. d. Übers.)* In Marokko ist es eine alte Tradition, dass vor dem Besuch des Königs die jeweils betroffene Stadt hektische Bautätigkeit entwickelt. Triumphbögen werden blitzartig aus Gasbetonsteinen gemauert, alle Vorderansichten der Häuser, an denen der

König vorbeifährt, werden frisch gestrichen, Blumenbeete in grün, weiß und rot werden angelegt und bilden den Namenszug des Königs, hunderte Kinder sammeln weiße Steine und legen damit überdimensionale Grußbotschaften auf die roten Sandsteinflächen in der Nähe des Flughafens, und in der Nacht vor dem Besuch wird die ganze Stadt auf Knien geschrubbt. So erklärt sich auch der Ausruf überraschter marokkanischer Mütter beim Anblick der aufgeräumten Kinderzimmer ihrer Sprösslinge: »Was ist denn hier passiert? Kommt der König zu Besuch?«

Seit 1995 ist der Djemaa el-Fna also schwarz geteert, was ihn zwar von seiner sandigen Oberfläche befreit hat, ihn jedoch in der Mittagshitze zur größten Herdplatte der Welt macht.

Die beiden trafen sich im Café de Paris, und Bazoo schien sich aufrichtig zu freuen, dass sein neuer Freund gekommen war.

„Wir werden heute Abend etwas mit Mädchen haben", sagte er zur Begrüßung und zog eine Zigarette aus Jeans Packung.

„Was werden wir?"

„Mädchen. Ich habe darüber nachgedacht. Es ist ... perfekt!"

Jean bestellte einen thé de menthe und hörte zu.

„Jeden Tag kommen hunderte schöne Mädchen hierher." Er beschrieb mit einer graziösen Bewegung seiner rechten Hand einen Halbkreis, der den vor ihnen liegenden Platz der Gehängten einfasste. „Mädchen aus allen Ländern, sogar Japanerinnen. So was Verrücktes, dabei würde ich nie im Leben nach Japan fahren, viel zu weit! Nach Frankreich, klar, oder nach Spanien, meinetwegen

nach Deutschland, in die Schweiz, ja, England ... nein, lieber nicht. Nach Amerika würde ich auch nicht fahren, nicht solange sie so über die Moslems reden. Aber Japan!"

Japanerinnen waren unter marokkanischen Jugendlichen tatsächlich etwas völlig Exotisches und zur Mythenbildung freigegeben. Sie haben den Schlitz quer, sagten ein paar vierzehnjährige Schlauköpfe, und sie machen nur Liebe, wenn man sie dabei fesselt. Sie essen rohen Fisch und sogar giftigen, und wenn sie keine Jungfrauen mehr sind, es aber nicht zugeben, sterben sie daran.

Ob Jean wüsste, was an dieser Geschichte dran sei, fragte Bazoo. An welcher Geschichte? Die mit dem Schlitz quer. Jean zuckte die Achseln. Er jedenfalls würde nie etwas mit einer Japanerin anfangen.

Bazoo erklärte Jean seinen Plan: „Die meisten Mädchen sind zu scheu oder zu ängstlich, wenn sie von einem Marokkaner angesprochen werden, aber zusammen mit einem Franzosen ist es perfekt. Der eine ist interessant und kennt das Land, der andere bürgt für Sicherheit und Anstand". Bazoo kicherte: „So wie früher bei euch die Anstandsdamen. Das hab' ich in einem Buch von Balzac gelesen. Wir könnten ein Dreamteam sein, so wie die »Lakers« in Amerika!"

Jean war zuerst etwas beleidigt, weil er das Gefühl nicht los wurde, dieser Kerl hätte ihm nur deshalb seine Freundschaft angeboten, damit er mit ihm Mädchen aufreißen konnte, aber schließlich – ist nicht jede Freundschaft ein Geben und Nehmen? Jean beschloss, es einfach einmal auszuprobieren. Immerhin war es eine reizvolle Aussicht, jeden Dienstag ein neues Mädchen zu treffen. Bazoo erzählte, dass er sich für das Dreamteam die auf Lauer gelegt und ein Erfolg versprechendes weibliches Pärchen ausgekundschaftet hätte. Was sollte schon passieren? Jean musste nur den netten Franzosen spielen.

Schon der erste Fischzug brachte einen reichen Fang. Jean erinnerte sich an Bazoos Worte: „Wir werden heute abend etwas mit Mädchen haben“. Noch am selben Abend saßen die beiden mit zwei Schweizer Edeltramperinnen auf der Terrasse des Café de France, und Bazoo erzählte eine Geschichte nach der anderen, von den Gehenkten, von den Schlangenbeschwörern, den Heilern und den weisen Männern und den Kämpfen und Kriegen, die in Marrakesch schon stattgefunden hatten. Jean streute ein paar Anekdoten aus dem Küchenleben ein, die sogar einigermaßen freundlich aufgenommen wurden. Es gab schlechte Sandwiches, die hier oben immer schlecht und viel zu teuer sind, denn wer gut essen will, muss schließlich nur die Treppen zum Platz hinuntersteigen. Aber die beiden Tramperinnen aus der Schweiz mochten sich nicht unter »all diese Leute« setzen. Auch gut.

Eine Stunde später stellte sich die Frage: Wohin? Die Mädchen bewohnten ein Doppelzimmer im Sheraton und Bazoo winkte ab.

Nicht mal ihre Schweizer Verlobten hätten sie in diese Trutzburg einschmuggeln können. Bei Jean ging es auch nicht. Er wohnte in einem kleinen Zimmer im ersten Stock des Restaurants, und der Patron misstraute grundsätzlich jedem, der mit ihm unter einem Dach schlief. Das hieß, dass Jean nicht einmal einen eigenen Haustürschlüssel hatte und jedes Mal läuten musste, wenn er spät nach Hause kam.

Also blieb nur Bazoos Wohnung. Die vier stiegen kichernd und flüsternd die dunkle Treppe zum dritten Stock eines Neubauhauses in der Derb-Kaa-el Mechr gleich gegenüber vom Fußballstadion hinauf. Bazoo schloss die Tür auf und zündete zuerst ein paar Kerzen an, die er auf den Boden stellte. „So sieht alles größer und aufgeräumter aus", erklärte er. Die Schweizerinnen ließen sich in verschiedenen Ecken des Zimmers auf den Boden gleiten. Schließlich müssen nicht nur die Jungs immer vorher alles absprechen.

Anfangs störte es Jean noch ein wenig, dass er nicht alleine mit seiner ... Barbara? ... war, aber der Wein und das schnelle Flackern des Kerzenlichts ließen ihn doch in Stimmung kommen, und seine kaum sichtbare Partnerin genoss dieses Erlebnis augenscheinlich. Als sie endlich halbwegs nackt waren und ihre Körper im Halbdunkel schnell und gierig abgetastet hatten, glitten ihre und seine Hände wie auf ein geheimes Signal gleichzeitig zwischen die Beine des anderen und erkundeten seine und ihre Laune. Die Laune war gut, gehoben sogar – Jean fand, dass ein Ständer im Dunklen gleich viel größer wirkt als bei Tageslicht und dass ... Barbara? ... so nass war, wie er noch nie eine Frau erlebt hatte. Man musste sich keine großen Gefühle vorspielen, es war aufgeregte Geilheit und die Hoffnung, dass die Erfahrung reichen möge. Mitten im schnellsten Pumpen fiel Jean ein, dass er doch besser ein Präservativ hätte nehmen sollen, schließlich gab es hier ja SIDA *(eine Krankheit, die im Rest der Welt als AIDS bekannt ist. Anm. d. Übers.),* auch wenn Marokko noch als das sicherste aller afrikanischen Länder galt, aber ... er war froh, den Faden wieder verloren zu haben, sonst hätte am Ende noch seine Erektion darunter gelitten. Er hörte Bazoo auf oder unter seiner ... Ria, Rita? ..., hörte das Klatschen von Fleisch auf Fleisch und dachte an den alten Trick, wie man eine Rehschulter schneller mürbe bekommt. Aber er dachte nicht zu lange daran, denn nun biss ihn ... Barbara? ... in die Schulter, versuchte damit vielleicht ihre Schreie zu ersticken, aber weh tat es trotzdem. Jean pumpte schnell und hart weiter, bis der Schmerz nachließ und er endlich kam, in einem Seufzer voller Vokale, und plötzlich spürte, wie verschwitzt er war.

Ein paar Minuten lagen sie danach noch eng aneinander geschmiegt und hörten den anderen beiden zu, die noch nicht fertig waren, und Jean dachte: „Natürlich! Und wenn wir zwei Stunden weitergemacht hätten, ihr – aber eigentlich meinte er nur Bazoo – hättet immer noch ein paar Minuten länger gevögelt!"

Der Aufbruch der beiden Schweizerinnen kam sehr abrupt. Jean hatte das Gefühl, seine ... Barbara? ... hatte ebenso genervt wie er auf das Ende der zweiten Vorstellung gewartet. Kaum hatte sich Bazoos Ecke etwas beruhigt, sagte sie: „'ch glaub mir gönnt jetz!"

Das bedeutet wohl so etwas wie das Zeichen zum Aufbruch, und Jean war nicht einmal besonders traurig darüber. Er küsste ... Barbara? ... zum Abschied ziemlich leidenschaftlich, wie er fand, und lauschte Bazoos genauen Angaben, wo die beiden jetzt noch am besten ein Taxi zum Sheraton finden würden.

Dann kam sein Freund zurück ins dunkle Zimmer, ließ sich neben ihm auf den Boden fallen und sagte: „Dreamteam?"

Jean musste lachen und verspürte zum ersten Mal seit sehr langer Zeit das Verlangen, einen Mann in den Arm zu nehmen. Aber er ließ es sein.

Bazoo setzte sich in den Schneidersitz, nackt wie er war, und drehte einen Joint. „Gutes Zeug", sagte er. „Es gibt nichts Besseres im Moment. Ich habe immer das Beste." Das klang sehr stolz, aber als Koch konnte Jean ihn gut verstehen. Er würde auch nur die besten Bressehühner in seinem Restaurant zubereiten, den würzigsten Ziegenkäse überbacken und die frischesten Kräuter hacken.

„Rauchst du mit?", fragte ihn sein neuer Freund.

„Klar", sagte Jean. „Obwohl ich mir nicht mehr viel daraus mache. Früher, als ich noch in die Schule ging, war das noch schick. Aber man wird älter."

„Tralala", sagte Bazoo und zündete den Joint an.

Sie schwätzten wie Schuljungen, die sich über ein paar Mitschüler die Mäuler zerreißen, und Jean spürte, wie schnell er seinem neuen Freund heute Abend näher gekommen war, einfach weil sie in einem Zimmer gleichzeitig mit zwei Mädchen geschlafen hatten. Der Joint ging hin und her, und als er aufgeraucht war, drehte Bazoo einen neuen und stellte Wasser für Tee auf. Sie hörten etwas Musik, tranken Tee und rauchten einen dritten Joint. Jean bekam langsam einen trockenen Mund und hatte wie nebenbei eine ganze Schale voller Pistazien leer gegessen, als plötzlich zwei völlig verschiedene Gefühle in ihm anwuchsen: eine dumpfe Müdigkeit zusammen mit einer heftigen Aufwallung seiner Magennerven. Er hatte das Gefühl, ganz schnell auf die Toilette zu müssen. Aber Bazoo, der seinem Freund diesen Zustand wohl ansah, sagte nur: „Geh lieber auf den Balkon. Ein bisschen frische Luft, und es geht wieder. Denk immer daran: Es kann nichts passieren, tief atmen. Tout sera bien!"

Jean wankte hinaus auf den kleinen gusseisernen Balkon, der mit nur einer Holzkiste und vielen leeren Blumentöpfen ausgestattet war, setzte sich auf die Kiste und holte tief Atem. Jedes Geräusch aus der Nachbarschaft bohrte sich direkt in seinen Magen und hinterließ eine schmerzhafte Wunde. Das Schlimmste aber war, dass dieser Balkon nicht stillhalten konnte. Er begann sich langsam zu senken, so langsam wie Jean ausatmete. Er hob sich zwar beim Einatmen wieder etwas, aber nie hoch genug, um wieder sein altes Niveau zu erreichen. Jean riss sich zusammen, setzte sich gerade auf und visierte über die gestreckte Hand ein Fenster in dem gegenüberliegenden Haus an, bis er sicher war, dass sich der Balkon nicht bewegte. Aber gleich danach ließ sich der Balkon etwas Neues einfallen. Er begann, sich langsam um sich selbst zu drehen. Auch wenn der Souschef schon ahnte, dass diese Bewegung nur ein Phänomen seiner narkotisierten Nerven war, half das nicht gegen das Gefühl der Übelkeit, das wie mit schweren Stiefeln durch den gurgelnden Matsch seiner Magensäfte zu stapften schien.

Jean atmete tief ein und hoffte, mit jedem Zug des gesunden Sauerstoffs ein paar der bösen, in seinem Inneren wütenden Haschischatome zu eliminieren, mit jedem Ausatmen hoffte er, einen Teil der Droge aus seinem Körper hinauszublasen, und ständig wiederholte er flüsternd das Mantra: „Es kann nichts passieren. Es wird gleich wieder besser. Fest und tief atmen. Atmen!"

Es schossen ihm zahllose Gedanken wie Sternschnuppen durch den Kopf, etwa dass »Atmen« nur einen Buchstaben mehr hatte als »Amen« oder dass Haschisch wahrscheinlich gar nicht aus Atomen besteht, sondern aus äußerst virulenten und gefräßigen Kleinstlebewesen.

Irgendwann hatte er sich doch erbrechen müssen, und irgendwann war Bazoo auf den Balkon herausgekommen, hatte ihm ein Glas Tee gebracht, auf seinen Arm geklopft und gesagt: „Nur keine Sorge. Es geht schon vorbei. Immer schön atmen."

Dann war er wieder hineingegangen, und Jean hörte, dass er den Fernseher angeschaltet hatte. Irgendwann hielt es Jean auf der Kiste nicht mehr aus und legte sich auf den harten Betonboden. Und irgendwann noch viel später musste Bazoo noch einmal auf den Balkon gekommen sein, ihm ein Kissen unter den Nacken geschoben und ihn mit einer Wolldecke zugedeckt haben.

Als Jean erwachte, war es hell, und die Sonne kitzelte ihn durch die schmalen Schlitze seiner Augenlider. Die blechern hallenden Geräusche einer Armada von Mülldeckelpiraten riss ihn aus dem Schlaf oder aus der Ohnmacht. Es war Mittwoch und in zwei Stunden würde sein Dienst beginnen.

Als er durch den Eingang des »Aghroum« schlich, traf er den Patron, der ihn nachdenklich musterte und dann fragte: „Na? Frauen oder Drogen?"

„Frauen", sagte Jean, und der Patron klopfte ihm anerkennend auf die Schulter.

Nach dieser Nacht trafen sich Jean und Bazoo jeden Dienstag, und meist hatte Bazoo schon gut vorgearbeitet, als Scout, wie er sich nannte. Un scout de femmes. Nein, an zwei Dienstagen trafen sie sich nicht: Am ersten Dienstag, es war eine Woche im Oktober, hatte Jean eine fiebrige Erkältung, musste aber trotzdem in der Küche stehen, weil der Koch nicht auf ihn verzichten konnte.

Er zitterte am ganzen Körper und hatte trotz der Hitze einen Wollpullover über die Kochjacke gezogen. Die Nase lief ihm, und bevor er den Hefeteig für die Kräuterbrioches auf der Marmorplatte abschlug, musste er sich jedes Mal die Augen klar wischen, damit er den Teig nicht daneben klatschte. Hassan hatte ihm einen kleinen Teller mit gehackter Zwiebel, Minze und Honig zubereitet, den der Souschef apathisch leer löffelte und sich nicht einmal Gedanken machte, wieso dieses alte Ekel ihn plötzlich mit einer seiner heilsamen Geheimmischungen verwöhnte. Tatsächlich ging es Jean am selben Abend schon besser, aber das schrieb er eher dem Effekt einer Handvoll Aspirintabletten zu, die er den Tag über genommen hatte.

Den zweiten Dienstag verpasste er, weil er in einem spontanen Anflug von Heimweh zur Jahresfeier seiner alten Klasse geflogen war. Er wohnte bei Ton-Ton, einem dicklichen, schweigsamen Freund aus der Schulzeit, der ihn nicht fragte, warum er nicht bei seinem Vater übernachten wollte, und Jean mochte ihn genau deshalb immer noch am liebsten von allen seinen ehemaligen Mitschülern. Er wog die Freundschaft mit Ton-Ton im Stillen gegen die mit Bazoo ab und kam zu dem Ergebnis, dass man Freundschaften nicht vergleichen sollte. Die neue war eindeutig attraktiver und lustvoller.

Gegen Mitternacht hatte er schon ein halbes Dutzend Gläser Rotwein intus und verließ den Saal des Restaurants »Chez Mariette«, in dem die Feier stattfand, um etwas frische Luft zu schöpfen. Er spazierte durch die kühle und schweigsame Stadt, durch die Straßen, in denen er als Junge seine Schultasche getragen hatte, vorbei an Häusern, die er betreten hatte, um einen Brief abzuliefern, um Schulfreunde zum Spielen oder Verwandte zum Mittagessen zu besuchen oder um sich bei Madame Brenault jeden Freitag eine Stunde lang spitze Bemerkungen seine Intelligenz betreffend anzuhören, was diese seinem Vater als Nachhilfe in Rechnung stellte.

Dann stand er plötzlich vor dem Haus in der Rue Magdalène 34 und schaute zu den drei Fenstern im zweiten Stock hinauf. Hinter dem mittleren brannte Licht, und nach einer Viertelstunde sah er einen Schatten übermenschlich groß und geschwind an der Zimmerdecke entlangstreifen. Der Schatten kam zurück, verharrte, wurde kleiner, und eine dunkle Silhouette zeigte sich am Fenster. Jean drückte sich noch enger an den Platanenbaum vor dem Haus, in dem er vor 24 Jahren zur Welt gekommen war – Hausgeburten waren damals gerade wieder en vogue gewesen – und hielt die Luft an. Sein Vater schien auf die Straße hinabzustarren, und wahrscheinlich memorierte er gerade eine Zeile aus der Bhagawadgita, natürlich in Sanskrit, oder er hatte nach dem Spätfilm auf ARTE noch das Bedürfnis, eine Zigarette zu rauchen und dabei die bewegten Laubbüschel vor seinem Fenster zu betrachten. Vielleicht grübelte er über die Änderung des Versmaßes japanischer Haikus in den vergangenen Jahrhunderten oder darüber, dass Goethe in seiner Farbtheorie die Beziehung der vier Grundbausteine der DNA schon vorweggenommen hatte. Vielleicht, aber bei diesem Gedanken schauderte es Jean ein wenig, dachte er auch an seinen Sohn, der jetzt in Afrika für Geld fremden Menschen das Abendessen kochte. Aber eigentlich glaubte Jean eher, dass er über Haikus nachdachte.

Der Scherenschnitt verschwand wieder aus dem Schattentheater im zweiten Stock, und Jean ging schnell zurück zu »Chez Mariette«, wo er noch ein paar Rote und wohl auch einige Schnäpse getrunken haben musste. Das bestätigte ihm am nächsten Morgen jedenfalls Ton-Ton, der nicht besonders freundlich auf die säuerlich riechende Bescherung auf dem Teppich im Gästezimmer seiner Eltern reagierte. Jean lud ihn ein, jederzeit in Marrakesch sein Gast zu sein und flog am darauffolgenden Sonntag wieder heim. Heim? Naja, zurück eben.

Sechs Tage Arbeit in der Küche und ein freier Dienstag, den er mit Bazoo und fremden Mädchen verbrachte, so hatte sein Leben ein festes Gleichmaß bekommen, so stapfte Jean in ruhigen Bahnen, rhythmisch und beständig, so wie er eigentlich nie vorgehabt hatte zu leben. Aber es gab trotzdem etwas in seinem Leben, das Aufregung in diese scheinbare Ruhe brachte.

Es war eine Marokkanerin, die er inzwischen schon dreimal in der Medina gesehen hatte und deren Anblick ihn bereits beim ersten Mal seltsam berührt hatte. Da war sie zusammen mit zwei Freundinnen geradewegs auf ihn zugelaufen, hatte ihn angelacht und war weitergegangen. Jean aber musste stehen bleiben und ihr nachblicken. Es war das erste Mal gewesen, dass ein Mädchen aus dieser Gegend in ihm ein solches Gefühl ausgelöst hatte, ein plötzliches Wegsacken des Magens und gleichzeitiges Brennen der Ohren. Jean fasste sich an die Ohren, aber sie brannten nicht. Sie waren vielleicht etwas wärmer als sonst, und ehrlicherweise musste er zugeben, dass es nicht nur das erste Mal gewesen war, dass ein Mädchen aus dieser Gegend in

ihm ein solches Gefühl ausgelöst hatte – dieses Gefühl hatte noch nie irgendein Mädchen in seinem Leben ausgelöst.

Er war stehen geblieben, um sich in der Ansicht der immer kleiner werdenden Silhouette ihr Gesicht einzuprägen, das Wenige, das er in den paar Sekunden gesehen hatte.

Es war ein freches, rundes Gesicht gewesen, mit Augen, in denen das Sonnenlicht Funken schlug, gekrönt von kurzen Haaren ohne eine Kopfbedeckung, die Spitzen hennarot gefärbt, so wie die Berberinnen es taten. Ihre offensichtlichen Bewegungen waren hüpfend wie die eines ausgelassenen Kindes, aber die anderen, die versteckten Bewegungen unter der blassblauen Djellaba deuteten eine erwachsenere Art der Freude an, verheißungsvolle und auch ungelenke Bewegungen einer Frau, die gerade erst zur Frau geworden ist.

Das zweite Mal, als Jean das Mädchen traf, war er innerlich schon darauf vorbereitet – er bereitete sich eigentlich bei jedem Spaziergang darauf vor. Es half ihm trotzdem nichts.

Als er sie traf, war sie allein. Sie saß vor der Koutoubia Moschee auf einer der Bänke in der Nachmittagssonne und las in einem Buch. Er hatte sie nur kurz von der Seite angesehen, dann riss es seinen Kopf herum, und er war unfähig stehen zu bleiben. Wie ein aufgezogenes Blechspielzeug ging er an ihr vorüber, mit leerem Kopf und schweißnassen Händen, und wagte es nicht einmal, sie anzusehen. Doch hatte er den Verdacht, dass sie ihn bemerkt hatte, er glaubte in seinem Rücken ihren Blick zu spüren. Er verfluchte sich und seine plötzliche Angst, die es ihm unmöglich machte, sich umzudrehen, zurück-

zugehen und sich neben sie auf die Bank zu setzten, mit ein paar unverfänglichen Worten und einem frechen Lächeln vielleicht.

Er war sogar zu feige, an der nächsten Ecke stehen zu bleiben und zu ihr zurückzuspähen. Als er endlich seinen Körper wieder so weit in der Gewalt hatte, dass er noch einmal den Weg zurück zum Platz vor der Koutoubia gehen konnte, war die Bank leer. Er grub seine Nägel fest in die Handflächen, bis sie schmerzten und flüsterte: „Feige, feige, feige!"

Als er in derselben Nacht in seinem Bett lag und schlief, erschien das Mädchen prompt noch einmal. Aber nicht, dass sie beide nun ein Liebespaar gewesen wären. Sie verspottete ihn. Sie war eine Eule in seinem Traum, die auf einem kahlen, verbrannten Baum saß, ihn mit großen Augen anglotzte und, als er sich ihr nähern wollte, die Flügel aufspannte wie einen Regenschirm und pfeilschnell davonschoss, ganz dicht über seinem Kopf, mit grässlichem Kichern.

Das dritte Mal, als er sie sah, erfuhr er endlich ihren Namen. Sie stand vor der Tür eines Hauses in der Straße, die zum Krankenhaus Avenzoar führte und schaute hinauf in den dritten Stock, in dem ein Fenster offen stand und eine alte Frau herunterrief: „Beni, beni …", den Rest verstand Jean nicht, denn sein Arabisch beschränkte sich auf ein paar Grußformeln. „Beni heißt sie also", dachte er und flüsterte den Namen vor sich her, probierte, wie er sich in seinem Mund anfühlte, wie er ihn vielleicht eines Tages rufen würde. „Beni, Beeeni … Bennni!"

Gab es im arabischen Kosenamen für Vornamen? Würde er »ma petite chouchou« zu ihr sagen oder würde er ihre Sprache lernen?

Als er Bazoo von ihr erzählte, schüttelte der den Kopf. „Beni heißt sie? Wie einfallsreich. Bist du sicher?"

„Ja", sagte Jean.

„Lass die Finger von ihr", sagte Bazoo.

„Du kennst sie?"

„Nein. Aber sie ist eine Marokkanerin, und ..."

„Ach, du meinst, ich sollte lieber nichts mit euren Mädchen anfangen."

„Pfffh ...", machte Bazoo.

Jean beharrte nicht darauf, die Unterhaltung fortzusetzen. Er ahnte, dass sein revolutionsgestählter Vater nicht anders reagiert hätte als dieser kiffende Jungchauvi. „Unsere Mädels flachlegen geht für euch in Ordnung", dachte er beleidigt und nahm die letzte Zigarette aus seiner Packung, nur um Bazoo zu ärgern, „aber wehe einer von uns entwickelt Gefühle im falschen Stall. Spießer!" Ja, so dachte er tatsächlich für ein paar Minuten. Aber das hielt nicht lange an, denn wirklich und tatsächlich glaubte Jean nie daran, dass er diesem Mädchen jemals näher kommen würde.

Dann kam der Tag, an dem sie Beni gemeinsam trafen. Bazoo wusste sofort, dass sie es war, denn Jeans Gesicht hatte sich in einem Sekundenbruchteil völlig verändert. Junge Männer erkennen das Siegel, das blitzartige Liebe den Gesichtern aufprägt.

„Ist sie das?", fragte er und zupfte Jean am Ärmel.

Der konnte nichts sagen, sondern starrte nur gebannt auf das Gesicht, das ihm entgegenkam. Das Gesicht aus seinen Träumen, das Gesicht des fliehenden Uhus.

Diesmal hatte sie sich deutlich umgedreht, diesmal

hatte sie gezeigt, dass sie Jean bemerkt und ihn wiedererkannt hatte.

Bazoo seufzte und packte ihn am Arm.

„Ich hab dir doch gesagt, lass die Finger von ihr!"

„Kannst du was über sie herausfinden?"

Bazoo seufzte wieder, diesmal noch dramatischer. Aber schließlich war Jean ja sein Freund, sein selbst erwählter Freund noch dazu.

Tatsächlich, am nächsten Dienstag wusste er etwas, ein klein wenig nur. Aber es reichte ihm, um zu wiederholen: „Lass die Finger von ihr."

„Du sagst immer dasselbe. Warum soll ich denn die Finger von ihr lassen?"

Bazoo schaute ihn ernst an und riss die Augen weit auf. „Sie ist eine Haratin." Er spuckte das Wort aus wie ein faules Stück Fisch.

„Was?"

„Eine Haratin. Eigentlich gibt es diese Leute gar nicht. Trotzdem bringen sie nur Unglück. Außerdem ist sie eine Waise. Mehr weiß ich nicht."

Am nächsten Abend in der Küche fragte Jean Hassan, was eine Haratin sei. Der alte Mann sah ihn erschrocken an und fragte: „Woher hast du das Wort?"

„Ist mir einfach so untergekommen. Gestern, in der Medina."

Hassan schaute ihn prüfend an, so als wollte er sicher sein, dass dieser junge Franzose, der ihm ständig das Leben schwer machte, nicht schon wieder eine neue Falle für ihn aufgestellt hatte. Aber in Jeans Gesicht sah er nur ehrliches Interesse.

Nach einer kurzen Pause, in der Hassan seine Nase knetete, sagte er: „Die Haratin gibt es nicht mehr ... sagt der König."

Ali und Abderahim hatten mit dem Tellerklappern aufgehört und machten beide so auffällig unauffällige Gesichter, wie sie es sonst nur taten, wenn die Rede auf nackte amerikanische Filmstars oder Drogenexzesse kam.

„Aber?", sagte Jean.

„Aber ... es gibt sie doch." Hassan lehnte sich an den Türstock und sprach mit einer Stimme, die so dünn und brüchig war, dass sogar der Koch merkte, dass hier etwas nicht stimmte. Er erzählte von der alten, düsteren Zeit, der Zeit, als es noch Sklaven in Marokko gegeben hatte. „Das wisst ihr nicht. Ihr denkt immer, nur ihr hättet die Afrikaner versklavt. Aber auf diese Idee sind wir schon lange vor euch gekommen. Du musst wissen, wer einen anderen Menschen versklavt, der glaubt, er könne die Welt neu ordnen, so wie Allah. Aber kein Mensch kann die Welt neu ordnen, nicht für lange jedenfalls."

„Ja, ja", dachte Jean, „jetzt könntest du dich prima mit meinem Vater unterhalten."

„Sogar heute noch werden die Haratin verachtet, von den modernen Städtern, von den Nomaden, sogar von den armen Oasenbewohnern. Sie sind keine Sklaven mehr, aber man denkt, eine Familie, die einmal versklavt war, wird das aufrechte Leben nie mehr lernen. Man hat Angst vor ihnen, man verachtet sie, und am liebsten wäre es allen, wenn sie einfach verschwänden. Haratin sind immer noch Sklaven, aber es tut ihnen vielleicht mehr weh als vor zweihundert Jahren. Aus ihrer Haut finden sie nicht mehr heraus. Da können sie jeden Marabut um Hilfe anflehen, da hilft ihnen kein Baraka!"

„Glaubst du auch, dass die Haratin verflucht sind?"

Plötzlich schien im Gesicht des alten Mannes etwas zu reißen. Er schaute Jean in die Augen und sagte: „Allah ist groß, und er hat alle Menschen erschaffen, die Dschinn, die Engel und die Teufel. Aber Haratin sind keine Dschinn und keine Teufel – sie sind Menschen wie du und ich. Es sind viele Gläubige darunter, viele, die dem Himmel näher sind als …"

Jean hatte den Eindruck, dass der Alte noch etwas sagen wollte, aber das verkniff er sich. Er drehte sich um, wünschte eine gute Nacht und ging in den dunklen Hof hinaus. Keiner außer Jean schien sich über diesen plötzlichen Aufbruch zu wundern. Als er den Koch mit fragenden Augen anschaute, winkte der nur ab und sagte: „Er hat schon gegessen".

Ein vergessenes Volk, ein Volk der Ausgestoßenen? So wie die Unberührbaren in Indien? Ein Volk, dem der Makel seiner Geschichte anhaftet, und seine Beni, das Mädchen, das ihn Tag und Nacht verfolgte, war eine von ihnen? Jean hatte eine ganze Woche Zeit, darüber nachzugrübeln und Beni – jedes Mal in einer anderen Verkleidung – in seinen Träumen zu treffen. Dann kam dieser Dienstagvormittag *(dessen tragischer Verlauf am Anfang dieses Kapitels schon angedeutet wurde. Anm. d. Übers.),* an dem sein marokkanischer Freund gleich eine doppelte Überraschung für Jean hatte. Bazoo brachte zwei deutsche Mädchen mit, die er nur mit dem Köder vom Djemaa el-Fna in die Neustadt hatte locken können, dass sein Freund ein bekannter Chefkoch aus Paris sei und sie ihn in seinem Restaurant besuchen könnten. Der bekannte Chefkoch aus Paris war Jean.

Es war ein Glück, dass das »Aghroum« an diesem wie an jedem anderen Dienstag geschlossen war, aber es war kein Glück der Sorte »glücklicher Zufall«, denn natürlich wusste Bazoo, dass dienstags immer geschlossen war, schließlich gingen die beiden jede Woche an diesem Tag auf Brautschau. Es war vielmehr ein Glück für Jean, dass er seine Besucher alleine im leeren Restaurant empfangen konnte, denn wie der Patron wohnte er über den Gasträumen im ersten Stock. Der Patron war vor Mittag nicht zu erwarten. Er hatte gestern Nacht wieder Liebe mit seinem Cognac gemacht. *(So lautet jedenfalls die wörtliche Übersetzung der arabischen Formulierung. Anm. d. Übers.)* Jean frühstückte gerade an der Bar des »Aghroum«, und ein paar Minuten später saßen alle am auf Hochglanz polierten Tresen, tranken Espresso und bestätigten sich gegenseitig, dass es wirklich ein dummer Zufall war, dass das Lokal ausgerechnet heute geschlossen war.

Bazoo zwinkerte Jean zu und sagte in so schnellem und verwaschenem Französisch, dass die beiden Deutschen nicht folgen konnten: „Es ist sogar ein Riesenglück, denn wir haben einen Wagen – und die beiden wollen ans Meer. Nacktbaden!“ Etwas langsamer setzte er hinzu: „Elise und Dghmar *(So ausgesprochen hat sogar der Name Dagmar einen gewissen exotischen Reiz. Anm. d. Übers.)* wollen schwimmen gehen. Hast du Zeit?“

Eine rhetorische Frage, denn schließlich war er doch hier, um Jean als den braven, europäischen Part des Duos abzuholen. Elise und Dagmar schauten misstrau-

isch, aber wahrscheinlich hatte keine von beiden je einen echten Chefkoch gesehen. Warum sollte er nicht erst Anfang Zwanzig sein?

Jean öffnete die Tür zur Küche einen Spalt und rief in den dunklen, leeren Raum: „Ihr könnt schon mal die Seehechte putzen und einen Fond von den Jacobsmuscheln ansetzen. Jean-Pierre, du machst die Terrine, und Marie pariert die Loup de mer für morgen. Leg sie in Ingweröl ein. Ich muss jetzt los. Ihr könnt ab Mittag frei nehmen. Bis morgen. Und vergesst die Aioli nicht!"

Dann klappte er die Tür wieder zu und stellte bei den beiden Mädchen einen eindeutigen Vertrauenszuwachs als Küchenchef fest. Das hatte gut getan. Jean schauderte es bei der Vorstellung, wie wohl ein in Ingweröl eingelegter Fisch schmecken würde, vor allem weil er noch nie etwas von Ingweröl gehört hatte. Gut, dass die beiden Deutschen keine Ahnung vom Küchenalltag hatten. Keine Mannschaft dieser Welt würde sich an ihrem freien Tag in die Küche stellen und Fische für den nächsten Tag putzen.

Vor dem »Aghroum« stand ein hellgrauer R4, ganz offensichtlich ein Leihwagen aus der Garage des Lieblingsvetters von Bazoo, der immer dann ein Auto spendierte, wenn es so hinüber war, dass es keiner mehr haben wollte. Bazoo sah seinen Blick, und er schüttelte ganz leicht den Kopf, legte Zeigefinger und Daumen der rechten Hand zusammen und küsste sie. Das bedeutete, dass ein aufgepumptes Reserverad und ein Wagenheber an Bord waren und die Bremsen einigermaßen funktionierten. Bazoo hatte sich für diese Deutschen erstaunlich viel Mühe gemacht. Jean musterte die beiden Mädchen auf dem Weg zum Ausgang des Restaurants. Sie trugen die unvermeidlichen weißen T-Shirts und ausgebleichte Jeans, aber sie füllten sie auf eine sehr anregende Weise aus. Elise hatte einen knackrunden Hintern, einen Hintern wie ein Pfirsich, nein, eher zwei, Dagmar dagegen einen schmalen, nicht weniger prallen, aber einen, der Jean an einen Kalbsrollbraten im Netz erinnerte. Bazoo fehlte das Auge des Kochs. Ihn erinnerten die Hintern an die Hintern von Amélie und Eliane, zwei französische Schwesternschülerinnen aus Casablanca, die ihm einst die Last der Unschuld abgenommen hatten.

Der Wagen fuhr ganz ordentlich. Kaum hatten sie Marrakesch hinter sich gelassen, hielt Bazoo an und bat Jean weiterzufahren. Er müsse sich leider nach hinten setzen, denn ihm würde vorne immer so leicht übel. So hatten die beiden das erreicht, was sie jedes Mal möglichst schnell erreichen wollten: dass jeder ein Mädchen neben sich hatte. Außerdem stellte sich so schon zu Beginn einer solchen Spritztour heraus, wie die optimale Verteilung aussehen würde. Meist zögerten die Mädchen, dann stupste die eine die andere an, flüsterte oder kicherte etwas, diese stieg nach vorne um und man fuhr weiter. So auch an diesem Dienstagvormittag. Dagmar stieg vorne bei Jean ein und Bazoo setzte sich zu Elise mit dem Pfirsichhintern. Die Mädchen hatten gewählt und nur so klappte es. Bei ihren ersten Verabredungen hatten sich Bazoo und Jean noch heimliche Blicke zugeworfen, wer denn lieber mit welcher ... So ein Unsinn! Das ging immer schief. Wenn die Mädchen das Gefühl haben, sie können wählen, läuft immer alles friedlich und zur höchsten Zufriedenheit ab. Diese tiefe Einsicht hatten die beiden schon bei ihrem dritten Feldversuch gewonnen, ein inzwischen empirisch abgesichertes soziologisches Axiom.

Elise schwatzte hinten mit Bazoo, der dabei den ersten Joint des Tages drehte, und Dagmar schnallte sich an, kurbelte das Fenster runter, streckte ihren braungebrannten rechten Arm hinaus in den Fahrtwind und ließ die Hand wedeln, als wäre sie eine kleine Fahne. Jean schaute schnell zu ihr hinüber, sie spürte seinen Blick und erwiderte ihn, sie lächelte, er lächelte, und beide schauten wieder aufmerksam auf die Fahrbahn, auf der jede Sekunde ein Hund, ein Steine werfendes Kind oder ein zerrissener Lastwagenreifen auftauchen konnte. Seltsam, aber wenn vier annähernd gleichaltrige Menschen in einem Auto fahren, übernehmen die vorne Sitzenden automatisch die Rollen der vernünftigen und verantwortungsbewussten Eltern, während die im Fond sofort zu kichernden und maulenden Kindern werden, die sich natürlich auch niemals freiwillig anschnallen.

„Schnallt euch bitte an", sagte Jean mit einem Papablick in den Rückspiegel. „Ihr wisst ja, die Bullen hier sind echt bösartig!"

„Les Flics?", sagte Elise, deren Französisch sich auf solche Spezialausdrücke und sämtliche Verszeilen von Jacques Prevèrts gründete.

„Nein, Flics gibt's in Frankreich, hier sind es Bullen."

„Pûlîs!", sagte Bazoo und zog an seinem Joint. „Sehr, sehr unangenehm."

Elise ließ sich von ihm den Sicherheitsgurt anlegen, und das war auch der Sinn dieser Mahnung von Jean gewesen. Bazoo konnte ein bisschen rumfummeln, und dabei merkte man schon, wie die Sache so laufen würde. Wenn Jean kein Klatschen oder Kreischen hörte, konn-

te er sich entspannt in seinem Sitz zurücklehnen, sich den Joint von hinten angeln und irgendwann einmal seine rechte Hand auf den Oberschenkel seiner Beifahrerin legen. Es gab kein Klatschen oder Kreischen und Jean lehnte sich entspannt in seinem Sitz zurück.

Sie hatten die Route und den Ablauf dieser Badeausflüge nie geplant. Es hatte sich einfach so ergeben, das eine und andere war dazugekommen, manches wurde schnell wieder weggelassen und nie wieder ausprobiert. Etwa die Einkehr in der Auberge Ounara, denn dort lauerten immer muskulöse französische und australische Surfer, die Mädchen gegenüber eine aufdringliche und besitzergreifende Art hatten. Die Route führte sie zuerst durch die Oliven- und Orangenhaine um Marrakesch auf der Route Prinzipal 10, dann verschwand die üppige Vegetation, und über 100 Kilometer ging es fast kerzengerade bis zur Atlantikküste. Die Landschaft auf dieser Strecke gehört leider nicht zu den schönsten Marokkos, eher zu den langweiligsten. Eine öde, kaum bewachsene Ebene, die von einer staubigen, aber schnurgeraden Straße durchschnitten wird. Man fährt durch Dörfer, deren Häuser lieblos aus unverputzten Gasbetonsteinen zusammengestümpert sind, man trifft Menschen am Straßenrand, die die Hände heben und winken, aber eher ratlos, und man ist sich nicht sicher, ob sie mitfahren oder das Auto anhalten wollen, um etwas zu verkaufen. Grüßen wollen sie bestimmt nicht. Auf halber Strecke nach Essaouira kommt man durch den Ort Chichaoua, der regelmäßig ein paar Lacher wert ist, denn die Mädchen müssen den Namen richtig aussprechen. Viele meinen, der Name klänge südamerikanisch, und das ist dann der Einsatz für eine kleine geografischkulturgeschichtliche Abhandlung von Bazoo. Jean seufzt jedes Mal leise und legt den Kopf zur Seite, so wie eine Ehefrau, die ihrem Mann bei den Geschichten lauscht, die sie schon hunderttausendmal gehört hat und mit denen er sie irgendwann einmal rumgekriegt hat.

„Marokko war einmal mit Mexiko verbunden, also nicht nur die beiden Länder, ganz Afrika und ganz Südamerika gehörten einmal zusammen", sagte Bazoo und wartete ab, ob die Mädchen kicherten oder ob die neuesten Erkenntnisse über die Kontinentalverschiebung schon zu ihnen durchgedrungen waren. Waren sie in diesem Fall.

„Weiß ich doch", sagte Elise und zog kräftig am winzigen Jointstummel, auf die Gefahr hin, plötzlich die Glut im Hals zu spüren. „Erzähl lieber was von den Kamelen."

(Hier darf ich daran erinnern, dass Elias Canetti in seinem marokkanischen Tagebuch die Kamele mit englischen Ladies verglichen hat, die hochnäsig ihren Tee einnehmen. Seltsamerweise erinnern sich die Kamele in Zagora ihrerseits an Herrn Canetti als einen blassen Uhu, der gerne grundlos zu weinen anfing. Das ist natürlich eine Insiderfehde, von der Bazoo nichts wissen konnte. Ihn erinnerten Kamele mit ihren weichen Lippen und dem Gang einer sich in den Hüften wiegenden Frau an deutsche Krankenschwestern, die mit erotischen Bewegungen Versprechungen machen, die sie dann mit Tritten in die frisch durchbluteten männlichen Weichteile einlösen. Anm. d. Übers.)

„Kamele gibt es hier nicht", sagte Bazoo. „Die gibt's nur im Süden. Jedenfalls hingen Marokko und Mexiko einmal zusammen, und wisst ihr, wer darauf gekommen ist, dass das so war? Es war ein marokkanischer Wissenschaftler, ein Botaniker. Der hat nämlich in Mexiko einen Baum gefunden, den er schon von zu Hause kannte, den Arganbaum. Und der wächst tatsächlich nur an zwei Orten in der Welt: hier an der Ostküste und in Mexiko an der Westküste."

„Na toll", sagte Elise lahm.

Jean spürte, wie die Aufmerksamkeit der Mädchen nachließ und assistierte: „Gab's da nicht so'ne Geschichte dazu? So was Mystisches?"

„Stimmt", sagte Bazoo und drehte den zweiten Joint. „Der Arganbaum ist ein Geschenk der Götter. Damals, also vor über tausend Jahren, gab es noch viele Götter. Allah kam erst später. Na egal, jedenfalls lebte in der Nähe von Essaouira, da wo wir jetzt hinfahren, eine alte Frau, die eine seltsame Krankheit hatte. Sie war wahrscheinlich verhext worden oder so was, jedenfalls war ihr Appetit völlig verschwunden. Sie hatte zwar Hunger, aber auf nichts Lust. Ihr schmeckte keine Hühnersuppe und keine Fischtajine, sie ekelte sich vor Kartoffeln und Zwiebeln, sogar vor den süßesten Datteln. Brot war ihr zu trocken, Honig zu süß und Zitronen zu sauer. Es muss ein Dschinn gewesen sein, der ihr einen so bösen Streich gespielt hat, wahrscheinlich ein besonders böser Wüstengeist, der eifersüchtig auf die Menschen war. Jedenfalls wäre sie bestimmt verhungert und verdurstet, wenn sie nicht einen besonders findigen Enkel gehabt hätte. Er hieß ...", und an dieser Stelle der Erzählung machte Bazoo immer eine kleine Kunstpause, damit Jean sagen konnte: „Jean?"

„Nein", sagte Bazoo, „er hieß Bazoo. Ich komme aus der Familie, der das passiert ist, wirklich, ihr dürft nicht lachen. Der kleine Bazoo lief zu einem berühmten Einsiedler von Mogador, so hieß Essaouira früher, und bat ihn um Hilfe. Der Mann wusste nicht was tun, denn Mohammed war noch nicht auf der Welt, und Christus war schon tot – das war eine schwere Zeit damals für Menschen, die einen guten Glauben suchten. Also rief er die alten Götter an, in einer stürmischen Nacht bei Vollmond, und bat sie um Hilfe. Tatsächlich hatte er noch in dieser Nacht ein Gesicht, das heißt, er sah eine Wolke, die sich vor den Vollmond schob und sich zu einem Gesicht formte. Sogar die Lippen in diesem Gesicht bewegten sich und er hörte diese Worte: »Ich werde euch einen Baum schenken, der Früchte trägt, die den Menschen vielerlei Dienste leisten werden. Aber nur die Kerne, die Frucht ist nutzlos.«

Das erzählte er am nächsten Tag dem kleinen Bazoo. Der dachte sich: »Einen Baum will er uns schenken, wie schön. Aber es dauert doch Jahre, bis ein solcher Baum ausgewachsen ist und Früchte trägt. Bis dahin ist meine Großmutter bestimmt verhungert!« Aber auch die alten Götter müssen schon ganz schön raffiniert gewesen sein, denn am nächsten Morgen stand neben dem Haus seiner Großmutter ein Baum, den der kleine Bazoo vorher nie gesehen hatte. Auf ihm wuchsen seltsame schwarze Beeren, fast wie Oliven anzusehen. Er pflückte ein paar und wollte sie gerade der Großmutter bringen, als der Einsiedler schreiend und winkend angelaufen kam."

Bazoo zündete sich genüsslich den zweiten Joint an und schaute auf sein Publikum. Es hing an seinen Lippen.

„Wie der alte Hassan", dachte Jean bitter. „Wahrscheinlich lernen sie das mit den Kunstpausen hier sogar in der Schule." Diese Bitterkeit, die ihn manchmal anfiel und sein junges Gesicht für eine Sekunde zu dem einer alten, verbissenen und unzufriedenen Frau machte, war wie ein Geschwür, das immer wieder aufbricht, obwohl man schon gedacht hatte, es wäre endlich abgeheilt. So wie zu einem guten Bordeaux mindestens die Trauben von Cabernet Sauvignon, Cabernet Franc, Merlot und Petit Syrah gehören, war auch diese Bitterkeit ein fein komponiertes Gefühl, das ohne Neid, Überheblichkeit, Misstrauen und Hoffnungslosigkeit nicht komplett gewesen wäre. Und natürlich kam noch ein kleiner Schuss Trauer angesichts des eigenen Versagens dazu, denn Jean hätte nur zu gerne selber Geschichten erzählt, und hatte das auch schon manchmal versucht. Es war seltsam, immer wenn er in einer Runde anfing eine Geschichte zu erzählen, begann ein anderer gerade auch damit, wobei dessen Geschichte demonstrativ mehr Aufmerksamkeit entgegengebracht wurde, oder der Geräuschpegel stieg wundersamerweise in diesem Moment derart an, dass an Zuhören nicht mehr zu denken war, oder die Runde löste sich gleich vollständig auf. Je kleiner solche Runden waren, um so leichter fiel es Jean, etwas zu erzählen, aber aus Angst, die Aufmerksamkeit seiner Zuhörer zu verlieren, bannte er sie gleichsam mit hypnotischen Blicken, bis es auch dem Bestgesonnensten zu mulmig wurde und er sich mit einer flüchtigen Entschuldigung davonmachte. Jean konnte laut oder leise sprechen, schnell oder langsam, irgendetwas schien an seiner Rede zu sein, das jeden Zuhörer verscheuchte. Bazoo tippte ihm auf die Schulter und hielt ihm den Joint hin.

„Und? Was wollte der Einsiedler?“, fragte Dagmar, die von Jeans quälendem Problem nichts mitbekommen hatte.

„Er warnte sie. Denn er hatte in der Nacht an einem alten Karawanenlagerplatz, an dem er manchmal unter dem freien Himmel schlief, um die Sternbilder nicht zu vergessen, das Treffen von ein paar Dschinns mitbekommen und sie belauscht. Darunter war auch der Dschinn, der die Großmutter verhext hatte. Er brüstete sich damit, dass er das Geschenk der Götter schon wieder verzaubert hätte und es damit für die Menschen unbrauchbar geworden war. Denn jede Arganfrucht, die eine Menschenhand berührte, würde ihre heilende Kraft verlieren. ‚Nur den Kern dürfen die Menschen anfassen, die Frucht nicht. Das wird sie für alle Zeiten ärgern! Das Heil hängt vor ihren Nasen und sie können nichts damit anfangen!' Das erzählte der Einsiedler dem kleinen Bazoo, und die beiden setzten sich traurig vor den Arganbaum und betrachteten die schönen schwarz glänzenden Früchte, die nun plötzlich ganz wirkungslos waren."
„Sie hätten Handschuhe anziehen können", sagte Elise, die praktisch veranlagt war, aber Bazoo mochte es nicht, wenn man seine Erzählungen unterbrach. Er hielt ihr den Joint hin und sagte: „Es gab damals noch keine Handschuhe, und selbst wenn ...", er dachte kurz nach, wie er diesen ebenso dämlichen wie störenden Einwand am besten entkräften konnte, „ ... dann hätte sich kein Mensch diese Arbeit gemacht. Argan mit Handschuhen zu schälen bis auf die Kerne, völlig verrückt! Niemand hätte dem kleinen Bazoo geglaubt, dass ausgerechnet diese Kerne eine solche Kraft enthalten."

Sie waren vor Essaouira links abgebogen, Richtung Agadir, und schon sahen sie von einer Berghöhe aus das Meer in der Ferne glitzern. In steilen Serpentinen schlängelte sich die Straße auf das Küstenniveau hinunter und

die Bremsbeläge begannen zu riechen. Jean stieg vor jeder Kurve mit voller Kraft in die Bremse und schaltete einen Gang herunter, trotzdem kam es ihm so vor, als würde der Wagen immer schneller und ließe sich von ihm kaum noch bändigen. Vielleicht hatte ja ein Dschinn die Gewalt über den R4 übernommen. Aber das Haschisch beruhigte ihn immerhin soweit, dass er sich ziemlich sicher war, es müsse ein wohlgesonnener Dschinn sein.

„Da saß mein Urururururgroß-ich-weiß-nicht-wer vor dem Baum, der voll glänzender schwarzer Arganfrüchte hing und dachte darüber nach, wie man wohl an die Kerne käme, als eine Ziege aus dem Dorf den haushohen Neuankömmling entdeckte und interessiert an der Rinde schnupperte. Arganfrüchte müssen für Ziegen sehr verlockend riechen, denn sie wurde richtig aufgeregt, meckerte und schabte den Kopf am Stamm auf und ab, und dann nahm sie Anlauf und sprang auf den untersten Ast des Baums. Von dort kletterte sie immer weiter den Baum hinauf, bis sie zu den Früchten reichte."

„So ein Quatsch", sagte Dagmar mit kopfschüttelndem Tadel, so wie eine Handarbeitslehrerin, die gerade eine schiefe Maschenreihe entdeckt hat. „Ziegen können doch nicht in Bäumen herumklettern."

Bazoo ignorierte diese Bemerkung. Das gehörte zum Ritual. Keines der Mädchen konnte sich vorstellen, dass es gerade in einer minutiös ausgearbeiteten Inszenierung saß, und Jean konzentrierte sich gewaltig, den richtigen Einsatz nicht zu verpassen. Inzwischen hatten sie die Ebene erreicht und fuhren auf einer staubigen Landstraße dritter Ordnung *(Einer so genannten route tertiaire, deren Entsprechung in europäischen Straßenkarten allenfalls als punktierte Linie vorkommt. Anm. d. Übers.)* in ein bewaldetes Gebiet hinein. Am Straßenrand standen immer wieder kleine Steinmännchen, die man überall in Marokko findet: zwei Steine nebeneinander, ein dritter darauf – die einfachste und beeindruckendste Darstellung eines sitzenden Menschen. Das erste Piktogramm der Menschheit. Auf den marokkanischen Straßen bedeuten sie, dass innerhalb der nächsten zehn, zwanzig oder hundert Meter der Fahrbahnrand abgebröckelt ist oder ein Unfallwagen liegt oder eine Baustelle kommt oder nichts von alledem. Vielleicht bedeuten sie aber auch, dass vor eine Woche oder einem Monat oder einem Jahr innerhalb der nächsten zehn, zwanzig oder hundert Meter der Fahrbahnrand abgebröckelt war oder ein Unfallwagen lag oder eine Baustelle kam. Manchmal bauen auch Kinder, die am Straßenrand auf ein Auto warten, das sie in den nächsten Ort mitnimmt, solche Steinmännchen – einfach weil ihnen langweilig ist. Aus diesen Steinmännchen hat sich das Warndreieck entwickelt, das traditionell in jedem marokkanischen Auto fehlt.

„Die Ziegen waren die Lösung“, sagte Bazoo. „Sie fraßen die Arganfrüchte und kackten die Kerne wieder aus. Der kleine Bazoo sammelte die Haufen, spülte im Wasser die Kerne heraus und brachte sie zur Ölmühle seines Vaters. Der hatte bisher nur Oliven gepresst, aber mit diesen Kernen ging es genauso gut. Das Öl, das herauskam, war fein und honiggelb, es roch nach Mandeln und Nüssen und schmeckte süß. Als die Großmutter den ersten Tropfen davon auf der Zunge zergehen ließ, erwachte ihr Appetit wieder und sie aß und trank drei Tage ohne Unterlass. Sie wurde richtig rund, die Haut spannte sich wieder und sogar ihr Lächeln kehrte zurück. Sie starb erst mit 93 Jahren und beteuerte jeden

Tag, dass der kleine Bazoo ein Hexenmeister war. Noch größer als alle Dschinn der Welt!“

Jean schaute aus dem Fenster und sagte mit seiner harmlosesten Stimme: „Was sind denn das eigentlich für Bäume?“

Nachdem nun auch die Mädchen zusammen mit Bazoo in die Richtung starrten, in die ihr Fahrer geschaut hatte, dauerte es nur noch Sekunden bis zum ersten Aufschrei. Es war Elise. „Da sind ja Ziegen in den Bäumen! Unglaublich! Seht doch!“

Bazoo grinste so breit, dass man glauben könnte, der kleine Kopf würde in der Mitte auseinander reißen und sagte nur: „Eh bien, davon rede ich doch gerade. Wir sind im Land der Arganbäume.“

Jean hielt bei der nächsten Möglichkeit, nach ein paar mit Kalkweiß bespritzten Steinmännchen, und stellte den Wagen auf einem Sandstreifen neben der Fahrbahn unter dem breiten Schirm eines großen Arganbaums ab. Ein alter Mann in einem schwarzen Haik saß auf einem Stein und schaute ihnen erwartungsvoll entgegen. Er streichelte eine Ziege mit angeschwollenem Bauch, die es in ihrem Zustand wohl nicht mehr auf die Bäume schaffte. Bazoo zog seine Elise hinter sich her und Jean und Dagmar folgten den beiden. Unter dem Baum blieben sie alle stehen und starrten hinauf in das grüne Blätterdach, unter dem tatsächlich Ziegen herumkletterten. Bis hinauf in die höchsten Höhen standen die kleinen zerrupften, knochigen Tiere und rissen begeistert die Früchte mit ihren schmutziggelben Zähnen von den Zweigen.

Der alte Mann war aufgestanden und kam langsam auf die Gruppe zu. Er wedelte mit den Händen und rief

Bazoo ein paar Sätze zu, worauf der die Arme hob und ihm anscheinend beschwichtigend antwortete.

„Er mag es nicht, dass wir die Ziegen stören. Sie werden nur unruhig und fressen nichts mehr“, sagte Bazoo. In Wirklichkeit hatte ihn der alte zahnlose Mann nur begrüßt und gefragt, wo er immer diese hübschen Mädchen her habe und ob er in Marrakesch tatsächlich einen Harem hätte und ob er ein Emir sei oder ein Wesir, weil er sich auch noch einen französischen Fahrer leisten konnte. Dann lachte er keuchend, und die Mädchen sprangen zurück, aus Angst, der alte Hirte könnte sie mit TBC anstecken.

Neben ihm kackte eine Ziege auf den Boden, ein ordentliches Häufchen glänzend schwarzer Boller. Der alte Mann hörte auf zu husten und schaute zufrieden zu.

„Dann stimmt das tatsächlich?“, fragte Dagmar angewidert. „So wird das Öl gemacht? Das ist ja ekelhaft.“

Bazoo sagte: „Es gibt auch eine andere Möglichkeit. Man kann die Arganfrucht tatsächlich schälen, auch ohne Handschuhe. Das Einzige, was an der Geschichte nicht stimmt ist, dass sie ihre Kraft verliert, wenn ein Mensch sie berührt. Aber nachdem man eine einfachere Möglichkeit gefunden hat …“, und er deutete mit stolzer Geste auf die Ziegenkacke. „Es gibt Leute, die Argan mit der Hand schälen, die Kerne waschen, sie dann rösten und pressen. Diese Arbeit macht kein normaler Mensch. Es sind Schweizerinnen, die hier so eine Frauenkooperative gegründet haben. Sie verkaufen die Flasche für das Vierfache.“

Inzwischen hatte der Mann eine Plastikflasche der allgegenwärtigen Marke Sidi Harman unter seinem Mantel hervorgezogen, die oben mit einem Fetzen blauer Plastikfolie verschlossen war und statt des Wassers eine gelbliche Flüssigkeit enthielt. Er winkte mit der Flasche und rief: „Uilchrgan, uilchrgan!"

Bazoo sagte: „Das ist seine Ausbeute eines ganzen Monats. Ein Liter bestes Arganöl. Er will 80 Dirham dafür. Nicht teuer."

Das hatte der alte Mann zwar nicht gesagt, aber Bazoo kannte seine Preise schon.

Die Mädchen schauten sich an.

„Süß", sagte Dagmar und streichelte die schwangere Ziege, die dem alten Mann gefolgt war. Dann roch sie verstohlen an ihrer Hand.

„Arganöl ist das Beste für die Haut", half Bazoo nach. „Du kriegst keinen Sonnenbrand und deine Haut ist immer weich und duftet, und du kannst damit auch kochen, und es ist heilsam bei Magenschmerzen und Depressionen und Frauenleiden und ..."

„Wir kaufen es", sagten die Mädchen.

Elise gab dem Mann einen 100 Dirham Schein und nahm die Flasche entgegen, ein klein wenig angeekelt, denn die Plastikflasche war außen genauso ölig wie innen. Bazoo nickte dem Alten zu, als der nach Wechselgeld zu kramen begann. „Ist doch gut so, oder?", fragte er die Mädchen. „Billiger bekommt ihr es nirgendwo."

Die beiden nickten und erließen ihm den Rest.

Der Mann sprach noch lange auf Bazoo ein und deutete dabei auf die Mädchen, und Bazoo übersetzte ohne zuzuhören, denn er kannte schon jedes Wort. Er erzählte, dass der Genuss von Arganöl streng verboten ist für gerade menstruierende und schwangere Frauen, wobei die Mädchen kicherten und sich bedeutsame Blicke zuwarfen, dass Kinder Argan erst ab vier Jahren essen soll-

ten, dass es zusammen mit Eiern und Pfeffer eine Stärkungsmedizin sei, dass man das Öl nie zu heiß werden lassen sollte, wenn man in der Pfanne damit brät, und dass man sich nach dem Hammam damit einreiben soll, so würden Haut und Haare immer weich und gesund bleiben.

Dagmar kicherte und sagte: „Nimmt er es auch? Seine Haare schauen aber nicht so toll aus. Und die Haut … also ich weiß nicht!"

Jean rief zum Aufbruch, und alle folgten ihm zum Wagen, Bazoo als Letzter. Der alte Mann drückte ihm noch ein großes Einmachglas in die Hand.

„Amlu", sagte er, als ihn Dagmar nach dem Inhalt fragte. „Das ist eine Mischung aus Honig, Argan und Mandeln. Lecker. Ein Geschenk für meine Mutter."

Bazoos Mutter lebte in Agadir und hasste Amlu. Das Glas war die Verkaufsprovision für Bazoo, und der würde es einem Freund im Souk für 200 Dirham verkaufen, der es wiederum, mit ein bis zwei Liter Zuckerwasser verdünnt, in 50 kleine Gläschen abfüllen würde, denn echtes Amlu ist sehr teuer, und auf dem Markt von Marrakesch zahlt eine Engländerin, die vorher alles über diese Spezialität gelesen hat, leicht 20 Dirham für ein solches Glas.

Man fuhr weiter. Das Drehbuch war bis jetzt minuziös eingehalten worden. Bazoo nickte Jean anerkennend zu und der Souschef lächelte zurück. Als Nächstes würde der Besuch in Sidi Kaouki anstehen, etwas Schwimmen, die Einsamkeit eines marokkanischen Fischerdorfs, vielleicht der Besuch der Grabstätte eines Marabuts, einem Wallfahrtsort der marokkanischen Pilger, danach gegrill-

ter Fisch in dem kleinen Restaurant neben der Surfschule, die ein Deutscher und ein Franzose gemeinsam betrieben. Dann ein Nickerchen in den Dünen hinter den Tamariskensträuchern, wo sich immer ein ruhiges Plätzchen fand. Zwei Decken lagen in der Strandtasche bereit, zwei Wasserflaschen, eine kleine Flasche Rotwein, ein Korkenzieher, ein paar Präservative und Sonnenmilch. Das war der Bereitschaftskoffer für den Nachmittag.

Aber es kam anders, ganz anders. Und daran war wieder mal das verdammte Haschisch schuld. Jean hatte dem Kiffen inzwischen einiges abgewonnen, er hielt den leichten Rauschzustand für angenehm, aber den Übergang vom leichten zum schweren zu kontrollieren, war immer noch unwägbar für ihn. Dem schweren zog er jeden Rotweinrausch vor. Er erinnerte sich mit Grausen an die völligen Verluste von Kopf- und Körperkontrolle, er spürte wieder den pumpenden Zwang sich zu übergeben, den er auf dem Balkon von Bazoos kleiner Wohnung zum ersten Mal erlebt hatte. Er musste immer daran denken, dass dieser kleine, ewig grinsende Mann scheinbar endlos kiffen konnte, während er schon mit einem Zug zu viel die Grenze zur Qual überschritten hatte. Die Mädchen, die besonderen Gefallen daran gefunden hatten, dass Bazoo einen Joint nach dem anderen drehte, hatten sich inzwischen entspannt und so viel Zutrauen zu den beiden gefasst, dass sie ihre anfängliche Zurückhaltung aufgaben. Tatsächlich lief zunächst alles nach Plan. Der Weg über die Sandpiste zum Fischerdorf Sidi Kaouki war für die beiden wie eine Großwild-Safari. Beim Sprung in den Atlantik behielten sie tatsächlich nur ihre Höschen an, und Jean sah mit Begeisterung, dass Dagmar größere Brüste hatte als Elise und sogar ein Teufelstattoo an der Hüfte. Der Fisch im Restaurant war frisch und würzig, der leichte Wein färbte die Wangen rosig und ließ in den Augen lüsterne Versprechen glänzen. Und endlich machte man sich auf in die Dünen.

Das Unheil hatte die Gestalt eines grauhaarigen Marokkaners, der den Strand entlangwanderte und, kaum hatte er die Gruppe gesehen, wild winkend auf sie zukam. Als er vor ihnen stand, sah Jean, dass die grauen Haare nichts mit seinem Alter zu tun hatten. Er mochte Mitte oder Ende zwanzig sein, nicht viel älter als Bazoo, und er hatte sich die krause Kopfwolle mit Asche bestäubt, ebenso die Brust und die Beine. An den winzigen geringelten Beinhaaren hafteten die weißgrauen Flocken besonders gut. Er trug ein grünes Handtuch um die Hüften gebunden und eine prall gestopfte schwarze Plastiktüte in der Hand. Er redete auf Bazoo ein, der ihm bereitwillig Antwort gab. Jean und die Mädchen blieben daneben stehen, steif und ein wenig beleidigt. Gestik und Mimik des Aschenmannes waren aufgeregt und übertrieben wie bei einem drittklassigen Pantomimen, und Jean argwöhnte, dass dieser Bursche an diesem Mittag schon mehr Haschisch intus hatte, als Bazoo üblicherweise in einer Woche verbrauchte. Er hatte Recht. Bazoo übersetzte begeistert, dass dieser Mann Zero Zero herstellte, das berühmte Stöffchen, das sich nur aus den feinsten Pollen der kleinsten und jüngsten Blüten gewinnen lässt und das nie auf dem Markt zu haben ist.

„Er lädt uns ein mitzukommen. Er hat dort drüben sein Lager und wir können was probieren. Kommt!“

„Das ist vielleicht keine so gute Idee“, sagte Jean. „Lass uns lieber bei unserem ersten Plan bleiben.“ Aber als er in die Augen seines Freundes schaute, wusste er, dass kein noch so spektakuläres erotisches Versprechen gegen diese berauschende Aussicht bestehen würde. Es wäre ungefähr so, wie wenn man einen fanatischen Weinkenner mit der Aussicht auf ein Essen in einem Schnellrestaurant von der Gratisverkostung eines Grand Cru St. Emilion 1986 abhalten wollte. Bazoo war nicht mehr zu bremsen, und Jean und die Mädchen mussten natürlich mitkommen. Er erklärte nur das Nötigste, nämlich dass dieser Jussuf ein sehr netter und »spiritueller« Mann sei, mit dem man jetzt etwas Rauchen würde. Elise und Dagmar hakten sich bei Jean unter und folgten zirpend und zwitschernd den beiden Marokkanern durch die Dünen.

Der Aschenmann führte sie zu seinem Lager, einer grünen Gärtnerplane, die er auf der einen Seite mit Steinen beschwert, auf der anderen Seite mit den Zweigen eines Tamariskenbaums verknotet hatte, die schlichteste Form eines Zelts. Er hockte sich auf den Boden und klopfte in einem Tambourin grünen Blütenstaub, bis er sich von Samen und winzigen Blättern trennte, so wie Goldwäscher am Klondyke ihre Pfannen auf der Suche nach Goldnuggets schwenken. Jussuf rieb und rollte mit dem Mittelfinger in dem Staubhäufchen herum, das immer kleiner und feiner wurde, bis am Schluss nur noch eine kleine Kugel übrig blieb, nicht größer als die Kuppe eines Kinderfingers, die Bazoo so ehrfürchtig in die Hand nahm wie eine Reliquie. Die Anbetung der Wunderkugel.

„Zero Zero“, sagte er andächtig.

Jussuf erzählte, dass Jimmy Hendrix hier gewesen sei und Zero Zero geraucht habe, und »Man! Up up into the sky!« gesungen und in den Sand gebissen habe, bis er fast daran erstickt sei. Ein prima Kerl und ein echter Kenner. Bob Marley habe auch hier gekifft, und – Allah ist groß und Mohammed ist sein Prophet! – der Mann konnte wirklich was vertragen. Jim Morrisson sei hier gewesen, kurz bevor er starb, und vielleicht gebe es da einen Zusammenhang mit dem Zero Zero, denn das sei wirklich der Treibstoff des Himmels, der arme Jim, und die Rolling Stones seien da gewesen, nur Mick Jagger sei ein echter Angsthase und habe nicht richtig mitgeraucht, aber der andere, der Hagere mit den schlechten Zähnen …

„Keith Richards“, sagte Elise und war sehr stolz, etwas zur Unterhaltung beigetragen zu haben.

Dieser Keith Richards habe sogar eine ganze Kugel gegessen! „Trois fois plus grand que ça!“, sagte Jussuf beeindruckt und hielt die kleine Kugel hoch. Mindestens dreimal so groß wie diese. Bazoo nickte andächtig und leckte sich die Lippen. Er wollte das Zauberzeug endlich probieren.

Aber Jussuf hörte nicht auf, von all den wunderbaren Rockstars zu erzählen, wobei sich Jean nicht beherrschen konnte einzuflechten, dass es fast 30 Jahre her gewesen sein musste, als Jim und Jimmy hier gewesen waren, und zu fragen, ob Kleinkinder damals schon bei solchen Drogenexzessen zuschauen durften? Jussuf schaute ihn nicht an, als er antwortete: „Oui, il me disait: Up up into the sky!“, aber es klang wie »öpöpindüseskai«.

Jean merkte, dass er als Freund abgemeldet war. Zum einen lockte Bazoo eine besonders potente Form seiner Lieblingsdroge, so wie Jean vielleicht vom Besuch eines Altmeisters wie Paul Bocuse verlockt gewesen wäre und schlagartig seine Freunde vergessen hätte, zum anderen hatte er endlich einen Gleichgesinnten gefunden, mit dem er seine uferlosen Geschichten austauschen konnte. Nachdem Jussuf ihm von seinem Leben als Jungmahdi erzählt hatte, auf der Suche nach der Wahrheit und dem Weg, wie man Jimmy Hendrix hinterherfliegen konnte, erzählte Bazoo von einem Schatz in der Wüste, von dem er aber genau wusste, wo er lag, und eigentlich brauchte man nur vier entschlossene Männer, um ihn zu heben. Er war mit zwei seiner Cousins und einem Schwarzen, »un homme comme un arbre!«, vor ein paar Jahren dort gewesen, und sie hatten alles richtig gemacht, so wie es ein alter Mufti seinem Urgroßvater erzählt hatte. Der Plan des Schatzes und der Weg, an ihn zu gelangen, wurde in seiner Familie seitdem immer an die Erstgeborenen weitergegeben, aber bis heute hatte es noch keiner geschafft. „Es ist nämlich so", sagte Bazoo und winkte die anderen mit beiden Händen heran, damit er nicht so laut sprechen musste und etwaige Lauscher dieses Geheimnis nicht mithören konnten, „der Schatz wird von mächtigen Dschinns bewacht, von der Leibwache des Teufel Iblis. Bismillah! Obwohl der Eingang zu der unterirdischen Kammer nicht besonders gut versteckt ist, können ihn nur vier Paar Augen sehen, deren Besitzer sich vorher die Gesichter mit Wasser aus dem Oued Tensift gewaschen haben."

Jussuf nickte. Er wusch sich das Gesicht auch gerne mit diesem Zauberwasser.

„Als wir endlich vor der Stelle standen – es war ein strahlender, wolkenloser Nachmittag –, begannen wir alle gleichzeitig im Sand zu graben, mit bloßen Händen. Werkzeuge hätten uns nämlich gleich verraten."

Jussuf nickte. Er kannte die Problematik des Werkzeuggebrauchs bei Dschinns.

„Dann, als wir die riesige Steinplatte schon fast freigelegt hatten, zog sich plötzlich der Himmel zu, in ein paar Minuten nur. Ein Sandsturm kam auf, ein mächtiger Quibli, so als wollte die Natur es nicht zulassen, dass diese Steinplatte gehoben wurde. Wir legten uns mit den Köpfen ganz eng zusammen auf den Boden, so dass unsere Körper ein schräges Kreuz bildeten – es sollte das Schwert Mohammeds abbilden – und riefen so laut wir konnten die 67. Sure, die Schutzsure. »Im Namen Allahs, des Erbarmers, des Barmherzigen, und wahrlich, wir schmückten den untersten Himmel mit Lampen und bestimmten sie zu Wurfgeschossen für die Satane ...« Der Sandsturm verschwand so schnell wie er gekommen war und der Himmel wurde wieder klar und fast weiß." Bazoo machte eine dramatische Pause und schaute Jussuf eindringlich an: „Dann sahen wir die Ritzen der Platte. Der Sand rieselte durch sie hindurch in die Tiefe. Ein plötzlicher Windstoß blies den letzten Sand von der Platte, und wir konnten die Schrift lesen, die darauf eingemeißelt war: »Fest wie dein Glaube – kannst du mich halten«. Wir schoben alle zusammen unsere Hände in die Zwischenräume, jeder auf einer anderen Seite, und stemmten uns gegen den Boden. Und tatsächlich, die Platte bewegte sich. Wir konnten sie anheben. Aber als wir sie so hoch gehoben hatten, dass wir sie gerade auf unser Knie hätten stützen können, krabbelten plötzlich Tausende von Skorpionen darunter hervor. Sie überschwemmten unsere Füße wie eine Springflut. Wir hielten stand, und keiner schaute auf seine Beine, aber die Skorpione kletterten in Windeseile immer hö-

her, über unsere Arme zu den Gesichtern, und da ... da hielt es der Schwarze, ein Mann wie ein Baum, er hielt es nicht mehr aus und schrie, wischte sich mit der linken Hand die Skorpione vom Gesicht, und wir verloren die Platte. Sie fiel wieder in den Sand zurück und im selben Moment waren alle Skorpione wieder verschwunden." Bazoo machte eine atemlose Pause und Jussuf nickte. Das hatte er erwartet, das passierte meistens, wenn man geheime Wüstenschätze heben will. „Wir können es erst wieder in neun Jahren versuchen", sagte Bazoo. „So ist die Regel. Aber ich kenne den Ort. Nur diesmal werde ich drei wirklich starke Männer mit mir nehmen."

Das Interesse der Mädchen war schon fast erloschen, als die Männer sich endlich an die kleine Kugel erinnerten, die die ganze Zeit von Hand zu Hand gegangen und dabei immer fester und speckiger geworden war. Jussuf drehte keinen Joint damit, sondern zerkrümelte sie mit fein gehacktem frischen Tabak, stopfte diese Mischung in eine langstielige Holzpfeife mit einem Tonkopf, verbeugte sich vor der Pfeife, und mit der rechten Hand, mit der er kurz auf sein Herz geklopft hatte, entzündete er ein Streichholz und hielt die Flamme über den Pfeifenkopf. Er zog den ersten Schwall des Rauchs tief ein und gab die Pfeife an Bazoo weiter, der ebenfalls tief und mit geschlossenen Augen daran zog. Dann griff Elise nach der Pfeife, zog fest und viel zu schnell, die Glut wurde zu heiß, sie hustete, und Jussuf und Bazoo zogen verärgert die Augenbrauen hoch. Dann kam Jean an die Reihe. Der Rauch stieg ihm in die Lunge, als hätte man ihm kochendes Wasser in den Hals geschüttet. Aber nachdem

er wusste, dass es sich um eine Kostbarkeit handelte, hielt er die Luft so lange an, wie es sonst nur ein Taucher nach einem neuen Tiefenrekord tut, der mit letzter Kraft die Wasseroberfläche durchstößt. Danach war nur noch ein karger Rest übrig. Dagmar zog, hustete und warf die Pfeife in den Sand.

„Das ist doch ein Scheißspiel“, sagte sie auf Deutsch. Niemand außer ihrer Freundin verstand sie, aber der Klang der Worte überzeugte die beiden Marokkaner, dass sie von der Kennerschaft einer wahren Haschischi noch weit entfernt war.

Danach lagen sie im Schatten, Jussuf und Bazoo unter dem grünen Zeltdach, Jean und die Mädchen unter den dichtem Blätterdach eines tief hängenden Tamariskenasts. Bazoo drehte noch ein paar Joints mit seinem Shit, der sich zu dem explosiven Schwall des Zero Zero verhielt wie Dünnbier zu Wodka.

Nach und nach setzte der Rausch ein. Die zwei Marokkaner plauderten und giggelten laut, immer wieder von Kicherarabesken durchbrochen, während Jean und die Mädchen einen schwarzglänzenden Skarabäus beobachteten, der eine kleine Kugel die Sanddüne hinaufrollte. Dagmar ließ den Käfer mit einem Strohhalm, den sie ihm zwischen die Hinterbeine hielt, straucheln, und die Kugel rollte davon. Aber der Skarabäus erschrak nicht und er lief auch nicht davon. Er holte seine Kugel wieder und rollte sie aufs Neue den Hügel hinauf. Dagmar schubste sie von seinen Vorderfüßen und der Käfer holte sie wieder. Sie ließ ihn stolpern, sie grub hinter ihm schnell ein Loch, in das er purzelte, sie schnippte die kleine Kugel davon – aber der Käfer fing mit stoischer Gelassenheit immer wieder von vorne an.

„Wie bei dieser Sisyphusnummer“, dachte Jean und versuchte, sich an die Geschichte zu erinnern. War dieser Sisyphus nicht der Kerl gewesen, der mit seiner Mutter geschlafen hatte und dann seinen Vater mit dessen eigenem Bogen erschoss, als er von einer Weltumsegelung nach Hause kam und die beiden im Bett erwischte? Und wurde er nicht dafür von den Göttern bestraft, damit, dass er sein Leben lang eine Steinkugel einen Berg hinaufrollen musste, wobei ihn, immer wenn er schon fast oben war, jedes Mal ein Adler angriff und ihm die Augen aushackte? Als Jean den stoisch arbeitenden Käfer weiter beobachtete, tauchten im Sand winzig kleine trojanische Krieger auf, die sich wahrscheinlich vor Tagen aus Binsen Boote geflochten, sie außen mit Pech beschmiert und die Segel Richtung Agadir gesetzt hatten. Hier waren sie also gelandet, nachdem sie gerade noch die fliegenden Zyklopen besiegt hatten. Ein Reflex blendete Jean, und er schloss schnell die Augen, denn wahrscheinlich war es ein Büschel vom Goldenen Flies, und schließlich wurde jeder Sterbliche, der das magische Fell des siebenköpfigen Waldmenschen ungeschützt ansah, sofort zu Stein. Als Jean die Augen geschlossen hatte, um sich vor den gefährlichen Strahlen zu schützen, ging im Zuschauerraum, der die Kuppel in seinem Schädel ausfüllte, plötzlich das Licht aus und auf der Leinwand lief ein Film, der wahrscheinlich eine Rückblende des Dramas war, das sich gerade vor seinen Füßen im Sand abspielte. Jean sah geile Hexen in modernen Catsuits aus Latex, die kreischend auf dem Minotaurus ritten, sah ein paar Jungs aus dem »institut des cuisiniers de France« mit Flügelschuhen an den Füßen, schuppige Flußgötter, die sich unter Grölen und Gelächter gegenseitig die Haut vom

Leibe zogen, Zentauren beim Geschlechtsverkehr und die Argonauten bei einem geheimen Grillfest im Garten der Hesperiden. Als er das abgeschlagene Haupt der Medusa mit immer noch sich kringelnden und windenden Schlangenhaaren auf dem Rost sah, neben Bratwürsten und Lammkoteletts, konnte er nicht länger hinsehen. Er schloss die Augen, merkte aber gleich, dass er die Augen ja schon geschlossen hatte. Aber er musste nicht allzu lange zusehen, wie Medusa gar wurde, denn vor ihm öffnete sich eine Erdspalte, aus der berauschende Dämpfe quollen, er stolperte und stürzte hinein, fiel und fiel, bis er schließlich in der Unterwelt aufschlug, zusammen mit einem blinden Seher, einer elendiglich stinkenden Parze namens Klotho, ein paar versprengten thessalischen Ringern, einer Harpyie mit lahmem Flügel und vielen modern gekleideten Zwergen, die in einer völlig unbekannten Sprache auf ihn einredeten …

Die Geschichte hatte sich in Jeans Kopf selbstständig gemacht, und obwohl er anfangs nur daran denken wollte, was dieser verdammte Sisyphus erlebt hatte, war er nicht mehr fähig, das endlose epische Band, das sich in seinem Kopf entrollte, anzuhalten. Seine Gedanken hatten sich in einen breiten schlammigen Fluß verwandelt, der jedoch eine überraschend reißende Strömung entwickelte.

Währenddessen ließ Dagmar immer wieder in schöner, quälender Monotonie den Skarabäus stolpern, und der Käfer, wahrscheinlich ebenso bekifft wie sie alle, schaute sich nie nach seiner Peinigerin um, sondern rollte die Kugel immer wieder mit frischem Mut den Berg hinauf.

Elise lag, den Kopf auf ihre rechte Schulter gelegt im Sand und atmete sehr laut und gepresst. Es schien ihr nicht gut zu gehen. Aber Jean konnte ihr nicht helfen, weil ihn die endlose Heldengeschichte in seinem Kopf zu sehr fesselte.

Hinter ihm erklang das Lachen und Geschwätz der beiden Marokkaner, die nun endgültig beschlossen hatten, Arabisch zu reden, und das harte, fast vokallose Knarren und Klacken der Stimmen schien immer bedrohlicher zu werden.

Jean hatte es geahnt, aber er hätte es auch nicht verhindern können. Zwei Stunden später lag er neben Dagmar in einer schattigen Senke und konnte die Augen nur noch unter größten Anstrengungen offen halten. Das verdammte Geschwanke und Gedrehe hörte nicht auf, und ihm half nur, gebetsmühlenartig in seinem Hirn den Satz kreisen zu lassen: „Es hört wieder auf, nur schön tief weiter atmen!"

Natürlich hörte es irgendwann auch wieder auf, aber der Weg bis dahin war schwer und schmerzhaft. Er hätte den Mädchen raten können, möglichst wenig von dem Teufelszeug zu rauchen, lieber ganz die Finger davon zu lassen oder nur so zu tun, als ob sie den Rauch einzogen. Aber sie hätten nur weiter gezwitschert, „Ja, ja" gesagt und ihn für einen langweiligen Spießer und Spielverderber gehalten. Er hatte genau gewusst, was kommen würde. Das war tröstlich, aber trotzdem war ihm schrecklich elend.

Der nette, spirituelle Jussuf glotzte nur noch auf die Titten der beiden Mädchen, aber der Hammerstoff presste sie alle so derartig auf den Boden, wie es sonst nur be-

sonders ekelhafte Achterbahnen schaffen. An handfeste Unternehmungen außer Wasser trinken, Pinkeln und Kotzen war nicht mehr zu denken.

Es dämmerte schon, als Jean und die Mädchen wieder einigermaßen klar waren. Bazoo und Jussuf waren verschwunden. Die drei rappelten sich auf und streckten ihre Glieder, wankten und hinkten wie alte Leute mit gichtigen Gelenken und fanden die beiden schließlich am Strand, wo sie auf und ab liefen und sich immer noch aufgeregt Geschichten erzählten.

Die Mädchen waren blass und hatten dunkle Augenringe. Sie zogen sich noch einmal aus und gingen zur Erfrischung ins Wasser, aber diesmal schaute Jean nicht mehr auf ihre Brüste. Er vergaß es einfach. Sie gingen alle zusammen langsam in die Wellen hinein, ließen sich vom gischtigen Wasser die Oberschenkel lecken und blieben nebeneinander stehen. Drei erschöpfte Wesen, die etwas zu viel verbrannten Blütenstaub eingeatmet hatten. Sie schauen in die untergehende Sonne und sagten nichts. Die gute Laune war irgendwo im Sand versickert.

Als Bazoo sie sah, winkte er und kam angelaufen.

„Unglaublich, was?", rief er begeistert, als er endlich vor ihnen stand und Jean mit noch größeren Augen als sonst ansah: „Das ist Zero Zero!"

Jean nickte, die Mädchen schnauften genervt und gingen zurück zum Wagen.

„Hast du?", fragte er Jean und machte eine kurze abgehackte Bewegung mit der rechten Faust.

„Nein", sagte Jean lahm.

An Sex war nicht mehr zu denken. Die Mädchen wollten nur noch nach Hause. Bazoo schien nicht besonders enttäuscht zu sein. Er sagte, dass man schließlich nicht jeden Tag einen solchen Kif rauchen konnte – was man jedoch theoretisch schon jeden Tag konnte, das ließ er offen. Aber Jean hatte den Verdacht, dass Dagmar und Elise diesen unausgesprochenen Satz ganz gut verstanden hatten. Sie verschlossen sich auf der Rückfahrt, weigerten sich, Bazoo hinten einsteigen zu lassen und sprachen nur noch Deutsch miteinander. Bazoo lehnte seinen Kopf an die Scheibe der Beifahrertür und schlief ein. Jean fühlte sich wie ein Taxifahrer, der gerade die schlechteste Fahrt eines Lebens macht.

Dagmar und Elise stiegen am Place de la Liberté aus und küssten die Jungs flüchtig links und rechts, ohne ihre Gesichter zu berühren, so wie es französische Verwandte untereinander tun, die sich nicht leiden können. Dagmar schaute Jean noch kurz in die Augen und sagte: „Vielleicht kommen wir mal zum Abendessen vorbei."

Aber das war nur eine freundliche Lüge.

Jean und Bazoo tauschten die Plätze, denn der Souschef war müde und wollte sich jetzt endlich nach Hause fahren lassen. Sein Freund hatte nichts dagegen, aber vorher wollte er noch einen kleinen Joint drehen, nur so, um wieder fit zu werden. Jean fragte, ob er vielleicht einmal irgendetwas zustande bringen könnte, ohne vorher einen Joint zu rauchen, und Bazoo machte: „Nänänänäää!" Das war eine schlimme Beleidigung, denn er imitierte den nervigen, spitzen Ton von nörgelnden älteren Frauen. Jean verschränkte die Arme und starrte beleidigt aus dem Fenster. Die Atmosphäre verdichtete sich zu einem Beziehungsdrama. Ein altes Ehepaar saß im Auto, die Frau beleidigt, der Mann schlecht gelaunt, weil die Frau ihm gesagt hatte, dass er sich mies fühlen müsse. Bazoo hielt so etwas nicht gut aus. Er hatte keine Erfahrung mit Psychoterror wie sein französischer Freund. Er griff in seine Anoraktasche und holte einen blauen Plastikbeutel hervor, faustgroß und mit schwarzem Klebeband verschlossen. „Ein Geschenk", sagte er und grinste. „Ein Geschenk von Jimmy Hendrix! Nimm."

Jean starrte ihn an. „Das ist doch nicht etwa …?"

„Nein", sagte Bazoo. „Nicht Zero Zero. Das wäre so viel wert wie ein neues Auto. Das ist guter Kif von Jussuf. Er ist ein bisschen verrückt, aber er hat guten Kif." Er zündete seinen Joint an und grinste glücklich.

Jean hatte genug.

„Ich nehm' mir jetzt ein Taxi."

„Quatsch. Ich fahr dich schon. Nur eine Minute."

„Scheiß auf die Minute, ich nehm' mir ein Taxi", sagte Jean und öffnete die Beifahrertür. Er stieg aus und streckte die lahmen Beine. Aus dem Wagen kam ein Geräusch: „Ksss ksss!"

Er drehte sich um, und der blaue Beutel flog ihm entgegen. Jean fing ihn auf. Es war nur ein Reflex, ein alter Handballerreflex, und er wollte den Beutel gerade wieder durch die offene Tür zurückwerfen, als vor ihm die blauen Lichter aufleuchteten.

Keine Sekunde später startete Bazoo den Motor, wendete mit quietschenden Reifen und fuhr ohne die Scheinwerfer anzuschalten die Ausfallstraße nach Essaouira zurück.

Die ganze Zeit hatten sie hinter einem Polizeiwagen geparkt, den sie wahrscheinlich übersehen hatten, weil sie zu bekifft gewesen waren. Die Polizisten machten sich nicht die Mühe, Bazoo zu verfolgen, sie stiegen aus dem Wagen und gingen auf Jean zu. Der verzichtete auf ein Wettrennen. Er war zu müde, er war zu ausgelaugt und zu erschrocken. Außerdem kam ihm die Situation einfach zu grotesk vor.

Der Polizist, der ihn zuerst erreicht hatte, ein kleiner dicker unfreundlicher Mann, dessen Bauch die Uniformjacke fast bis zum Platzen spannte, packte ihn am Arm.

„Laissez moi!“, sagte Jean. „Lassen Sie das!“

„Du bist ganz ruhig!“, sagte der Polizist, und Jean verstand plötzlich, dass sich ein marokkanischer Polizist sehr sicher fühlen muss, wenn er sich so benimmt.

„Nehmen Sie die Hände weg!“, sagte Jean noch einmal.

Aber da hatte der andere Polizist, ein schmaler, krank aussehender Mann mit schlechter Rasur ihm schon den Beutel aus der Hand genommen. Er riss den schwarzen Klebestreifen ab, steckte seine Nase in die Tüte, schnüffelte kurz und nickte seinem dicken Kollegen zu.

„Vous avez un problème“, sagte der, sichtlich erfreut. „Vous avez vraiment un grand problème!“

Das war der Satz, den Jean die nächsten Stunden immer wieder hören sollte. Er wurde sein neues Mantra, nachdem das alte: „Alles wird gut, nur ruhig atmen!“ an diesem Nachmittag schon über Gebühr beansprucht worden war. „Vous avez un problème!“

Jetzt hatte er wirklich ein Problem.

Als sie aus dem Polizeiwagen ausstiegen, war Jean wieder nüchtern. Es hatte nach Erbrochenem, Schweiß und Angst im Fond des Wagens gerochen, aber vielleicht hatte er sich das auch nur eingebildet. Was er sich aber bestimmt nicht eingebildet hatte, war, dass der dicke Po-

lizist, der vorne auf dem Beifahrersitz Platz genommen hatte, ihm kurz seinen Schlagstock zeigte, mit einem stolzen Ausdruck im Gesicht, so als wollte er sagen: „So ein guter Stock, und dabei benutze ich ihn viel zu selten. Du könntest ihn vielleicht kennen lernen!"

Es war das Revier am Djemaa el-Fna, ausgerechnet da, wo das Dreamteam sich so oft getroffen hatte. Der hagere Polizist sperrte den Wagen ab und ging voran, den blauen Plastikbeutel in der Hand, während der Dicke Jean wieder am Arm packte – jetzt protestierte er nicht mehr – und ihn vor sich her zu einer erleuchteten Milchglastür schob. Sie waren nur noch ein paar Schritte davon entfernt, da huschten zwei Schatten an ihnen vorbei, Kichern ertönte, dann blieben die Schatten stehen und Jean blickte in die verstörten Gesichter von Ali und Abderahim. Die beiden hielten sich an den Händen und starrten ihn an, als hätte er einen Hut aus lebenden Schlangen auf dem Kopf. Jean spürte, wie sich Hoffnung in ihm regte. Er streckte Ali die Hand entgegen und wollte ihn gerade bitten, dem Patron Bescheid zu sagen, da schnauzte der Dicke die beiden an: „Sirr, sirr!" Er machte eine Handbewegung, als wollte er Fliegen verscheuchen und schob Jean durch die Tür ins Polizeirevier hinein.

Der Auftritt im Präsidium erinnerte Jean an eine dieser schrecklichen Talkshows, bei denen ein neuer Gast aus der Dekoration tritt, alle Augen sich auf ihn richten und Applaus einsetzt. Es gab keinen Applaus, aber alle Menschen in dem Raum glotzen ihn an, vier Polizisten, die sich ihre Uniformjacken ausgezogen hatten und hinter einem brusthohen Tresen an Schreibtischen saßen, ein Mann im blauen Overall, der gerade dabei war, ein Schriftstück mit vielen Stempeln darauf an einer Holztafel festzustecken und zwei Einheimische, die am Tresen lehnten und gerade noch laut gelacht hatten. Der dicke Polizist drückte Jean auf eine Holzbank neben dem Eingang und setzte sich neben ihn, während der Hagere eine Holzplatte im Tresen lüpfte, zu seinen Kollegen ging, ein paar leise Worte mit ihnen wechselte und hinter einer Tür am anderen Ende des großen Raums wieder verschwand.

Nach und nach ließen die forschenden Augen Jean wieder los, nicht aber der feste Griff um seinen Oberarm. Die Schreibmaschinen fingen wieder an zu klackern, die zwei Männer am Tresen lachten noch einmal. Jean probierte vorsichtig ein paar Gedanken aus, etwa den, dass er den französischen Botschafter … nein, das war Unsinn. Sollte er sich losreißen und aus dem Revier türmen? Lieber nicht. Er würde sich dumm stellen. Er kannte den Mann nicht und hatte nicht gewusst, was in dem Beutel war, den er ihm durch die offene Autotür zugeworfen hatte. Konnte man ihm vorwerfen, dass er eine Plastiktüte aufgefangen hatte?

Der Hagere tauchte in der Tür am anderen Ende des Raums wieder auf und winkte.

Der Mann hinter dem Schreibtisch trug einen verknitterten grauen Anzug und hielt den blauen Beutel in der Hand. Er sagte: „Sie haben ein Problem." Der dicke Polizist hatte ihn abgeliefert und die Tür wieder hinter sich geschlossen. Das Büro war klein, fast gemütlich. Der Mann hinter dem Schreibtisch deutete auf einen Stuhl, der im Licht der Tischlampe stand und wartete, bis Jean sich ge-

setzt hatte. Jetzt hatte er zwei Gegner, den Mann im grauen Anzug, der wahrscheinlich der Chef hier war und den kleinen Plastikbeutel, der nichts als Ärger enthielt.

Der Mann war nicht unfreundlich. Er schaute Jean ins Gesicht, so als würde er die ganze Geschichte, die ihn hergebracht hatte, nur zu gut kennen. Er hatte bestimmt schon viele junge Franzosen hier gesehen, und es hatten schon viele Beutel und Tüten und Aluminiumbälle vor ihm auf dem Schreibtisch gelegen. Er schüttelte nur leicht den Kopf, so wie ein enttäuschter Vater, der gemerkt hat, dass man in seiner Geldbörse gestöbert hat, um das Taschengeld aufzubessern. „Gebe ich dir nicht genug?“, sagten die Augen solcher Väter, oder: „Warum machst du es mir und dir nur so schwer?“ Das milde Kopfschütteln bedeutete aber auch: „Ich habe mir so viel Mühe mit deiner Erziehung gegeben, und das ist das Resultat! So dankst du es mir! Das ist das Echo meiner Worte!“

Jean schaute den Mann im grauen Anzug an, der nun begann, den blauen Beutel in die Luft zu werfen, ganz leicht nur, so als wolle er das Gewicht des Kifs so bestimmen. Er schenkte Jean ein sanftes Lächeln, ein »dummgelaufen«-Lächeln, verständnisvoll und enttäuscht zugleich. Jean dachte an die Männer, die ihn ähnlich angelächelt hatten – an seinen Vater, seinen Onkel George, seinen Lieblingslehrer im »institut des cuisiniers de France«, den Koch, ja sogar den Patron …

Der Mann im grauen Anzug war wohl vertraut damit, solche Zusammenhänge zu erkennen, und Jean erschrak, weil er spürte, dass sich seine Gedanken gerade in seinem Gesicht gespiegelt hatten.

„Geben Sie mir Ihren Pass!“, waren seine ersten Worte, und Jean griff in seine Jacke und gab ihm den Pass. Er hatte etwas anderes erwartet. Der Mann blätterte sich durch die Seiten und studierte den Pass ausführlich. Dabei sprach er weiter, ohne ihn anzusehen.

„Erzählen Sie mir die ganze Geschichte. Was ist passiert?“

Als Jean das erste Mal zusammenbrach, sagte er: „Aber Sie sind doch ein intelligenter junger Mensch, Sie haben eine gute Ausbildung und einen Beruf – warum wollen Sie das alles aufs Spiel setzen? Wenn Sie ihren guten Ruf verlieren, hier in dieser Stadt …“

„Aber er hat mir das Zeug doch nur aus dem Auto zugeworfen und ist losgefahren“, schniefte Jean.

„Und wieso wirft Ihnen Ihr Freund Rauschgift zu und haut dann ab? Was ist das für ein Freund?“

„Das war nicht mein Freund. Ich kenne den Mann nicht, er hat mich nur mitgenommen.“

„Wo hat er Sie mitgenommen?“

„In Sidi Kaouki.“

„Was haben Sie dort gemacht?“

„Gebadet.“

„Alleine?“

„Ja.“

„Wie sind Sie hingekommen?“

„Per Anhalter.“

„Wer hat Sie mitgenommen?“

„Ein Mann.“

„Wie hat er ausgesehen? Was für ein Auto war es?“

Jean hatte sich fest vorgenommen, nicht zu viel zu erfinden. Er wollte sich an den Kern der Geschichte halten, einfach eine kleine Badetour, die ein Jungkoch an seinem freien Nachmittag unternimmt. Aber es war schwer, alle anderen Beteiligten so rigoros zu streichen, ohne die Geschichte zu löchrig werden zu lassen.

„Es war ein Marokkaner. Er war Ende Zwanzig, vielleicht Anfang Dreißig. Schlank, nicht sehr groß, dunkle gewellte Haare. Das Auto war ein Renault, glaube ich."

Es war schrecklich. In der Aufregung ließ seine Fantasie völlig nach.

„Und der junge Mann, was tat er? Was hat er gesagt?"

„Er sagte nichts, er war sehr schweigsam."

„So wie alle Marokkaner", sagte der Kommissar ironisch. „Welche Musik lief im Radio?"

„Arabischer Pop."

„Wie bei der Hinfahrt?"

„Ja."

„Das haben Sie aber nicht erzählt, Sie sagten, bei der Hinfahrt lief keine Musik."

„Ich hab' es verwechselt."

Der Mann rieb sich zufrieden die Hände und stand auf. „Ich werde ihnen etwas Zeit zum Nachdenken geben. Dann werde ich Sie noch einmal befragen, und dann hoffe ich ... für Sie ...", diese Worte unterstrich er mit einer dramatischen Geste seiner gepflegten Hände, so wie wenn ein schwuler Ballettänzer den Nachtisch ankündigt, „ ... dass Sie nichts mehr verwechseln und dass Sie sich an alles wieder erinnern können. An alles."

Er ging sehr nahe an Jean vorbei und sagte, als er schon an der Tür war zu dem hageren Polizisten, der dort auf einem Stuhl saß und alles mitangehört hatte:

„Pass auf ihn auf. Ich will nicht, dass er wegläuft oder dass ihm etwas passiert.“ Dann lachte er und ging aus dem Zimmer. Der Polizist lachte auch und sagte zu Jeans Rücken: „Nein, das wollen wir alle nicht, oder? Sie doch auch nicht!“

Der kleine Beutel mit dem Kif lag vor ihm auf dem Schreibtisch und schien ihn anzugrinsen.

Nach einer langen Zeit, die nur vom Muezzin der Koutoubia unterbrochen worden war, als er zum Gebet gerufen hatte, öffnete sich die Tür wieder. Der Kommissar stapfte ins Zimmer, setzte sich nicht mehr hinter den Schreibtisch, sondern blieb neben Jean stehen und schaute auf ihn herunter. „Sie haben das nicht zum ersten Mal gemacht!“

„Was?“

„Ja. Ich habe Informationen, dass Sie das nicht zum ersten Mal gemacht haben.“

Jean saß regungslos auf seinem Stuhl, der immer härter zu werden begann.

„Ihr Freund ist gefasst worden. Er sitzt bei meinen Kollegen in Gueliz“, sagte der Kommissar und klatschte in die Hände, so als solle Jean jetzt aber bitte aufwachen. „Wenn Sie mitarbeiten, passiert Ihnen nichts. Wir müssen es unterbinden, dass unsere Landsleute schmutzige Geschäfte machen, das verstehen Sie doch!“

Jean nickte.

„Sie können ihre Lage nur verbessern, wenn Sie mitarbeiten.“

Jean schwieg.

„Der Kommissar gibt Ihnen da wirklich eine gute Chance“, sagte der hagere Polizist hinter Jeans Rücken. „Er ist ein feiner Mann, er meint es wirklich gut.“

„Aber ich weiß nicht … was wollen Sie denn?"

„Sie wissen, was wir wollen! Sagen Sie uns, wie der andere Mann heißt und wo er wohnt!"

Jean spürte, dass er gleich aufgeben und alles verraten würde, nur damit er endlich seine Ruhe hätte und vielleicht in einem kleinen, harten Bett in irgendeiner Zelle schlafen könnte, als vor der Tür zwei Männer aufgeregt aufeinander einredeten. Es klopfte, die Tür ging auf, und der Kommissar drehte sich verärgert um.

„Was wollen Sie denn?"

Eine bekannte Stimme sagte leise in der offenen Tür: „Ein paar Worte nur, Herr Kommissar."

Es war Hassan. Jean hatte Tränen in den Augen, als er sich umdrehte.

Der alte Mann sah ihn an, als wäre er sein verlorener Sohn. »Mein kleiner Jean«, schienen die Augen zu sagen, »was hast du nur getan, dass ich dich hier in dieser Umgebung treffen muss?«

Schon wieder so ein Vater.

„Wer sind Sie?", fragte der Kommissar ruppig. „Sie sind doch kein Verwandter?"

„Nein, natürlich nicht. Was legen Sie ihm zur Last? Er ist ein guter Junge. Er kann nichts Schlimmes gemacht haben. Ich sehe ihn jeden Tag. Er hat Arbeit, er ist ein Koch, drüben in der Neustadt."

Der Kommissar betrachtete Hassan plötzlich mit anderen Augen, fand Jean. Er hörte auf, den kleinen blauen Plastikbeutel von der einen Hand in die andere zu werfen, ihm so seine Verfehlung ständig vorzujonglieren. Er blickte zuerst auf Jean, dann auf Hassan. „Sie kennen ihn?"

„Ja. Er ist ein guter Junge. Das war bestimmt ein Missverständnis."

Der Kommissar lächelte und deutete auf den Beutel. „Raten Sie einmal, was da drin ist!"

„Im Herzen ist er doch noch ein Kind."

„Der König hat gesagt, wir müssen uns deutlich und sichtbar dagegen wehren."

„Natürlich. Aber er ist kein Hippie. Er arbeitet seit zwei Jahren bei uns, er ist ein guter Koch!"

Der Kommissar betrachtete zuerst Jean, dann Hassan, langsam und ausgiebig, mit all der lustvollen Ausführlichkeit, die ihm sein Amt gestattete. Dann warf er dem hageren Polizisten den blauen Beutel zu, legte seine rechte Hand auf Hassans Schulter und drehte den alten Mann langsam herum, bis sein Gesicht zur offenen Tür wies. Dann sagte er: „Gehen wir."

Die beiden gingen aus dem Zimmer, und Jean blieb zurück, mit trockenem Mund und einer plötzlich aufkeimenden Hoffnung.

Als sie wieder zurückkamen, blieb der Kommissar in der Tür stehen und sagte: „Du hast viel Glück gehabt, kleiner Herr Koch. Du hast einen Fürsprecher, und ich glaube ihm, denn er ist ein Hakim. Ich hoffe, du machst ihm keine Schande."

Hassan stand neben ihm, gebückt, in der untertänigen Haltung, wie sie einem Bittsteller zukommt, und Jean wäre gerne aufgesprungen und hätte ihn aufgerichtet, hätte ihn geküsst und ihm gedankt, aber er blieb sitzen und zwinkerte nervös mit den Augen.

„Du kannst gehen", sprach der Kommissar endlich die erlösenden Worte, die sich Jean so oft in den letzten Stunden ganz ganz leise vorgeflüstert hatte. Da waren sie, drei Worte nur: Du kannst gehen. Freiheit. Keine

Drohungen mehr, keine seltsamen Verdächtigungen, keine Aussicht auf den Verlust großer Mengen an Zeit und guter Laune.

„Der Pass bleibt hier", sagte der Kommissar mit wieder erstarkter, gefährlicher Stimme, „den kann er sich morgen abholen. Vielleicht haben wir noch ein paar Fragen an ihn. Und nun", er machte eine großzügige Bewegung mit der Hand, „gute Nacht. Lêla sa'îida!"

Jean rührte sich erst, als Hassan ihn am Ärmel fasste und mit hinaus in die kühle Nacht zog, auf den schlafenden Djemaa el-Fna, der Jean niemals wunderbarer vorgekommen war als gerade in diesem Moment.

Als sie endlich draußen waren, liefen ihm tatsächlich die Tränen herunter, und er ließ sich auf eine Bank vor dem Präsidium sinken, schniefte und zitterte. Hassan stand stocksteif daneben und sagte nur: „Hör auf und geh nach Hause, und übrigens, du schuldest mir 500 Dirham. Es ging nicht billiger."

Als er den verständnislosen Blick sah, sagte er: „Das ist nicht für mich. Ich habe es nur ausgelegt beim Kommissar. Sei froh, dass sie dich nicht mit mehr erwischt haben, und sei froh, dass man letztes Jahr die Gehälter erhöht hat, sonst wäre es noch teurer geworden."

Als Hassan am nächsten Tag in die Küche kam, wollte ihm Jean sofort das Geld in die Hand drücken, aber der Alte weigerte sich und sprang zur Seite, als hätte der Souschef eine glühende Pfanne in der Hand.

„Aber du hast doch gesagt ..."

„Nein, nicht hier."

„Wo denn dann?"

Aber Hassan schwieg und nahm von Jean an diesem Tag keine Notiz mehr. In der Mittagspause setzte sich der Souschef mit den beiden Küchenjungs in den Hof und spendierte ihnen eine große Portion Pommes frites. Ohne sie hätte Hassan nichts von seiner Gefangennahme erfahren. Er schenkte jedem 20 Dirham und fragte, wieso der Alte kein Geld annehmen wollte.

„Ist es ein Geschenk?", fragte Ali.

„Nein. Ich schulde es ihm nur."

„Ist es ein Geheimnis?", fragte Abderahim vorwitzig.

„So könnte man sagen."

„Dann darfst du ihm das Geld nur bei ihm zu Hause geben, sonst ist es ja kein Geheimnis mehr."

„Und wenn es zufällig wegen gestern Abend war ...", sagte Ali betont langsam.

„Ja?"

„Da war Hassan dein b'schitt, dein Beschützer. Wenn er hierher kommt, sieht es so aus, als wollte er sich das Geld holen. Das geht aber nicht. Du darfst es ihm nicht bei dir zu Hause geben, verstehst du?"

„Nein", sagte Jean. „Aber ich werde es ihm bringen."

Das war gestern gewesen. Inzwischen hatte sich Jean wieder aufgerappelt, Melonenkerne und ölige Papierfetzen von der Hose gewischt und war Hassan nachgeeilt, der schon fast hinter dem Busbahnhof verschwunden war. Vor dem Bab Doukkala holte er ihn wieder ein. Sie gingen nebeneinander her.

„Bleib lieber nahe bei mir", sagte der Alte, ohne Jean anzusehen. „Hier verläuft man sich leicht." „Ich war

schon oft in der Medina“, sagte Jean gereizt. Er konnte es anstellen wie er wollte, der Waffenstillstand hielt nie lange zwischen ihnen.

Hassan lachte. „Du warst in der Medina? Aber nicht wirklich – du hast die Neustadt mitgenommen. Du hast dich vorher mit ihr eingerieben wie mit einer Sonnencreme, die eure französischen Frauen immer nehmen. Eine ganz dicke Schicht Neustadt hast du aufgetragen, und sie hat dich geschützt, aber du bist nicht dagewesen. Du bist erst hier, wenn du Nachts alleine durch die Gassen läufst und dir keine Gedanken machst, ob du mit dem richtigen Fuß auf den richtigen Stein trittst!“

Sie gingen nebeneinander durch das hohe Sandsteintor, das sogar bei dieser Hitze die Kühle der Nacht gespeichert hielt, und kaum waren sie auf der anderen Seite wieder in die grelle Sonne hinausgetreten, blieb der Alte stehen und streckte die Hand aus. Jean legte das Geld hinein. Hassan grinste und sagte: „Bon, alles ist wieder, wie es vorher war.“

Sie gingen weiter zum Markt. Jean wusste nicht, wie er sich verhalten sollte. Er war abhängig geworden, er war jetzt nur ein anderer Ali oder Abderahim, gerade das, was der Koch hatte vermeiden wollen. Er konnte seinen nächtlichen Wohltäter nicht verraten, aber gerade dafür hasste er ihn auch wieder – für dieses Ausgeliefertsein, für diese Verstrickung mit einem grässlichen alten Schmarotzer. Wie schön, endlich waren die alten Verhältnisse wieder da: Er konnte Hassan hassen. (*Schönes Wortspiel, leider funktioniert es nur im Deutschen! Anm. d. Übers.)* Er beschloss, ernsthaft und unbestechlich wie ein Testesser beim »institut des cuisiniers de France« zu sein, etwa wie dieser widerliche Monsieur Laplace, der nur mit Zahnstochern aß und an allem etwas auszusetzen hatte.

Bevor sie zum kleinen Tor am Ende der Rue Fatima kamen, hinter dem der Obst- und Gemüsemarkt beginnt, hielt Jean den Alten am Arm fest. Es war ein Schock, so als hätte er eine giftige Schlange angefasst. Hassan zuckte zusammen und blieb stehen, und Jean fiel ein, dass er den alten Mann zum allerersten Mal berührt hatte. Zum ersten Mal in zwei Jahren, in denen er sechs Tage in der Woche in die Küche des »Aghroum« kam und sich mit seinen Geschichten das Essen zusammenschnorrte. Hassan schaute ihn erwartungsvoll an und Jean sagte: „Ich will zuerst gehen. Keine Tricks!"

„Tricks?"

„Du weißt schon, diese Tricks, was ich zu sehen habe und was nicht."

Hassan machte ein beleidigtes Gesicht.

Jean sagte: „Ich bin dir dankbar dafür, was du getan hast, aber das ist etwas anderes. Das geht nur den Koch und dich an. Also lass mich."

„Aber ich lass dich doch."

„Keine Tricks!"

„Keine Tricks."

Jean fixierte den Durchgang, holte tief Luft, schloss die Augen und ging durch das Tor.

Das Erste, was er auf dem Markt sah, als er die Augen wieder öffnete, war ein gewaltiger Berg von Zwiebeln. Dahinter saß eine Frau in einem blau und weiß gestreiften Burnus und lächelte ihn an.

„Oh, nein", dachte Jean, „das glaubt er mir nie."

Hassan stand neben ihm und sagte voller Inbrunst: „Allah ist groß und Mohammed ist sein Prophet!“

Viertes Kapitel

Die Haratin

Nachdem sie drei Kilo der besten Zwiebeln gekauft hatten – ein Kilo scharfe weiße Zwiebeln, ein Kilo milde rote Zwiebeln und ein Kilo der aromatischen Catawissa-Zwiebeln –, gingen sie zu Hassans Haus. Jetzt würden sie die sagenhaften 41 Bücher abholen, auf die Jean schon so gespannt war. Seine Laune hatte sich nach diesem Zwiebelwunder gehoben und zwischen den beiden Männern schwang eine fast freundschaftliche Heiterkeit. Sie stupsten sich an wie Schulbuben, schoben sich gegenseitig durch die verstopften Torwege, Hassan legte seine Hand auf Jeans Arm und plauderte ohne Unterlass, und der Souschef genoss das Schwimmen im Meer der Medina wie nie zuvor. Mit seinem persönlichen Führer, Beschützer und Märchenerzähler fühlte er sich plötzlich so sicher und aufgehoben, wie er sich mit Bazoo nie gefühlt hatte. Hassan erklärte wie nebenher die geheime Struktur dieses Labyrinths und verriet ihm sogar, dass selbst in Marrakesch Geborene sich hier verlaufen konnten. „Aber“, sagte er mit erhobenem Zeigefinger, „das ist ganz egal. Denn wenn man einfach weitergeht, wird man immer wieder auf eine Stelle stoßen, die man kennt und von der aus man wieder an sein Ziel findet. Verlaufen kann man sich also gar nicht. Ich glaube, verlaufen kann man sich eigentlich nirgendwo auf der Welt! Man kann sich nur verloren fühlen."

Sie gingen durch die Viertel der Färber und der Kupferschmiede und kamen zu einem kleinen Platz, von dem eine schmale, ansteigende Straße abzweigte, über der ein handgemaltes Holzschild hing. Darauf stand in drei Sprachen – auf Arabisch, auf Französisch und sogar in einer etwas holperigen englischen Fassung: »Durchgang nur für Moslems!« Hassan erzählte gerade vom Rhythmus der Schmiedehämmer, und dass nur sehr musikalische Menschen den Beruf des Kupferschmieds erlernen können, und er schien das Schild völlig übersehen zu haben, aber Jean blieb stehen. Der Alte marschierte die Straße hinauf und redete einfach weiter. Jean rief ihn, aber Hassan hörte nicht. Oder er tat nur so. Die gute Laune brach so schnell zusammen wie sie gekommen war.

Jetzt musste sich Jean schnell entscheiden. Wenn er Hassan nicht gleich folgte, hatte er ihn verloren. Jean betrachtete kurz die Männer auf der Straße, die ihn und seine Absicht noch nicht wahrgenommen zu haben schienen und sprang Hassan hinterher. Er verfluchte das alte Ekel und das gab ihm Kraft und Mut. Er hastete und stolperte, schaute starr geradeaus, schwitzte und geriet außer Puste, holte den alten Mann gerade noch ein, als rechter Hand schon der Eingang zur Moschee auftauchte und klammerte sich an seinen Arm. So ging er die letzten zwanzig Schritte bis zur nächsten Wegkreuzung, an der die Verbotszone wieder aufgehoben war. Er hasste den alten Mann nun gleich dreifach: für den Verrat, nachdem sie doch fast schon Freunde geworden waren, für dessen Unaufmerksamkeit ihm gegenüber und dafür, dass er sich an seinen Arm hatte hängen müssen, um zu zeigen, dass er mit einem Muslim zusammen war. Er hatte sich an ihn gehängt wie ein Kind an seinen Vater, wenn ein großer bellender Hund auftaucht. Hassan schien nichts dagegen zu haben, dass sich der Souschef bei ihm eingehängt hatte. Er plauderte munter weiter und erzählte von dem Schneesturm 1978, der diese Straße zu einer Schlittenbahn gemacht hatte. „Aber es gibt keine Schlitten in Marrakesch. Also setzten sich die kleinen Jungs in Obstkisten und sausten den Weg herunter. Und die Erwachsenen mit ihren Babouschen rutschen bei jedem Schritt aus und fielen hin. Es war herrlich!"

Jean keuchte neben ihm.

„Was hast du?", fragte Hassan scheinheilig.

„Warum hast du das gemacht?"

„Was gemacht?"

„Warum bist du mit mir durch diese Straße gegangen? Du weißt doch, dass das für Nichtmoslems verboten ist!"

„Ich war zu faul, den Umweg zu gehen."

Das war schlicht und ehrlich, nicht einmal eine Entschuldigung.

Jean fühlte, wie sich der Schweiß unter seinen Armen niederschlug. „Ich hatte Angst."

„Ach, hier tut dir doch keiner etwas. Immer müsst ihr so viel Angst haben. Was machen sie denn im Vatikan, wenn einer mal den Hut aufbehält?"

„Nichts. Der Vatikan ist nämlich keine Kirche."

„Ach nicht? Wie heißt denn die große Kirche da?"

„Petersdom. Wahrscheinlich bitten sie dich nur den Hut abzusetzen, aber die Katholiken sind auch viel ..."

„ …freundlicher, wolltest du sagen. Nicht so radikal, so engstirnig, fanatisch!“ Hassan lachte, und Jean sah erst jetzt, dass ihm kaum mehr als jeder dritte Zahn im Mund geblieben war. „Weltoffener sind sie, waren sie schon immer. Sie sind in die ganze Welt hinausgefahren und haben die Botschaft vom lieben Heiland gebracht. Und wenn sie jemand nicht annehmen wollte, war es auch nicht schlimm, denn sie waren ja so … weltoffen.“ Hassan genoss die Unterhaltung sichtlich. „Aber die Moslems sind brutale Fanatiker, die das ganze Mittelalter über ihre Nachbarn terrorisiert haben, mit Feuer und Schwert! Sie haben ihnen die Mathematik aufgedrängt, die Architektur und die Astronomie, und sie haben sie dazu gezwungen, an Medizin und Chemie zu glauben, an all den grässlichen Fortschritt, gegen den eure Päpste jahrhundertelang gewettert haben.“

Jean gab es auf. Er blieb vor einem kleinen Laden stehen, dessen Schaufenster fast vollständig mit Buntpapier verklebt war. Davor stand eine Theke mit einer kleinen Orangenpyramide darauf, ein paar Gläsern und einem Tablett mit Gebäck. Der Mann, der in der Tür des Ladens auf dem Boden saß, machte eine einladende Handbewegung. Als Jean näher kam, stand er auf und presste ohne viel zu fragen ein paar Orangen aus, kippte den Saft in ein Glas und schob es Jean über die Theke. Der nahm es und dazu ein Stück des knusprigen Mandelgebäcks, das frisch und noch ofenwarm auf der Theke stand und den Gestank von altem Fisch und noch älteren Oliven überduftete. Es erinnerte Jean an die »oreilles de souris«, an die süßen Mauseohren, die ihm Nana so oft gekauft hatte.

Hassan ließ seine Hand flattern, bekam auch einen Saft und nahm sich ein Stück des Gebäcks. Sie bissen gleichzeitig hinein. Hassan lachte. „Wenn man über Religion redet, kann man sich immer streiten, wenn man übers Essen redet, nie."

„Das stimmt", sagte Jean mit vollem Mund, nun wieder versöhnt. „Aber du hättest netterweise trotzdem einen Umweg machen können, nur für mich."

„Sag ihm, was passiert wäre, wenn man ihn in der Straße erwischt hätte, Ibrahim!", forderte der Alte den hageren Mann auf, der seine dürren Glieder hinter der Theke zusammengefaltet hatte und aussah wie ein verwachsener Ast.

„Man hätte ihn geköpft!", schrie der begeistert und ließ seine rechte Hand durch die Luft sausen.

Die beiden Männer lachten und Hassan flogen dabei Krümel und Spuckefäden aus dem Mund. Jean widerstand der Versuchung, sich über das Hemd zu wischen.

„Ein Freund von dir?"

„Ein Kollege", entgegnete Hassan frech, und als Jean ihn erstaunt ansah, sagte er: „Er arbeitet in der Küche, die ich manchmal besuche, wenn mir langweilig ist."

„Jaja, sagte der dürre Mann, „das Leben wird eintönig, wenn die Arbeit getan ist."

„Was hast du denn früher gearbeitet?", fragte Jean mit plötzlich erwachendem Interesse.

„Wir gehen jetzt zu mir", sagte Hassan, als sei das eine Antwort. „Wir holen die Bücher."

Er trank sein Glas aus und schob sich den Rest des Gebäcks in den Mund. Jean wollte zahlen, aber niemand beachtete ihn. Der Mann hinter dem Tresen stellte die Gläser weg, sagte: „Masalama", drehte sich um, verschwand wieder in seinem Laden, und Hassan ging einfach.

Jean musste ihm schnell folgen, um ihn nicht aus den Augen zu verlieren, denn hier waren die Straßen eng und verwinkelt. Sie bogen von der so genannten Hauptstraße ab in eine schmale Gasse, die nicht mehr im Lot war, sondern leicht abschüssig wie ein Weg, der zu einem Fluss führt. Die Gasse war staubig und an beiden Rändern großzügig mit Müll gesäumt. Türen und Fenster wurden immer seltener, es blieb nur ein Gang zwischen den hohen Mauern, die graubraun, mit Lehm verputzt und rissig waren. Jean lief hinter Hassan her, der nun viel gemächlicher ging als in der Neustadt. Längst war das Pflaster in fest gestampften Sand übergegangen. Die Gasse bog links ab, rechts, wieder links, wurde ein labyrinthischer Gang, der immer intensiver zu atmen begann. Es roch nicht mehr nur nach faulendem Obst, es kam der typische Geruch dazu, den Männer hervorbringen, die sich mal eben kurz an einer Hauswand erleichtern. Der Mauergang schlängelte sich immer weiter, bis Hassan schließlich stehen blieb, einen Schlüssel aus der Djellaba zog und eine grün gestrichene Tür aufsperrte, massiv wie eine Gefängnistür, aber so klein wie der Eingang zu einem Hühnerstall.

Er beugte sich tief und schlüpfte durch die Luke, Jean hinterher.

Als er sich wieder aufrichtete, stand er in einem kühlen, hohen Innenhof, der bis zum zweiten Stock hinaufreichte und darüber den Blick auf den blassblauen Himmel über Marrakesch freigab. In der Mitte des mit weißen alten Steinplatten belegten Hofs war ein achteckiges Wasserbecken eingelassen, in dem sich große weiße Blüten bewegten, und erst als Jean näher kam und sich auf den Rand setzte, sah er, dass es viele kleine Wasserschildkröten waren, die die Blumenköpfe mit ihren Schwimmübungen in Bewegung hielten. Jede Seite des quadratischen Hofs war von einer Tür unterbrochen, in einer Ecke stand ein großer Esstisch mit vielen Stühlen, in der gegenüberliegenden ein runder Mosaiktisch mit vier schweren geschnitzten Holzsesseln. Man konnte fast vergessen, dass man hier im Freien saß, denn es lagen bunte Strohmatten und Teppiche auf dem Steinboden, geflochtene Körbe mit Orangen und Schlangenkürbissen standen neben Tontöpfen mit Lavendel und kleinen Zierpalmen. An den Wänden lehnten schief Bücherregale, und überall hingen kleine blau und weiß verglaste Ampeln. Hassan bot Jean einen Stuhl an und klatschte in die Hände, dass es laut von den Wänden widerhallte. Eine Frau kam angeschlurft, blieb aber im Schatten eines Türrahmens stehen, und Hassan rief ohne sie anzusehen: „Bring Tee, Aruscha! Wir haben einen Gast."

Die Frau schlurfte wieder fort, und Hassan öffnete die geschnitzte zweiflügelige Tür eines Schränkchens, das in die Wand eingelassen war. Er holte ein Bündel Papiere hervor, die zwischen zwei brüchigen Lederdeckeln mit einer festen grünen Kordel verschnürt waren.

Jean fragte: „Ist das das Zwiebelbuch?"

„Nein, das sind alle Bücher." Als er Jeans erstaunten und wohl auch enttäuschten Blick sah, fügte er hinzu: „Niemand hat gesagt, dass ein Buch besonders dick sein muss, um einen Inhalt zu haben."

„Aber wer sich ein ganzes Jahr lang nur mit einem Thema beschäftigt hat, der muss doch mehr geschrieben haben."

„Ein Jahr ...“, sagte Hassan und winkte mit der Hand beruhigend ab, „ ... jaja, das stimmt schon, aber doch nicht jeden Tag des Jahres. Er hat sich eben ein Thema für ein Jahr vorgenommen, aber er musste doch auch arbeiten. Er musste an seinem Haus arbeiten und seine Frau pflegen und auf dem Feld helfen und seine Kinder und die Ziegen der Eltern hüten, und er reiste oft mit seinem Schwager nach Zagora und führte Touristen in die Wüste, denn das war gutes Geld. Vor allem früher, als es noch keine Allradautos gab.“

„Aber du hast doch gesagt ...“

Hassan klatschte in die Hände, als wollte er Jeans misstrauische Gedanken verscheuchen. „Du bist wie alle deine Landsleute. Eine Geschichte ist doch zu allererst mal eine Geschichte. Immer wollt ihr welche hören, aber dann sind sie euch nicht gut genug. Wenn sie gut genug sind, müssen sie auch noch stimmen, Wort für Wort, obwohl man doch weiß, dass eine Geschichte nur dann gut wird, wenn man sie pflegt, wenn man sie etwas schleift, poliert und die eine oder andere Unebenheit abraspelt. So wie ein schönes Kästchen aus Tujaholz erst schön wird, wenn man es sorgfältig gehobelt und geschnitzt hat, die Scharniere sauber eingerichtet, es so lange mit Olivenöl eingerieben hat, dass es seinen Glanz nicht verliert, bis es bei dem Käufer zu Hause auf der Kommode steht – dann erst ist es ein gutes Kästchen. Muss das Kästchen auch noch »wahr« sein? Muss es ganz gerade sein, wenn es wenigstens ganz gerade aussieht und wenn es sich öffnen lässt ohne zu klemmen?“

Jean sagte: „Also stimmt es gar nicht, dass dein Großvater ein großer Nador war! Vielleicht gibt es ja gar keinen Nador und wahrscheinlich hat er nie an der Medersa studiert. Ich frage mich, ob er jemals in Marrakesch war!"

Hassan klopfte ganz leicht auf den Tisch, immer wieder, kurz und beruhigend, wie man Pferde beim Beschlagen beruhigt. „Ich werde es dir erklären. Hast du eine Geschichte?"

„Was soll das?", fragte Jean ärgerlich. „Meinst du meine eigene Geschichte?"

„Nein, etwas Kleines, nicht etwas so Gewaltiges wie eine ganze Lebensgeschichte – obwohl sie bei dir, verzeih, noch nicht ganz so gewaltig sein dürfte." Hassan klopfte weiter und schaute ihn mit einem zauberhaften Lächeln an, und mit einem Blick, der jeden wilden Hengst beim Beschlagen sofort lammfromm hätte werden lassen. „Eine kleine Geschichte, irgendeine Anekdote, eine Begebenheit aus deiner Jugend vielleicht."

Jean überlegt, ob er das Spiel mitmachen sollte, aber als er noch überlegte, kam ihm tatsächlich die Geschichte mit dem Englischen Frühstück in den Sinn.

„Na gut", sagte er. „Es war in Montpellier, wo wir damals wohnten, ich war vielleicht zwölf Jahre alt, und ich ging gerade in die siebte Klasse."

Hassan nickte und begann nebenbei vorsichtig den dicken Knoten der grünen Schnur zu entwirren, die die Bücher seines Großvaters zusammenhielt.

„Ich stand eines Morgens auf, wusch mich, putzte mir die Zähne wie jeden Morgen und zog das an, was mir die Nana am Abend vorher zurechtgelegt hatte. Aber an diesem Morgen war alles anders, denn meine Nana hatte verschlafen." Jean grinste, als er sich an diesen Morgen erinnerte. „Ich schlich ganz allein in die Küche und stellte mir ein verrücktes Frühstück zusammen, Sachen, die ich sonst nie bekommen hätte. Ich hatte in Büchern von Charles Dickens gelesen, dass die Engländer eine seltsame Art haben zu frühstücken. Das wollte ich einmal ausprobieren. Ich nahm mein Lieblingsbuch, das hieß »Große Erwartungen«, mit in die Küche, briet Speck kross und schlug zwei Eier darüber, ganz vorsichtig, so dass sie zu Spiegeleiern wurden – auch die gab es nie bei uns zu Hause. Dann schnitt ich ein Baguette vom letzten Tag in dünne Scheiben und röstete sie über der offenen Gasflamme. Dazu gab es Tee. Tee zum Frühstück, das muss man sich einmal vorstellen! Ich suchte lange, bis ich in einer Ecke des Vorratsschranks eine alte Tüte Schwarztee fand. Ich frühstückte also und las dabei meine Lieblingsstelle aus »Große Erwartungen«, als nämlich Pip in den Marschen einen entlaufenen Sträfling trifft und von ihm bedroht wird."

Hassan schüttelte leicht den Kopf und zerrte fester an dem Knoten.

„Es war ein sonniger Morgen und ich saß glücklich in der Küche. Das Morgenlicht wurde durch ein rundes Zierglas im Küchenfenster so gebündelt, dass es wie ein Scheinwerfer auf den Tisch strahlte, und in diesem Licht las ich mein Buch. Es war herrlich!"

Hassan schaute Jean kurz an, nickte nachdenklich und konzentrierte sich wieder auf seinen Knoten.

„Dann ging ich aus dem Haus und fuhr mit dem Bus in die Schule. Es war wie ein Wunder: Die Vögel zirpten so schön, dass es mich glücklich machte, die Luft roch nach Veilchen und frisch gebügelter Wäsche, und an der Haltestelle versuchte kein einziger meiner Mitschüler, meine Schultasche auf die Straße zu kicken oder mich zu boxen. Ich fuhr durch die Stadt und sah sie plötzlich ganz neu, so wie man Ferien in einer anderen Stadt macht. Was man da alles sieht! Jedes Haus schaut man ganz neu an, weil man es ja noch nie gesehen hat. Ich sah Parks, in denen alte Leute spazieren gingen, Hunde sich gegenseitig im Kreis jagten und Kinder, die Drachen steigen ließen. Es war eine schöne Stadt, und das hatte ich damals schon ganz vergessen gehabt."

Hassan hatte es endlich geschafft. Er wickelte die grüne Schnur ab und legte sie auf den Tisch. Als Jean schwieg, schaute er auf und fragte: „Ist die Geschichte schon aus?"

„Nein", sagte Jean, der sich ärgerte, weil man seines Erachtens keine Knoten öffnete, wenn jemand gerade eine spannende Geschichte erzählt.

„Wie geht sie denn weiter, deine Geschichte?"

„Ich kam zur Schule und plötzlich hatte ich ein ganz böses Gefühl. Ich musste mit dem Englischen Frühstück und dem Dickens so getrödelt haben, dass ich einen Bus später gefahren war, ohne es zu merken. Der Schulhof war leer. Das hieß, dass alle schon in den Klassenzimmern saßen, und ich nun ganz alleine an eine Tür klopfen, auf ein Herein warten, eintreten und mich von Monsieur Odet von seinem Podest herab mit einem bösen Lächeln anschauen lassen musste. Das bedeutete eine saftige Strafarbeit, vielleicht sogar eine Stunde Nachsitzen, und ein Englisches Frühstück als zufrieden stellenden Grund für mein Zuspätkommen würde er niemals akzeptieren. Ich würde also lügen müssen und das konnte ich noch nie gut. Er würde mich auch noch beim Lügen ertappen und das würde alles noch viel schlimmer machen ..."

Jean hielt inne und konnte für einen Moment nicht weiter sprechen, weil die Erinnerung an diesen Augenblick seine Schulzeit wieder so wach und lebendig hatte werden lassen. Er fühlte eine zum Husten reizende Trockenheit in der Kehle und fragte sich, wo denn der Tee bliebe. Hassan hatte die Bücher seines Großvaters auf den Tisch gelegt, die Hände darauf und betrachtete interessiert seine Finger.

„Dann kam das Schlimmste. Ich lief schnell die Treppen zum Eingang hinauf und zog an der Schultür, aber sie ging nicht auf. Sie hatten die Schultür abgeschlossen, wahrscheinlich, um so die Zuspätkommer noch mehr demütigen zu können. Wahrscheinlich musste man jetzt beim Hausmeister klingeln, oder – das wäre das Schlimmste gewesen – laut zu einem der offen stehenden Fenster hinaufrufen, damit ein Lehrer in der Klasse Bescheid sagte. Ich begann zu schwitzen und überlegte schon, wieder nach Hause zu laufen und mich ins Bett zu legen, der Nana zu sagen, dass ich schreckliche Bauchschmerzen hätte, als ich sah, dass kein einziges Fenster offenstand. Ich stand vor der Schultür und wäre fast verzweifelt, als ich mich umdrehte und auf der Straße ein paar Kinder mit ihren Eltern vorübergehen sah. Sie hatten Gebetbücher in den Händen und jetzt verstand ich endlich: Es war Sonntag und natürlich war die Schule geschlossen. Aus irgendeinem Grund hatte ich die Wochentage durcheinander gebracht. Ich war glücklich und es war der schönste Tag meiner ganzen Schulzeit."

Jean schaute stolz zu Hassan, der das alte Leder der Umschläge langsam streichelte. „Das ist doch keine Geschichte", sagte er. „Das ist dir eben einmal passiert, und du erinnerst dich daran, weil du so eine schlimme Schulzeit hattest."

„Das stimmt nicht“, sagte Jean ärgerlich. „Ich hatte keine schlimme Schulzeit.“ Aber in Wirklichkeit ärgerte er sich nur, weil Hassan seine Erzählung so abgetan hatte. Die Schulzeit, das war eine andere Sache. Die war wirklich schrecklich gewesen.

„Dann war es bei dir zu Hause nicht schön. Sonst wärst du an einem Sonntag nicht weggelaufen.“

„Ich bin nicht weggelaufen!“, rief Jean, und die Worte jagten die hohen weißen Wände des Innenhofs hinauf, hallten und prallten an Nischen und Fensterstöcken ab und kamen als völlig verdrehte Echos wieder zurück. „Ich bin nicht weggelaufen“, sagte Jean leiser. „Es war bei uns zu Hause sehr schön. Ich hatte eine schöne Kindheit.“ Das klang sehr steif und formell.

„Warum hast du denn deine Mama nicht geweckt?“

Jean starrte ihn böse an. „Das war meine Nana, nicht meine Mutter. Sie war der Dienstbote, der sich um das Haus kümmerte, kochte und putzte und so.“ Eigentlich hätte Jean auch noch sagen müssen: „Nana hat mich groß gezogen, ist mit mir in den Zoo gegangen und hat mir bei den Hausaufgaben geholfen, Nana hat mir das Schwimmen beigebracht und wie man Blätterteig schlägt und sie hat meine zerrissenen Hemden schnell geflickt, wenn ich nach einer Schlägerei nach Hause kam, und Nana hat mich getröstet, wenn ich geheult habe und sie hat mich nie bei Papa verpetzt, auch nicht als der große Rumtopf zerbrach, als ich ihn vom Schrank herunterheben wollte …“ Das über seine Nana zu erzählen, hätte sich eigentlich gehört, aber Jean wollte nun nicht mehr über früher reden.

„Soso“, sagte Hassan und klopfte wieder auf den Tisch. „Es ist trotzdem keine gute Geschichte. So eine

Geschichte will doch keiner hören. Das ist eine Geschichte, für die dir niemand auch nur ein belegtes Brot spendiert. Mit solchen Geschichten kommst du nicht weiter – hier nicht und nicht in deiner Küche."

„Ach, und wie würdest du denn diese Geschichte erzählen?", fragte Jean trotzig.

„Ich würde sie anders erzählen", sagte Hassan. „Einfach anders. So ist es doch ein Witz: Ein Junge steht am Sonntag auf und glaubt, es wäre gar kein Sonntag, geht in die Schule und merkt, dass es Sonntag ist. Oder?"

Jean schaute Hassan finster an und verschränkte die Arme vor der Brust.

„Ich hätte gesagt, dass der kleine Junge unglücklich war, weil er keine Mutter mehr hatte und weil ihm seine Mitschüler jeden Tag das Leben zur Hölle machten, genauso wie seine Lehrer. Sein Vater war auch nicht besser, er kümmerte sich nur um sich selbst und war ganz betrunken von Selbstmitleid und bösen Gedanken."

„Hör auf, hör auf!", schrie Jean. Aber er schrie es nur in seinem Kopf, ganz tief drinnen, und weil er die Zähne dabei sehr fest aufeinander presste, war er sich sicher, dass Hassan nichts davon hören konnte. Weh tat es trotzdem.

„Dann würde ich einen Dschinn auftreten lassen", sagte Hassan und schloss dabei die Augen, so als würde seine Fantasie gerade eine besonders schlagkräftige Geschichte zusammenstellen. „Einen guten Dschinn natürlich, aber auch einen sehr neugierigen, und das sind diese kleinen Feuergeister ja oft. Dieser Dschinn also…"

Hassan wurde von dem Geräusch schlurfender Füße unterbrochen, das das Nahen des Tees ankündigte. Jean war über jede Unterbrechung froh. Aber ausgerechnet

diese hätte er sich nicht vorstellen können, nicht einmal als Romanschreiber. *(Eine sehr selbstgefällige Formulierung, die ich eigentlich aus dem Text streichen wollte, aber auf Nachfrage beim Verlag erhielt ich die Weisung, meine »Finger aus dem Inhalt der Geschichte rauszuhalten« und mich mehr auf die sinnfällige und genaue Übertragung des Textes zu konzentrieren. Bitte! Anm. d. Übers.)* Die Frau, die endlich aus dem Schatten der Türfüllung trat, wurde mit jedem Schritt jünger, ihr Schritt leichtfüßiger *(Wer hat denn bitte geschrieben, sie würde schlurfen?! Anm. d. Übers.)* und ihr Gesicht fing mit jedem Schritt mehr Licht, bis Jean sie schließlich erkannte. Es war Beni. Das Mädchen, das ihn schon wochenlang verfolgte, in der Stadt und im Traum. Sie arbeitete also im Haus des alten Mannes. Jean wusste nicht, was er mit seinen Augen machen sollte, aber plötzlich waren auch seine Hände ratlos, die Füße, die Beine, der Atem, der Herzschlag. Alles, was gerade noch unter seiner Kontrolle zu stehen schien, war nun ratlos, wie es sich verhalten sollte und wie es richtig funktionierte. Hassan lächelte und sagte: „Das ist Aruscha, meine Enkelin, die Tochter meines ältesten Sohnes – und das ist Jean, der Koch, von dem ich dir schon erzählt habe."

Das Mädchen lächelte auch, ganz zurückhaltend nur und fast scheu, und sagte: „Sie sind das also."

Sie stellte ein schweres ziseliertes Silbertablett auf den Tisch, genau in die Mitte der Arabesken aus Blüten und Stengeln, die die kleinen bunten Mosaiksteinchen darauf bildeten, verbeugte sich kurz und ging wieder.

Hassan hob die Silberkanne hoch in die Luft und goss den dampfenden Tee in einer perfekten Fontäne in ein Teeglas. Er schüttete den Inhalt zurück in die Kanne und ließ den honiggelben Wasserfall noch zweimal in das Glas prasseln, dann schob er Jean das Glas zu und schenkte sich mit demselben Ritual selbst ein. Er hielt das Glas vorsichtig mit zwei Fingern am oberen Rand, blies kurz auf den Tee, nickte Jean freundlich zu und nippte. Der Souschef hatte immer noch nicht aus seiner Verwirrung herausgefunden: Seine Beni – denn so nannte er sie immer noch in Gedanken – war die Enkelin dieses alten Ekels. Aruscha hieß sie also in Wirklichkeit. Jean versuchte auch diesen Namen stumm auszusprechen. Er fühlte sich in seinem Mund gut an, und Jean hoffte nur, dass Hassan nichts von seiner plötzlichen Lähmung mitbekam. Er trank langsam seinen Tee und schloss dabei die Augen, so wie das Genießer zu tun pflegen.

Nach einer langen Pause sagte Hassan:„ Er hat sich vielleicht verliebt …"

„Was, wer?", fragte Jean erschrocken, weil er nur auf das letzte Wort geachtet hatte. Er spürte, wie ihm das Blut ins Gesicht schoss und seine Ohren heiß wurden.

„Der Dschinn. Ich wollte die Geschichte weiter erzählen."

„Ach so."

„Ich meine, sie verlieben sich oft in Menschen, das ist ganz normal. Vielleicht hatte er sich in deine Nana verliebt, ich meine in die Nana des kleinen Jungen."

Endlich hatte Jean sich wieder so weit gefangen, dass er verstand, worüber der Alte sprach.

„Also verkehrte er oft in diesem Haus, ohne dass irgendjemand ihn sah, vielleicht sogar nicht einmal die Nana. Eines Nachts war ihm nach Abwechslung, oder vielleicht war die Nana gerade ausgegangen und der Dschinn musste auf sie warten, also hat er sich in den Traum des kleinen Jungen geschlichen. Das machen Dschinns nämlich manchmal. Wenn das ein böser Dschinn tut, kann der Mensch wahnsinnig werden. Das ist auch der Grund, warum ein Gläubiger die Verwirrten oder Verrückten immer gut behandelt, denn er weiß, dass auch ihm das jederzeit passieren kann und dass man selbst keine Schuld daran hat." Der Alte spuckte schnell in die linke Hand und zog mit dem Zeigefinger der rechten eilig ein paar Linien über die Handfläche. „Aber es gibt auch starke Gegenzauber für böse Dschinns, man muss nur auf der Hut sein. Also, dieser Dschinn, es war ein guter, menschenfreundlicher Geist, drang vorsichtig in den Traum des kleinen Jungen ein und war sehr erschrocken, als er sah, was mit dem armen Burschen los war."

Jean schluckte, denn er mochte nicht als armer Bursche bezeichnet werden, nicht einmal in einer schnell zusammengesponnenen Geistergeschichte, die sich ein alter Lügner und Hochstapler ausdachte. Hassan schenkte die Teegläser wieder voll.

„Denn in den Träumen offenbart sich der Zustand der Seele, so sagt es der Prophet, und der Dschinn betrachtete diese junge Seele ganz genau. Er wurde immer trauriger, je länger er mit dem kleinen Jungen träumte, aber dann hielt er es nicht mehr aus und weckte ihn auf. Er wusste zwar, dass es für einen Menschen gefährlich sein kann, wenn ihn ein Dschinn weckt, vor allem wenn der sich nicht unsichtbar macht, aber er dachte, dass solche Träume bestimmt noch gefährlicher waren. Als der kleine Junge aufwachte, das Mondlicht warf gerade so viel Licht auf seine Bettdecke wie eine Nachtkerze, sah er einen Dschinn auf seiner Brust sitzen. Er wusste gleich, dass es ein Dschinn war, weil er schon viele Geschichten über Geister und Dämonen gelesen hatte. Er hatte keine Angst, denn das kleine Wesen hatte ein freundliches Gesicht und einen langen Bart, weiß mit schwarzen Streifen – oder schwarz mit weißen Streifen darin, so wie man ihn gerade ansah –, und solche Wesen sind grundsätzlich gut. Das weiß jedes Kind.

»Du bist federleicht«, sagte der kleine Junge. »Ich spüre dich gar nicht, obwohl du doch mitten auf meinem Bauch sitzt.«

»Hm«, sagte der Dschinn, »du hast ziemlich schlimme Sachen geträumt.«

»Ja. Komisch. Das passiert mir in letzter Zeit öfter.«

»Hast du denn Sorgen oder so?«

»Meine Mama ist gegangen, und ich weiß nicht wohin und ob sie wiederkommt.«

Der Dschinn verstand. »Und dein Vater ist ziemlich durcheinander in letzter Zeit? Er redet oft mit sich selbst und rüffelt dich grundlos?«

»Ja«, sagte der kleine Junge und wischte sich schnell über die Augen, damit der Dschinn die Träne nicht sah.

»Das wird schon wieder werden«, sagte der Dschinn, denn im Trösten sind die Geister lange nicht so gut wie im Zaubern. »Ich werde dir etwas schenken, das lenkt dich ein wenig ab.« Er legte einen kleinen viereckigen Stein auf die Bettdecke, einen leuchtend blauen Mosaikstein, der wahrscheinlich einmal ein Teil des großen Himmelsmosaiks von Mastaba war.

„So einen wie diesen", sagte Hassan und nahm aus der Obstschale einen blauen Mosaikstein, der dort neben Schneckenhäusern, getrockneten Seesternen und anderen Steinen gelegen hatte, und drückte ihn Jean in die Hand.

„Der Dschinn erklärte dem kleinen Jungen, wie er den Stein verwenden könne. Er sollte ihn immer bei sich tragen, und wenn einmal eine gefährliche oder unangenehme Begegnung drohte, sollte er ihn fest in die rechte Hand nehmen und sich auf die Person konzentrieren, die ihm gerade Angst machte. Dann würde die Kraft des Mosaiksteins aus dem großen Himmelsmosaik von Mastaba auf ihn übergehen und ihn für diese Person unsichtbar machen. Man würde ihn einfach übersehen, vergessen und für eine gewisse Zeit wäre er in den Augen und den Gedanken des anderen völlig verschwunden.

Tatsächlich, als der kleine Junge am nächsten Morgen vor dem Schulhaus einen besonders bösen und streitsüchtigen Mitschüler sah, der ihm immer ein Bein stellte oder seine Schultasche in die Dornenhecke warf, drückte er ganz fest den blauen Mosaikstein des großen Himmelsmosaiks von Mastaba – und der Bursche übersah ihn einfach. Er drückte den blauen Stein auch, als der Turnlehrer einen Jungen bestimmen wollte, der die hohe Leiter hinaufklettern sollte, um die Deckenluke in der Turnhalle zu öffnen, und er drückte ihn gerade noch rechtzeitig, bevor ihn sein Französischlehrer aufrufen konnte, um ihn die unregelmäßigen Passé-simple-Formen abzufragen. Er war mit diesem Stein sehr glücklich, bis er ihn nicht mehr brauchte und ihn eines Tages einem anderen Jungen schenkte, der heulend auf dem Schulhof saß."

Jean saß am Tisch und betrachtete den blauen Stein in seiner Hand.

„Eine schöne Geschichte", sagte er. „Ja, wahrscheinlich ist sie besser als meine, aber meine ist dafür wahr."

„Alluakbahr!“, rief Hassan beschwörend und warf die Hände mit einer dramatischen Geste in die Höhe. „Sie ist wahr! Das ist ja wunderbar. Jahrtausende überlegen sich die Menschen, was wahr ist und was wirklich ist, wo die Grenze zwischen Glauben und Wirklichkeit verläuft, und da kommt so ein kleiner französischer Koch und …“, Hassan hustete keuchend, als hätte er sich verschluckt und bekam Tränen in die Augen. Jean erschrak und wollte ihm schon auf den Rücken klopfen, aber dann sah er, dass es Lachtränen waren. Der Alte winkte ab.

„Trink“, sagte er und lachte und hustete. „Und behalt den Stein. Nur so, als Erinnerung an die Geschichte.“ Jean steckte ihn ein, mehr verlegen als wirklich dankbar.

Sie tranken Tee, und Jean fiel auf, wie still es hier war. Er konnte das Scharren der winzigen Schildkrötenfüße am Rand des Wasserbassins hören, er hörte ein Schlagen und Klatschen vom Dach, das so klang, wie wenn Böen in Segel fahren, wahrscheinlich aber von der frisch gewaschenen Wäsche kam, die Aruscha dort aufgehängt hatte und die im Wind flatterte, und er hörte das leise Tapsen nackter Füße auf Stein. Draußen knatterten Mopeds, schrien Esel, rumpelten Handkarren über das Pflaster, johlten Kinder, schlugen Eisenhämmer auf Kupferplatten und Ledersohlen, riefen Händler vermeintlichen Kunden hinterher, kreischten Kreissägen und schepperten Fahrradklingeln. Hier war ein Ort der Stille, wie in einem Kloster, und langsam verstand Jean, dass Marokkaner nicht nur die lauten und gestikulierenden Wesen sind, deren Hektik und Lautstärke ihm schon oft auf die Nerven gegangen waren. Sie hatten auch Sehnsucht nach

Ruhe und Entspannung. Hier gab es beides, zwei Welten, durch eine Mauer getrennt.

Hassan blätterte konzentriert in den Büchern seines Großvaters, und als Jean ihn dabei beobachtete, wie er den Worten seines Großvaters mit leisen Lippenbewegungen folgte, fiel ihm plötzlich ein, was der alte Mann heute in der Küche gesagt hatte.

„Du hast heute Vormittag doch erzählt, dass diese Bücher immer vom Vater auf den Sohn weitergegeben werden. Aber wenn das gerade die Tochter deines ältesten Sohnes war, wieso hast du dann eigentlich die Bücher?“

In Hassans Gesicht sah er, dass der geahnt hatte, dass diese Frage irgendwann einmal kommen würde, und dass er sich davor gefürchtet hatte. Aber Jean konnte sie nicht mehr zurücknehmen.

Hassan legte das schmale Heft, in dem er gerade gelesen hatte, wieder zurück auf den Stapel und verschnürte ihn langsam und sorgfältig. Er räusperte sich.

„Du hast mich doch vor ein paar Tagen nach den Haratin gefragt. Zuerst dachte ich, jemand hätte dir von meiner Familie erzählt. Wir waren eine stolze und große Familie, aber wir waren Haratin, und wir sind es noch – Haratin, aber keine große Familie mehr. Wir sind keine Sklaven mehr, aber trotzdem will niemand etwas mit uns zu tun haben. Haratin heißt eigentlich »Freie zweiter Klasse«, und offiziell sind wir heute von allem frei, aber nicht von unserer Geschichte.“

Hassan seufzte und strich sich über die Augen.

„Wir wohnten in einem kleinen Dorf, in der Nähe von Quarzazate, eine Familie, die glücklich war, weil sie eine Familie war. Ich, meine zwei Töchter und meine Söhne Abdall und Said und ihre Frauen und Kinder, mein Onkel Malik und seine Frau Ela. 1974 kam Aruscha zur Welt, die jüngste Tochter meines Sohnes, und ein Jahr später begann der große Marsch. Hast du von dem Marche Verte gehört?“

Jean schüttelte den Kopf.

„Es war die Idee des Königs. Er nannte es einen »Friedensmarsch« und wollte das Land so wieder heimholen ins Reich. Tausende Marokkaner marschierten durch die Wüste in die Westsahara, um sie zu befreien, in das Gebiet, das die Spanier besetzt hatten. Ein reiches Land, voller Phosphat.“

Ein trauriges Lächeln zog über das Gesicht des alten Mannes, aber als es verflogen war, blieb nur noch eine starre Maske.

„Die Grenze war vermint, denn anders kann man in der Wüste keine Grenzen ziehen. Die Tuareg und die Nomaden wissen das, und die Haratin wussten es natürlich auch. Wenn man als Heimat nur unsichtbare Straßen hat, weiß man, dass nichts festgeschrieben sein kann in einem Land, das vom Wind regiert wird. Zäune oder Schlagbäume sind in der Wüste nur ein schlechter Witz. Heute ist eine Düne hier, morgen ist sie verschwunden. Heute findest du hier Wasser, morgen nur Steine. Aber der König brauchte zufriedene Untertanen, denn erst vor kurzem hatte es eine große Enteignung gegeben, viele ausländische Grundbesitzer waren geflohen, doch das Land wurde nicht so unter die einfachen Leute verteilt, wie sie es erhofft hatten. Das Volk murrte. Also gab er den Weg in die Sahara frei, schickte ein Menschenheer ohne Waffen nach Süden – in die Minen.“

Hassan schwieg und schien zu überlegen, ob er dem Souschef mehr erzählen sollte. Jean saß steif auf seinem Stuhl und hatte außer den vielen und vibrierenden Gedanken an Aruscha nur noch den einen, ihn mehr und mehr beängstigenden: „Warum erzählt er das ausgerechnet mir? Warum bin ich diesem schrecklichen Mann plötzlich so nahe und wieso will er mit mir die verborgensten Geheimnisse seines Lebens teilen?"

Der Alte breitete die Arme aus, hilflos und erschüttert, als er sagte: „Der Marsch war gefährlich. Aber es gab gute Gründe, ihn zu gehen. Besonders für uns Haratin, denn man hatte uns Land versprochen, wenn wir ihn anführten. Ja, tatsächlich", lachte Hassan, aber diesmal war es gleichzeitig auch ein Schluchzen, „wir sollten den Marsch anführen. Ist das nicht ein Witz? Wir, die alten Sklaven, sollten das Volk, das unsere Ahnen einmal versklavt hatte, in die neue Heimat führen!"

Er nahm einen Schluck Tee und schüttelte mit geschlossenen Augen den Kopf. Dann schaute er Jean in die Augen, so als ob er jetzt erst beschlossen hatte, ihm die ganze Wahrheit zu sagen. „Man versprach den Haratin Land und eine neue Ehre. Sie würden ihre alte Haut für immer abstreifen können, wenn sie sich um das Königreich verdient machten. Sie sollten den Zug anführen, aber alle wussten, dass sie eigentlich nur Minenhunde waren."

Hassan schwieg erschrocken, als er hinter sich die Schritte Aruschas hörte, und Jean hielt den Atem an. Sie kam an den Tisch, die Augen gesenkt, die Arme gekreuzt und sagte zu ihrem Großvater: „Ich werde nun gehen, die Nachmittagsschicht *(Sie arbeitet übrigens in der Cyber Kutubiya, einem Internetcafé in der Rue Bab*

Agnaou. Anm. d. Übers.) fängt gleich an. Danach habe ich noch eine Stunde in der Ftouakischule. Ich bin um halb elf fertig und trinke mit den Mädchen noch einen Tee. Im Café Dalas."

Jean nickte zum Abschied wie ein hölzernes Spielzeug und wagte es nicht, ihr in die Augen zu schauen, Hassan ließ sich auf die Stirn küssen und strich ihr kurz und fahrig über die Haare. „Sonne meines Alters", sagte er auf Arabisch, aber Jean verstand immerhin so viel, dass es sehr liebevolle Worte gewesen sein mussten.

„Wenn ich um halb elf im Café Dalas bin, komme ich bestimmt noch vor Mitternacht nach Hause. Bist du dann da?", fragte Aruscha. Aber es war gar keine Frage und Hassan antwortete auch nicht darauf. Sie schien das zu allen und zu allem gesagt haben, zum hohen kühlen Innenhof, zum runden Mosaiktisch, auf dem die Teegläser standen, zum Wasserbecken mit den Schildkröten, zu ihrem Großvater und vielleicht sogar zu Jean.

Sie drehte sich um und ging.

Als die grüne Tür zuschlug und der Schlüssel einmal kräftig im Schloss gedreht wurde, richtete sich der Alte auf und sagte: „So, und nun schnell der Rest. Die ganze Familie wollte sich am Marsch beteiligen, alle brannten darauf, ein neues Leben anzufangen. Nur zwei Menschen musste man zurücklassen, weil die Tradition der Haratin immer schon eine Tradition der Vorsicht war. Das Älteste und das Jüngste steht bei uns unter einem besonderen Schutz, ob das Ziegen sind oder Menschen, Olivenbäume oder Kleider. Also blieb ich mit der ein Jahr zuvor geborenen Aruscha zurück. Mit der Tochter meines ältesten Sohnes."

Er schwieg, und er machte nicht den Eindruck, als würde er noch mehr erzählen wollen. Jean war verwirrt und kaum in der Lage, all das zu begreifen, was er gerade gehört hatte. Oder zu glauben. Er wollte es nicht, aber er musste es sagen: „Sie sind alle gestorben?"

„Ja", sagte Hassan und stand auf. „Sie sind alle tot. Das Minenräumkommando der Haratin ist auf dem Feld der Ehre umgekommen, und als der König oder irgendeiner seiner Beamten davon erfuhr, hat man uns dieses alte verlassene Stadthaus zum Geschenk gemacht."

Hassan drehte sich um und ging zu einer dunkelgrün bezogenen Chaiselongue, ließ sich darauf fallen und legte sich zurück. „Ich werde mich für ein paar Minuten hinlegen. Wir haben ja noch Zeit. Ist es dir recht?"

Jean nickte.

Eine Stunde später standen sie beide wieder in der Küche des »Aghroum«, und Jean hielt dem Koch mit ausgestreckten Armen die Plastiktüten mit den Zwiebeln entgegen. „Ich weiß, dass es seltsam klingt, aber das Erste, was wir gesehen haben, waren Zwiebeln. So wie heute vormittag in Hassans Geschichte. Anscheinend verfolgen uns die Zwiebeln."

Der Koch tobte nicht und er misstraute Jean auch nicht. Er nahm es gelassen. „Jedenfalls besser als Hammelhoden oder Kaktusfrüchte. Ich werde ein altes Rezept aus den Cevennen ausprobieren, von dem mir irgendein Verwandter mal erzählt hat, das ist ewig her. Ich wollte es schon immer mal machen." Er blätterte in einem zerfledderten Schreibheft, wie es jeder Koch besitzt, um sich schnell mal ein paar Notizen zu machen oder Rezepte aufzuschreiben.

„Aber wir werden bald anfangen müssen“, sagte er zu Hassan. „Sonst kommen wir in die Bredouille. Das Abendgeschäft geht für die Küche um halb sieben los.“

Hassan nickte, aber er schien nicht so begeistert und aufgekratzt wie der Koch zu sein. In der letzten Stunde war er deutlich müder und lustloser gewesen als sonst, und als er neben Jean zurück in die Neustadt gegangen war, musste er sich anstrengen, um mit dem Souschef Schritt zu halten.

„Wir machen es so“, sagte der Koch und rieb sich unternehmungslustig die Hände. „Du kannst für eine Stunde auf Jeans Posten arbeiten und ich koche an meinem. Jean soll dir zeigen, wo alles steht, du kannst an Zutaten bekommen, was du willst, und um Punkt fünf Uhr geht es los. Schaffst du das?“

Hassan nickte. „Es wird schon gehen.“

„Gut. Wir kochen eine Portion für ... vier Personen?“

„Jaja“, sagte Hassan müde.

„Und wer wird entscheiden? Hm ... die Jury ...“, der Koch drehte sich im Kreis und schaute sich in seiner Küche um. Was er sah, stimmte ihn traurig. Er, der einmal die Hoffnung von St. Croix Vallée Français gewesen war, stand in einer winzigen, schlecht eingerichteten Küche, deren Decke von einem altersschwachen Fettabscheider über die Jahre mit einer speckig glänzenden Patina bespuckt worden war, mit Gasbrennern, die einem den Arm abfackelten, wenn man sie nicht vorsichtig anzündete, mit Pfannen, die wellig wie die Wüste waren, mit einem Kühlraum, der im Winter fror und im Sommer schwitzte, und er arbeitete mit minderjährigen Helfern, die an allem Interesse zu haben schienen, nur nicht am ehrenwerten und höchst kunstvollen Handwerk des Kochens und mit einem Souschef, der alles besser wusste, wenn er nicht gerade beleidigt war und schmollte oder von Mädchen träumte.

Kein angemessener Ort für ein Wettkochen – und außerdem: Wo war die Jury?

„Wir könnten einfach alle abstimmen, schließlich sind wir sind doch fünf: Hassan, Jean, Ali, Abderahim und ich. Jedenfalls wird es kein Unentschieden geben."

„Es könnte aber", mischte sich Jean ein, „ein bisschen schwierig für die Küchenjungs werden. Denn entweder, sie stellen sich gegen dich, dann werden sie es zu spüren bekommen. Oder sie stellen sich nicht gegen dich. Dann werden wir es spüren!"

Hassan lächelte. „Stimmt, so wird es nicht gehen. Vielleicht sollten wir einen neutralen Schiedsrichter hinzuziehen, so eine Art UN-Beobachter."

„Ich wüsste nicht, wo es in Marrakesch einen neutralen Schiedsrichter geben sollte", sagte der Koch. „Die in der Neustadt sind alle für mich, die in der Altstadt sind alle für dich – so einfach ist das."

„Wie wäre es, wenn wir die zwei Gerichte einfach heute Abend auf die Karte setzen würden?", schlug Jean vor. „Wir behaupten einfach, heute wäre der internationale Zwiebeltag, so wie der Tag des Baumes, des Buchs oder des misshandelten Hundes. Wir haben zwei Geheimrezepte im Angebot, ein französisches und ein marokkanisches."

„Aber dann würden am Ende irgendwelche Fremden darüber abstimmen, Menschen, von denen man kaum annehmen kann, dass sie überhaupt Geschmack haben ..."

„Na gut", sagte Jean und grinste, „wenn du unsere Gäste so beschreiben willst."

„Nein, das ist ja noch schlimmer als Münzen werfen, das ist Demokratie", sagte der Koch angeekelt. „Sogar eine Kochdemokratie, wo jeder nachwürzen und seinen Senf dazu geben darf. Das geht beim Kochen nicht. Kochen ist Diktatur!"

„Kochen ist keine Politik, Kochen ist Kunst!", sagte Hassan weihevoll, und damit hatte er wieder alle Herzen erobert, und die Decke glänzte vor Freude und nicht von angesetztem alten Fett.

„Ganz recht", sagte der Koch gerührt und legte seinen Arm andeutungsweise um Hassans Schultern, nur ein wenig, er wollte mit der streng riechenden Djellaba nicht zu sehr in Kontakt kommen. „Geschmack hat mit Politik nichts zu tun. Geschmack ist individuell, und da gibt es kein Richtig oder Falsch. Man kann natürlich praktische Fehler machen, einen Risotto anbrennen lassen oder einen Brandteig versalzen, aber hier zählt das Rezept, nicht die Klasse des Kochs." Bei diesen Worten verbeugte er sich ein klein wenig, wie vor sich selbst. „Sonst dürfte ich gar nicht gegen Hassan antreten, das wäre ja unfair. Hier stehen zwei Rezepte im Ring, wenn ich das mal so sagen darf. Ja, man muss es auch mal sportlich sehen. Das ist keine Kochprüfung, das ist eine … eine …"

Jean sprang ihm bei, denn auch er spürte den denkwürdigen Moment, den Atem der Geschichte, küchentechnisch gesehen. „… Konkurrenz der Kochkulturen, nein?"

„Neinnein", wiegelte der Koch ab, „so hab ich's nicht gemeint. Kein Mensch wird schließlich sagen können, ob die Koutoubia Moschee schöner oder besser ist als das Mausoleum des Mulay Ismail in Meknès, ob ein Goya besser ist als ein Matisse oder eine Bachfuge schöner als ein Blues. Du wirst nur Leute aus Marrakesch finden, die sagen, dass die Koutoubia viel schöner ist, und jeder Spanier wird dir erklären, dass Matisse völlig überschätzt wird – und kein Schwarzer aus den USA wird den Finger für diesen Deutschen mit der gepuderten Perücke heben."

„Stimmt", sagte Hassan, und man hörte seiner Stimme die Erleichterung an, „es war eine dumme Idee. Der Wettbewerb wird nicht funktionieren. Aber Kochen können wir trotzdem, jetzt mit all den Zwiebeln. Nur so, für uns."

„Schade", sagte Jean, „ich hätte gerne gewusst, ob die marokkanische Küche die französische schlagen kann."

Die letzten Worte hatte der Patron gerade noch gehört, als er in die Küche gekommen war.

Jacques Pistache hatte vor zwölf Jahren das Restaurant von einem Österreicher gekauft, der viele Jahre vergeblich versucht hatte, mit schwerer Soßenküche und in reinem Tierfett ausgebackene Nachspeisen in Marrakesch zu überleben. Ein paar Touristen aus dem Alpenraum, die in ihren Ferien auf heimische Kost nicht verzichten wollten, fand er zwar immer wieder, aber das Restaurant lief immer schlechter. Als er auch noch den altehrwürdigen Namen „Aghroum" in „Burnus-Beisl" änderte, weigerte sich jeder Taxifahrer schon aus Anstand, diese Adresse zu finden und brachte seine Fahrgäste stattdessen lieber zu Pizza Hut. Dort bekamen die Fahrer für diesen Dienst einen Essensgutschein, den sie wiederum

an die nächsten Fahrgäste verkauften. So bekam der Pizza Hut in Gueliz einen enormen Zulauf, und das „Burnus-Beisl“ ging pleite.

Sergant-Chef Jacques Pistache nutzte die Gunst der Stunde und investierte die Ablösesumme von 140.000 Francs, die ihm die Fremdenlegion nach 35 Dienstjahren ausgezahlt hatte, in das Haus. Auch wenn die Gäste verschwunden waren, erstand er immerhin ein nettes Restaurant mit 48 Plätzen, einen Keller, eine Küche, einen staubigen Hinterhof mit dichtem Agavengestrüpp, eine kleine und eine große Wohnung über dem Lokal. Damit hatte Jacques Pistache sein letztes Fort gefunden, wie er das martialisch ausdrückte, eine Festung, in der er den Rest seines Lebens verbringen konnte, und in der im Erdgeschoss das Geld verdient wurde, das er im ersten Stock verleben und vertrinken konnte.

Ein Sergant-Chef entspricht in der normalen Militärhierarchie einem Feldwebel. Es war also nicht gerade eine Führungsposition, und man muss schon besonders wenig Initiative zeigen, um nach 35 Jahren nicht wenigstens als Adjudant-Chef oder Stabsfeldwebel auszuscheiden. Doch Jacques Pistache war zuallererst immer begeisterter Abenteurer gewesen, dann begeisterter Frauenverführer und Cognacliebhaber, dann begeisterter Kumpel und Kamerad, und erst ganz zum Schluss – als kaum noch Energie für anderes übrig war – Soldat und Karrierist. Die Zeit in der Legion war nicht etwa nur ein Abschnitt in einem Leben gewesen, sie war sein Leben. An die Jahre davor konnte er sich kaum noch erinnern, und der Cognac tat sein Möglichstes, um auch die letzten unscharfen Bilder restlos zu verwischen. Aber irgendwann ist selbst in der Legion Schluss und Jacques durfte keinen neuen Vertrag mehr unterschreiben. Zurück nach Frankreich konnte er nicht mehr. Dieses Land war ihm nach der langen Zeit fremder als Indochina oder der Maghreb. Immerhin hatte er in Tunesien und Marokko die Hälfte seines »wahren Lebens« verbracht, die ersten Jahre sogar noch in Algerien, der glorreichen Heimat der Legionäre. Er war dabei gewesen, als 1962 das Ehrenmal für die Gefallenen der Fremdenlegion von Sidi-Bel-Abbès nach Aubagne überführt worden war. Sie alle hatten feuchte Augen gehabt, als unter Trommelwirbeln die gemeißelten Steinblöcke aus dem algerischen Boden gehoben wurden. Er sprach ein holpriges Pidgin-Arabisch, aber er verstand jedes Wort, wenigstens immer dann, wenn es in den nächsten Minuten gefährlich zu werden versprach.

Der Patron hielt sich sehr gerade und bemühte sich um eine ausgesucht gepflegte, großbürgerliche Sprache, was immer dann verwirrend wurde, wenn er in eben diesem Hochfranzösisch der Dichter und Denker über seine wilden Jahre bei der Legion berichtete. Aber man darf nicht vergessen, Hochfranzösisch war und ist ebenso die Sprache der Richter und Henker. Er ließ sich einmal in der Woche die Hände maniküren und trug ausschließlich helle Sommeranzüge mit feinen blauen Streifen, hellblaue Hemden und dunkelbraune Schuhe mit ungarischem Lochmuster.

1991 saß er vor dem Fernseher im ersten Stock und weinte hemmungslos, als er seine alten Kameraden sah, die mit der »Division Daguet« im ersten Irakkrieg gegen Bagdad vorrückten. Als dann dieser schreckliche Bush senior den Angriff stoppte, feuerte Jacques Pistache eine Cognacflasche durch das geschlossene Fenster auf die

Avenue Yacoub el Mansur. Ein paar Minuten später wurde geläutet und zwei marokkanische Polizisten begehrten laut und unfreundlich Einlass. Jacques Pistache schrie ihnen zu, dass sie ihn doch holen sollten, aber dass er sich bis zum letzten Mann verteidigen würde. Dabei war er ja der letzte Mann, quasi in Personalunion.

Die Polizisten zogen wieder ab, denn er war inzwischen schon der Patron des »Aghroum«, man kannte ihn im Viertel und wusste um seine Vergangenheit.

Aber man musste ihm zugute halten, dass er das »Aghroum« wieder flott bekam. Er ließ alles verschwinden, was an österreichische Küche und Gastlichkeit erinnerte, stellte marokkanische Kellner ein, einen marokkanischen Koch und marokkanische Knaben, die das Haus sauber halten sollten. Als er der Frau des Kochs nachstellte, ihr ganz offen anbot, oben unter ihm zu schwitzen, während ihr Mann es unten in der Küche tat, schwand die Sympathie für ihn rapide, und der Koch rächte sich, indem er heimlich Daturablüten in den Wasserbehälter der Kaffeemaschine warf. Es dauerte lange, bis man darauf kam, dass die seltsamen Lähmungserscheinungen nach einer Tasse Kaffee darauf zurückzuführen waren. Der Patron warf den Koch hinaus und stellte kurz darauf einen Südfranzosen ein, den es aus irgendwelchen unklaren Gründen nach Marrakesch verschlagen hatte. Der Patron verstand sich auf Anhieb bestens mit dem Mann, er mochte nichts lieber als unklare Gründe, und er blieb so dezent, dass er den Mann nicht einmal nach seinem Namen fragte. Er nannte ihn einfach Koch, und das behielt er bei.

Das Geschäft lief langsam wieder besser, der Koch verknüpfte auf raffinierte Art und Weise die französische mit der marokkanischen Küche, und die Gäste spendeten Applaus. In dieser Zeit hatte es sich der Patron angewöhnt, abends im Lokal aufzutauchen, an den Tischen vorbeizuschlendern, und er bemühte sich, dabei ein freundliches Gesicht zu machen, »Schmeckt es Ihnen?« zu fragen und derlei grässliche Dinge mehr. Aber er hatte die alkoholfreie Pause von Acht bis Zehn schätzen gelernt, denn so konnte er manchmal sogar noch dem Spätfilm auf TELE5 einigermaßen klar folgen.

Die geplatzten Äderchen auf seiner Nase schob der Patron jedoch – sollte tatsächlich einmal die Rede darauf kommen – den harten Tagen und Nächten in der Sahara zu, immerhin Temperaturunterschiede von bis zu 45 Grad! Das fordert sogar von den elastischsten Gefäßen seinen Tribut. Die Araber sagten: »Er schläft mit seinem Cognac«, die zivilisierten Mitteleuropäer sagten: »Er hat wahrscheinlich ein Alkoholproblem«. »Vous avez un problèm.«

Der erste Satz in der Fibel des Maghreb.

„Ob die marokkanische die französische Küche schlagen kann?“, sagte der Patron mit einer Stimme, die sonst nur Französischlehrer benützen, wenn sie nachfragen, ob das wirklich ernst gemeint wäre, »dass Molière ein Spätromantiker gewesen sei?« Der Patron gefiel sich in der Rolle, endlich einmal wieder eine zwar kleine und nicht sehr wehrhafte, aber immerhin lebendige Kompanie zu befehligen, anders als bei den lauten Appellen, die er mit schwerer Zunge allnächtlich in seinem Schlafzimmer mit dem undeutlichen Blumenmuster auf der Tapete abhielt.

„Wie darf ich das verstehen, messieurs? Und darf ich außerdem fragen, ob unser zeitweiser Gast nun auch hier zu arbeiten gedenkt?“

Hassan rückte wie ertappt einen Meter von dem Posten ab, an dem er gestanden hatte, eine Zwiebel in der linken und ein Messer in der rechten Hand.

Also musste der Koch die Geschichte vom Wettkochen wohl oder übel erzählen, und je länger er erzählte, vor allem von Hassans Großvater und den geheimnisvollen 41 Büchern, um so interessierter wurde der Blick des Patrons. Er sah schon den sechsseitigen Artikel im „le gourmet“ vor sich, ein doppelseitiges Foto mit ihm, meinetwegen zusammen mit dem Koch und unter der Überschrift: „Jacques Pistache, Patron des »Aghroum« und Entdecker der 41 verschollenen arabischen Rezeptbücher“, eine Story, die die kulinarische Welt erschüttern würde, wie die Ausgrabung von Troja die archäologische erschüttert hatte.

Als der Koch damit schloss, dass sie eingesehen hatten, dass ein solches Wettkochen mangels einer objektiven Schiedsstelle zum Scheitern verurteilt wäre, unterbrach ihn der Patron. „Das ist doch völliger Unsinn, wenn Sie es mir verzeihen, verehrter Küchenmeister. Da sehen Sie wieder, dass die soldatischen Fähigkeiten wie unbedingte Klarheit, Entscheidungsfreude und kühle Emotionslosigkeit nicht nur im Kampf wertvolle Dienste leisten können. *(Ich dachte ein paar Zeilen lang schon, ich wäre im falschen Manuskript, etwa in einem offenen Brief Seiner kaiserlichen Hoheit, Wilhelm II., an das glorreiche Deutsche Heer – aber der Kerl scheint tatsächlich so zu sprechen. Anm. d. Übers.)* Natürlich kann man entscheiden, welches Gericht besser ist!“

Der Patron nahm Haltung an, das heißt, er richtete sich zu seiner ganzen Größe von schätzungsweise einem Fingerbreit weniger als zwei Meter auf, wobei sein akkurater Seitenscheitel eine exakte Linie mit dem darüber hängenden Deckel für die Fischterrine bildete. „Es ist nur eine Frage des Muts und des Geschmacks, und ich kann von mir sagen, dass ich beides in ausreichendem Maße besitze. Der Geschmack ist nicht das Problem – aus Angst vor einem klaren Wort zu kneifen, Herrschaften, das ist das Problem!"

Hassan hatte Zwiebel und Messer unauffällig an Jean weitergegeben und setzte sich zu den Küchenjungs an den Tisch, auf dem Gemüse und Salat geputzt wurde, eine deutliche Versammlung der marokkanischen Fraktion. Der Koch und Jean schauten ihren Chef etwas ratlos an, aber sie schwiegen eisern.

„Auch Paris hat sich keine Freunde gemacht, als er Aphrodite den Apfel zusprach, ...", und er wischte den Einwurf des kleinen Ali, der nur daran erinnern wollte, dass Paris doch eine Stadt sei, mit einer verächtlichen Handbewegung beiseite, „... denn Schiedsrichter sind nun einmal nicht auf der Welt, um sich Freunde zu machen. Aber ich werde diesen Wettbewerb entscheiden, fair, unbestechlich und geschmackssicher!"

Der Koch runzelte kritisch die Stirn und Hassan trieb dieser ungewohnte militärische Ton die Schweißperlen auf die Stirn. Er überlegte, wie er wohl am besten wieder aus dieser Zwickmühle herauskäme. Denn lehnte er den Wettbewerb ab, verlor er dadurch vielleicht für immer sein Aufenthaltsrecht in der Küche. Sollte er annehmen, war der Koch – jetzt, nachdem sein Chef verstanden hatte, was eine solche marokkanische Rezeptsammlung für das Renommee seines Restaurants bedeuten könnte – gezwungen zu gewinnen. Natürlich würde er auch gewinnen, so oder so, denn schließlich war sein Patron der unvoreingenommene Schiedsrichter, der Paris, der ihm den goldenen Apfel reichen würde. Hassan konnte also nur verlieren, entweder seine tägliche Verpflegung oder die Bücher seines Großvaters. Ein Problem.

Der Patron spürte natürlich das Zögern Hassans und den Widerstand in der Küche. Er war schließlich ein Soldat, und niemand kennt sich besser aus mit Widerstand. Deshalb setzte er sich auf einen Schemel und legte beide Hände mit den Handflächen nach oben auf die Knie. „Ich bin doch wirklich der Einzige hier, der völlig unvoreingenommen ist. Auf der einen Seite bin ich geborener Franzose, aber auf der anderen Seite inzwischen auch ein Mann der Wüste, ein halber Araber. Ich habe bei den Pionieren geschuftet, wir haben eure Straßen gebaut und das Rif sicher gemacht, ich habe in Algerien gekämpft, habe die pieds noir kennen gelernt, die besten Frauen überhaupt, und ich habe wahrscheinlich mehr Araberinnen gevögelt als Weiße!“ Er lachte, drehte die Handflächen um und ließ sie laut auf die Schenkel klatschen. „Und ich soll kein objektiver Schiedsrichter sein! Wenn es einen gibt, dann sitzt er hier!“

Der Patron verstand Hassans Schweigen als trotzige Weigerung, doch er hatte Blut geleckt. Jetzt zirkulierte endlich wieder Adrenalin in seinem Blut und trieb ihn voran. Er erinnerte sich an die gute alte Zeit, als er seine Kompanie auf dem Kasernenhof noch blutscharf machen durfte, stellte sich in Schlagdistanz vor den Alten und sagte: „Das hätte ich nicht gedacht, dass ausgerechnet Sie kneifen würden! Sie verraten die arabische Küche, und ich weiß nicht, was Allah dazu sagen würde. Mohammed jedenfalls würde sich im Grab umdrehen, und wenn dieser indische Schmierer eine Fatwa gekriegt hat, meine ich, Sie sollten auch eine kriegen – wegen Feigheit vor dem Feind!“ Im Lauf seiner Rede hatte sich die Lautstärke erheblich erhöht, und Hassan war erschrocken zurückgewichen, bis er mit dem Rücken am glühend heißen Salamander stand. Seine Augen irrten Hilfe suchend durch die Küche, aber er fand keine verbündeten Truppen, denn der Patron griff gleich den Nächsten von der Flanke her an. „Und du bist mir ein sauberer Koch! Kein Interesse an Unsterblichkeit, was? Und du da?! Ein Souschef, dass ich nicht lache! Feiglinge, Hosenscheißer, aber keine Kämpfer!“

Der Patron betrachtete zufrieden sein Werk, lauter zerschossene Stellungen, lächerliche Amateure eben, und plötzlich schaltete er den Ton um, sprach verschwörerisch und kumpelhaft. Er packte den Koch am Arm und sagte ernst und langsam, wobei er jedes Wort betonte: „Wenn du gewinnst, bin ich mir sicher, dass ich den besten französischen Koch habe, den man sich nur wünschen kann, und das werden ein paar wichtige Leute erfahren ...“

Dann ließ er den verdatterten Koch los und packte Hassan am Arm, etwas zarter immerhin. „Und wenn du gewinnst, werden wir demnächst nach deinem Großvater kochen. Die ganze kulinarische Hautevolée wird seinen Namen kennen lernen. Er wird in die Geschichte eingehen wie dieser ... Bocuse. Na, ist das ein Angebot?“

Alle blickten ihn bedrückt an, sogar die Küchenjungen dachten angestrengt nach, obwohl er ihnen kein Angebot gemacht hatte, aber niemand sagte etwas.

Der Koch schaute Hassan an und nickte vorsichtig, eine kaum sichtbare Bewegung, ein Meisennicken nur, aber der Alte hatte verstanden. Er schlug die Hände zusammen, als würde er sich angesichts der Übermacht ergeben und sagte: „Gut, es soll einen Wettkampf geben. Aber nur, wenn der Koch nichts zu befürchten hat, egal wie dieser Kampf ausgeht."

„Das ist ein Wort!", rief der Patron und klatschte in die Hände. „Natürlich wird ihm nichts passieren, schließlich ist er mein wichtigster Mann. Und damit das alles ein bisschen festlich wird, werde ich meinen besten Cognac spendieren, einen Jahrhundertcognac!"

Er schlug Hassan auf die Schulter, dann dem Koch, überlegte sich, ob er den Souschef auch mit einbeziehen sollte, rempelte ihn als Kompromiss ein wenig mit der Hüfte an und ging zur Tür.

„Ein Kampf der Küchen, ein edler Wettstreit. Messieurs, Sie haben mir den Tag gerettet!"

Als die Tür hinter ihm zugefallen war, sagte Hassan erschöpft: „Insch'allah! Im schlimmsten Fall verliere ich die Bücher und muss wie bisher für jedes Stück Brot arbeiten."

Der Koch klopfte ihm auf die Schulter, weitaus gefühlvoller als es der Patron eben noch getan hatte und sagte: „Keiner wird verlieren. Lass das meine Sorge sein. Wir werden jetzt kochen und der Rest ergibt sich."

„Die Legion ergibt sich nie!", scherzte Jean, aber als er den scharfen Seitenblick des Kochs einfing, sagte er: „Schon gut. Ich dachte nur, ein bisschen Heiterkeit kann auch beim Kampf der Kulturen nicht schaden."

„Sieh zu, dass du Land gewinnst", sagte der Koch.

„Wenn ich es mir genau überlege, haben wir das nämlich alles dir zu verdanken."

Jean winkte beleidigt den Küchenjungs und die drei gingen auf den Hinterhof hinaus.

Der Koch holte ein paar der milden Zwiebeln aus der Plastiktüte, betrachtete sie eingehend und sagte zu Hassan: „Ich werde dir helfen, wo ich kann. Zuerst: Wenn du Zwiebeln schneiden willst ohne zu weinen, musst du das Messer, das Brett und die Zwiebeln vorher nass machen."

„Ich weine nicht", sagte Hassan trotzig. „Ich weine nicht einmal, wenn ich mir in den Finger schneide."

„Aber überall auf der Welt fragen Hausfrauen, wie sie es vermeiden können, beim Zwiebelschneiden zu weinen, und dafür gibt es eben diese Geheimtipps."

„Und du, nimmst du ein nasses Brett?"

„Natürlich nicht, ich bin ein Koch,"

„Ah! Köche weinen nicht?"

„Köche denken gar nicht daran, sie müssen viel zu viele Zwiebeln in ihrem Leben schneiden. Sie weinen nicht, weil sie Profis sind."

Hassan ging zum Spülbecken, ließ Wasser über sein Brett, sein Messer und eine Handvoll roter Zwiebeln laufen, ging zurück an seinen Posten und fing an, sie zu schälen.

„Zweite Lektion", sagte der Koch. „Zwiebeln immer zuerst in der Mitte durchschneiden und dann erst schälen. Das geht schneller, und man sieht gleich, ob eine faule Stelle dabei ist. Und dann so ..."

Er legte eine Zwiebelhälfte auf sein Brett, schnitt sie mit schnellen, sicheren Bewegungen auf wie Buchseiten, setzte drei Querschnitte dagegen, drehte die Zwiebel und hackte sie zu winzigen Würfeln. Hassan konnte spüren, wie stolz er auf seine Fingerfertigkeit war. „Siehst du! Fertig, bester Zwiebelfeinschnitt." Der Koch kippte das Brett und fegte den Zwiebelhaufen in den Abfalleimer.

„Ich brauche keine fein geschnittenen Zwiebeln, ich wollte es dir nur zeigen."

Hassan lachte. „Ich weiß noch nicht einmal, was ich kochen werde. Ich sollte erst einmal das Buch lesen."

Er setzte sich an den Tisch, auf dem Gemüse und Salat geputzt wurde und zog das erste Heft aus dem Bündel. Der Koch schaute ihm über die Schulter.

„Das ist ja arabisch!"

Hassan lachte. „Natürlich! Glaubst du, mein Großvater hat auf französisch geschrieben? Du wirst mich auf jeden Fall noch brauchen, ganz egal wie dieser Wettbewerb ausgeht."

Nach einer halben Stunde war die Stimmung in der Küche auf dem Höhepunkt. Hassan hatte ein Rezept gefunden, mit dem er sich zutraute ins Rennen zu gehen und suchte die Ingredienzien zusammen, während der Koch ein Pfund Esskastanien angeschnitten und kurz unter dem Salamander aufgeheizt hatte, bis die Haut abplatzte. Dann dämpfte er sie mit etwas Zimt, Zucker und viel Zitronenwasser.

Als Hassan sich einen Topf für seine Zwiebeln aussuchte, sagte der Koch, der ihm gerade den Rücken zuwandte, ohne sich umzudrehen: „Der ist nichts – nimm den, der daneben hängt."

„Hast du Augen am Rücken?", fragte Hassan amüsiert.

„Nein, aber du hast an den Boden geklopft, und ich habe ihn am Klang erkannt. Jeder Koch erkennt seine Töpfe am Klang."

Das wollte Hassan nicht glauben, also legten sie eine Pause ein und spielten Topfraten, bei dem der Koch sich die Augen zuhielt und Hassan mit einem Holzlöffel mal an den einen, mal an den anderen Kochtopf schlug. „Die breite Kasserolle", sagte der Koch, „das war der große Schmortopf ... die Pfanne mit dem Holzgriff ... noch einmal die Kasserolle vom Anfang ... der hohe Dämpfer ... der blaue Emaillebräter ... und das ist kein Topf, das ist der große Durchschlag ..."

So ging es eine Zeit lang weiter, bis sie sich wieder an die Zwiebeln machten. Der Koch konnte sich nicht erinnern, wann er das letzte Mal so ausgelassen gewesen war und wann er mit so viel Spaß gekocht hatte. Der alte Mann neben ihm bröselte seltsame Sachen in das Arganöl, das ihm der Koch aus dem Kühlraum gebracht hatte. Die Mischung roch verheißungsvoll, und das Zwiebelaroma, das von scharf zu süßlich umschlägt, wenn man die Zwiebeln nicht zu schnell anbrät, vermischte sich mit pfeffrig-muffigen Tönen und einem schweren, blumigen Duft.

„Ich hätte nie gedacht, dass ich jemals mit einem Laien hier stehen würde", sagte der Koch, aber so wie er es sagte, klang es schon fast wie eine Auszeichnung. „Aber dafür, dass du nicht kochen kannst, machst du eine gute Figur."

„Du glaubst, weil ich kein gelernter Koch bin?", sagte Hassan. „Aber in Marokko ist das anders. Hier kann jeder Mann kochen. Das ist nicht so wie bei euch, wo zu Hause nur Frauen kochen, und wenn ein Mann einmal in die Küche geht, bastelt er irgend so ein verrücktes Gericht aus einem Buch nach, drei oder vier Stunden lang und mit Zutaten, die sich kein normaler Mensch leisten kann."

„Ach, sag bloß, dass hier die Männer für die Frauen kochen. Dann habe ich die arabische Gesellschaft tatsächlich immer falsch eingeschätzt!"

Hassan machte „tss tss!", was soviel bedeutete wie: „Dein Witz *(Eigentlich hatte Hassan »Sarkamus« gemeint, aber im Maghreb gibt es diese feinen Unterscheidungen wie Humor, Ironie und Sarkasmus nicht. Man erzählt auch keine Witze. Wer es doch tut, den wird man nur für einen erstaunlich unbegabten Geschichtenerzähler halten, denn solche Geschichten sind für einen Marokkaner zu karg, zu inhaltsleer und zu unromantisch. Eben so wie ein modernes Abendcafé oder eine U-Bahn-Station. Anm. d. Übers.)* ist so erfrischend wie eine glühende Eisenstange!" und wandte sich wieder seinem Zwiebelmus zu. Aber allzu lange konnte er nicht schweigen, nicht angesichts dieses offenen Angriffs auf ehrenwerte muslimische Traditionen.

„Männer kochen hier oft und gerne. Aber sie kochen nie zu Hause für ihre Frauen, das ist wahr. Das wäre nämlich sehr schlimm für die Frau, denn das würde bedeuten, dass man ihre Arbeit nicht schätzt und dass sie schlecht kocht."

„Ein gutes Argument", sagte der Koch. „Das könnte man französischen Männern für viel Geld verkaufen. Langsam fallen ihnen nämlich keine Ausreden mehr ein, warum sie nicht auch noch Kochen, Waschen, Bügeln und Kinder hüten sollen."

Hassan grinste. „Die Tradition hat viel für sich. Wenn

man nicht jede Mode mitmacht, muss man nicht alle paar Jahre die Einrichtung im Haus umstellen, man muss sich nicht so oft streiten, man muss keine neuen Möbel kaufen, man muss die Kinder nicht anders erziehen, man kann seine alten Kleider so lange tragen wie sie noch gut sind, man kann essen, was die Urgroßeltern gegessen haben."

„Ja, und man kann in den Kirchen, Tempeln und Moscheen beten, in denen schon der Großvater und der Urgroßvater gebetet haben", sagte der Koch finster und schwenkte die Maronen in zerlassener Butter an. An die sonntäglichen Gottesdienste seiner Kindheit waren ihm außer dem schmerzhaften Stillstehen auf hartem kaltem Stein keine Erinnerungen geblieben.

„Das ist wahr", sagte Hassan ernsthaft. „Auch das hält die Familie zusammen und schafft dir einen sicheren Platz auf dieser Welt."

Der Alte wollte ihn einfach nicht verstehen. Dabei war der Koch ein begeisterter Atheist und diskutierte schrecklich gerne über Gott und seine Überflüssigkeit.

„Aber das knebelt die Menschen doch. Wenn man schon als Kind so eingebunden wird, hat man nie die Möglichkeit zu erfahren, was wirklich in einem steckt."

„Was wirklich in einem steckt?", sagte Hassan. „Das weiß nur Allah. Sollen wir etwa warten, bis ein Mensch von selber zum rechten Glauben findet und ihn jahrelang der Verführung der Teufel aussetzen? Das ist dumm. Das ist doch kein menschlicher Vorschlag!"

Der Koch löschte die Maronen ab und drehte die Herdflamme hoch. „Schrecklich! Kinder, die zum rechten Glauben ihrer Eltern finden müssen! Es ist schon schlimm genug, wenn sie all das nachspielen, was ihnen in ihrer Kindheit vorgespielt wird. Diese allererste Inszenierung, die sie ihr ganzes Leben lang wie hypnotisiert nachspielen werden. Der schlechteste Spielplan der Welt. Jedes Theater würde damit sofort pleite gehen. Wenn man den Kindern keine Freiheit lässt, ändern sie das Stück nie, höchstens mal das Bühnenbild oder die Kostüme …"

Hassan schaute den Koch verwundert von der Seite an. „Du sprichst wie einer dieser Gottlosen. Ich meine, dieser ganz und gar … Gottlosen?"

Man hatte den Koch gewarnt, als er nach Marokko kam. Über alles konnte man reden, aber besser nicht über Gott und den König. Der König interessierte ihn nicht und Gott war für ihn nur ein Wort mit vier Buchstaben. Die Wahrheit ist, dass Gläubige überall auf der Welt besser mit Andersgläubigen auskommen als mit Gottesleugnern. Deshalb hatte man ihm geraten, immer zu sagen, dass er gläubiger Christ sei. Aber das konnte er diesmal nicht, da wäre ihm der Kragen geplatzt.

Er packte die Pfanne fester und sagte: „Heißt Gott nun Henri oder Pierre, Mustafa oder Ariel? Die ersten Gotteskriege waren schon schlimm genug, aber da konnte man den Menschen noch eine gewisse Dämlichkeit zugute halten, aber diese modernen Gotteskriege sind doch das Grausamste überhaupt: Wenn es Gott nicht gibt, sind sie sinnlos, und wenn es ihn gibt, lacht er sich entweder tot über diese hirnlose Schar von Gutgläubigen, die sich mit Schwert und Selbstmordattentaten über seinen Rang und Namen streiten oder um den rechten Ritus, oder er genießt dieses Blutbad als angemessene Heiligung seines Namens. Dass er vielleicht auch so ein verklemmter kleiner Spießbürger ist, der es als seiner Position angemessen

empfindet, wenn sich die halbe Welt für ihn abschlachtet – all diese Möglichkeiten machen einen doch nur traurig oder böse. Die Frage ist gar nicht mehr, ob es eine Göttlichkeit gibt oder nicht, sondern ob wir uns nicht besser auf die Menschlichkeit besinnen sollten."

Er hatte sich in Rage geredet und schüttelte wütend die Pfanne mit den glasierten Zwiebeln und Kastanien.

„Du bist ein weiser Mann", sagte Hassan langsam, „und du kannst gut reden für einen Koch, aber du bist nicht weise genug, und über Gott kannst du nicht reden wie über die Mathematik. Das, was Menschen glauben wollen und glauben sollen, kannst du nicht wegwischen, auch nicht wenn du beweist, dass es Unsinn ist. Gerade sind es die Muslime, über die man so laut redet, früher waren es die Juden, davor die Christen – aber dass diese Religionen nicht nur Kriege und Gewalt bedeutet haben, sondern vor allem Frieden gebracht haben, das vergisst du."

„Nein", sagte der Koch. „Ich weiß schon, wie das funktioniert: Der Arme freut sich auf das Himmelreich, denn da ist er endlich reich. Der Arme ist schön brav, und die Reichen grinsen, denn sie wissen, dass sie immer gewinnen – ob es Gott gibt oder nicht."

„Nicht der Arme freut sich, sondern der Gerechte", sagte Hassan und schwang seinen Kochlöffel dramatisch über dem Kopf. „Wer hier auf Erden Gutes tut, wird belohnt. Es ist nicht die Frage, ob es Gott gibt oder nicht, seinetwegen leben wir die meiste Zeit friedlich zusammen."

„Die meiste Zeit, ja, aber selten genug. Wenn Gott nur so eine lebendige Moralvorstellung wäre, das würde mir gefallen. Aber all diese Götter sind doch eitle Kerle, denen man opfern und Paläste bauen muss, die einen Hofstaat auf dieser Erde halten, der eifersüchtig und missgünstig ist, schlimmer als jeder Harem ...“ , und nachdem er Hassans bösen Blick gesehen hatte, verbesserte er sich: „ ... als jede Abgeordnetenversammlung. Ein wirklich souveräner Gott braucht keine solchen Stellvertreter!“

„Menschen schließen immer von sich auf andere. Deshalb stellen sie sich Gott als einen wunderbaren, allwissenden und mächtigen Menschen vor. Aber das ist Gott nicht“, sagte Hassan mit großer Ernsthaftigkeit. „Er ist etwas anderes, etwas Großes, Unberührbares. Man kann sich kein Bild von ihm machen.“

„Stimmt. Das steht ja auch irgendwo: Man soll sich kein Bild machen ...“

„Aber ihr seid ihr die Einzigen, die Gott als alten Mann mit weißem Bart malen“, kicherte Hassan. „Fast so wie Osama bin Laden. Das sollte doch ein Grund für die Christen sein, über ihr Gottesbild nachzudenken.“

Der Koch prustete, denn er konnte nicht länger ernst bleiben neben diesem Mann, der in seine Küche eingewandert war wie eine geschwätzige Besatzungsarmee.

Nirgendwo kann man sich übrigens so gut und gehaltvoll unterhalten wie in einer Restaurantküche, das weiß jeder, der schon einmal dort gearbeitet hat. Und nirgendwo werden Freundschaften so leicht geschlossenen wie am Herd, nicht einmal im Schützengraben.

„Hätte mein Souschef nur ein bisschen was von dir“, sagte der Koch, „aber er ist wie eine bittere Tablette, ein immer beleidigter Besserwisser. Ich weiß gar nicht, warum ich den Kerl nicht schon längst gefeuert habe.“

„Der ist schon in Ordnung“, sagte Hassan. „Ich mag ihn.“

Der Koch hörte auf, die Pfanne auf dem Feuer zu schwenken und starrte den Alten an. „Du magst ihn? Ich dachte eigentlich, ihr hättet eine alte Feindschaft, so wie er dich bei jeder Gelegenheit behandelt."

„Du weißt ja wie das ist, der Grat zwischen Liebe und Hass ist schmal, und oft ist er ist scharf wie eine Klinge. Aber oben auf dem Berg leben wenigstens noch echte Menschen, und im Tal verebbt die Leidenschaft, da wird aus Liebe Sympathie und aus Hass nur noch milde Abneigung."

Jean und die Küchenjungen hatten sich in eine schattige Ecke des Hinterhofs zurückgezogen, um die beiden Wettkämpfer nicht zu stören. Der Patron hatte neben einem übermannshohen Agavenstrauch ein Vordach aus Segeltuch gespannt, unter dem die Kisten mit Sidi Harman standen und sich Tag für Tag langsam über den Vormittag erwärmten, bis ihr Inhalt am späten Nachmittag fast kochte, dann in der Dämmerung wieder langsam abkühlte, so dass sie am Morgen fast kühl waren. Dann schleppte Ali oder Abderahim drei oder vier Träger in die Kühlung, damit die Gäste am Abend kaltes Mineralwasser hatten. Ob Wasser, das man in der Flasche zwanzig oder dreißig Mal aufkocht, bevor man es serviert, eine besondere Heilkraft entwickelt, ist sehr ungewiss. Der Patron jedenfalls glaubte daran, und außerdem war er zu geizig, sich jede Woche frische Flaschen liefern zu lassen. Gab es einmal eine besonders günstige Lieferung, griff er zu. Meist war es ein ganzer Lastwagen voll. Wieso das Wasser so billig war, interessierte den Patron wenig. Er wunderte sich auch nicht, wenn manchmal beim Öffnen der Flasche das typische Zischen ausblieb. Ein ehemaliger Legionär kann sich über Menschen, die in einem Restaurant Wasser zu einem Preis bestellen, für den man auch einen doppelten Cognac kriegen kann, sowieso nur amüsieren.

Jean und die Küchenjungen bauten sich aus ein paar Wasserkisten drei Hocker und setzten sich unter das Sonnensegel. Jean fragte sie aus und ging mit den beiden die Arbeiten der kommenden Woche durch, denn in der Erinnerung an das »institut des cuisiniers de France« wollte er wenigstens so etwas wie einen Unterricht imitieren. Die zwei Küchenjungen ließen Jean in dem Glauben, dass sie tatsächlich etwas lernen wollten und dass diese Arbeit hier für irgendetwas gut wäre. Sie genossen es sogar auf eine seltsame Weise, von dem schmalen blonden Jungen mit seiner blitzsauberen Kochuniform ausgefragt zu werden, es verlieh ihnen ein Gefühl von ungewohnter Wichtigkeit, so als würde sie ein Erwachsener tatsächlich ernst nehmen. Es war zwar nicht sehr unterhaltsam, aber immerhin auch nicht langweiliger, als im Hof herumzuliegen und den Fliegen zuzusehen.

Jean fragte sie nach den Schnittformen für die verschiedenen Gemüse, nach der richtigen Art Stubenküken zu bardieren, nach den Garzeiten für Hinterstücke, Karrees, Keulen und Lende, nach dem Unterschied zwischen »nantais« und »rouennais«, nach der Zusammensetzung eines »bouquet garni« und wie man Butter klärt. Jean half den beiden über jede noch so niedrige Hürde, und er regte sich nicht einmal auf, als der 14jährige Ali zum hundertsten Mal behauptete, dass in eine Vinaigrette Wein gehört. „Natürlich, das kommt doch schon im Namen vor!“

Wahrscheinlich wäre Jean ein guter Lehrer geworden, denn seine Geduld mit jungen Menschen war schier grenzenlos, während seine Geduld älteren gegenüber im Lauf seiner eigenen Jugend stark gelitten hatte. Endlich hatten die beiden Küchenjungen den ersten Ansturm der Fragen überstanden. Die Klasse hatte sich darauf geeinigt, dass man in der Pause etwas knabberte und eine Flasche des warmen Wassers öffnete, auf dem man saß. Ali hatte eine Tüte geröstete Kürbiskerne dabei. Sie spuckten sich die schmutzig grauen Schalen abwechselnd vor die Füße.

„Es ist nett, dass du abfragst", sagte Ali.

„Ist doch klar", sagte Jean. „Schließlich fällt es doch auf die Küche zurück, wenn ihr eine schlechte Prüfung macht oder sie etwa nicht besteht."

„Hmmm", machte Abderahim.

„Wollt ihr später mal hier arbeiten?"

Die beiden schüttelten heftig die Köpfe.

„Nein, nie im Leben", sagte Ali, „wir wollen eine schicke Strandbar aufmachen, irgendwo im Süden von Agadir. Teure Cocktails am Meer, europäische Mädchen und Amerikanerinnen, vielleicht mit einer Surfschule und abends Disco."

„Klingt gut", sagte Jean, „und wann geht's los?"

„Wir suchen noch zwei Kompagnons, zwei Franzosen am liebsten."

„Zwei Französinnen", kreischte Abderahim, „aber da müssen wir noch warten, bis wir heiraten können."

Ali schrie: „Verrat doch nicht alles!"

„Ihr seid also auf der Suche nach zwei reichen Französinnen, die euch heiraten wollen und euch das Geld geben, eine schicke Kneipe aufzumachen?"

„Ja“, sagte Ali, „das ist doch ein guter Plan. Was hattest du denn in dem Alter für einen Plan? Wolltest du immer schon Koch werden?“

Jean dachte nach, was er mit vierzehn gemacht hatte. Nach der Schule hatte er gewöhnlich zusammen mit Nana in der Küche zu mittag gegessen, dann hatte er seine Schulaufgaben gemacht und danach den Nachmittag auf der grünen Chaiselongue gelegen und gelesen. Wenn sein Vater aus dem Verlag, wo er als wissenschaftlicher Lektor an einer Enzyklopädie mitarbeitete, nach Hause kam, versteckte Jean das Buch schnell und setzte sich vor den Fernseher.

„Was guckst du?“, fragte sein Vater jedes Mal, wenn er seinen Kopf in den Salon steckte.

„Weiß nicht“, antwortete Jean ehrlich.

Der Vater seufzte und ging in sein Studierzimmer. Vor dem Abendessen wollte er noch ein paar Seiten deutsche Philosophen lesen und über seinen schrecklichen Sohn nachdenken.

Der saß derweil vor dem Fernseher und genoss seine Rache. Er drehte den Ton leiser und vertiefte sich wieder in sein Buch. Sein Vater sollte um nichts auf der Welt merken, dass sein Sohn ihm immer ähnlicher wurde. Obwohl Jean das damals nicht so ausgedrückt hätte, es war eher eine diffuse Ahnung. Aber er wollte auf keinen Fall noch einmal eine Buchempfehlung bekommen wie: „Lies doch mal Schopenhauer, du bist jetzt im richtigen Alter. Ich war sogar noch ein Jahr jünger, als mir mein Vater Schopenhauer gegeben hat, und ich habe es nicht bereut.“

Er wollte nie wieder eines dieser schweren abgegriffenen Bücher in die Hand gedrückt bekommen, mit speckigem Lederrücken und vielen kleinen Randnotizen, mit extra spitzem Bleistift geschrieben: »Demnach ist a priori die bloße Form an sich, ohne den Stoff, nach der Erscheinung die innerste Seele, ohne den Körper!«, oder auch »siehe die Paradoxa des Cicero!«, oder „Gut gebrüllt, Löwe!«, oder ein tief in das Papier eingegrabenes »sic!«, oder nur drei kleine, steife Ausrufezeichen. Er wollte auch keine Fragen mehr hören wie: »Hast du das mit dem Willen auf der höheren Stufe verstanden, der dich vom eigenen Drang erlösen kann?« Fragen, die ihn dazu zwingen würden, tatsächlich diesen Schopenhauer – wie der Mann schon ausgesehen hatte, wie ein Märchenzausel! – zu lesen.

Also sagte Jean: „Ich wollte ein Koch werden, ein guter Koch, und ich wollte irgendwann einmal ein eigenes Restaurant haben, nur zwanzig bis dreißig Plätze und ein paar Gästezimmer vielleicht dazu, um die sich meine Frau kümmern würde."

„Und?", fragte Ali.

„Ich arbeite noch daran."

Die beiden grinsten begeistert, und Jean fand wieder einmal bestätigt, dass junge Marokkaner mehr Zähne im Mund haben als eigentlich hineinpassen.

Er mochte die beiden eigentlich ganz gerne, auch wenn sie ihm immer fremd geblieben waren, mit ihrem albernen Lachen und wie sie sich gegenseitig boxten, ein Bein stellten oder auf die Hinterteile klopften. Lange Zeit war er böse auf sie gewesen, weil sie ihn seiner Meinung nach hinterlistig verraten hatten.

Es war in den ersten Wochen gewesen, als Jean gerade erst im »Aghroum« angefangen hatte und alles für ihn neu und beängstigend war: das hektische Leben auf den Straßen, die Aufdringlichkeit der Menschen, die ihn einfach ansprachen, nach dem wohin und woher fragten, nach persönlichen Dingen und ihn ebenso einfach wieder stehen ließen, die Unzuverlässigkeit in vielen Dingen, die er immer auf sich bezog und als persönliche Beleidigung erlebte.

Er konnte weder mit dem Koch noch mit dem Patron darüber reden, denn der eine konnte es nicht ausstehen, Vatergefühle entwickeln zu müssen, der andere fand es eine prächtige Abhärtung für einen jungen Mann, wenn er ganz allein, ohne Hilfe und Ratschläge in der Fremde zurechtkommen musste. Und außerdem: Was waren das für Probleme, verglichen mit seinen ersten Wochen bei der Fremdenlegion!

Also fragte Jean manchmal Ali und Abderahim nach Dingen, die ihm seltsam vorkamen und die er sich nicht erklären konnte. Etwa das komische »tsts«, das junge Marokkaner manchmal machten, wenn er an ihnen vorbeiging. Die beiden Küchenjungen krümmten sich vor Lachen und verlangten von Jean immer wieder, ihnen das »tsts« doch noch einmal vorzumachen.

„Er will dich küssen", lachte Ali.

„Er will Liebe mit dir machen!"

„Ja! Weil du so ein hübscher Mann bist!"

„Vielleicht will er auch zum Essen eingeladen werden!"

„Tsts, tsts!"

Die beiden amüsierten sich prächtig, und am nächsten Abend machte der Oberkellner laut und vernehmlich »tsts«, als er in die Küche kam, um die Tageskarte zu holen – und ging laut lachend wieder.

Jean musste feststellen, dass die beiden nicht nur ihm von seiner Attraktivität für hiesige Homosexuelle erzählt hatten, sondern auch dem Patron, Hassan und den beiden Mädchen, die morgens das Restaurant sauber machten. Er war wütend und beleidigt und er bestrafte die beiden Küchenjungen mit eisiger Missachtung.

Hassan nahm ihn eines Mittags im Hinterhof beiseite und sagte: „Monsieur le Souschef, die Kleinen sind traurig, weil Sie so böse zu ihnen sind. Sie trauen sich nicht zu fragen, was sie falsch gemacht haben. Was ist denn passiert?"

Jean erklärte es ihm und Hassan lachte laut. „Aber das ist doch nur ein Kindergerede, das macht hier doch jeder."

„Aber ich mag es nicht. Man erzählt nicht Dinge herum, die ... die man nicht herumerzählen soll."

„Wir reden nun einmal gerne miteinander."

„Ja. So wie die beiden, kommen mir die meisten hier vor: geschwätzig und unzuverlässig."

„Bâlak! Sie müssen nicht so über alle Menschen reden, nur weil sie sich über zwei kleine Jungen geärgert haben." Hassans Stimme war zum ersten Mal unfreundlich geworden. Aber er beruhigte sich schnell wieder und klärte Jean auf. „Die beiden sind so stolz darauf, dass sich ein Älterer, noch dazu ein richtiger Koch aus Frankreich, mit ihnen unterhält, sogar von seinen Nöten erzählt. Sie platzen fast vor Stolz. Sie glauben, sie sind Ihre Freunde. Also müssen sie auch jedem davon erzählen. Das kann man doch verstehen!"

Jean verstand es nicht wirklich, aber er verstand, dass man es auch so verstehen konnte, und er bemühte sich, über seinen Schatten zu springen.

Irgendwann musste Hassan mit den beiden geredet haben, denn eines Tages kamen sie zu ihm und entschuldigten sich bei ihm. Danach war es gut. Sie waren keine Freunde mehr, aber sie ließen sich immer noch von ihm ausfragen und teilten die Kürbiskerne mit ihm.

„Wirst du hier dein Restaurant aufmachen?“, fragte Ali.

„Ich weiß es nicht. Vielleicht bleibe ich gar nicht hier.“

Das stimmte die beiden traurig, denn es klang so, als wäre Marrakesch für diesen jungen Mann nicht die schönste Stadt der Welt.

„Wohin willst du?“

„Ich weiß es nicht.“

„Stört es dich immer noch, dass wir hier alle so viel reden?“

„Nein“, sagte Jean. „Das kann auch ganz schön sein.“

„Und ganz nützlich“, sagte Ali vorlaut.

„Wie meinst du das?“

„Wenn man nicht so viel reden würde, würde man auch nicht so viel hören.“

„Und zwar?“

„Zum Beispiel, dass du am Markt Zwiebeln gekauft hast.“

„Ja?“

„Und dass du dich gewundert hast. Dabei ist es gar kein Wunder, denn das Erste, das man sieht, wenn man auf den Markt kommt, sind immer die Zwiebeln.“

Jean starrte ihn verständnislos an.

„Es ist nämlich so“, sagte Ali, und man konnte deutlich sehen, wie stolz er war, einem Älteren etwas erklären zu können, „dass die Zwiebeln die Hitze nicht mögen. Deshalb sitzen in allen Torbögen vor dem Markt die Frauen mit den Zwiebeln, und hinter den Torbögen sitzen sie auch noch. Da ist es nicht mehr ganz so kühl und frisch, aber ein bisschen schon noch, verstehst du?"

„Wir sind fertig!", rief der Koch in den Hof hinaus. Ali und Abderahim sprangen auf und rannten los, und Jean lief hinter ihnen her. Schließlich gehört ein Wettkochen zu den weihevollsten Momenten im Leben von Köchen.

Der Koch schickte Ali nach oben, um den Patron zu holen. Danach wurde es still in der Küche, und alle standen stumm und ein wenig verlegen vor dem Tisch mit den zwei Wärmeplatten und den auf Hochglanz polierten silbernen Hauben darüber. Man steht so auf Beerdigungen herum oder wenn man auf ein Abschlusszeugnis wartet, und man weiß dabei nie, ob man laut reden oder gar lachen darf. Das drückt die Stimmung erheblich.

(Dazu muss man anmerken, dass hinlänglich bekannt sein dürfte, dass auf Beerdigungen nicht gelacht wird, jedenfalls nicht auf dem Friedhof. Sollten Sie jemals an einer jüdischen oder arabischen Beerdigung teilnehmen, kann ich Ihnen obendrein nur raten, keinem der Anwesenden zur Begrüßung die Hand zu geben. Händeschütteln auf einem Friedhof gehört in beiden Religionen zu den stärksten Tabuverletzungen. Die Metabotschaft eines solchen Händedrucks lautet nämlich: »Wir sehen uns bald wieder – auf einem Friedhof!« Anm. d. Übers.)

Der Patron trat auf und hatte seine Frau mitgebracht. Er trug sie im linken Arm und hielt sie so, wie man Neugeborene trägt, und seine rechte Hand streichelte die bauchige verstaubte Flasche mit all der Zärtlichkeit, zu der ein Fremdenlegionär nur im Stande ist.

Der Koch winkte Hassan zu sich, und als die beiden Männer, ernst und hoch konzentriert, nebeneinander standen und absolute Stille in der Küche eingekehrt war, hoben sie die beiden Hauben mit einer schnellen, eleganten Bewegung hoch. Das hatten sie ganz offensichtlich vorher geübt.

Auf zwei weißen Porzellanplatten lagen die Ergebnisse des Endspiels Frankreich gegen Marokko. Auf der linken Platte schimmerten bernsteingelbe Klöße wie lackierte Kugeln in einem schwarzen Saucenspiegel, auf der rechten häufte sich ein Berg Zwiebelmus mit Scampis, dampfte und verströmte ein betörendes Aroma. Alle waren schwer beeindruckt, jedenfalls die ersten Staun- und Schrecksekunden lang, dann verteilte der Koch Probiergäbelchen und lud die Anwesenden zum Kosten ein. Jean spießte einen der Zwergklöße auf, beschnupperte ihn und biss vorsichtig hinein, schloss die Augen, kaute, verteilte den Inhalt gemächlich im Mund, zog Luft dazu, wartete ab, bis der Geschmack sich ganz entfaltet hatte und schenkte den beiden ein anerkennendes Lächeln. Jetzt flogen die Gabeln. Die Küchenjungs, stolz bei einem solchen Initiationsritus teilnehmen zu dürfen, stocherten und mampften, der Patron aß ernst und souverän, und auch die beiden Köche probierten, zaghaft und stolz zugleich. Ein paar Minuten herrschte Stille, nur von dezenten »Mhhms« und »Aaahs« unterbrochen.

Dann legte der Patron seine Gabel auf den Tisch und sagte: „Superb. Aber ich kann beim besten Willen nicht erkennen, was das französische und was das marokkanische Gericht sein soll.“

„Darum geht es doch gar nicht“, sagte der Koch strahlend. „Sie sollen nur das bessere herausfinden.“

„Tjaaa“, sagte der Patron und griff wieder zur Gabel, „das bessere ...“

Er biss in einen der kleinen Knödel, dann schaufelte er sich etwas von dem schimmernden Scampi-Zwiebelmus auf die Gabel, probierte wieder, noch ein Klops, eine Gabel links, eine rechts – Ratlosigkeit breitete sich auf seinem Gesicht aus. Die Küchenjungen aßen begeistert, Jean genoss jeden Bissen.

„Und?“, fragte der Koch, „wie lautet das Urteil?“

„Es ist alles ... sehr ... gut.“ Der Patron machte ein ärgerliches Gesicht, als er seinen Koch fixierte, als ob er jetzt endlich eine Aufklärung dieses Spaßes von ihm erwartete.

Der Koch ignorierte die offensichtliche Botschaft seines Chefs und schaute ihn stattdessen mit großen erwartungsvollen Augen an.

„Ihre Entscheidung, monsieur le patron?“

Der Kampf war ihm anzusehen, aber auch die Unerschrockenheit eines alten Soldaten, der schon viel schmerzhaftere Entscheidungen zu treffen gehabt hatte. Ein scharfer Blick auf die beiden Kontrahenten, ein nachdenklicher Blick auf die beiden Platten, dann schoss der Zeigefinger raketengleich hervor und deutete auf die linke Platte. „Das ist besser!“

Bevor Hassan noch etwas sagen konnte, verbeugte sich der Koch kurz und sagte: „Ich nehme das Urteil an. Marokko hat gewonnen.“

Nach einer winzigen Schrecksekunde begannen Ali und Abderahim zu applaudieren, Jean klatschte ebenfalls in die Hände, obwohl er anders entschieden hätte, und die Stimmung in der Küche explodierte innerhalb einer Tausendstelsekunde zu einem Jubel, der dem Karneval in Rio de Janeiro alle Ehre gemacht hätte. Aber genauso schnell war die Euphorie wieder verpufft. Der Patron hob seine Frau, sein Baby, seinen Jahrhundertcognac über den Kopf und rief: „Egal, wer gewonnen hat, das wird jetzt begossen!"

Der Koch holte grinsend Gläser, der Patron schenkte ein, und schon hätte sich die schönste Küchenparty entwickeln können, wenn Hassan nicht den beiden Küchenjungs die Gläser weggenommen und auf sein eigenes die flache Hand gelegt hätte. „Non, merci. Sie wissen es doch! Kein Alkohol."

Aber der Patron war nicht zu halten. „Alkohol? Das nennen Sie Alkohol? Das ist das Wesen der Dinge, ein perfekter Absud der ursächlichen Essenzen, getätigt von einem Brennmeister des siebten Grades. Mann! Wollen Sie das Alkohol nennen? Wollen Sie mich beleidigen? Wollen Sie Ihren Gönner tatsächlich so beleidigen?"

Der Patron war schließlich an schweren Geschützen ausgebildet worden.

Hassan drehte sich weg, sichtlich angeekelt, aber auch geschwächt durch dieses Trommelfeuer.

„Das ist kein Alkohol, das ist die reine Medizin! Ich kenne euch doch, in jedem Land gibt es ein Wort dafür, ein Wort, das man sagen muss, damit man es doch trinken darf. Si'pirit? Mahia?! Sie sehen, ich kenne mich aus. Ich kenne euch Jungs! Nichts anderes als Befehle! Keine intimen Kontakte zur Zivilbevölkerung! Zu Befehl, Major! Intime Kontakte? Ein sehr unscharfer Begriff!" Der Patron lachte und goss sich den zweiten Jahrhundertco-

gnac ein. „Eine Heirat ist ein intimer Kontakt, oder? Ein sehr intimer Kontakt. Ein intimer Kontrakt sogar, haha! Aber wer wird denn jedes Wort auf die Goldwaage legen? Salut! Saa'ha! Skol! Prost! Zur Gesundheit! Schließlich habt ihr Araber das doch alles erfunden, den reinen Alkohol, die Destillation, und jetzt wollt ihr nichts mehr davon wissen!"

Der Patron schenkte sich sein drittes Glas ein und drückte Hassan seines in die Hand.

Der Alte stand vor ihm, erschöpft und ermüdet vom Dauerfeuer des Patrons. Er schaute in die Runde, aber er sah nur peinlich berührte Gesichter, verzweifelte Blicke der Küchenjungen, hilfloses Gestikulieren. Er hielt das Glas in der Hand und sagte: „In'schallah! Salut!" und nahm einen kräftigen Schluck.

Er nippte nicht, er stürzte 1/8 Liter 45-prozentigen Weinbrand in die Kehle. Er stutzte kurz, dann zog sich sein Kopf wie von einem elastischen Band gezogen zwischen die Schultern zurück. So wie eine Schildkröte, die den Kopf einzieht, aber der Alte hatte keinen Panzer über sich, so musste er vor allen stehen bleiben, vor dem Patron, der ihm glücklich und erlöst zuprostete, vor dem Koch, der entsetzt die Augen schloss, vor Jean, der mitleidig hustete, vor den Küchenjungs, die schockiert auf diese unglaubliche Übertretung starrten – und jeder sah die kleinen Schweißtropfen, die sich auf Hassans Nasenspitze bildeten, sogar er selbst konnte sie mit schielenden Augen sehen, während er kurze knurrende Laute aus dem Hals hustete.

Plötzlich war es vorbei, er war wieder erfrischt und ganz der alte. „Gut", sagte er, „das war Medizin, kein Alkohol. Das war so stark, das würde kein Mensch freiwillig und nur aus Freude am Geschmack trinken. Das muss sehr heilsam sein. Gegen was ist es?"

Der Patron lachte und schlug ihm auf den Rücken: „Es ist gegen alles! Gegen das Leben, nein, es ist das Leben! Es ist gegen das Böse im Leben."

Er war begeistert, weil er nun anscheinend einen Mitverschwörer gefunden hatte und schenkte das Glas wieder voll.

Die beiden tranken noch einen, dann riss sie ein schriller Glockenton auseinander.

„Mon dieu, das Abendgeschäft! Ich muss ins Lokal, also Herrschaften, ich wünsche gute Verrichtung!" Der Patron schlingerte durch die Tür zum Restaurant und vergaß nicht, die Flasche mitzunehmen.

Jean nahm den Platz an seinem Posten wieder ein und wischte das Hackbrett sauber, ordnete die Gewürze neu, denn jeder Koch hat seine ganz eigene Ordnung an seinem Arbeitsplatz, legte die Messer griffbereit nebeneinander und kontrollierte den Abfallkorb unter dem Hackbrett. Seine Augen wurden groß.

„Hast du nicht gesagt, du hättest verloren", sagte er zum Koch, der neben ihm stand und eine mit Brandteig ausgelegte Form mit Blinderbsen füllte.

„Ja, und?"

„In meinem Abfall liegen aber keine Maronenschalen."

„Soso", sagte der Koch unbeeindruckt und machte weiter.

„Aber dafür jede Menge Scampiköpfe."

Der Koch schnaufte, stemmte die Hände in die Hüften und drehte sich zu seinem Souschef um: „Na, was

wäre dir lieber gewesen: etwa hier ein Jahr lang alte marokkanische Geheimrezepte nachzukochen! So sind wir alle zufrieden und Hassan ist nicht mehr der Jüngste. Er braucht seine regelmäßigen Mahlzeiten."

„Ich sag schon nichts. Hört sich ja an, als wäre er dein bester Freund geworden."

„Tja", sagte der Koch schnippisch, „es verbindet eben, wenn man gemeinsam am Herd steht."

„Das ist ja ganz was Neues!"

Der Koch schaute seinen Souschef an, wie eine Ehefrau ihren Mann ansieht, wenn sie nach vielen Jahren der emotionalen Abnutzung so etwas wie Eifersucht in dessen Augen glimmen sieht – vielleicht einfach, weil sie »Karl« zu ihm gesagt hat, obwohl er doch »Konrad« heißt. Wenn das zum ersten Mal passiert, noch dazu nach so vielen Jahren, wird selbst der trägste Partner wieder wach.

Der Koch winkte Jean zu, drehte eine gelungene Pirouette und verschwand im Kühlraum.

Manchmal war es in dieser Küche so seltsam, dass Jean dachte, er befände sich in einem Roman. Das war eine gefährliche Überlegung. Es wäre eine ernste Gefahr für die Literatur, wenn mehr und mehr Romanfiguren solche Überlegungen anstellten. *(Sollten Sie selbst als Leser gerade ähnliche Gedanken haben, kann ich Ihnen einen einfachen Trick verraten, wie Sie herausfinden, ob Sie eine Romanfigur sind. Legen Sie sich sofort ins Bett, am besten, wenn gerade keine Zu-Bett-Geh-Zeit ist, schließen Sie die Augen und reagieren Sie weder auf das Telefon noch auf die Türklingel. Sollten Sie nach einiger Zeit das Gefühl haben, Sie wären zum ersten Mal in Ihrem Leben unbeobachtet und so etwas wie ein kosmi-*

sches Interesse würde sich von Ihnen abwenden, so als erlösche das Leben um Sie herum, als würde die Umwelt nebulös und immer stiller, dann ist es sehr wahrscheinlich, dass Sie eine Romanfigur und kein realer Mensch sind. Willkommen im Club! Anm. d. Übers.)

Der Abendstress kam, als ob er nichts von den hehren Entwicklungen der letzten Stunde mitbekommen hätte. Abends hieß die Stoßzeit nicht mehr »temps d'amour«, das Abendgeschäft war eine höchst ernsthafte und meist auch schmerzhafte Angelegenheit, und wenn man unbedingt das Bild der sexuellen Vereinigung bemühen will, dann handelte es sich dabei um einen immer wieder an den fruchtbaren Tagen ausgeübten Geschlechtsverkehr eines verzweifelten Paares, das sich unbedingt fortpflanzen will. Schweißtreibend, aber ohne rechte Leidenschaft.

Der Oberkellner knallte die Bestellbons an die Tafel, die Gäste hatten sich mit den bösen Dschinns verschworen und orderten nur à la carte, zwei der sechs Gasbrenner gaben mitten in einer Großbestellung auf, und Hassan saß still und mit schweißnasser Stirn in einer Ecke, schwer atmend und irgendwelche heilsamen Suren flüsternd.

Wenn die Protagonisten in einem Buch entweder konzentriert arbeiten oder still leiden, langweilt das mit der Zeit auch den mitfühlendsten Erzähler, also schwebte er auf einem fliegenden Teppich in die Altstadt. Das klingt natürlich erst einmal nach einem dieser verbotenen Sätze wie: „Dann beschloss er, das Buch auf Seite 33 zu beenden", aber das ist nicht so gemeint. Um einen zügigen

Fortgang der Geschichte zu gewährleisten, muss sich der Erzähler schnellstens aus der Küche entfernen. Glauben Sie es mir einfach, es ist besser für uns alle. Für den magenkranken Hassan, für den liebeswirren Jean, selbst für den an zynischen Blähungen leidenden Koch. Jeder will nur das Beste, aber das geht eben nicht immer. Vor allem nicht gleichzeitig. Und vor allem ist jeder Erzähler damit überfordert. *(Ach ja? Und was hat ein Erzähler denn bitte sonst zu tun, außer eine Geschichte zu erzählen, unbesehen wie kompliziert sie ist? Muss er Personen trösten, die in der Geschichte nicht gut wegkommen? Muss er sich für unflätige Bemerkungen mancher Dialogpartner entschuldigen? Muss er seinen eigenen Text gar Korrektur lesen? Muss er mitleiden? Anm. d. Übers.)*

Der fliegende Teppich ist im Maghreb übrigens ein völlig normales Fortbewegungsmittel, weder märchenhaft noch hirngespinnstig. Das kleine Stück heimatlichen Bodens, das ein Teppich im arabischen Lebensraum gemeinhin symbolisiert, dient als Rückzug und als Gebetsraum, und natürlich bedeutet die Reise auf dem fliegenden Teppich nicht mehr als im übertragenen Sinn der Weg zu Allah im Gebet. Aber das hatten Sie wahrscheinlich schon geahnt. Trotzdem kann man einen solchen Teppich auch benützen wie ein Taxi – und das hatten Sie wahrscheinlich nicht geahnt.

Sollten Sie Probleme mit dem Transportmittel »Fliegender Teppich«, dem dreitausendjährigen Vorgänger des senkrecht startenden britischen Kampfflugzeugs Harrier haben, lassen Sie sich kurz die Bedienungsanleitung eines fliegenden Teppichs erklären.

Man achte darauf, dass der Teppich von Anfang an in der Richtung ausgebreitet wird, in die man auch fliegen will. Das ist zwar nicht zwingend notwendig, denn man kann mit dem Teppich natürlich auch Kurven fliegen, aber gerade Anfängern erleichtert es den Flug enorm, sich nicht auch noch um die Richtung kümmern zu müssen.

Man setzt sich in die Mitte des Teppichs, kreuzt die Beine im Schneidersitz und schweigt.

Nehmen Sie vor dem Flug keine schweren Speisen zu sich, tragen Sie weite, bequeme Kleidung und achten Sie darauf, dass der Raum, von dem aus Sie starten über eine offen stehende Balkontür oder wenigstens ein offenes Fenster verfügt. Außerdem sollte er für die Dauer des Hin- und Rückflugs von keinem anderen betreten werden können. Sollten Sie im Freien abfliegen, suchen Sie sich einen abgelegenen, geschützten Platz, möglichst nicht in der Nähe von Militärflughäfen, Hochspannungsleitungen und hohen Dornenhecken.

Erzähler in Romanen gehören zu den wenigen privilegierten Personen, die auf diesen Teppichen mitfliegen dürfen und sich nicht mit den komplizierten Levitationstechniken und der mentalen Steuerung abgeben müssen. Der Hinterhof des »Aghroum« war ein guter Startplatz und mein Taxiteppich stieg langsam und gefühlvoll in die warme marokkanische Nacht hinauf. Ich fühlte mich wie von der Hand eines Riesen hochgehoben, bis die Dächer des Gueliz unter mir auftauchten und der Teppich in einer schönen, fließenden Kurve vom Steigen ins Fliegen überging. Zu dieser Tageszeit, oder besser Nachtzeit, ist es sehr unwahrscheinlich, dass man einen fliegenden Teppich am Himmel erkennt. Die meisten Bewohner Marrakeschs sind zu Hause und essen, und Touristen, die den Sternenhimmel betrachten, würden nie den Unterschied zwischen einem niedrig fliegenden Storch und einem hoch fliegenden Teppich bemerken. Höchstens junge Verliebte sitzen zu dieser Zeit im Freien und schauen lange in den Himmel und sie werden auf jeden Fall einen fliegenden Teppich erkennen. Aber sie werden nichts verraten, denn das Paar, das einen fliegenden Teppich sieht, weiß, dass es ein gutes Omen für seine Zukunft bedeutet, etwa so wie wenn man in unseren Breiten eine Sternschnuppe sieht.

(Sternschnuppen hingegen sieht man in Marokko, vor allem in der Sahara, zu Tausenden. Sie sind weder gute noch schlechte Omen, sie stören nur enorm beim Einschlafen, wenn man unter freiem Himmel übernachtet. Anm. d. Übers.)

Man kann aber auch tagsüber mit dem Teppich fliegen, denn jeder fliegende Teppich ist auf der Unterseite himmelblau. *(Daran können Sie einen echten fliegenden Teppich leicht erkennen, wenn Ihnen je ein Händler in einem Souk einen aufschwätzen will. Aber auch falls er tatsächlich eine himmelblaue Unterseite hätte, würde ich vom Kauf abraten, denn echte und funktionstüchtige fliegende Teppiche sind meist in festen Händen und in letzter Zeit sehr rar geworden. Anm. d. Übers.)* Inzwischen war ich über der Rue Bab Agnaou angekommen und bat meinen Taxiteppich, langsam zu fliegen, weil ich einen bestimmten Laden suchte. Das Internetcafé war leicht zu finden, denn die blaue Neonschrift »Cyber Kutubiya« blitzte im Sekundentakt auf und warf einen langen blauen Lichtfinger auf die Straße, zog ihn wieder ein, streckte ihn wieder – und am finsteren Ende dieses Fingers landete der Teppich schließlich, ich stieg ab, und mit einem kaum wahrnehmbaren Hauchen flog er wieder davon.

Als ich den kleinen quadratischen Raum betrat, der von der Straße durch eine einzige Glasscheibe getrennt war, und der ebenso gut eine Reinigung, ein Fotokopiergeschäft oder ein Telefonladen hätte sein können, erkannte ich sie sofort. Jeans Beschreibung war ebenso knapp wie treffend gewesen. Es waren weniger die kurzen, an den Spitzen rot gefärbten Haare, weniger die wie polierte Dattelkerne glänzenden Augen, noch viel weniger die kleine, schmale Figur, es war das große Lachen, das Aruscha verriet. Sie stand hinter einem amerikanischen Backpacker und erklärte ihm, dass eine Computermaus zwar überall auf der Welt Maus heißt oder mouse oder so, hier aber eben hûta, und dass das auch keine Übersetzung von Maus sei, sondern von Fisch. Denn sieht eine solche Plastikmaus nicht viel eher aus wie ein Fisch, der gerade einen Köder geschluckt hat und nicht mehr von der Angelschnur kommt?

Aruscha lachte und wuschelte den Kopf des Amerikaners, ganz kurz nur, ganz brav und krankenschwesternhaft, aber immerhin. Gut, dass Jean es nicht gesehen hatte.

Sie ging zurück zum Tresen und stellte sich neben ihre Freundin Hadscha.

„Gehst du nach der Schule noch mit ins Dalas?“, fragte Hadscha.

„Ja, aber ich muss alleine gehen.“

„Alleine? Was heißt das?“

„Das heißt …“, Aruscha machte eine kleine Pause, als überlegte sie, ob es tatsächlich die richtigen Worte waren, „ … dass ich heute nicht mit euch gehen kann.“

„Aber du gehst ins Dalas?“, fragte Hadscha hartnäckig.

„Ja."
„Ohne uns."
„Ja."
„Wir sind aber auch da."
„Ja", seufzte Aruscha. „Das ist ja genau das Problem. Aber ich konnte vor meinem Großvater doch nicht sagen, er solle mich im Café Glacier oder im Toubkal treffen."

Hadscha schaute ihre Freundin lange an. Eigentlich verstand sie schon, worum es wahrscheinlich ging, aber sie hätte es gerne genauer gewusst.

„Geht es um den jungen Franzosen?"

Aruscha blätterte in den Abrechnungen der letzten Woche.

„Aha! Es geht also um den jungen Franzosen."

„Hmm, ja. Er war heute mit meinem Großvater bei uns zu Hause."

Hadscha pfiff beeindruckt.

„Hat er mit dir Tee getrunken?"

„Nein", sagte Aruscha ärgerlich. „Es war keine offizielle Angelegenheit, er ist doch ein Franzose. Aber irgendwie ..."

„Irgendwie?"

„Irgendwie kam es mir trotzdem so vor."

Hadscha rückte näher und nahm die Hände ihrer Freundin zwischen ihre. „Er ist ein alter Mann. Er macht es eben noch so, wie es früher üblich war. Das dauert ...und dauert ... und dauert ..."

Die Mädchen lachten, dann wurde Aruscha plötzlich wieder ernst, so als ob sie nicht lachen dürfe.

„Er ist so krank", sagte sie und fasste nach dem kleinen silbernen Amulett, nach der Chamsa, die sie ihr gan-

zes Leben schon beschützt hatte. „Er würde noch schneller sterben, wenn er dich so hören könnte."

„Wie hören?", fragte Hadscha.

„Na so: Es dauert … und dauert … und dauert … Er hat ja keine Zeit. Und er macht sich solche Sorgen um mich."

„Ach, Aruscha", sagte Hadscha und umarmte Aruscha, und auf einmal fingen die beiden Mädchen zu weinen an und heulten lauter und lauter, und hörten auch nicht auf, als der Backpacker aus Idaho vor ihnen auftauchte und sich beschwerte, dass er seine E-mail bei Yahoo nicht abrufen konnte, weil die Tastatur kaputt wäre.

„Die Tastatur ist nicht kaputt!", rief Hadscha zwischen kleinen Schluchzern und presste Aruscha nur noch fester an sich. „Aber ihr Amis könnt mit unseren Tastaturen eben nicht umgehen. Wo bei euch ein »Z« ist, ist bei uns eben ein »Y«."

Dann heulten die beiden wieder, fest ineinander verklammert, und der Amerikaner ging verärgert zu seinem Terminal zurück.

Fünftes Kapitel

Die Käsemännchen

Es war fast halb elf, als in der Küche wieder Ruhe einkehrte. Das letzte Essen war eine Hochzeitsb'stilla für vier Personen gewesen, eine Sonderbestellung, die eigentlich 24 Stunden vorher angekündigt werden musste. Aber weil sie mit immerhin 700 Dirham auf der Karte stand, versicherte der Patron der aufgekratzten Gesellschaft – einem französischem Lyriker mit Frau und seinem Verleger nebst Lebensgefährten –, dass die Küche in diesem besonderen Fall, quasi einem kulturellen Großereignis, liebend gerne eine Ausnahme machen würde.

Der Koch riss den Bon ab, knüllte ihn zusammen, feuerte ihn auf den Boden und trampelte darauf herum, während er mit überschnappender Stimme schrie: „Wir werden die b'stilla machen! O ja! Werden wir! In neuer Bestzeit sogar, o ja, meine Herrschaften!"

Er kratzte mit Jean die Reste der zurückgegangenen b'stillas des Abends zusammen *(denn kein Mensch kann eine komplette Portion dieser äußerst gehaltvollen Komposition aus Zucker, Blätterteig, Fett, Rosinen, Mandeln und Fleisch wirklich aufessen. Anm. d. Übers.)* und stellte sie auf einem übergroßen Backblech neu zusammen. Jean dekorierte sie grinsend mit Fleischresten zurückgegangener Hühnertajines, bestreute sie großzügig mit

Mandeln und Puderzucker und bedeckte sie liebevoll mit einem dünnen Teigmantel. Nach zwei Minuten unter dem Salamander dampfte die Hochzeitsb'stilla auf der größten Präsentierplatte der Küche. Die komplette Kochbrigade verneigte sich vor dem Wunderwerk, das ihnen mit Sicherheit einen Eintrag im Guiness Book of Records eingebracht hätte. Wenn sie es denn darauf angelegt hätten.

Danach schlug der Koch mit einem nassen, heißen Trockentuch wild um sich, traf leere und volle Töpfe, Alis Hintern und Abderahims Hinterkopf, fegte einen Knoblauchzopf zu Boden und freute sich an den verschiedenen Tönen, die sein rabiates Schlagzeugsolo hervorrief, sank schließlich erschöpft auf einen Stuhl und stöhnte: „Aus, fertig, Schluss! Aufräumen, aber sofort!"

Jean putzte seinen Posten und schloss seine Messer weg. Er schaute unauffällig auf die Uhr und sah, dass es höchste Zeit war. Er warf die Kochmütze auf sein Hackbrett, zog die Jacke aus und ging zur Tür.

„Was hast du denn noch vor?", fragte der Koch, der es nicht mochte, wenn jemand vor ihm ging.

„Ich treffe mich noch mit jemandem", sagte Jean.

Hassan schaute hoch, denn inzwischen hatten sich die Magenklammern des Jahrhundertcognacs wieder gelockert. „Gib mir die Hand, kleiner Koch."

Früher hätte Jean diesen Satz als bösartige Zumutung verstanden, jetzt war er ganz gerührt von dieser plötzlichen Anteilnahme. Er ging zu dem Alten, der immer noch sehr schwach wirkte und sich mit beiden Händen vom Tisch abstützen musste, um aufrecht zu sitzen. Er gab ihm die Hand, was ihm seltsam feierlich vorkam und erschrak, als Hassan ihn nicht gleich losließ. Der alte Mann hielt seine Hand mit erstaunlicher Kraft fest, suchte seine Augen und sagte: „Du wirst es gut machen, nicht wahr?"

„Naja", sagte Jean mit einem Hilfe suchenden Blick zum Koch, „ich denke schon."

„Dann mach es gut!", sagte Hassan noch einmal.

„Der Alkohol bekommt ihm wirklich nicht", dachte Jean, und er wurde böse auf den Patron und seine unsägliche Art, Menschen zu sich herabzuzwingen. Aber er sagte nur: „Mach dir keine Sorgen, Hassan. Und geh auch bald heim."

Nachdem Jean gegangen war, setzte sich der Koch zu Hassan an den Tisch. Er hatte sich wieder beruhigt und klopfte dem Alten auf die Schulter: „Das war ein harter Tag. Wir werden uns noch ein paar Magenfreunde suchen, was?" Magenfreunde waren besonders üppige Überbleibsel des Abendgeschäfts, entweder kurz gegrillte Spieße, die nicht mehr hinausgegangen waren oder Delikatessen, die man heute Nacht noch essen oder morgen wegwerfen musste.

Sie fanden noch ein paar krosse Krusten von einem gegrillten Milchlammschlegel, eine Portion glacierte Kastanien und drei gebratene Merengue-Würstchen. Der Koch wärmte schnell alles auf, zusammen mit einer großen Portion Couscous, drapierte es appetitlich auf einer großen Porzellanplatte und stellte sie zwischen sich und den Alten auf den Tisch. Nachdem ihn Hassan lange und eindringlich in die Eigenheiten des marokkanischen Essens eingeführt hatte, vergaß er auch nicht das »tass« auf den Tisch stellen, ein Handwaschbecken, für das er eine mit Wasser gefüllte Gemüseschüssel umfunktionierte. Der alte Mann wusch sich ausgiebig die Hände darin und trocknete sie sich an seiner Djellaba ab. Der Koch schwenkte die Finger kurz in der Schüssel und wischte sie sich an seiner Schürze ab, denn er wusste, dass das Hassan freute. Die beiden betrachteten ihre regelmäßigen Nachtessen quasi als ökumenische Versammlungen, und obwohl der Koch lieber mit Gabel und Messer gegessen hätte, begnügte er sich heute mit der rechten Hand. Er dachte, das würde den sichtlich angeschlagenen Hassan aufmuntern. Beim ersten Mal, als sie zusammen Couscous mit der Hand gegessen hatten, war dem Koch ein böser Fehler unterlaufen, den Hassan in einer kaum erträglichen Lehrerhaftigkeit geißelte.

„Nimmst du eigentlich auch dein benutztes Klopapier mit und schneuzt dich damit?"

„Wie bitte?", hatte der Koch erschrocken gefragt.

„Du hast mit der linken Hand gegessen. Das ist die unreine Hand."

„Ach komm, so weit muss es doch nicht gehen. Schließlich bin ich doch kein Moslem."

Hassan hatte ihn erstaunt angesehen. „Was hat das damit zu tun? Die Linke ist deshalb unrein, weil man sich damit auch den Hintern abwischt. Das nennt man Hygiene! Schließlich essen wir alle von einem Teller."

Der Koch war ein klein wenig rot geworden, aber er hatte gleich wieder Oberwasser. „Und was ist mit euren Linkshändern?"

„Was soll mit ihnen sein?", hatte Hassan gefragt und dem Koch das »tass« zur Nachreinigung zugeschoben.

„Na, tragen die eine Anstecknadel »Ich bin Linkshänder – meine unreine Hand ist die rechte!«?"

„Natürlich nicht. Sie wischen sich wie alle den Hintern mit der linken Hand und essen mit der rechten."

„Ah!", hatte der Koch gerufen, glücklich, Hassan endlich bei einer diskriminierenden Äußerung ertappt zu haben, „sie müssen also gegen ihr Naturell leben. Ihr zwingt sie, sich umzustellen. So wie man früher bei uns die Kinder gezwungen hat, rechts zu schreiben, auch wenn es Linkshänder waren."

„Koch, was redest du für einen Unsinn! Keiner muss gegen sein Naturell leben. Aber man hat sich vor langer Zeit darauf geeinigt, dass sich die Menschen den Hintern mit der linken Hand wischen und mit der rechten essen. Wer will, kann auch mit der linken Hand essen. Er wird nur allein am Tisch sitzen."

„Aber das ist ja Diskriminierung!", hatte der Koch gesagt, doch insgeheim hatte er gespürt, dass seine Aufregung ein ziemliches Strohfeuer war, das Hassans nächste Worte prompt ausblies.

„Sieh es doch so: Manche Menschen tun sich leichter, den Hintern zu wischen, und manche Menschen tun sich leichter zu essen."

An diese Unterhaltung erinnerte sich der Koch und passte höllisch auf, dass seine unreine Hand nicht einmal auf dem Tisch lag. Er klemmte sie mit beiden Knien ein und überlegte, welche Hand diese verrückten Fundamentalisten wohl den Dieben abschlagen: die rechte oder die linke? Und ob es wohl noch eine zusätzliche Demütigung zu dieser brutalen, alttestamentarischen Strafe bedeutete, wenn man sich nicht mehr den Hintern abwischen konnte. Aber der Koch verzichtete darauf, Hassan mit dieser Frage zu konfrontieren, heute jedenfalls, in seinem Zustand.

Sie hatten gerade die Platte geleert, als der Patron mit seiner Frau im Arm hereinkam.

„Bonsoir, die Herren", sagte er galant und stellte die Flasche auf den Tisch. „Jetzt ist wohl die richtige Zeit, um noch etwas zu feiern."

Hassan schaute mit ängstlicher Abscheu auf die Flasche und sagte: „Mir ist nicht gut."

Das war der falsche Satz gewesen. Der Patron holte sofort Gläser und schenkte ein. „Das Beste gegen einen schlechten Magen ist ein guter Cognac. Votre santé, messieurs!"

Der Koch hob sein Glas, und Hassan, plötzlich wirkte er klein, schwach und abgemagert, griff auch zu seinem Glas, wehrte sich nicht mehr wie heute Nachmittag, hob es und schloss die Augen. Dann trank er.

Er hatte schon einmal gesündigt, nein, zweimal sogar, oder waren es gar drei Gläser gewesen, die er mit dem Patron getrunken hatte? Er konnte sich nicht mehr erinnern. Eine stumpfe Traurigkeit erfüllte ihn und verdrängte sogar den brennenden Schmerz in seinem Magen, der in Wellen angestürmt kam, und es nahm ihm jedes Mal fast den Atem, wenn sich eine solche Welle in ihm brach.

Der Cognac dämpfte jedoch die nächste Welle deutlich und die folgenden spürte der Alte schon fast nicht mehr. Er atmete auf, erleichtert, dass die Schmerzen langsam nachließen.

„So, werter Küchenmeister", sagte der Patron aufgeräumt und rieb sich die Hände, „jetzt wäre ein kleiner Imbiss lobenswert. Etwas Käse vielleicht?"

Er holte sich einen Stuhl und setzte sich zu den beiden an den Tisch.

Der Koch stand auf und kam mit Weißbrot und einem seiner geliebten Ziegenkäse aus den Cevennen zurück. Er schnitt das Brot auf, legte die Scheiben zusammen mit einem Messer und dem Käse auf ein Holzbrett und stellte es auf den Tisch.

Hassan, dem es schon viel besser zu gehen schien, hatte endlich seine Zunge wieder gefunden, nahm sich ein Stück Weißbrot und deutete damit auf den Käse: „Unsere Welt ist nichts anders als das Leben auf einem solchen Käse."

„Ein schönes Bild", sagte der Koch säuerlich, „obwohl wir doch im Lauf unserer Evolution etwas mehr Bewusstsein und Intelligenz, Wissen und Erkenntnis angesammelt haben dürften als diese schlichten Bakterien."

Der Patron schob sich etwas Käse in den Mund und unterhielt sich prächtig.

„Wie nennst du sie?", fragte Hassan mit einem ebenso nachdenklichen wie lüsternen Blick auf den Käse.

„Bakterien. Einzeller eben, die die Krankheiten ebenso erschaffen wie diesen wunderbaren Käse."

Hassan lachte. „Dieser Käse wird von Käsemännchen gemacht, nicht von Bakterien."

„Donnerwetter!", sagte der Patron. „Das habe ich auch noch nie gehört. Eine neue wissenschaftliche Theorie?" Dabei zwinkerte er dem Koch verschwörerisch zu.

„Das weiß man doch", sagte Hassan abfällig. „Das weiß hier jeder. Die kleinen Wesen leben auf der Oberfläche des Käses, ganz wie wir auf der Oberfläche der Erde, und genauer betrachtet, das heißt durch die Augen eines dieser Käsemännchen, ist die Oberfläche eines

Käses enorm tragfähig. Auch wenn sie unseren Zähnen kaum widersteht ..."

„Ach, da haben wir's ja schon", unterbrach ihn der Koch. „Wenn wir den Käse zerbeißen, werden wir ausgerechnet um diese kleinen Herrschaften herumkauen. Das heißt, wenn es diese winzigen Wesen überhaupt geben sollte ..." Und bei diesem „wenn" hob er sein Käsemesser wie einen riesigen Zeigefinger, so dass sich das Licht der Deckenlampe dramatisch in dem polierten Metall spiegelte, „... wenn! Selbst dann sind sie nur ein Teil des Käses, ein Bestandteil, so wie die Sehnen in einer Hammelkeule oder die Kerne in den Gurken. Und sie leben gerade so lange, wie das Ganze lebt."

„Nein, sie sterben nicht, wenn wir sie essen. Schließlich sind sie ja viel zu klein, als dass sie unsere Zähne zerbeißen könnten ..."

„Aber die Magensäure, du vergisst die Magensäure!", rief der Koch geradezu übermütig, denn jetzt hatte er endlich einen offensichtlichen Fehler in dieser verrückten Geschichte gefunden. „Die Magensäure zersetzt alles."

„Alles?", fragte Hassan und zog in gespieltem Erstaunen die Augenbrauen hoch. „Auch den Magen?"

„Nein, den natürlich nicht."

„Nun, die Käsemännchen sind aus demselben Stoff wie der Magen, sie lieben sogar seine Säure. Es ist für sie wie ein erfrischender Sprung in ein Schwimmbecken, wenn sie hineintauchen."

„Ein herrliches Bild", sagte der Patron und goss die Gläser wieder ein. „Ich bewundere die romantische arabische Bildsprache – auf der einen Seite hat dieses Volk den Grundstein für alle naturwissenschaftlichen Diszi-

plinen gelegt, auf der anderen gibt es hier noch keine Trennung zwischen Magie und Realität. Es ist noch wie im Mittelalter. Ganz wunderbar!“

Der Koch schnaubte und befahl den beiden Küchenjungen, endlich die Spülmaschine anzustellen und die Hackbretter zu schrubben.

„Glaubt mir, die Käsemännchen sterben nicht im Magen. Aber es ist interessant, dass unser verehrter Küchenmeister *(So nannte er den Koch, wenn er ihn sich wieder für ein paar Sätze gewogen machen wollte, auch das war ein Teil des Rituals. Anm. d. Übers.)* diese Idee gehabt hat ...“

„Ach“, sagte der Koch spöttisch, „jeder Mensch, der sich nur etwas mit der Verdauung auskennt, wäre auf diese Idee gekommen. Dafür muss man nicht einmal Arzt sein. Das weiß jeder Koch.“

Und als wäre er plötzlich auch ein kleiner Geschichtenerzähler oder wenigstens ein Mann mit Humor und großzügiger Geisteshaltung, setzte er hinzu: „Obendrein weiß das mit der Magensäure jeder Esser, denn wie lange würde es ein Magen wohl ertragen, voll gestopft und nicht mehr ausgeräumt zu werden, bevor er Risse bekäme!“

Hassan machte eine schnelle Handbewegung, so als würde er eine Fliege vor seiner Nase vertreiben, aber natürlich gab es keine Fliegen in der Küche. *(Nur im Hinterhof, gleich unter der Holztreppe, wo all die Abfälle des Tages in großen Blecheimern lagerten. Dort allerdings gab es unendlich viele. Anm. d. Übers.)* „Interessant ist nicht, wie die Verdauung funktioniert“, fuhr er ungerührt fort, „sondern welche Gedanken sich die Käsemänner schon vor Jahrtausenden gemacht haben.“

Der Koch starrte ihn ungläubig an. Die Küchenjungen rissen die Augen weit auf, und Ali vergaß, das nasse Tuch von seiner Hand zu wickeln, mit dem er die heißen Herdklappen geöffnet hatte. Er sah aus wie ein Junge, der sich beim Herumtoben die Hand gebrochen hat und auf ein gnädiges Urteil des Arztes wartet.

„Die Käsemänner hatten sich nämlich schon von Anbeginn ihrer Existenz an gefragt, was wohl der Sinn ihres Lebens sei. Ob es ein Ziel und eine Bestimmung gäbe und ob es vielleicht ...“, jetzt machte der Alte eine Pause und drehte langsam den Kopf, so dass er mit seinem Blick jeden der Anwesenden bestrich, so wie es der Lichtstrahl aus einem Leuchtturm mit den Küstenklippen tut, „... eine andere Welt gibt, eine Welt jenseits des Käses, eine herrliche Welt, in der jeder einmal ankommen wird und sich für immer glücklich und zufrieden in diesem Paradies einrichten kann. Ja, solche Gedanken hatten die Käsemänner schon zu allen Zeiten.“

„Kennst du denn solche Männchen?“, fragte Abderahim atemlos und vergaß vor lauter Atemlosigkeit gleich zwei wichtige Dinge auf einmal. Nämlich, dass Küchenjungen ungefragt nicht reden dürfen – und dass man den Rotz nicht hochziehen kann, wenn man atemlos redet. Der Koch schlug Abderahim mit der Hand auf den Hinterkopf, was zwar keinen schönen Ton gab, aber er war zu faul, um aufzustehen und die Schöpfkelle zu holen.

„Ja, ich kenne ein solches Männchen. Oder – nein, eigentlich kenne ich es nur aus den Geschichten meines Großvaters. Jetzt aber nur so viel: Dieses Käsemännchen – keiner weiß, ob es ein Männchen war und ob es unter diesen Wesen überhaupt solche Unterschiede gibt –

aber nennen wir es einfach Männchen, dieses Männchen also …“

„Mon dieu, dann nenn’ es eben Ali oder Mohammed, dein Männchen!“ , platzte der Koch heraus, der das umständliche Wortgekrame nicht mehr aushalten konnte. „Es kommt ja nicht darauf an, ob so ein Männchen einen Namen hat oder nicht …“

„Oho!“, rief Hassan und schnellte ein Stück in die Höhe, wobei er den Tisch und die darauf stehende Flasche gefährlich ins Schwanken brachte. Die Hand des Patrons schoss hoch und hielt den Cognac fest. „Es kommt sehr wohl darauf an! Es ist das Wichtigste überhaupt im Leben dieser Käsemännchen – sie haben keine Namen!“

„Soso, und wie können sie sich auseinander halten?“

„Warum müssen sie sich auseinander halten können?“

„Damit sie … ja, weil sie …“, stammelte der Koch.

„Eben“, sagte Hassan kurz und knapp, und er sagte es so wie eine Mausefalle sagt: »Die Maus ist gefangen – jetzt. Klack!« „Namen sind nicht wichtig, jedenfalls nicht, wenn man sie nur deshalb braucht, um sich auseinander zu halten.“

Der Koch seufzte und die Küchenjungen richteten sich wieder aus ihrer gebückten Haltung auf. Aus der Ohrfeigen-Einfang-Vermeidungs-Haltung wurde die Jetzt-nur-nichts-verpassen-Haltung.

„Erzählen Sie doch weiter“, sagte der Patron und schenkte die Gläser nach. Hassan stürzte den Cognac hinunter, als wäre es Wasser, so sehr nahm ihn seine Geschichte gefangen. Der Patron zwinkerte dem Koch zu.

„Die Käsemännchen müsst ihr euch so vorstellen wie eine große Familie – könnt ihr euch eine große Familie vorstellen, eine wirklich große?" *(Denn der alte Mann wusste, dass die Familien dieser Franzosen meist ganz klein sind, oft nur Vater, Mutter, zwei Kinder und ein Haustier. Anm. d. Übers.)* Der Koch nickte, denn er war in einem Bauernhof in den Cevennen groß geworden, mit der üblichen Überbevölkerung – die Eltern, die Eltern der Eltern, Tanten und Onkel, viele Hunde, Kinder, seltsame ältere Menschen, die behaupten zur Familie zu gehören und ein oder zwei junge Frauen aus Süddeutschland, die irgendwann einmal Urlaub auf diesem Hof gemacht hatten und nun zur Familie gehörten, weil der sexuelle Appetit ein paar junger Franzosen, die wahrscheinlich auch nicht zur Familie gehörten, sie davon überzeugt hatte, dass sie hier ihr Lebensziel gefunden hatten. Ali und Abderahim nickten gelangweilt, und der Patron nickte mit langsam feuchter werdenden Augen, weil er an seine geliebte Legion denken musste.

„Dann stellt euch vor, diese große, wirklich große, riesig große Familie hat Besuch von der riesengroßen Familie der Mutter, und die bringt auch noch alle Familien ihrer Kinder mit *(Es sind fünf Mädchen und sieben Knaben, die jeweils wieder Familien gegründet hatten, sich brav fortgepflanzt und jede Menge Onkel, Tanten und seltsame ältere Menschen, die behaupteten zur Familie zu gehören, mitgebracht hatten. Anm. d. Übers.)*, und nun sitzt ihr im Garten des Hauses – denn in der Küche wäre kein Platz für diese Menge – beim Abendessen. Vielleicht fällt euch noch der Vorname des einen oder anderen Cousins oder eines besonders verrückten Onkels ein, aber mit der Zeit ist es nur noch FAMILIE ... Könnt ihr euch das vorstellen?"

Die Küchenjungen hatten kein Problem damit, sie konnten sich sowieso nur die Namen ihrer Eltern und die der älteren Brüder merken. Das war wichtig, denn wenn man die vergaß, schlugen sie einen gerne auf den Hinterkopf: »Wie heiße ich, Ali? Wie heiße ich, du verdammter Dummkopf, du kleiner Kifnascher, du Spülwasserfisch, dem die Küchenhitze den letzten Rest Verstand verkocht hat?« Der Koch dachte, wie anstrengend es wohl sei, all diesen Leuten au point ein saftiges Lammkarree zu servieren, vielleicht mit kleinen Bohnen in einer Rosmarinvinaigrette … und er nickte. Der Patron dachte an seinen alten Exerzierplatz in Tunis und nickte auch.

„Gut. Dann stellt euch weiter vor, diese schon ganz ordentlich große Familie – ich würde sie nicht gerade riesenriesengroß nennen, aber sie hat schon eine gewisse … Ausdehnung – diese Leute im Garten bekämen Besuch von der Familie des Bruders, der vor drei Generationen nach Frankreich ausgewandert war, und nun plötzlich als Überraschung am Gartentor stand. In drei Generationen kann viel passieren …“

„O ja“, dachte der Patron, „vor allem bei euch Arabern, die außer Kiffen und Ficken doch nichts können.“ Aber das sagte er natürlich nicht laut, dazu war er viel zu gut erzogen.

„Könnt ihr euch die Freude und die Überraschung vorstellen, als plötzlich der Bruder eures Großvaters vor euch steht, mit all seinen Lieben? Ist das nicht wunderbar.“ Hassan war begeistert. Er schloss die Augen und schien sich geradezu in die Wiedersehensfeier der so lange getrennten Bruder-Generationen teleportiert zu haben. „Diese Freude, dieses Durcheinander – und schon jetzt kannst du keinen dieser Menschen mehr mit Namen nennen, du weißt nur: Das ist Familie, ganz eng, ganz dicht und wie aus einem Stall und einem Duft, der deiner ist, wie deine Unterhose und deine geheimen Wege und Verstecke, alle gehören dazu und jedem würdest du deine heimlichsten Schlupflöcher zeigen und ihn auch hindurchschlüpfen lassen. In einem Taumel der Glückseligkeit, dass aus deiner kleinen Familie so plötzlich eine Herde geworden ist, eine Armee, eine Besatzungsmacht, ein Volk. Ssso!“

Die Küchenjungen sperrten die Münder auf und der Rotz tropfte in gleichmäßiger, zähflüssiger Andacht auf den dunkelrot gekachelten Boden. Keiner achtete darauf, nicht einmal der Koch, der normalerweise keine Verletzung der Hygiene ungeahndet ließ. Er war kurz davor, auch den Mund aufzusperren und wie ein blödes, vom Wintervollmond hypnotisiertes Kalb auf den alten Mann zu starren.

„Nun“, fuhr Hassan angesichts des aufmerksamen Publikums gut gelaunt fort und nahm geistesabwesend einen Schluck aus seinem Glas, „könnt ihr euch also vorstellen, wie eine richtig große Familie aussieht. Aber nun stellt euch vor, dass es plötzlich kracht (*Das arabische Verb dafür ist lautmalerisch sehr ausgeprägt, und Nichtaraber wundern sich immer wieder, wie es möglich ist, so viele Konsonanten hintereinander ohne Pause und einen einzigen Vokal auszusprechen. Anm. d. Übers.*) und ein Wolkenbruch wie ein Wasserfall das ganze Volk im Garten überrascht. Frauen kreischen und ziehen die Schultertücher über die Köpfe, Männer fluchen und lachen, die Kinder reißen die Arme hoch, alle rennen durcheinander – aber schließlich doch in eine Richtung, ins Haus. Kaum eine Minute später stehen sie in der Diele, eng zusammengepresst und klatschnass.“

Die Küchenjungen staunten, wie groß diese Diele wohl sein müßte.

„Es ist eine sehr, sehr große Diele“, sagte Hassan, der die Blicke der beiden richtig deutete, „und trotzdem, obwohl es eine Halle war, fast so groß wie die riesige Säulenhalle der Saadier-Gräber, *(Wahrscheinlich sagt Ihnen der Name nichts, aber diese Gräber sind tatsächlich ein Weltwunder, das es mit den Hängenden Gärten von Sermiramis locker aufnehmen kann. Die Sieben Weltwunder der Antike sind sowieso eine sehr subjektive Auswahl: Die Pyramiden? Klar, die kann Ägypten ja nicht mal heutzutage nachbauen, ohne abgrundtief in die Pleite zu stürzen. Der Zeustempel? Hmm … das sieht man etwas kleiner – und natürlich aus Waschbeton und eternitverkleidet - in jeder oberbayerischen Kleinstadt als Vogelbad. Der Koloss von Rhodos? Unter uns gesagt, ein bisschen geschmacklos, überkandidelt, so die Marke »Der größte Gartenzwerg von Schkopau«, eigentlich völlig unnötig. Dieser weiße, überdimensionale Kunststoffmann, der so tut, als würde er gleich auf die Münchner Leopoldstraße stampfen wie King Kong bei seinem New York Besuch, ist die geschmacklose Antwort des 20. Jahrhunderts auf die geschmacklose Vorgabe des Altertums. Weltwunder! Hören Sie mir bloß auf!*

Also, die Geschichte mit den Saadier-Gräbern geht so: Als die Saaditen unter Ahmed El Arj im 16. Jahrhundert an die Macht kamen, wurde Marrakesch wieder zur Hauptstadt. Das war eine gute Zeit für die geplagte Wüstenoase, denn die kunstsinnige Familie ließ mitten in Marrakesch neben Palästen für die Lebenden auch einen gewaltigen Palast für die Toten ihres Geschlechts erbauen, gewaltig nicht an Metern oder Ellen, nicht in

Höhe oder Ausdehnung, aber in der feinsinnigsten architektonischen Raffinesse, die der sowieso schon in hoher Blüte stehenden arabischen Baukunst noch eine zusätzliche Krone aufsetzte. Der Krone, die sie schon stolz trug, setzte sie noch eine kleine, aber unglaublich fein gearbeitete Ameisensilber-Krone auf. Der genialen Ästhetik des Grundrisses folgten die Ausbauten – streng und verspielt zugleich, eine Stein gewordene Vorlesung in höherer Mathematik. Und erst die Verzierungen: Mosaike und mäandernde Friese aus bunten Flusskieseln, komplizierte Labyrinthe aus erbsengroßen, glasierten Keramikplättchen, gewaltige Bilder aus roten, safrangelben und schwarzen Rauten, die sich zusammenfinden und gleichzeitig wieder auseinander streben. Heutzutage sieht man Ähnliches in computergesteuerten Lightshow-Projektionen, aber nur bei Bands, die millionenschwere Welttourneen stemmen können. Früher war das Pink Floyd, heute vielleicht Madonna oder Robbie Williams. Nein, ich schweife ab – eigentlich hat dieser Grabpalast überhaupt nichts mit moderner Pop-Musik zu tun, und ich bin der Letzte, der behauptet, dass Madonna die Cleopatra von heute ist, und außerdem haben Übersetzer nicht geschwätzig zu sein, sie haben dem Buch zu dienen, dem Autor kongeniales Sprachrohr, der Sprache emsiger Hüter zu sein. Aber sie dürfen doch wohl ab und zu etwas weiter ausholen, wenn es dem Verständnis dient!

Na schön. Dann weiter: Marrakesch wurde also Mitte des zweiten Jahrtausends unserer Zeitrechnung zum kulturellen Zentrum Nordafrikas, und fast hundert Jahre lang trafen sich dort die schönsten Frauen, die elegantesten Männer, die durchtriebensten Mathematiker, die Philosophen mit den schönsten Stirnfalten, Kalli-

graphen, Lautenspieler, Komödianten und Meister der Schattenfiguren, Köche, Ärzte und viele Huren beiderlei Geschlechts. Es war eine wunderbare Zeit, obwohl es natürlich keine Zeitungsartikel aus dieser Zeit gibt, nur ein paar winzige Gedichte, die das paradiesische Leben am Saadier-Hof feierten. Im islamischen Glauben gibt es – wie im christlichen – ein Paradies, allerdings haben gläubige Muslime auch die Hoffnung es wiederzusehen, wogegen es für Christen auf ewig mit dem Garten Eden untergegangen ist. Christen kommen höchstens in einen Himmel, der mit ebenso kreuzbraven wie langweiligen Menschen bevölkert ist, sind ihrem Gott nahe, dem sie aber nie ins Gesicht schauen dürfen, weil sie das auch nach dem Tod immer noch nicht aushalten würden. Sie singen und lobpreisen in einem fort, und weil sie in einem besonderen Stand der Gnade sind, müssen sie weder essen noch trinken, sie werden nicht krank, empfinden keine Lust – und von Geilheit wollen wir schon überhaupt nicht reden. Ganz anders der Himmel der Muslime: Das Paradies bedeutet ein lustvolles Fest nach dem anderen, die Übergänge von einer Feier zur nächsten sind nicht wahrzunehmen, die schönsten Frauen und Männer treiben alles miteinander, was das Glück gebietet, was der völligen Auflösung in Wohlbehagen am nächsten kommt. Ach, lesen Sie doch einfach die 88. Sure und Sie werden mich verstehen. Aber dann, mitten in der fast paradiesischen Orgie am Hof der Saadier, taucht die Familie der Alouiten auf, greift das friedliche Marrakesch an, überwältigt die Saadier und schlachtet in einer ebenfalls paradiesischen Übertreibung alle ab. Und dann? Das unterscheidet nun christliche und islamische Bluttrinker; die islamischen haben einen ge-

wissen Stil, wenn sie bei der Sache sind, man könnte es sogar Grandezza nennen – jedenfalls setzten sich die Alouiten nicht in den ehemaligen Saadier-Palästen fest, sie renovierten sie auch nicht, sie rissen sie nicht ab und zündeten sie nicht an allen Ecken an. Sie mauerten sie ein. Der Alouitensultan Moulay Ismail ließ die Saadier-Gräber, den schönsten Stein gewordenen Traum Nordafrikas, komplett einmauern. Und hinter giraffenhohen Mauern schlummerte dieses architektonische Wunder 300 Jahre lang. Stellen Sie sich einmal vor, in Rom hätte man das Kolosseum eingemauert oder in Berlin den Reichstag, und die Leute hätten diese gewaltigen Bauwerke einfach vergessen. Dann stellen Sie sich vor, Sie kommen als Tourist in die Stadt und fragen: „Sagen Sie mal, wo steht denn eigentlich der Reichstag? Ich habe in einem alten Reiseführer darüber gelesen?", und der Berliner Taxifahrer kratzt sich am Kopf und sermoniert: „Ja, det war mir ooch so, det ha ick ooch ma jehört – aber, jloben se mir, ick wees et nich! Seltsam, wa?!", und wenn Sie auf diese gewaltige Betonwand deuten und ihn fragen, was denn dahinter sei, kratzt er sich wieder am Kopf und sagt: „Wees ick nich. Is ja echt komisch, aber ha ick noch nie drüber najedacht!"

Das kann sich doch niemand vorstellen – aber hier in Marrakesch passierte genau das: Die Saadier-Gräber wurden einfach vergessen – vielleicht würden es einige voreilige Amateurpsychologen auch kollektives Vergessen nennen – und erst 1917 wieder gefunden. Von einem Franzosen natürlich! Anm. d. Übers.) mussten sie sich sehr zusammendrängen, aber das macht man ja gerne, wenn man in der Familie ist." *(O, ich merke gerade, Sie haben den Anfang des Satzes nicht mehr im Gedächtnis, wahrscheinlich, weil Ihre Aufmerksamkeit mit der Geschichte der Saadier-Gräber abgelenkt wurde. Tut mit Leid. Anm. d. Übers)* … Kaum eine Minute später stehen sie in der Diele, eng zusammengepresst und klatschnass."

Die Küchenjungen staunten, wie groß die Diele wohl sein müsste.

„Es ist eine sehr, sehr große Diele", sagte Hassan, der die Blicke der beiden richtig deutete, „und trotzdem, obwohl es eine Halle war, fast so groß wie die riesige Halle der Saadier-Gräber, mussten sie sich sehr zusammendrängen, aber das macht man ja gerne, wenn man in der Familie ist."

Er nickte freundlich und langsam und ließ dabei seinen Blick wieder über alle Anwesenden streichen, wie zur Beruhigung. Der Koch hatte das unangenehme Gefühl, als wollte der Alte sie mit diesem Blick in Sicherheit wiegen, so wie ein asiatischer Kampfmeister, der vor einem besonders vernichtenden Schlag den Gegner noch einmal ruhig und zutraulich mustert. Er hielt die Luft an und zog die Bauchmuskeln fest zusammen, wie man es macht, wenn man einen Schlag erwartet.

„Und dann entdeckte ein kleiner Junge, ich glaube er hieß Ali … nein, er hieß doch nicht so, Menachem … oder … Ibrahim. Ja, ich glaube, Ibrahim hieß er …"

Der Koch musste keuchend ausatmen, weil er die langsame, schleppende Rede Hassans nicht bis zum Ende in seiner Schutzhaltung aushalten konnte. Er ärgerte sich.

„Ibrahim entdeckte einen riesigen Spiegel, der eine ganze Wand der Halle einnahm. Seltsam, dass er ihn erst entdecken musste, so als ob der Spiegel vorher gar nicht dagewesen wäre. Er schaute hinein und sah diese tropfnasse Menschenmenge darin und sich ganz groß als den Allervordersten. Mit der Zeit entdeckten alle den Spiegel, das Kichern und Schnattern wurde leiser, die Bewegungen, mit denen sich die Mitglieder der Familie die Regentropfen von den Kleidern schüttelten, hörten auf – und alle starrten in den Spiegel. Jetzt waren doppelt so viele im Raum wie vorher, und jetzt schien es ihnen, als wäre es auf einmal sehr eng geworden. So eine Masse von Menschen kann sich nämlich schwer auf das Gemüt legen."

„Das sagt ausgerechnet ein Marokkaner", dachte der Patron. „Dabei hatte ich immer geglaubt, sie fühlen sich nur als Klumpen wohl, als träger Strom, der sich besonders gerne durch enge, dreckige Gassen wälzt."

Hassan warf ihm einen schnellen Blick zu, so als hätte er seine letzten Gedanken mitgehört. „Unter vielen Menschen zu sein, ist schön, aber unter sehr vielen Menschen zu sein kann auch bedrückend sein. Vor allem, wenn man meint, all diese Menschen zu kennen und mit ihnen vertraut zu sein. Genau das passierte in der riesigen Halle vor dem riesigen Spiegel. Als die Familie sich im Spiegel sah, versuchte jeder zuerst sein eigenes Gesicht zu finden, dann das des Vaters, der Mutter, die Gesichter der Brüder und Schwestern, der Milchgeschwister, der Onkel und Tanten. Doch dann, obwohl doch jeder wusste, dass er in einem vertrauten Kreis stand, begannen die Gesichter zu verschwimmen, tanzten die vielen staunenden Augen durcheinander und keiner wusste mehr, ob er gerade in die Augen seines Nachbarn blickte oder in einen Glasreflex, sogar nicht einmal, ob er sich selbst in die Augen schaute – plötzlich kroch ein seltsames Gefühl des Grausens in die Halle mit den vielen feuchten Menschen. Wie eine langsam einsetzende Verwirrung, wie sie sehr alte Leute manchmal überfällt, erkannte keiner mehr den anderen, den Vater nicht mehr und die Mutter nicht mehr, und schließlich fand sogar niemand sein eigenes Gesicht wieder. Es gab keine einzelnen Wesen mehr, nur noch ein Meer von Gleichen – jetzt waren sie alle so etwas wie Käsemännchen geworden."

Der Koch seufzte und lockerte seine Haltung, so wie Konzertbesucher das nach dem ersten Satz einer Symphonie tun, er schubste Ali und Abderahim kurz an, nicht böse, nur um ihnen mitzuteilen, dass er – der Chef – noch immer wach und hier im Diesseits stand. Nicht drüben im Jenseits der wirren Fantasie eines fast achtzigjährigen Marokkaners, der sich in seiner schmutzigen Djellaba würdevoll mitten in der Küche aufgestellt hatte, Geschichten über säureresistente Käsemänner von sich gab und in den Pausen ekelhaft laut an einem hohlen Zahn saugte.

„Jetzt wisst ihr, wie sich Käsemännchen fühlen", sagte Hassan.

„Jaja, aber du wolltest doch erzählen, dass eines dieser Männchen ..."

„Richtig, richtig, genau, Monsieur le chef de la cuisine," sagte Hassan und wiegte sich bei jeden Wort mit einer schlangengleichen Bewegung, die ihn vom Knie bis zur Brust durchzog. Es war eine Sufibewegung, denn Hassan hatte lange Zeit unter den spirituellen Muslimen gelebt, aber das gehört nicht hierher. Jeder verstand, dass er damit sagen wollte: „Nur die Ruhe, du alte Nervensäge – kümmere du dich um das Essen und überlass das Erzählen den Leuten, die etwas davon verstehen!" Schön, wenn eine einzige Bewegung so viel sagen kann. Man könnte Bücher in Bewegungen übersetzen, und die Lehrer müssten ihren Klassen jeden Tag ein anderes Buch vortanzen. So könnte man vermeiden, dass die Kinder denken, dass Lesen und Schreiben nur aus Buchstaben bestehen.

Der Koch hatte ganz gut verstanden, auch wenn er die komplizierten Hintergründe der Sufirituale nicht kannte. Manche Bewegungen sind einfach so universell, dass ihre Signale sich auch völlig fremden Kulturen spontan erschließen. Morphogenetische Felder des Tanzes, der Gestik, des Augenzwinkerns und heimlichen Deutens – man versteht sich, egal, wie viele Worte man auch macht.

„Das eine Käsemännchen also, das bestimmte …", sagte Hassan langsam, „… es sah so aus wie all die anderen, natürlich. Es war nur so … so nachdenklich. Es hatte einfach irgendwann einmal begonnen nachzudenken. Es erschrak beim ersten Mal, denn es hörte sich an, als ob plötzlich ein fremdes Käsemännchen in ihm sprach. Ja, vielleicht nicht sprach, denn diese Männchen sprechen nicht eigentlich, sie sind nur – oder sie waren nur, bis dieses Männchen … Also nein, es ist wie bei den Bienen. Wisst ihr, wie die Bienen auf Arabisch heißen?"

Er wartete die Antwort nicht ab. Natürlich wussten es Ali und Abderahim, und natürlich wussten es der Koch und der Patron nicht.

„Bienen heißen »nahl«, aber das sagt keiner, denn erst ein Bienenvolk ist tatsächlich ein ernstzunehmendes Lebewesen. Dann heißt es »mamlakat nahl«, der Brummkopf. Tatsächlich, was ihr »les abeilles« nennt,

die vielen kleinen pelzigen Stachelflieger, sie sind bei uns ein einziges Wesen – ein brummender und summender Kopf, dem man seinen Honig stehlen kann, wenn man es schafft, ihm schnell genug ins Maul zu greifen."

„Worauf willst du eigentlich hinaus, verdammt noch mal!", rief der Koch, der mit einer unbeherrschten Geste ein Stück Brot und einen Schnitz Käse in den Mund stopfte. Er hatte den starken Verdacht, dass Hassans Erzählstil ihn mehr zum Schwitzen brachte als die Gluthitze, die die zum Abdampfen geöffneten Herdklappen ausatmeten. „Was ist mit diesem einen Käsemännchen? Mon dieu, alter Mann, du bringst mich noch ins Irrenhaus!"

Hassan schaute ihm unschuldig in die Augen und wählte einen möglichst neutralen Gesichtsausdruck, um den Koch nicht noch mehr in Rage zu bringen.

„Du bringst mich ebenfalls durcheinander mit deiner Ungeduld. Wo war ich denn … Ali?"

Der kleine Ali sprang vor Aufregung, endlich einmal Schule spielen zu dürfen (*denn der kleine Ali ging nicht zur Schule; Anm. d. Übers.*) stramm in die Höhe und rief: „Bei den Bienen, shaikh, bei dem summenden Honigkopf!"

„Gut, Ali", lobte ihn der »shaikh«, was so viel wie ehrwürdiger Alter bedeutet, und warf ihm einen freundlichen Blick zu. Für Ali war das der erste Blick dieser Sorte. Er war wie verzaubert von Hassans anerkennendem Blick und glaubte, in der Schule gäbe es jeden Tag solche Süßspeisen. Glücklicher Ali, dass seine Eltern es sich nicht leisten mochten, ihn in die Schule zu schicken, denn wie schnell hätte er den tragischen Irrtum entdeckt. Alis Vater hatte ausgerechnet, dass der Kleine ihnen jeden Monat so viel Geld verdienen konnte, wie er sie kosten würde, wenn sie ihn auf die Schule schickten. Alis Vater konnte gut rechnen. Er war auf einer Schule gewesen.

„Der summende Honigkopf", sagte Hassan, „ist nur ein Bild. So wie eure Kuh, die lacht. Natürlich gibt es keine Kühe, die lachen, das weiß man – sogar wenn man noch nie eine Kuh leibhaftig gesehen hat."

(*Vielleicht muss man für den einen oder anderen Leser erklären, dass der berühmte französische Camembert »la vache qui rit« die Abbildung einer lachenden Kuh auf der Schachtel trägt. Anm. d. Übers.)*

„Die Kuh lacht wahrscheinlich, weil man ihr erzählt hat, dass ein Bild von ihr mit lachendem Gesicht auf eine Käseschachtel gedruckt wird ..."

„Aber Ali", wies ihn Hassan zurecht, „so etwas kann sich eine Kuh eben nicht vorstellen. So weit können Kühe nicht denken – auch Käsemännchen nicht, wobei wir gleich wieder beim Thema sind. Käsemännchen können sich auch nicht vorstellen, dass irgendwo da draußen jemand sitzt, sie beobachtet, sich Gedanken über sie macht – und sich vielleicht überlegt, wie ein lachendes Käsemännchen auf einer Käsepackung aussehen würde. Vielleicht könnte sich ein ganz besonderes Käsemännchen vorstellen, dass ein fliegendes Käsemännchen oder ein riesengroßes oder ein unsichtbares von oben auf es herabsieht – vielleicht liebevoll verträumt, so wie ein Vater oder ein Käsemännchenprophet ... nein, was sage ich da? Zum Scheitan!"

Der alte Mann verstummte und presste sich die rechte Hand auf den Mund, so als wollte er irgendeinen inneren Sprechautomaten zum Schweigen bringen, der plötzlich in ihm zu reden angefangen hatte.

Der Patron lachte. „Allah ist groß. So groß wie ein Schweizer Käse!"

„Du willst ihn nur beleidigen, weil du Angst vor ihm hast“, zischte der Alte grob und feucht. Vielleicht hatte er ja vorgehabt, den Patron anzuspucken und hatte erst in letzter Sekunde den Erfolg einer großen Tat mit dem Ende seiner Freitafel abgewogen; auch Allah wäre es nicht recht gewesen, wenn einer seiner aufrichtigsten Diener wegen ihm hungern müsste.

„Den Namen Allahs solltest du ehrfürchtiger in den Mund nehmen, so wie wir auch euren Gott nicht verhöhnen.“

Er beruhigte sich wieder und sagte: „Es steht in eurer Bibel, wie es in der Thora und dem Koran steht, dass die Erde ein ungewisser Ort ist, den nur der Glauben an eine ordnende Macht selig machen kann. Ich will damit nicht sagen, dass jede Religion der anderen gleicht, aber wir gleichen einander. Wir sind wie Käsemännchen, die auf einer dünnen Schicht herumlaufen, die für Götter ein leichter Biss ist.“

Der Koch nickte beeindruckt und sagte: „Das ist eine Beschreibung der Welt, die mir gefällt.“

Die beiden Küchenjungen hatten nicht viel verstanden, aber immerhin so viel, dass der Prophet sich an diesem Abend ganz gut gegen die Ungläubigen geschlagen hatte.

Der Patron stieg auf einen Stuhl und rief: „Das ist eine völlig rückständige Sicht der Welt. Das konnte man Menschen verkaufen, die sich als Opferlämmer sahen. Unsere Geografie ist die Lehre von den Orten auf dieser Welt, die durch Schlachten berühmt wurden. Denn erst wenn sich die Geschichte an einem Ort so zusammenballt, dass er mehr wird als eine hübsche Ausprägung der Landschaft, eine überschaubare Flussbiegung, eine leicht zu verteidigende Fuhrt oder ein Bergmassiv, ist es lebendige Geografie. Deshalb klingen die Namen von Neuchâtel, Brest-Litowsk, Pearl Harbour und Metz kräftiger als andere, darum weiß jeder, wovon man spricht, wenn man Lüttich sagt oder Waterloo, Pnohm Phen, Amselfeld, Stalingrad, Sewastopol, Lemberg, Dresden, Arras, Bagdad oder Isonzo. Der Krieg macht die Geografie, nicht die Religion oder der Tourismus!"

Die Küchenjungen waren schockiert, sie hatten noch keinen dieser Namen jemals gehört – außer Bagdad.

„Und was hat sich stärker in das Gedächtnis der Menschen eingemeißelt als die Namen der Schlachtenlenker, ob es El Cid war oder Caesar, Attila, Sulla, Fouque, Kleist, Moltke, Lord Nelson, Rommel, Steuben, Blücher, Tschiangkaischek, Gustav Adolf, Scharnhorst, Dschingis-Khan, Wellington, Prinz Eugen, Clausewitz, Battenberg, Gneisenau oder Mac Arthur."

Der Patron hob die Cognacflasche vom Tisch und schwenkte sie wie die Fahne einer siegreichen Division, und der Koch klatschte in die Hände, weil ihn diese Begeisterung einfach überwältigte. Er liebte es, wenn er Menschen traf, die sich begeisterten, egal wofür. Vielleicht war das seine südfranzösische Seele, vielleicht war es schlicht und ergreifend nur der Applaus für einen Menschen, der von sich so überzeugt war, dass er sich das Recht herausnahm, andere zur Passage auf seinem angeblich unsinkbaren Boot einzuladen.

„Gut gesprochen, monsieur!", rief der Koch und versuchte seiner Stimme etwas Militärisches zu geben, zum einen, weil er endlich seine Ruhe haben wollte, zum anderen, weil er sah, dass der Alte das nicht mehr lange durchhalten würde. Der Patron hatte ihm schon wieder ein Glas Cognac eingeschenkt. „Verdammt gute Welt-

sicht, wenn ich einmal so sagen darf. Gefällt mir besser als diese Geschichten aus Tausend und einer Nacht. Ehrensache!“

„Ehrensache, monsieur? Weißt du überhaupt, was das ist – eine Ehrensache!“ Der Patron hatte sich aufgerichtet, hielt den linken Arm stramm gestreckt, die flache Hand am Schenkel, während er mit der rechten vor den Gesichtern der beiden erschrockenen Männern herumfuchtelte, die am Tisch näher zusammengerückt waren.

„Wegen Tonkin werden in meinem Restaurant keine Japaner bedient“, sagte der Patron, „das ist Ehrensache! Ich bin bestimmt kein Rassist, aber diese hinterlistigen Schlitzaugen haben fast das ganze 5e régiment étranger d’infantrie heimtückisch abgeschlachtet! Sagen Sie selbst, messieurs: Würden Sie unter diesen Umständen einen Japaner bewirten? Vielleicht sogar einen Nachkommen eines dieser Schlächter!“

Der Koch schüttelte den Kopf und überlegte, wie er sich am besten aus dem Staub machen könnte. Hassan krümmte sich unter einer plötzlich wiederkehrenden Welle aus Schmerz, die seinen Magen mit heißem, geschmolzenem Metall auskleidete. Diesmal war es eine wahre Flutwelle, die ihn in den Stuhl zurückwarf.

Der alte Mann versuchte langsam und gesund zu atmen. Er wusste, dass langsames und gesundes Atmen der Schlüssel zum Überleben ist. Das macht man, wenn einen der Kif übermannt, und das sollte man wahrscheinlich auch bei diesen brennenden Schmerzen im Magen tun. Als ihm der Patron ein weiteres Glas mit Cognac auf den Tisch stellte, nahm er es vorsichtig in beide Hände, wärmte es an und sprach leise zu sich: „Für den Propheten, den Erkenner und Erlöser von der schmerzhaften Hülle, für alle, die guten Willens sind und mir jetzt noch helfen können.

Ach, Aruscha, Morgentau auf den trockenen Furchen meines Todesackers, vergib mir, dass ich dir nicht den Weg in eine glückliche Zukunft gepflastert habe!" Er schluckte die brennende Flüssigkeit wie einen letzten tiefen Atemzug frischer Luft, ließ den Kopf fallen und fiel, fiel tiefer und tiefer, bis zu dem allerletzten Gedanken, den er in seinem Leben nicht verlieren wollte: »Aruscha soll glücklich werden!«

Schweißperlen sprossen aus den Poren seines Gesichts, als hätte die Haut winzige Löcher, durch die der Cognac wieder herausgepresst würde, kaum dass er ihn in den Mund geschüttet hatte.

Es war jedoch kein Cognac, sondern kalter Angstschweiß.

Der Patron hatte gesehen, dass Hassan sein Glas mit einem Zug geleert hatte und strahlte ihn begeistert an: „Sie sind ein Ehrenmann, jawohl! Auch wenn Sie Araber sind, und ich habe weiß Gott viele faule, verlogene, hinterlistige Araber kennen gelernt – aber es gibt eben auch welche wie Sie. Santé! Kompliment!"

Er hob sein Glas und gab dem Koch einen Wink, die beiden leeren wieder voll zu schenken. Der Koch versuchte ihm mit den Augen zu sagen, dass er es gut sein lassen sollte, aber der Patron verstand keine Augensprache.

Hassan atmete jetzt ruhiger und hatte sich aus seiner zusammengekrümmten Haltung aufgerichtet. Aber seine Augen hatten ihren Glanz verloren und sein Gesicht jeglichen Ausdruck.

Der Koch stellte die Flasche wieder auf den Tisch,

ohne die Gläser erneut zu füllen. Aber der Alkohol hatte den Patron versöhnlich gestimmt, also ahndete er diese klare Befehlsverweigerung nicht. Er kippte sein eigenes Glas, legte sich dabei mit dem Oberkörper weit nach hinten, fast zu weit, aber er fiel nicht, sondern sein Körper wippte mit erstaunlicher Elastizität wieder in seine Ausgangslage zurück. Er stellte das Glas auf den Tisch, rülpste dezent und hinter vorgehaltener Hand und verkündete: „Ehrensache! Messieurs, ich werde ihnen zeigen, wie eine Ehrensache aussieht!"

Er hatte angefangen etwas zu nuscheln, aber das fällt beim Französischen nicht so auf, weil die starke Bindungsfreudigkeit dieser Sprache Betrunkene erst im absoluten Endstadium entlarvt. Der Patron nuschelte also vom »Heiligsten Gral der Legion« und von der heldenhaftesten Schlacht, die je auf dieser Erde geschlagen worden war. Er erzählte von der Schlacht von Camerone, einem kleinen Dörfchen in Mexiko, in dem am 30. April 1863 drei Offiziere und 62 Fremdenlegionäre gegen 2000 mexikanische Soldaten einen ganzen Tag lang durchhielten. Am Abend verteidigten sich die letzten fünf Überlebenden noch mit aufgepflanzten Bajonetten, weil ihnen die Munition ausgegangen war.

„Bis zum letzten Mann!", rief der Patron mit feuchten Augen. „Camerone ... Ehrensache ... versteht ihr!"

Die Küchenjungen starrten ihn mit ängstlichen Augen an. Sie hatten sich hinter Hassan zusammengedrückt wie zwei Hasen angesichts einer wütenden Hundemeute. Der Anblick schien den Patron zu amüsieren, ja, er brachte ihn sogar auf eine Idee.

„Ich werde euch das jetzt mal zeigen ... könnt ihr mal sehen ... Ehrensache! Wir werden das jetzt nachspielen."

(Dazu muss man sagen, dass die »Erinnerung an Camerone« tatsächlich das wichtigste und größte Fest der Fremdenlegion ist und jedes Jahr am 30. April gefeiert wird. Dabei wird die hölzerne Handprothese des kommandierenden Offiziers, Capitain Danjou, wie eine Reliquie präsentiert, die versammelten Legionäre schreiten über den »heiligen Weg« zum Ehrenmal, wo ein verdienter Offizier die »Schlacht von Camerone« verliest, wie andere das Weihnachtsmärchen unterm Christbaum. Anm. d. Übers.)

„Aber dafür brauchen wir noch etwas …" Der Patron schaute sich in der Küche um, sah auf der Anrichte einen Stapel weiße Stoffservietten und die zwei Kochmützen. Er legte dem Koch eine Serviette so auf den Kopf, dass sie ihm hinten über den Hals fiel und setzte ihm eine zusammengedrückte Kochmütze darauf. Es sah tatsächlich wie ein »képi blanc« aus, die legendäre Kopfbedeckung der Fremdenlegionäre. Nachdem er sich selbst ebenso verkleidet hatte, packte er einen der langen Grillspieße, drückte ihn dem Koch in die Hand und nahm selber einen. Dann gab er den Ablauf der Aufführung bekannt: „Ihr", er deutete auf Hassan und die beiden Küchenjungen, „seid die Mexikaner. Wir sind die letzten Überlebenden der Legion. Ich … bin … Capitain Danjou …, ach verdammt …"

Er erstarrte, als fiele ihm gerade etwas Unglaubliches ein. Seine Augen irrten durch die Küche, bis er den blauen Gummihandschuh in der Spüle sah. Er ging hin, streifte ihn sich über die rechte Hand, packte damit den Bratspieß und stellte sich wieder neben den Koch. Der grinste müde, denn er war betrunken und bettreif, und die seltsame Inszenierung kam ihm in seinem Zustand nicht monströs, sondern nur etwas absurd vor. Modernes Theater eben. Er stellte sich neben seinem Chef in Positur, hielt wie er den Bratspieß mit gestrecktem Arm und brummelte mit, so wie Kinder in der Kirche die Gebete mitbrummeln, wenn sie den Text vergessen haben.

„Attaquez! Greift endlich an, verdammte Mex!“, schrie der Patron und machte einen schnellen Ausfallschritt nach vorne, wobei die Spitze seines Rapiers der Nasenspitze des kleinen Ali gefährlich nahe kam. Der stieß einen grellen Schrei aus, packte Abderahim an der Hand und riss ihn mit sich durch die offen stehende Tür, hinaus in den dunklen Hof, in die Freiheit. Nur raus aus Mexiko, weg von den verrückten Fremdenlegionären, die kleine Jungen aufspießen wollten.

Der Patron lachte Tränen, lehnte sich mit dem Rücken an die Wand und rutschte langsam zu Boden, bis er in der Ecke saß. Die Hand mit dem blauen Gummihandschuh wedelte mit dem Bratspieß noch weiter Furcht erregend durch die Luft.

Hassan schaute den Koch an. Der nickte, zog sein »képi blanc« vom Kopf, warf es mit dem Bratspieß auf den Tisch und ging.

Hinter ihm stapfte der alte Mann langsam und schwankend aus der Küche. Als er in der frischen Nachtluft stand, fielen die Schmerzen wieder über ihn her. Er wollte dem Koch noch etwas hinterherrufen, aber der war schon durch das Tor auf die Avenue Yacoub el Mansur gegangen.

Der alte Mann ließ sich zu Boden fallen, und der Schmerz an seiner Hüfte, der kurz den Schmerz in seinem Magen übertönte, entriss ihm beim Aufprall ein gurgelndes Stöhnen. Er rollte sich auf die Seite und blieb neben der Treppe im Sand liegen.

Es dauerte noch eine halbe Stunde, bis der Patron sich wieder aufgerappelt, noch ein Glas eingeschenkt und vor dem „Auf Ex, Brigade!“ salutiert hatte, ein oder zwei Stühle umgeworfen und sich würgend ins Spülbecken erbrochen hatte und schließlich in der Tür zum Hof aufgetaucht war, schwer atmend und mit Schritten, als trüge er schwere Bergstiefel an den Füßen.

Er bemerkte Hassan erst, als der laut aufstöhnte.

„Dieser Hassan ist kein Kämpfer“, dachte der Patron, als er den Alten am Boden sah, zusammengeknüllt wie ein voll gerotztes Taschentuch. „Der Mann war immer nur ein Mitläufer!“

Hätte er gewusst, wie falsch er damit lag, und wie gerne Hassan zusammen mit den anderen 350.000 Marokkanern 1975 in die Sahara gelaufen wäre, er hätte sein dummes Maul gehalten. O pardon, so sollte sich ein Erzähler nicht hinreißen lassen. Trotzdem, ein schlechtes Gewissen hätte der Patron auch nicht gehabt, wenn er es gewusst hätte. Denn das sind die Symptome der wahren Legionärskrankheit.

„Bist du immer noch da?“, sagte er. Das »Sie« war ihm in seinem Zustand wohl zu kompliziert geworden.

Der alte Mann stöhnte wieder. Der Patron hockte sich auf die oberste Treppenstufe und starrte hinaus in die Dunkelheit.

„Schöner Abend“, sagte er schleppend. „Wir haben ganz schön viel voneinander gelernt, was!“ „Bitte ...“, flüsterte Hassan. Als der Patron nicht darauf reagierte, nahm er seine ganze Kraft zusammen und sagte: „Bitte.

Lassen Sie mich irgendwo schlafen. Ich habe Schmerzen. Ich muss mich hinlegen."

„Tut mit Leid", sagte der Patron. „Eisernes Gesetz der Legion: Lass niemals einen Schwarzfuß in deinem Haus übernachten! Absolutes Gebot – Ehrensache!" Aber nachdem seinem mit zähen Bildern verklebten Hirn langsam wieder eingefallen war, was er heute alles Gutes über diesen Mann gesagt hatte, gab er sich doch einen Ruck. Einen kleinen nur, nicht zu fest, denn sonst hätte er sich möglicherweise gleich wieder übergeben müssen.

„Aber ich werde dich nach Hause fahren. Jawohl! Denn du bist doch ein guter Mann, ein …" Er wollte schon »Kamerad« sagen, aber das kam ihm nicht über die Lippen.

„Ich werde dich sogar in meinen geliebten DS einsteigen lassen, verstehst du? Das beste Auto der Welt, und keiner außer mit hat jemals darin gesessen!"

Er war sehr stolz auf diesen großartigen Akt der Nächstenliebe und rappelte sich hoch.

Als er den sandfarben und hellgrün lackierten Citroen DS startete und die Kupplung etwas heftig kommen ließ, bereute er dieses Versprechen schon wieder.

In der Medina war das Leben angenehmer. Obwohl man Jean zugute halten muss, dass er höchstwahrscheinlich zur Küche zurückgelaufen wäre, wenn er gewusst hätte, was dort passiert war. Höchstwahrscheinlich, aber vielleicht hätte er auch auf die Fahrkünste eines alten Legionärs vertraut, der sich sogar mit drei Promille noch für verkehrstauglich hielt.

Als Jean auf dem Djemaa el-Fna angekommen war, sah er ein vertrautes Gesicht – Bazoo stand an einem Orangensaftstand und plauderte mit dem Verkäufer. Es war das erste Mal, dass sie sich seit dieser Zero-Zero-Geschichte wieder sahen. Bazoo umarmte ihn und fragte, wie es ihm mit der Polizei ergangen sei.

„Kein Problem“, sagte Jean nonchalant und bestellte mit einem Fingerzeichen auch ein Glas Orangensaft, „ich habe einfach gesagt, das Zeug wäre von dir.“

Als er Bazoos Gesicht plötzlich fahl werden sah, stieß er ihn an – so wie der es Dutzende Male bei ihm getan hatte – und sagte: „Cadeaux, cadeaux – nur ein Scherz.“ Er nahm den Saft entgegen, nahm einen Schluck und schaute den Verkäufer böse an. „Da ist schon wieder Wasser drin!“

Der schmale Lulatsch ignorierte ihn völlig und rief weiter: „Jus d'orange, asîr del-limûn!!“ in die Nacht hinaus.

Bazoo beruhigte ihn. „Das machen sie immer, das weißt du doch. Kein Giaur kriegt einen Saft ohne Wasser. Alter Spaß.“

Jean ließ den Plastikbecher mit dem restlichen Saft einfach fallen. Er platschte auf den Boden und spritzte eine schöne, kreisrunde Fontäne.

Der Souschef wusste nicht, warum er das getan hatte, aber es tat ihm gut. Er fühlte sich wohl, und er hatte das Gefühl, als ob er heute um ein paar Jahre gealtert wäre.

„Komm, wir gehen ins Café de Paris“, sagte Bazoo und zog ihn aus dem Bannkreis des Orangensaftverkäufers, der finster auf den nassen Fleck vor seinem Stand starrte. „Wir sollten über den nächsten Dienstag reden.“

Jean ließ sich mitziehen, weil das Café Dalas in derselben Richtung lag.

Als sie nebeneinander am Rand des Djemaa el-Fna saßen und die Beine in Richtung des nächtlichen Getümmels ausstreckten, dauerte es nicht lange, bis der unvermeidliche Polizist vorbeikam.

„Hat Sie dieser Kerl angesprochen?“, fragte er Jean, so wie Dutzende andere Polizisten ihn Dutzende Male vorher schon gefragt hatten. Sie wollten ihr mageres Gehalt damit aufbessern, dass sie einen so genannten »faux guide« stellten, einen nicht autorisierten Fremdenführer, der sich heimlich an Touristen heranmachte.

Bazoo grinste, denn er wusste, was nun kam.

Aber er täuschte sich.

Jean sagte: „Ja, monsieur. Tatsächlich. Er hat mir eine Stadtbesichtigung angeboten. Sehr billig, und mit wirklich aufregenden Extras.“

Die Augen des Polizisten leuchteten auf, ebenso sehr wie sich die Miene des jungen Marokkaners verfinsterte.

Jean stand auf und überließ es Bazoo, die Rechnung über zwei Café und einen Kîr zu begleichen.

Er hörte noch, wie Bazoo zuerst schimpfte, dann in helles Lachen ausbrach und ihm hinterherrief: „Bon, mon ami. Das hast du gut gemacht. Wir sehen uns am Dienstag?“

„Wer weiß?“, rief Jean über die Schulter zurück. Aber er war sich sicher, dass diese Dienstage der Vergangenheit angehörten.

Als er das Café Dalas erreichte, sah er sie alleine an einem Tisch im Freien sitzen. Die Laterne über dem Eingang ließ ihr rotes Haar aufleuchten. Sie drehte den Kopf in seine Richtung, obwohl sie ihn in der Dunkelheit unmöglich gesehen haben konnte.

Als Jean nach Hause kam, waren alle Fenster dunkel, auch die im ersten Stock. Anscheinend hatte der Patron genügend Liebe mit dem Cognac gemacht.

Jean verzichtete darauf, die Klingel zu drücken, zu rufen oder Steine an das Schlafzimmerfenster des Patrons zu werfen. Das hatte er schon früher ein paar Mal probiert. Aussichtslos.

Er ging um das Restaurant herum, bog in die kleine Seitenstraße ein, von der man in den Hinterhof der Küche gelangte. Er schob die Gittertür auf, die immer nur angelehnt war und stolperte in den finsteren Hof. Auch die Küchenfenster waren dunkel, und Jean hoffte nur, dass niemand aus Versehen die Oberlichte geschlossen hatte. Er blieb im Hof stehen und wartete, bis sich seine Augen an die Dunkelheit gewöhnt hatten, bis langsam die Umrisse des Hauses auftauchten, dann die des Agavenbaums, das Sonnensegel, die Wasserkisten. Er packte zwei Holzträger mit leeren Flaschen und trug sie zur Hintertür, stellte sie aufeinander und kletterte darauf. Als er sicher stand und seinem Gleichgewicht vertrauen konnte, tastete er sich mit der rechten Hand über die Mauer, bis er den Fensterrahmen spürte. Er drückte gegen die hölzerne Lade und sie gab nach. Jean griff vorsichtig durch den Spalt, der sich geöffnet hatte, ließ die Finger langsam die Laibung entlang gleiten, bis sie an den Metallring mit dem Schlüssel daran stießen. Einmal hatte er dabei schon den Schlüssel heruntergestoßen. Der war klirrend auf den Steinboden gefallen, und der kleine Ali, der in jener Nacht in der Küche übernachtet hatte, war schreiend aus dem Schlaf aufgeschreckt und hatte gedacht, jemand würde einbrechen und ihm gleich die Kehle durchschneiden.

Jean hob den Schlüssel vorsichtig von seinem Nagel und stieg wieder auf den Boden.

Als er die Tür zur Küche aufgesperrt hatte, schlug ihm ein Schwall übel riechender Luft entgegen. Also hatte der Patron tatsächlich wieder einmal in der Küche gefeiert! Es roch nach Zigarrenrauch und Fusel, obwohl sich der Patron bestimmt über dieses Wort im Zusammenhang mit seinem Jahrhundertcognac bitter beschwert hätte. Aber es hing noch ein anderer Geruch in der Luft, ein eklig säuerliches Aroma. Jean blieb in der offenen Tür stehen, so als ob er diesem widerlichen Dunst gestatten wollte, sich an ihm vorbei ins Freie zu verziehen.

Der Gestank wurde intensiver. Es war Erbrochenes, aber obwohl Jean diesen Geruch aus eigener leidvoller Erfahrung kannte, schwang in diesem besonderen Fall ein hässlicher Hauch mit, den er so noch nie gerochen hatte. Eine Mischung aus Bittermandeln, Blut und Essigmutter vielleicht. Jean verfluchte sein ausgeprägtes Geruchsorgan, dessen analytische Wahrnehmung als Koch in den letzten Jahren stetig zugenommen hatte. Oder war es etwa ein Bukett von dem Pfannensatz gebratener Lammnierchen, die man mit einer besonders scheußlichen deutschen Trockenbeerenauslese abgelöscht hatte?

Jean ging vorsichtig durch die Küche und hoffte nicht auf unappetitliche Bodenbeläge zu treten. Er kochte angesichts dieser offensichtlichen Missachtung seines Arbeitsplatzes vor Wut und wunderte sich, dass der Koch diesem Vandalismus keinen Einhalt geboten hatte. An der Tür zum Restaurant angekommen, ertastete er den Lichtschalter. Er drehte sich nicht um, als es hell wurde. Er wollte die Sauerei gar nicht sehen, und er würde keinen Finger rühren, bevor die Küche morgen nicht wieder blitzblank war. Das schwor er sich.

„Dieses alte Schwein! Dieser faschistische Saufsack! Warum bin ich immer noch hier? Was soll ich in diesem Saustall überhaupt?" Wenn man je in Gedanken mit den Zähnen knirschen konnte, dann tat er es jetzt.

Aber ausgerechnet heute, nach diesem Abend, hatte er mehr Argumente als je zuvor in seinem Leben, in Marrakesch zu bleiben.

Er war am Bartresen angekommen und beschloss, noch nicht zu Bett zu gehen. Er holte sich ein Mineralwasser aus der Kühlung und schaltete die Kaffeemaschine ein. Eine eigene Bar zu haben, professionell bestückt mit allen Alkoholika, die man erwarten darf und einer Gaggia 2000, das ist ein Luxus, mit dem nicht viel auf der Welt mithalten kann.

Jean nahm sich eine Tüte cacaouettes aus dem Ständer, riss sie auf, schüttete sich ein paar Nüsse in den Mund und kaute sie nachdenklich. Er lauschte in das Haus hinein. Ganz zart schnarrte etwas im ersten Stock. Jean wusste, dass dieses Geräusch, das für einen Zuhörer an der Bar noch als leises Katzenschnurren durchgehen mochte, mit bösartiger Proportionalität zunehmen würde, wenn er die Treppe hinaufstiege, um oben zum grässlichen Krächzen eines verprügelten Raben zu werden. Die Tür zur Wohnung des Patrons gar zu öffnen, sich also in akustische Schlagdistanz zu begeben, würde Jean niemals einfallen. Der Krach in diesem Schlafzimmer musste ohrenbetäubend sein und wäre wahrschein-

lich die perfekte Vertonung von Dantes innerstem Kreis der Hölle.

Die rote Lampe der Kaffeemaschine erlosch. Jean hebelte den Filtereinsatz aus der Halterung und klemmte ihn unter das verchromte Rohr der Kaffeemühle. Als er sie einschaltete, übertönte ihr Rattern wohltuend das Knurren aus dem ersten Stock. Zwei Schnipper am Portionierer – und der Einsatz war voll. Jean klemmte ihn wieder zurück in die Halterung, zog ihn fest und wollte gerade auf den Knopf drücken, der den komplizierten Mechanismus auslöste, mittels dessen Wasserdampf unter hohem Druck durch das Stahlsieb gepresst wurde und auf seinem Weg die aromatischen Bitterstoffe aus den frisch gemahlenen Bohnen löste, kondensierte und als schwarzes Rinnsal in die Tasse laufen ließ, als das Telefon schrillte.

Der grelle, blecherne Klang rannte durch alle Räume, stieß wild gegen Wände, Fensterscheiben und polierte Stahlflächen und schallte wieder zurück.

Der Apparat stand auf der Theke, also hätte Jean den Krach sofort abstellen können, aber er hatte die kleine Hoffnung, so vielleicht den Schlaf des Patrons stören zu können. Er überlegte, wer wohl jetzt, weit nach Mitternacht, noch anrufen konnte. Der Koch? Ein Gast, der seinen Hut hatte liegen lassen?

Der Anrufer schien keine Anstalten zu machen, innerhalb einer höflichen Zeitspanne wieder aufzulegen. Eigentlich hatte Jean keine Lust abzuheben, aber schließlich wurde ihm der Krach doch zu viel.

Er nahm den Hörer von der Gabel und meldete sich. Dann wurde es plötzlich ganz still um ihn und auch in ihm. Es war Aruscha. Sie sagte nur: „Er stirbt. Er stirbt. Komm schnell. Komm!"

Jean rannte. Er lief wie ein Mensch, der ein brennendes Hemd am Körper trägt. Die Füße suchten sich wie von selbst die sicheren Stellen, auf denen sie aufsetzen konnten, und als er die Hände in seine Jackentaschen schob, um die flatternden Schöße zusammenzuhalten und noch schneller laufen zu können, traf sein rechte Hand auf einen kleinen harten Gegenstand. Es war der blaue Mosaikstein, der vielleicht einmal ein Teil aus dem großen Himmelsmosaik von Mastaba gewesen sein mochte. Jean umschloss ihn mit der Faust und drückte ihn so fest, dass es weh tat. Das Bab Doukkala kam auf ihn zu und öffnete sein schwarzes Maul, verschluckte ihn und spie ihn wieder aus. Nun flog er fast, durch die Gassen und über die Plätze, durch die er an diesem Nachmittag mit Hassan gegangen war, und sein verkümmerter Orientierungssinn entfaltete sich plötzlich wie eine Blüte in Zeitrafferaufnahme, und er schoss zielsicher durch die Medina wie ein Märchenprinz auf einem fliegenden Teppich. Er flog über den kleinen Platz, von dem die verbotene Straße abbog, er rannte weiter, ohne der Angst auch nur einen Gedanken zu schenken, er bog in die steil abfallende Gasse ab, roch Abfall und Urin, wusste, dass er richtig war, hetzte weiter, bog um dunkle Ecken und fiel durch die angelehnte grüne Tür, die unter seinem Aufprall aufsprang, konnte sich gerade noch zusammenkrümmen, durchschlug den schmalen Durchgang wie eine Kanonenkugel und stand endlich im Hof von Hassans Haus.

Die blau-weißen Ampeln brannten und tauchten den Hof in ein schwankendes Licht. Hassan lag auf der grünen Chaiselongue, Aruscha kniete vor ihm auf dem Boden und schluchzte. Jean spürte das Brennen in seinen Lungen, das wilde Schlagen seines Herzens und die Hitze, die der Lauf in seinem Körper angesammelt hatte. Aber ihm wurde kalt.

Er ging langsam auf die beiden zu und legte Aruscha die Hände auf die Schultern, ganz nahe an ihrem Hals.

Sie erschrak nicht. Sie drehte sich nicht um, sie legte nur ihren Kopf auf die Brust ihres Großvaters. Jean sah, dass er tot war. Er stand hinter ihr, hielt sie fest, und sie hielt den alten Mann fest.

Epilog

Warum meine Worte nicht mehr kursiv gedruckt werden, hat einen einfachen Grund: Ich schreibe nicht mehr als Übersetzer des Textes, der auf der vorletzten Seite endete. Wie ich anmerken möchte, nicht gerade glücklich. Was ist das für ein Ende? Der alte Hassan stirbt in seinem Haus, umklammert von seiner einzigen Enkelin, die wiederum wird gehalten von einem höchst erotisierten jungen Franzosen im emotionalen Wirbelsturm. Wo steckt der Koch? Ist er nicht auch ein wichtiger Protagonist gewesen? Wissen Ali und Abderahim Bescheid? Und hat der Patron nicht mehr zu tun, als seinen geliebten Citroën von Erbrochenem zu reinigen?

So sollten Bücher nicht enden.

Nachdem ich als Übersetzer eine gewisse Verantwortung für ein Buch trage, wollte ich es so auch nicht enden lassen. Ich versuchte also, den Autor zu erreichen. Es wäre leichter gewesen, den amerikanischen Präsidenten zu einem Fußmarsch durch Bagdad zu überreden. Der Verlag teilte mir mit, es gäbe nur eine Kontoverbindung zum Autor, ansonsten wäre man ziemlich sicher, dass sein Name ein Pseudonym sei. Erstaunlich, dass sich Verlage so wenig für ihre Autoren interessieren. Außerdem wurde mir in einem, wie ich finde, sehr schnippischen

Ton mitgeteilt, dass meine Arbeit als Übersetzer in der möglichst genauen Übertragung eines Textes bestünde, nicht in der Kritik am Ausgang einer Geschichte.

Also entschloss ich mich, nach Marrakesch zu reisen und eigene Nachforschungen über den Fortgang (und ein hoffentlich glückliches Ende) der Geschichte anzustellen.

Ich buchte ein vergünstigtes Wochenendticket und flog am Freitag mit der Nachmittagsmaschine der Air France nach Marrakesch. Kurz vor der Landung auf dem Flughafen von Menara machte ich zwei Beobachtungen, die mir die Glaubwürdigkeit des Textes, den ich vor kurzem übersetzt hatte, deutlich bestätigten. Zum einen ähnelt die Altstadt von Marrakesch tatsächlich einem Ei mit vielen Sprüngen, einem schmutzigen zwar, eher einem Kiebitz- oder Drosselei als einem Hühnerei, aber egal – das jedenfalls hatte der Autor sehr hübsch geschildert. Zweitens: Die jungen Franzosen an Bord tranken hastig ihre Camparis aus, seufzten tief, als sie durch die Bullaugen auf die Medina blickten, sahen sich an, nickten sich zu, so wie sich Gefangene auf dem Rückweg vom Abendessen zur Zelle wohl zunicken mögen – und stellten endlich ihr albernes Lachen ein.

Ich quartierte mich in der Neustadt ein, im Hôtel La Paix in der Avenue Mulay Rachid.

Es war gerade noch Zeit, eine Dusche zu nehmen und meine verschwitzten Kleider mit einem leichten Sommeranzug *(Wildseide, hellgrau mit dezentem Würfelmuster. Anm. d. Ü …, ach, entschuldigen Sie!)* zu vertauschen. Ich hatte von Paris aus schon im Restaurant

»Aghroum« angerufen und für acht Uhr einen Tisch bestellt.

Alles war bereit.

Das Taxi fuhr an einer langen Mauer aus Stampflehm entlang. Der schmale Streifen zwischen Mauer und Straßenrand, mit braunem Gras und stachligem Gestrüpp bewachsen, war anscheinend der offizielle Abfallhaufen des Viertels. Überall lagen zerfetzte schwarze Plastiktüten – die dünnen Dinger, in denen einem in Nordafrika alles eingepackt wird, von der halben Wassermelone bis zur Robbie Williams Raubkopie – , zertretene Coladosen mit dem exotischen arabischen Schriftzug auf der Reich-des-Bösen-Limonade, Zigarettenschachteln, Klopapierfetzen und vieles mehr, das ich wegen der Geschwindigkeit des Taxis und der Dämmerung nicht genau erkennen konnte.

Ich fragte den Taxifahrer: „La mur la, c'est la mur de medina?"

Er lachte und schlug seine Handflächen gegen das Steuerrad. Nein, nein, nein, das sei ein Friedhof. Der alte Friedhof der Ungläubigen. Rechts liegen die Juden, links die Christen. Er lachte, bis wir angekommen waren.

Ich stieg aus, und er machte keine Anstalten, auf den 100 Dirham Schein herauszugeben, den ich ihm gegeben hatte. Er zog die Beifahrertür von innen her zu, lachte weiter und fuhr los. Bestimmt hatte er es eilig, einen Kollegen zu finden, dem er erzählen konnte, dass sein letzter Fahrgast die Pinkelwand des verfallenen Friedhofs der Ungläubigen mit der prächtigen Mauer um die Mutter aller Städte verwechselt hatte. Wir hatten uns gerade gegenseitig ein paar geliebte Klischees bestätigt.

Bevor ich das »Aghroum« betrat, schlenderte ich erst einmal um den schmutzigen Betonbau herum. Der Autor hatte nicht übertrieben. Das Haus hatte den Charme einer sozialistischen Wechselstube. Auf der Rückseite des Restaurants lag ein kleiner Hof, und im Dämmerlicht fand ich zwischen stramm mit übel riechenden Abfällen gefüllten Plastiksäcken die Hintertür zur Küche. Es musste die Tür zur Küche sein, denn eine verwegene Komposition von Düften schwoll aus dieser Tür, neidisch attackiert von dem Gestank aus den Müllsäcken.

Ich trat auf die Schwelle und schaute hinein. Zwei Jungen mit weißen, an den Ecken verknoteten Servietten auf den Köpfen arbeiteten am Herd, aber bevor ich noch „Ali“ oder „Abderahim“ rufen konnte, hatte mich der Dritte in der Küche bemerkt. „Sirr, ba'd minni!“

Es war nicht der französische Koch, auch nicht Jean – es musste eine Aushilfe sein. Ein kriegerischer Hüne in einer blauweiß karierten Djellaba baute sich vor mir auf und wiederholte seine Worte. Diesmal energischer. „Sirr, sirr! Ba'd minni!!“

Ich sollte also verschwinden. Gut. Ich hatte auch nicht angenommen, dass es einfach werden würde.

Ich betrat das Restaurant durch den Vordereingang, nannte dem Boy meinen Namen und ließ mich zu einem Tisch führen. Die Karte, die in einem grässlichen gelben Lederimitat (verziert mit eingeprägten Kamelen!) gebunden war, ließ ich demonstrativ geschlossen auf dem Tisch liegen.

Der Ober kam, und ich fragte ihn, was er mir empfehlen könne. Ich hätte schon viel von diesem Restaurant gehört, und sein Küchenchef sei ja weit über die Grenzen Marokkos hinaus bekannt. Der Ober lächelte

geschmeichelt, aber seine Augen verrieten, dass er heillos verwirrt war.

„Es ist doch noch ..." Verdammt, ich hatte den Namen des Kochs vergessen. Wochenlang hatte ich all diese Namen vom Frühstück bis zum Lichtausmachen im Kopf gehabt, hatte mit ihnen gelebt und gelitten, und nun – weg! Einfach futsch!

Aber ich hatte ja das Manuskript dabei. Ich zog es schnell aus der kleinen rindsledernen Aktentasche, die mir meine Mutter vor fast 30 Jahren anlässlich irgendeiner bestandenen Prüfung geschenkt hatte und blätterte es durch. Die Geschichte mit den Nador für ein Jahr ... der tragische Versuch, mittels Lichtquanten den Nährwert von Lebensmitteln zu erhöhen ... da stand es: Patrique Bellechamp.

„Monsieur Bellechamp meine ich. Er ist doch noch Chefkoch hier?"

Der Ober dachte kurz nach, dann lächelte er wieder und nickte. Aber seine Augen glotzten mich immer noch an wie zwei geputzte Schuhspitzen. Er öffnete die Karte und legte seinen Finger auf eine Zeile. „Versuchen Sie das, monsieur. Die Spezialität des Hauses." Seine Stimme war ein wehes Flehen.

Na gut, ich bestellte die B'stilla mit Taubenfleisch, davor eine Harira-Suppe und einen kleinen Salat, dazu ein großes Perrier und eine Flasche Grand Cru de Maroc. Er sieht aus wie Wein, er riecht so, aber er schmeckt, als habe ihn der Prophet persönlich verflucht.

Ich schaute mich im Speisesaal um. An drei, vier Tischen saßen stille Menschen und steckten die Köpfe zusammen, klapperten mit dem Besteck und versuchten nicht zu schmatzen. Bestimmt keine Franzosen, auch keine Marokkaner. Wahrscheinlich deutsche Pauschaltouristen, die einmal mutig ihrem Hotelfraß entfliehen wollten, es aber wohl für übertrieben abenteuerlustig ansahen, in der Medina zu Abend zu essen. Oder Skandinavier. Vielleicht sogar Amerikaner. Nein, die reisten ja nicht mehr in diese Länder, die von teuflischen alten Männern mit langen Bärten und irren Augen beherrscht werden, in denen man jedem Taschendieb die Hand abhackt und untreue Ehefrauen steinigt.

Es war nur eine hübsche Frau unter diesen stillen Gästen, und die schien sich alle paar Sekunden versichern zu wollen, ob nicht gerade eine Ghiatas-Tanzgruppe oder ein fundamentalistisches Geiselnehmerkommando den Raum betreten hatte (was nervlich ähnlich belastend sein dürfte), ihre Blicke schnell in alle Richtungen springen ließ, geduckt und mit eingezogenem Genick, mit der abwehrbereiten Gabel in der Hand. Als einer dieser schnellen Blicke mich traf, nickte ich ihr zu und hob mein Glas. Sie beugte sich gleich wieder über ihren Teller und flüsterte dem Mann neben ihr etwas zu. Wenn der jetzt aufgestanden wäre und mir eine reingehauen hätte, wäre ich sicher gewesen, dass das Belgier waren.

Nun ja, mit solchen anthropologischen Studien lässt sich das Warten am besten verkürzen.

Der Salat kam. Obwohl ich die Suppe gerne als Erstes gegessen hätte, beschwerte ich mich nicht – angesichts der immer noch völlig verstörten Augen meines Obers. Ich würde mir Zeit lassen und ich würde ihn in Sicherheit wiegen. Vielleicht hatte meine Frage nach dem Küchenchef, der Besitz einer Aktentasche und mein emsiges Stöbern in einer Papierflut (Beschriebenes Papier ist in Marokko grundsätzlich Angst einflößend!) ihn auf den

Gedanken gebracht, ich sei ein Vertreter der Staatsgewalt. Auswärtiges Amt, Geheimpolizei, Finanzamt … Es gibt so viele schreckliche Instanzen. Oder vielleicht hielt er mich gar für einen Tester von Gault Millau.

Die Suppe war lauwarm. Der Wein schmeckte so, wie ich es befürchtet hatte. Der Salat war gut, aber was kann man schon groß falsch machen, wenn man nur Tomaten, Zwiebeln, Gurken, Essig und Öl zur Verfügung hat? Wäre ich tatsächlich ein Testesser von Gault Millau gewesen, hätte der Patron sein Testament machen können.

Dann kam die B'stilla und ich zerfloss. Das Taubenfleisch war zart und saftig und das dezente Aroma von Minze, Rosinen, Mandeln und Puderzucker umschmeichelte jeden Bissen. Die Warkha – so nennt man die hauchdünnen Teigblätter, die die B'stilla einhüllen – waren knusprig, die Blicke der Frau am Nebentisch wurden plötzlich versöhnlich, fast sehnsuchtsvoll, der Wein hatte deutlich an Charakter gewonnen. Kurz, ich fühlte mich großartig. Gutes Essen kann ein gewaltiger Stimmungsaufheller sein. Dagegen verblassen alle Psychopharmaka dieser Erde.

Ich sezierte die Taubenpastete konzentriert und ausdauernd, leerte die Weinflasche, lehnte mich mit einem Buddhalächeln zurück und bestellte Kaffee und Cognac.

„Sagen Sie dem Patron bitte, dass ich ihn sprechen möchte.“

„Aber monsieur, war etwas nicht in Ordnung? War die B'stilla zu trocken? Ich bringe Ihnen eine neue …“

„Die B'stilla war großartig. Trotzdem möchte ich den Patron sprechen.“

Der Ober schlich davon.

Eine Minute später tauchte er in den Falten des schweren bestickten Vorhangs wieder auf, der den Gastraum von der Garderobe trennte, hinter ihm ein großer Mann mit rotem Gesicht und weißblonden, dünnen Haaren, die sich schwitzend an den ebenfalls roten Schädel klammerten. Der Ober deutete auf mich, der Mann kam an meinen Tisch.

„Monsieur. Ist irgendetwas nicht in Ordnung?"

Es war das erste Mal, dass ich einer leibhaftigen Romanfigur gegenüberstand, oder -saß, besser gesagt. Ja, das war der Patron, der mit einem alten Araber ebenso jovial über Kulturgeschichte wie über die Chaostheorie plaudern konnte, das war der ehemalige Fremdenlegionär, der angesichts der Erinnerung an die erotischen Finessen seiner »pieds noir« eimerweise Speichel produzierte und einen Cognac im Safe haben musste, der Hassan von der Möglichkeit eines Himmels auf Erden überzeugt – und gleich danach getötet hatte.

„Monsieur ...?"

Er steckte in einem leicht glänzenden dreiteiligen Anzug, die Weste nonchalant aufgeknöpft, dazu das hellblaue Hemd, die Pilotenuhr an der schweren Stahlgliederkette – ein Mann, mit dem man auch jetzt, schon weit in den Sechzigern, würde rechnen müssen. Seine Haltung war gerade, seine Aussprache etwas schleppend und ganz und gar unaufgeregt, und er hatte sich noch keinen Alterswanst zugelegt. Seine Hände waren blass und mit roten Flecken übersäht, aber erst im Gesicht konnte man erkennen, dass dieser Mann nicht einfach ein netter Restaurantbesitzer war. Die blasse Haut, die gegen die marokkanische Sonne trotzig den nordfranzösischen Teint verteidigt hatte, zog sich an den Augen-

winkeln zu einem feinen Faltenmeer zusammen. Aber das waren keine Lachfältchen, das waren die Spuren lebenslangen konzentrierten Wachestehens, und die blassen Augen, die mir so vorkamen, als ob hellblaue Glasscherben in Milch schwämmen, waren die Späheraugen, die Kimme-und-Korn-Augen, die Hau-drauf- und Gutgezielt-Kamerad-Augen, in deren Strahl ganz bestimmt viele Frauen feucht geworden waren, in die sie bald darauf aber auch gespuckt hatten. Ein Mann, der bestimmt ein paar schrecklich schmerzhafte und von der UN Menschenrechtskommission verurteilte Schläge und Griffe beherrschte, mit denen er jeden Randalierer ruhig stellen konnte.

„Monsieur, Sie wollten mich sprechen?" Kein Anflug von Ungeduld, von schlechter Laune oder gar Panik in seiner Stimme – er würde noch einmal fragen, dann würde er gehen und den Ober die Rechnung bringen lassen.

„Ich wollte Ihnen zu Ihrem Koch gratulieren. Die B'stilla war großartig."

Er verneigte sich leicht.

„Und ich wollte Sie zu einem Cognac einladen, wenn Sie gestatten ..." Ich legte meine offene rechte Hand auf den Sitz neben mir und blickte freundlich und möglichst harmlos in seine Reptilienaugen.

Er dachte kurz nach. Über sein Gesicht zuckten die Blitze des alten Freund-oder-Feind-Erkennungsprogramms. Aber er war schnell, und er war ein Profi.

Er setzte sich und schnippte mit den Fingern. Der Ober näherte sich ängstlich.

„Bien, aber lassen Sie sich lieber von mir zu einem Cognac einladen. Das ist bestimmt die bessere Wahl." Und zu dem Ober sagte er, oder er zischte es mehr in einer trockenen Wüstenschlangenmanier: „Deux fois trois étoiles!“

Zweimal drei Sterne? Ob er das schon für einen guten Cognac hielt? Aber egal, jetzt war ich dran. Jetzt musste ich ihm die ganze Geschichte erzählen.

Es hatte böse geendet. Böse nicht im inhaltlichen Sinn, aber böse für die Überreste meiner Leber und für ein paar Tausend graue Gehirnzellen, die der „beste Cognac südlich von Marseille“ rigoros und für immer ausgeschaltet hatte.

Meine Erinnerung an die letzte Nacht war brüchig, und ich kramte schnell ein paar einigermaßen gefestigte Bilder und Sätze zusammen, bevor auch diese verschwömmen und im tiefen Mahlstrom meines alkoholisierten Blutkreislaufs auf immer versinken würden. Ich wusste noch, dass ich Monsieur Jacques Pistache, Patron und Legionär, erzählt hatte, dass ich die Vorkommnisse in seiner Küche aus einem Manuskript kannte, das ich gerade übersetzt hatte. Das schien ihn nicht sehr zu wundern. Er sagte: „Eh bien, das ist eben der Orient. Hier ist alles möglich, alles ist ein Märchen, nichts ist wahr – oder wenigstes kennt niemand die Wahrheit.“ Bevor er dazu übergehen konnte, mir den philosophischen Unterschied zwischen Wahrheit und Wirklichkeit zu erläutern – denn das hatte er vor, das sah ich seinen Augen an – fragte ich nach den restlichen Personen der Geschichte, nach Aruscha, Jean und dem Koch. Und wie die anderen die Nachricht von Hassans Tod aufgenommen hatten.

„Das war eine ekelhafte Geschichte. Der alte Mann musste sich tatsächlich in meinem DS übergeben. Das wäre nicht so schlimm gewesen, aber er hat sich auch noch in die Hose gemacht. Der ganze Sitz stank nach Altmännerpisse, und ich ekelte mich schon vor dem Gedanken, jemals wieder mit dem Wagen zu fahren. Zuerst hab ich es mit Parfüm probiert, aber es war weniger der Geruch – es war einfach die Erinnerung, dass hier ein alter Mann als Letztes in seinem armseligen Leben seine Blase entleert hatte."

Der Patron saß lange still vor seinem Cognac und schob die schwere Armbanduhr gedankenverloren hin und her auf seinem knochigen Handgelenk. Er schien ernstlich betroffen zu sein.

„Verstehen Sie mich nicht falsch", sagte er dann und nahm einen ordentlichen Schluck, „ich habe schon viele Sterbende in meinem Leben gesehen, und es graust mir vor nichts – vor keinem Gestank, vor keiner Giftspinne, vor keiner Schlange, vor keiner Hässlichkeit der Welt. Aber dass dieses alte Wrack mir meinen Wagen vollpisst ... Ich habe ihn dann eine Woche später verkauft, weit unter Wert."

Eine wunderliche Einstellung für einen Mann, der angeblich weitaus Schlimmeres in seinem Leben mitbekommen hat. Das sagte ich ihm auch. Aber das schien ihn nicht zu treffen. Er winkte nur ab und schenkte die Gläser wieder voll.

Und der Koch?

„Der Koch wurde immer seltsamer. Er stand die nächsten Tage oft an der offenen Tür und starrte in den Hof, dabei zerrieb er Thymianzweige in der Hand und roch ständig an seinen Fingern. Er schrie die Küchenjungen nicht mehr an, er hielt keine Ordnung mehr, alles entglitt ihm, er hatte die Küche nicht mehr in der Hand. Ich stellte den großen Bruder von Ali als zusätzlichen

Helfer an und zog dem Koch das Geld, das ich ihm zahlte von seinem Gehalt ab. Sogar das ließ ihn kalt. Eines Abends kam er zu mir an die Theke – an einem Samstag Abend, wir waren voll besetzt! – und sagte, dass er jetzt gehen würde. Er wollte zurück in die Cevennen, schauen ob sein Vater noch lebt, und er wollte dort in einem Bistro oder Restaurant arbeiten. Ich sagte: Du kriegst keinen Sous, wenn du mich jetzt hängen lässt. Er sagte, er wolle auch keinen Sous und ging einfach. Der Abend war die Hölle. Seitdem kocht dieses Monstrum hier, das sogar mich anschnauzt, wenn ich in die Küche komme. Wir haben eine neue Karte: nichts Französisches mehr. Das kann er nicht, oder er will nicht. Ich kriege einfach so schnell keinen guten Koch aus der Heimat. C´est du merde!"

„Und Jean? Was ist mit dem Souschef?"

„Jean hat schon am Tag darauf gekündigt, ich meine am Tag, nachdem der alte Mann in meinem Auto krepiert ist."

„Wo ist er jetzt?"

Der Patron hob die Arme wie Christus am Kreuz. „Keine Ahnung, wo der steckt. Ist mir auch egal. Der Kleine war eine Nervensäge und ein Verräter – mich einfach hier sitzen zu lassen!"

„Haben Sie gewusst, dass er etwas mit der Enkelin von Hassan hatte?"

Der Patron grinste und ließ seine Zungenspitze ein paarmal über die Unterlippe wetzen, bis sie schön nass glänzte. „Von einer kleinen Marokkanerin habe ich nichts läuten hören. Vielleicht hat ihm das den Hals gebrochen. Das sind eben die Araberinnen – gib ihnen den kleinen Finger und sie hacken dir den Arm ab.

Wenn du dich tatsächlich mit einer einlässt, musst du eine Großfamilie mit ernähren, Vater, Mutter, Opas, Omas, Onkel, Tanten und einen Haufen schreiender und rotzfrecher Kinder – und du wirst nie geachtet sein. Du bleibst immer der Giaur, der »coq blanc«, der Weißschwanz, und jeder Mann, der dich ansieht, hasst dich, weil du eine »seiner« Frauen bumst, und sie verachtet er dafür, dass sie sich von dir bumsen lässt. Es ist nicht gut, wenn sich die Menschen vermischen ..." Dann ging der ganze Sermon wieder los, aber ich hatte schon zu viel von diesem Mördercognac im Blut, um mich noch wehren zu können oder wenigstens zu schreien: „Einspruch im Namen der internationalen Menschenrechtsliga!" Außerdem waren wir inzwischen in die Wohnung des Herren umgezogen, gleich über dem Lokal, ich lag in einer Hängematte, er kauerte auf einem Kamelsattel, und immer wenn mein Glas leer war, schenkte er in gnadenloser Gastgebermanier nach.

Als ich am frühen Morgen, während sich die Sonne grausam durch schmutzige Scheiben direkt in das Innere meines Gehirns fräste, erwachte und mich zur Toilette schleppte, sah ich, dass irgendjemand vor der Badtür auf den Boden gepinkelt hatte. Ich hoffte nur, dass ich das nicht gewesen war. Mein Gastgeber schnarchte in einem ungesunden Rhythmus, nämlich so wie ein schlecht eingestellter Bootsmotor. Immer wieder erstarb das rasselnde Geräusch seines Gaumensegels so abrupt, dass ich die ersten Male dachte, nun wäre er ins Koma gefallen, aber ebenso ruckartig sprang sein Motor wieder an, er keuchte, knatterte, röchelte und würgte derart unbekümmert, wie es wohl nur ehemalige französische

Fremdenlegionäre hinkriegen. Das hatte er mir gestern Nacht noch mehrere Gläser lang erzählt. Dass sich ein Fremdenlegionär niemals schämt. Er hatte mir noch ein paar Geschichten erzählt, für die er sich nicht schämte. Gut, dass ich etwa zu dieser Zeit einen gnädigen Filmriss erlitten hatte.

Ich wischte die Pfütze mit einer Hand voll Klopapier weg, in der Hoffnung ich sei es nicht gewesen, aber gleichzeitig mit dem Ekel, dass ich wahrscheinlich Recht hatte. Die Sonne warf blendende Lichtmesser durch die Jalousien und ließ keinen Zweifel daran, dass die herrliche Stille draußen die Mittagsruhe war.

Ich wusch mir das Gesicht, hielt den Mund unter den Wasserhahn und trank mit gierigen Zügen, bis mir die Passage aus meinem Führer wieder einfiel: „Trinken Sie keinesfalls Wasser der öffentlichen Wasserversorgung. Putzen Sie sich sogar die Zähne lieber mit Mineralwasser." Ich spuckte alles wieder aus und erbrach mich gleich anschließend, denn mein Körper hatte den Tipp wohl so verstanden, dass er möglichst jedes Gift von sich geben sollte. Ich kotzte, bis nur noch hellgrüne Flüssigkeit kam, dann ließ ich mich auf den Boden sinken. Zwischen meinen Beinen breitete sich ein kunstfertiges Mosaik aus, das mich daran erinnerte, dass ich unter anderem noch die Saadier-Gräber besuchen wollte.

Aus dem Schlafzimmer des Patrons tönte immer noch das nachlässige, asymmetrische Schnarchen. Ich rappelte mich auf, und die Hoffnung, diesem Haus zu entrinnen, bevor sein Herr aufwachte und mich mit blutunterlaufenen Augen anstierte, gab mir Kraft. Ich fand mein Sakko und meine Schuhe, zog aber weder das eine noch die anderen an, sondern schlich mich, wie das betrunkene Ehemänner in Witzzeichnungen zu tun pflegen, auf Socken und Zehenspitzen aus dem Zimmer. Als ich die Türklinke der Wohnung langsam und vorsichtig nach unten drückte, sah ich auf dem kleinem Ablagetisch der Garderobe eine Mappe liegen, ein schmales Papierbündel zwischen zwei Lederdeckeln, mit einer grünen Kordel zusammengebunden. Ich nahm es an mich, ohne zu überlegen, ohne dabei zu atmen.

Erst auf der untersten Treppenstufe zog ich die Schuhe an, schlüpfte ins Sakko, schloss die Tür auf und ging.

Als ich im Hôtel La Paix ankam, war es schon zwei Uhr nachmittags, und der freundliche ältere Marokkaner an der Rezeption konnte nicht verhindern, dass sich seine Augenbrauen konsterniert hoben, als er mich sah.

„Vous n'êtez pas malade?“, sagte er.

Nein, sagte ich. Ich wäre nicht krank, nur sehr müde von der Hitze und er möge mir doch bitte Tee und Mineralwasser aufs Zimmer schicken. Und ein paar Aspirintabletten.

Das war also mein zweiter Tag in Marrakesch. Welch eine Vergeudung. Ich hatte mir ausgerechnet, dass ich heute mit Jean und dem Koch zusammensitzen würde und sie mir erzählten, was seit dem Tod von Hassan alles passiert war. Vielleicht wussten die beiden ja nicht einmal, dass jemand ein Buch über sie geschrieben hatte. Ich wollte Jean fragen, ob er noch mit Aruscha zusammen war, wer aus der Neustadt zu Hassans Beerdigung gekommen war, und den Koch wollte ich nach dem Geheimrezept aus den Cevennen fragen, mit dem er den Wettbewerb gewonnen hatte. Ach, ich wollte die beiden so vieles fragen. Stattdessen hockte ich hier in der Neustadt, im dritten Stock eines vollklimatisierten Kolonialbaus, wie man ihn genauso in Cannes, Nizza oder Montreal findet. Ich trank den heißen, zuckrigen Tee in kleinen Schlucken und schlummerte ein.

Ich wachte wieder auf und trank den lauwarmen, zuckrigen Tee und das lauwarme Wasser, schaute hinaus auf die Avenue Mulay Rachid, auf der Autos, Mopeds, Lastwagen und Eselskarren durcheinander brummten und klapperten, während das Licht allmählich weicher und rötlicher wurde, eine leichte Brise die Vorhänge bewegte und ich wieder eindöste.

Ein verlorener Tag. Eine Stunde nach Mitternacht war ich endlich wieder nüchtern und glockenwach, aber dafür hatte die Stadt jetzt beschlossen zu schlafen. Die Neustadt jedenfalls, aber um diese Zeit traute ich mich nicht mehr in die Medina, in das wahre Marrakesch.

Immerhin raffte ich mich zu einem Nachtspaziergang auf. Ich fragte den Portier, wie ich zum Bab Doukkala käme, und erst als ich ihm versprach, die Altstadt nicht zu betreten, zeigte er mir den Weg.

Ich notierte ihn mir sicherheitshalber auf der Rückseite eines Hotelkärtchens. So konnte ich nicht verloren gehen. Allerdings, sollte ich diese Karte verlieren, wäre ich so orientierungslos wie ein blinder Zugvogel. Das war das erste Mal, dass mir der Zusammenhang von Orient und Orientierung einfiel, und ich nahm das als gutes Zeichen wieder einsetzender Verstandeskräfte. Wer sich jemals in arabischen Städten zurecht finden wollte, wird diesen etymologischen Treppenwitz verfluchen, aber tatsächlich hat die aufgehende Sonne beiden Wörtern zur Geburt verholfen.

Aber ich wollte nicht warten, bis mir die Sonne den Weg zurück wies, deshalb nahm ich noch eine Karte mit

dem Namen und der Adresse des Hotels und steckte sie in meine linke Hosentasche, und eine dritte, eine absolute Notfallkarte, in die Brusttasche des Sakkos. Der Portier beobachtete schweigend, wie ich mich für die Nachtexpedition bereit machte.

Ich wiederholte: „Links die Avenue Mulay Rachid hinunter bis zur Hauptpost, wieder links, bis ich auf eine breite Straße stoße ..."

Der Portier nickte, so wie man einem kleinen Kind zunickt, das sich daranmacht, die Zahlen jenseits der Zehn auszukundschaften.

„... das ist die Avenue Mohammed V. Rechts bis zum Platz des 16. November und dann in die Avenue Hassan II., und zwar nicht rechts, sondern links. Die Avenue Hassan II. führt direkt bis zum Busbahnhof, und dahinter liegt das Bab Doukkala."

„D'accord", sagte der Portier. „Und was machen Sie am Busbahnhof?"

„Ich bleibe immer im Licht. Ich rede mit keinem, vor allem mit keinen Europäern. Ich tausche kein Geld, ich kaufe kein Haschisch, ich schaue keine Frauen an."

Der Portier war zufrieden. Er klopfte mit der rechten Hand kurz auf seine Brust, dort wo das Herz sitzt, und gab dann damit würdevoll den Weg zum Ausgang frei. Ich war entlassen.

Es war angenehm kühl, kaum über 20 Grad, die Straße breit, leer und unbeteiligt. Wenn ich nicht gewusst hätte, wo ich war, hätte das auch die Innenstadt von Lyon oder das Gewerbegebiet von Madrid sein können, jedenfalls ein Pflaster, auf dem ich unbehelligt meiner Route folgen konnte. Ich muss dazu sagen, dass ich als Stadtspaziergänger nicht zu den Mutigsten gehöre. Wahrscheinlich hängt das mit meiner Leichtgläubigkeit zusammen. Ich glaube eben, dass man im New Yorker Central Park leicht von drogensüchtigen Schwarzen vergewaltigt wird (ja, auch Männer!), dass man im Moskauer Gorki Park bei lebendigem Leib Leber und Nieren verlieren kann, dass einem im Wiener Prater erst die Zähne ausgeschlagen werden und man dann zu einem kleinen Bier und einer Burenwurst eingeladen wird und dass auf dem Pekinger Platz des Himmlischen Friedens ... Nein, da ist es sicher. Und das sind nur Parks und Plätze, per se also Zentren des Friedens und der Erbauung. Was soll ich erst zu Stadtvierteln wie Eastend, Bronx, Moabit und Hentai sagen?

Städte sind mir jedenfalls in ihren beiden extremen Zuständen suspekt: tagsüber, weil sie dann voller Menschen sind, laut, hektisch und übel riechend – und nachts, weil sie dann menschenleer, beängstigend still und düster sind. Aber Sie werden wahrscheinlich weniger an meinen persönlichen Ängsten als am Fortgang dieser Geschichte interessiert sein.

Ich ging also die Avenue Mulay Rachid entlang. Der Bürgersteig war teilweise gepflastert, teilweise mit Asphalt ausgegossen, aber teilweise eben auch verschwunden, und da, wo er einmal gewesen war, versteckten sich jetzt Löcher und Krater. Wenn die Dunkelheit des Bodens einer noch intensiveren Dunkelheit wich, war das ein Loch, in dem man sich das Fußgelenk verstauchen konnte. Deshalb hatte der Portier zum Gehen im Licht geraten. Ich kapierte schnell, wie er das gemeint hatte, wie man in der Neustadt im Licht geht. Alle 15 Meter hängt eine riesige Leuchtstofftulpe über der Straße.

Dort, in ihrem engen Lichtkreis, kann man auch auf dem Trottoir gehen. Aber kaum verlässt man den Fokus der Lampe ein paar Schritte, vermischt sich schon das Schwarz des guten Bodens mit dem Schwarz der bösen Löcher. Dann muss man auf die Fahrbahn wechseln (denn die ist völlig lochfrei), und dort geht man so weit, bis die nächste Lampe wieder zu einem Wechsel auf den Gehsteig einlädt. Ein Schlängeln im Licht also, und Marrakesch scheint mir die einzige Stadt zu sein, in der es ein Zeichen von Nüchternheit ist, wenn sich die Menschen in Schlangenlinien fortbewegen.

Der Geruch von üppiger, faulender Vegetation begleitete mich auf meinem Slalomkurs. Verblühte Blumen, staubige Kakteen, am Straßenrand vergammelnde Früchte, nächtliche Ausscheidungen von Oleanderbäumen, Agaven, Mimosen, Oliven- und Lorbeerbäumen, ein gewaltiger, anarchistischer Überfluss an Gerüchen, die man – wie die verschiedenen Instrumente in einer Symphonie – nur als Einzelne wahrnehmen konnte, wenn sie ein Solo spielten, wenn aus einer Ecke eine gewaltige Eukalyptusdusche kam, oder wenn vom Boden der Brodem verfaulter Aprikosen aufstieg.

Vor dem Busbahnhof wurde der Boden deutlich besser, die Tulpenlampen zahlreicher, aber auf der Avenue Hassan II. kam die Nacht wieder. Ich balancierte jetzt auf dem Bordstein, denn das Trottoir war mir zu gefährlich, und auf der Straße jagte ab und zu ein Auto vorbei. Sehr schnell und mit sehr wenig Licht.

Die Straße wirkte nicht wie ein Boulevard, eher wie eine übertrieben üppig ausgebaute Landstraße. Von weitem konnte ich das Ende meines Wegs sehen – die Mauer, angestrahlt wie der Vatikan. Eine giraffenhohe

Lehmmauer, die die Medina umschließt wie die Faust ein Goldstück.

Als ich das Bab Doukkala erreicht hatte, dachte ich an die Worte des Portiers. Im Licht bleiben, mit keinem reden …

Ich wurde prompt aus der Dunkelheit heraus angesprochen, flüsternde Verheißungen, kehlige Angebote, freche Zoten, Schimpfworte. Ich starrte in den zähen Schatten zwischen dem Stadttor und dem Busbahnhof, aber ich konnte keinen Umriss aus der Finsternis lösen, keine Gestalt erkennen. Vielleicht saßen dort Dutzende eng nebeneinander und machten sich einen Spaß daraus, fremde Nachtwandler zu erschrecken und zu verhöhnen – vielleicht war es nur ein Einziger, ein besonders stimmbegabter Spaßvogel. Ein Dattelkern flog aus der Dunkelheit auf mich zu, holperte ein paar Mal über die Pflastersteine und blieb vor meinen Füßen liegen. Eine Frauenstimme sang ein französisches Lied, ein blechernes Husten, ein paar einladende Rufe. Wie gerne wäre ich in die Dunkelheit gegangen, und sei es nur, um mich mitten in dieser Meute unsichtbar zu machen und auf den Nächsten zu warten, der im Licht auftauchte.

Aber ich ging weiter, an der Stadtmauer entlang, die von Halogenflutern angestrahlt wurde, setzte mich auf eine mit bunten Mosaiken überzogene Betonbank, mit dem Rücken zur Dunkelheit, mit dem Gesicht zum Licht.

Genau genommen ist diese Stampflehmmauer für das kulturell verwöhnte europäische Auge so anregend wie ein Halteverbotsschild, und trotzdem geht eine eigenartige Anziehungskraft von diesem kilometerlangen, im-

mer gleich hohen, immer gleich rosa-bräunlichen, immer von unregelmäßigen Löchern und herausragenden Holzpfählen gespickten Bauwerk aus. Vielleicht weil die Architektur so pur ist. Vielleicht aber auch, weil die Fantasie hier automatisch zu fliegen beginnt, sich in einen Zeitstrudel stürzt und die Schatten von schwer bewaffneten Karawanen im grellen Halogenlicht auftauchen lässt, tausend Jahre zurückschaltet, die Mauer zur uralten Theaterkulisse wird, die man aus Achtung oder Faulheit nie erneuert. Das Klimpern der letzten Wasserverkäufer wird zum Waffengeklingel der Armeen der Almoraviden gegen die Almohaden, der Almohaden gegen die Meriniden, der Meriniden gegen die Saaditen, der Saaditen gegen die Alawiten, sarazenischer Stahl auf Kamellederschilde, kehlige Kriegsrufe und das wehklagende Röhren von verletzten Pferden und sterbenden Kamelen. Die zertretenen Kakteenfrüchte am Boden beginnen nach Menschenblut und Pferdeschweiß zu riechen.

Wenn man nachts vor der Stadtmauer die Augen schließt, werden diese Träume noch deutlicher, die Schreie werden lauter und kommen näher, die Gerüche sind kaum noch auszuhalten. Man glaubt zu spüren, dass man berührt wird.

Ich öffnete die Augen wieder. Die Berührung war echt, die Hand der Frau lag immer noch auf meinem Arm. Sie lächelte mich an, aber sie gab sich keine große Mühe dabei. Sie schwieg, aber ihre Augen sagten mir, dass sie für 200 Dirham zu einer schnellen Gefälligkeit im Schatten den großen Mauer bereit wäre, für 400 Dirham zu einem Besuch in meinem Hotelzimmer. Sie war sogar ganz hübsch, vielleicht Anfang dreißig, blass und mager, und ihr Gesicht war immer noch unentschlossen, für welche Herkunft es sich entschließen sollte. Ihr Vater konnte ein Berber gewesen sein, ihre Mutter eine Französin, oder sie war das Ergebnis einer Fremdenlegionsaffäre. Sie wirkte zugleich verloren und überall auf der Welt heimisch.

Sie hatte mich nur kurz angesehen, ihre Augen interessierten sich nicht sehr für mich. Jetzt ließ sie mich einfach ihre Wärme spüren, saß neben mir, die Hand auf meinem Arm und schaute mit mir auf die Mauer. Sie roch gut, so als ob sie sich mit Gewürzen und getrockneten Blumen abgerieben hätte, und als sie endlich doch sprach, war ihre Stimme weich und leise: „Ki dêr – comment ça va?"

„Labâs al-hamdu lillâh", wäre die richtige Antwort gewesen, aber ich wollte keine Verwicklungen und antwortete nur: „Bon, merci. Et vous?"

Dann sagte ich noch, was für eine schöne Nacht das wäre, und wie beeindruckend ich diese Mauer fände, und dass ich morgen Abend leider schon wieder abreisen müsste. Das sagte ich quasi sicherheitshalber, obwohl sie mir das komplette Wochenendangebot noch gar nicht gemacht hatte.

Sie schwieg und drückte nur kurz meinen Arm. Das genügte für eine blitzartige Erektion. So kann man sich natürlich auch unterhalten. Ich dachte nach, ob der Portier irgendetwas Detailliertes über Prostituierte gesagt hatte, aber es kam mir immer die Stimme meines gestrigen Saufkumpans dazwischen, der mir im Hinterkopf ordinäre Tipps gab. Das kennt jeder Mann: Wenn man erst einmal anfängt zu denken, ist der schönste Ständer nicht lange zu halten. Eigentlich hatte ich Lust auf sie, andererseits passte das überhaupt nicht in meinen

Plan, das wahre Ende dieses Buches zu finden. Jetzt durfte doch nicht noch eine Person auftauchen, die die Geschichte noch mehr durcheinander bringen konnte. Ein schreckliches Dilemma.

Aber Allah erlöste mich.

Besser gesagt, seine Bodentruppen. Aus der Medina erklang das kreischende Einpegeln eines Lautsprechers, dann rief eine heisere Stimme die Gläubigen zum Gebet. Ich hatte schon freundlichen älteren Herren in Istanbul gelauscht, leiernde Tonbandmuezzine auf indonesischen Inseln gehört, quäkende Minarettsänger in Frankfurt und die Stimme von Scheich Mohammed Ayoub ben Mohammed Yousef, dem ersten Rezitator der Moschee von Medina. Aber dieses grimmige Fauchen, das sich nicht elegant in vibrierenden Halbtönen wand, wie es arabische Tradition ist, sondern heiße Metallstacheln in die Nacht hustete, diese Stimme machte mir Angst.

Ihr Klang war so völlig anders als die Töne des weichlichen Christentums, das höchstens feierlich ist, aber schon lange nicht mehr beklemmend oder atemberaubend, und das zu Ostern auf dem Petersdom mit aller Macht gerade einmal ein verzücktes Rückenkribbeln hinbringt. Aber der Islam ist noch eine handfeste Religion, nicht angekränkelt von Aufklärung und Humanismus, denn das ist nun mal Gift für echte Religionen, so wie political correctness Gift für gute Witze ist.

Zum Ton des ersten Muezzin kam ein zweiter, ein weichwarmer mit völlig anderer Intonation. Der zweite Sänger wirkte älter, freundlicher. Aber er sang sein Allah akbar, Allah akabir genauso bestimmt, lauter noch als der Erste, aber nicht so blechern. Zum zweiten Sänger gesellten sich noch andere, die aus der Ferne einen Chor anstimmten, und wenn man die Augen schloss, bildete sich die ganze Medina jenseits der Mauer auf einer gesungenen Landkarte ab.

Die Stimmen schwollen an und verklangen wieder. Der heisere, aggressive Ton des ersten Muezzins drängte sich immer wieder nach vorne, führte den über die ganze Stadt verstreuten Chor an, flatterte auf Blechflügeln hoch in den undeutlichen Himmel und verklang wieder. Ein Froschkonzert, ein Zikadentoben, eine Stadt, die mitten in der Nacht aufschrie. In die Träume aller Schlafenden drang die Botschaft: Allah ist groß und Mohammed ist sein Prophet! In den Moscheen lagen Männer auf den Knien, die Köpfe auf den kühlen Boden gepresst und sangen nach: Allah ist groß und Mohammed ist sein Prophet! Auf den Flachdächern saßen Frauen, wedelten sich frische Luft zu und murmelten: Allah ist groß und Mohammed ist sein Prophet!

Auch die Frau neben mir bewegte ganz sacht ihre Lippen, und obwohl ihre Hand immer noch auf meinem Unterarm lag, spürte ich sie auf einmal nicht mehr. Es kam mir vor, als wären leblose Bilder aus uns geworden, Projektionen ohne Körperlichkeit, ohne Tastsinn, ohne Lust und ohne Schmerz. Es war, als ob wir zu zwei riesigen Ohren geworden wären, zwei Ohren, die auf einer Bank vor der Stadtmauer sitzen und der nächtlichen Symphonie einer urtümlichen Gottesfurcht lauschen.

An Sex war nicht mehr zu denken, das war uns beiden klar, auch als die Stimmen der Muezzine verstummt waren. Sie drückte noch einmal kurz meinen Arm, ein resigniertes Abschiednehmen, das kein Blut mehr in meine Schwellkörper umleitete, dann stand sie auf und ging.

Ich schaute ihr hinterher. Sie hatte einen schönen wiegenden Gang, und das dunkelblaue bodenlange Kleid winkte mir zu.

Schade. Aber Kreuzritter müssen enthaltsam leben.

Plötzlich war ich wieder guter Dinge. Morgen würde ich durch das Bab Doukkala gehen und die Geschichte zu Ende bringen.

Am nächsten Morgen wachte ich erfrischt auf, nur mit einem kleinen bitteren Geschmack im Mund, der wohl vom Bedauern herrührte, eine erotische Erfahrung verpasst zu haben, aber gleichzeitig war ich munter und begierig auf das Geheimnis, das hinter dem Tor liegen musste.

Heute saß nicht der Portier an der Rezeption, sondern der Chef. Ich bat ihn, mein Gepäck bis zum Abend zu verwahren, denn ich war auf die letzte Maschine nach Paris gebucht. Er fragte mich, was ich heute unternehmen wollte. Die Medina besuchen, antwortete ich.

„Das ist eine dreckige Stadt“, sagte er, „laut und dreckig. Die Leute sind Nervensägen, wenn sie keine Diebe sind. Und wenn sie weder Nervensägen noch Diebe sind, sind sie Touristen.“

„Aber man kommt doch nach Marrakesch, um die Medina zu besuchen“, sagte ich. Ich wollte schon hinzufügen, dass das doch wohl die eigentliche Stadt sei, aber ich ließ es bleiben, als ich seinen Gesichtsausdruck sah.

„Das war vielleicht einmal so, aber das moderne Marrakesch hat die Medina um Jahrhunderte überholt.“ Er war ein moderner Marokkaner und zog seinen modernen grauen Zweireiher glatt, um mich zu überzeugen. „Das ist, wie wenn Sie einen schlechten alten Film ansehen. Schauen Sie sich lieber den Marché Municipale im Gueliz an, oder den Jardin Majorelle."

„Mal sehen", sagte ich, denn ich wollte ihn nicht ärgern und damit vielleicht die Sicherheit meines Gepäcks aufs Spiel setzen. Er wandte sich wieder seinem PC zu und druckte die Rechnung aus. Nachdem ich meine Kreditkarte eingesteckt hatte, legte ich einen 50 Dirham Schein auf den Tresen.

Er schaute mich an, als hätte ich Tinte auf seinen makellosen grauen Anzug geschüttet.

„Wofür ist das, monsieur?"

„Bakschisch – nein, Trinkgeld", verbesserte ich mich schnell. „Das ist doch üblich ... überall ... sogar in Frankreich. Überall auf der Welt gibt es Trinkgeld."

Er sah mich an, erst hochmütig, dann mitleidig, dann faltete er den Schein zusammen und steckte ihn in ein Kamel aus Terrakotta, das neben der Computertastatur stand und oben einen Schlitz wie ein Sparschwein hatte.

„Es freut mich und das ganze Haus, wenn Sie mit uns zufrieden waren."

Ich ging.

Den Weg zur Medina kannte ich ja inzwischen. Trotzdem war das ein ganz anderer Weg geworden, als ich ihn gestern gegangen war: Es war brütend heiß, schon jetzt, kurz vor neun Uhr. Die Menschen strömten auf den Trottoirs durcheinander, und die Krater, die ich gestern Nacht noch so sorgfältig umgangen hatte, waren jetzt fester Bestandteil des Wegs. Manche hatten sich mit schwarzen Abfalltüten gefüllt, andere mit Orangenschalen oder bunten Sitzkissen, man saß darin, ließ Kinder darin spielen oder übersprang sie einfach, wenn sie

plötzlich vor einem auftauchten. Nach den ersten zwanzig Schritten klebte mir das Hemd am Körper. Ich zog das Hemd aus der Hose und hängte mir das Sakko locker über die Schultern. Das war angenehm – für die nächsten zwanzig Schritte. Danach akzeptierte ich die Hitze, denn sie wäre mir unerbittlich nachgerückt, auch wenn ich mich bis auf die Unterhose ausgezogen hätte.

Je näher ich dem Stadttor kam – oder es mir; ich hatte tatsächlich für einen Moment das Gefühl, das Tor würde mir entgegengehen –, um so mehr wurde alles. Die Menschen wurden mehr, sie gingen schneller und drängten sich in ihren verschiedenen Geschwindigkeiten an und um einander. Die Gerüche wurden mehr, sie wurden hitziger und temperamentvoller, ließen sich nicht mehr auseinander halten, verbanden sich zu fülligen Kompositionen, für die europäische Parfümeure viele anstrengende Wochen brauchen würden. Auch die Töne wurden mehr, aber nicht besser. In Sichtweite des Bab Doukkala verdichtete sich der Strom der Menschen, aber auch der der französischen Kleinwagen, deutschen Limousinen, stinkenden Laster, Esel- und Pferdekutschen, knatternden Mopeds, Fahrräder und Handkarren derart, als hätte sich ein Sog entwickelt, der alles und jeden unhaltbar in diesen einen der neun Eingänge der Altstadt hineinzog.

Kurz vor dem Bab machte die Avenue eine scharfe Kurve, lenkte all den knatternden Gestank ab und führte ihn außen an der Stadtmauer weiter, während die herausgefilterten Menschen durchs Tor strömten.

Ich durchschritt das Bab Doukkala.

Es änderte sich nichts. Jedenfalls nicht viel. Es wurde ein wenig lauter, der Lärm war intimer, hallte nicht mehr so wie auf der großen Avenue Hassan II., verschwunden waren die Franzosen in den leichten Sommeranzügen, die jungen Leute trugen keine Jeans und T-Shirts mehr. Die Jungs zeigten entweder nackte Oberkörper (wenn sie arbeiteten) oder trugen eine graue oder dunkelgrüne Djellaba, die Mädchen lange, dünne Sackkleider mit Kapuzen. Die Straße wurde enger und begann sich unübersichtlich in das Herz der Medina hineinzuwinden.

Ich wusste nicht, wie ich gehen sollte: Ging ich schnell und bestimmt, so als ob ich ein Ziel und einen Termin hätte, würde ich bestimmt vieles übersehen, aber ich wäre auch vor dem Zugriff hilfreicher Nervensägen geschützt. Ging ich langsam, als schlendernder Betrachter, würde ich Führer und Helfer anlocken wie die Dämmerung die Moskitos. Aber es stellte sich heraus, dass ich mir solche Gedanken ersparen konnte, denn die Medina lässt die Menschen gehen wie sie will, und nur ein sehr alter und erfahrener Bewohner von Marrakesch könnte sich einen realistischen Zeitplan und eine Route für einen Morgenspaziergang vornehmen – aber gerade ein solcher wird das bestimmt nie tun. Es ist bequemer und sicherer, wenn die Stadt dich gehen lässt, wenn sie dich in ihrem Tempo und auf ihren Wegen durch sich hindurchführt, denn so bleibt der Kopf frei für die wichtigen Sachen, für die Geschichten und Neuigkeiten der Stadt. Als Treibgut der Stadt fällt dir vielleicht auf, dass in einem kleinen Laden des Souk eines von drei Silbertabletts fehlt. Du hättest den Besitzer des Ladens – nennen wir ihn Osmad M'Hamid – nach dessen Verbleib fragen können, und er hätte dir lang und breit erklärt, was damit passiert wäre. Dass nämlich eine Familie mit zwei kleinen Kindern, von denen Vater und Mutter je-

der eines in einem Rucksack auf dem Bauch trugen – sie kamen aus … ja, woher? Vielleicht aus Amerika oder Schweden, sie sprachen jedenfalls kein Französisch –, dass diese Familie jedenfalls ein Tablett kaufen wollte, und dass sie, wahrscheinlich weil sie kein Wort Französisch sprachen, Osmad M'Hamid ein Bündel Dirham in die Hand drückten, was den wiederum so verunsicherte, dass er das Geld sofort zurückgab, aber der Mann drängte es ihm wieder auf, und Osmad M'Hamid schrieb 300 auf einen Zettel, und der Mann gab ihm 300 Dirham, nahm das Tablett und ging mit seiner Familie weiter, und Osmad M'Hamid blieb völlig verstört vor seinem Laden stehen, das Geld in der Hand, und verstand die Welt nicht mehr, denn das war doch erst das erste Gebot gewesen, und so kann man doch keine Geschäfte machen. Diese Geschichte wird man nicht erfahren, wenn man der Stadt ausweichen will und eigene Wege zu gehen versucht.

Die Stadt nahm mich gleich nach den ersten Schritten bei der Hand und führte mich zu einem kleinen staubigen Platz, auf dem zwei Dutzend Autos dicht gedrängt wie eine Schafherde bei Gewitter zusammenstanden. Die Automobile überzog ein feiner gleichmäßiger roter Mantel aus Saharastaub, alle Seitenspiegel waren angeklappt, und vor jedem Rad lag ein Stein. Ich liebe Denksportaufgaben, und deshalb blieb ich stehen und versuchte das Rätsel zu lösen, wie man Autos so dicht aneinander in einem sauberen Karree parken kann. Wer in Marrakesch stehen bleibt, sucht Gesellschaft – das ist ein Axiom, so wie die linke Hand unrein ist und man seinen Mitmenschen niemals die Fußsohlen zuwendet, wenn man auf dem Boden sitzt.

Etwas zupfte an meinem linken Ärmel, und das Sakko rutschte mir von den Schultern. Ein Junge mit einem orangefarbenen T-Shirt und kurzen blauen Fußballerhosen fing es gerade noch auf und hielt es mir stolz hin.

„Monsieur, Sie hätten das fast verloren. Aufpassen!"

„Danke", sagte ich und verzichtete darauf, ihm zu erklären, dass ich seinen kleinen Trick durchschaut hatte.

„Wohin wollen Sie, monsieur?"

„Sind Sie ein Franzose?"

„Wir zeig'n Sie Mraksch!"

Das kam fast gleichzeitig aus den Mündern der drei Jungen, die neben mir aufgetaucht waren. Der Ärmelzupfer war der Kleinste, der Zweite trug einen grauweißgestreiften Trainingsanzug aus einem dünnen glänzenden Kunststoff und zwinkerte ständig nervös. Der Dritte war ein ziemlicher Koloss. Ich schätzte ihn auf 13 oder 14 Jahre. Er schaute sehr ernsthaft drein und hatte die Arme vor der Brust verschränkt, was wohl gefährlich aussehen sollte, mich aber eher an eine schlechte Aufführung von Ali Baba und die 40 Räuber erinnerte. Ich hatte keine Lust, mit den Jungs zu reden, ich wollte das Geheimnis des Parkplatzes lösen. Also sagte ich: „Non, merci", und schaute demonstrativ weg.

„Non, merci – oui, merci", sagte der Erste. „Wohin wollen Sie nun, monsieur?"

„Sind Sie kein Franzose?", sagte der Zweite.

„Wir zeig'n Sie Mraksch!", sagte der Dritte.

Ich tat so, als ob ich die drei nicht hören könnte und starrte in gebannter Aufmerksamkeit auf den Platz.

„Shibli bismillâh! Shibli!", krächzte die alte Frau, die nun an meinem rechten Ärmel hing. Ich klammerte das Sakko fest. Es war eine magere Alte, in deren Gesicht vor

Falten und Runzeln kein Platz mehr für die Haut geblieben war. Sie spuckte sehr beim Sprechen und schien es zu genießen, dass ich ihren Speichelfäden panisch auswich.

„Mabghitsh!“, zischte ich. Das heißt: Ich will nicht. Aber das war ein Fehler – ich hätte entweder schweigen sollen oder auf Französisch antworten. Die kleine Runzelhexe freute sich sichtlich, zog den Mund weit auseinander und zeigte ihre letzten drei Zähne. Sie legte den Kopf an meine Schulter und schaute zwinkernd zu mir herauf: „Shibliiiiii …“

„Geben Sie ihr etwas, monsieur. Sie ist eine arme Frau!“, sagte der erste Junge.

„Sind Sie wirklich kein Franzose?“, fragte der zweite.

„He! Wir zeig‘n Sie Mraksch.“

Ich starrte weiter auf die Autos und versuchte herauszukriegen, wie zum Teufel man so perfekt parken kann. Aber eigentlich war ich längst am Rande meiner Souveränität angekommen. Die Hitze, der Staub, die Massierung des Fremden, der Krach, die speichelnde Alte, die sich inzwischen kichernd unter meinen Arm gekuschelt hatte und diese drei Knaben, die ständig auf mich einredeten.

Ich wurde wütend. Am liebsten hätte ich die Alte mit aller Kraft weggeschubst, und gerne hätte sie in den stinkenden Abfallhaufen hinter sich fallen dürfen, aber dann entdeckte ich in den Augen des Kleinsten der drei Quälgeister ein besorgtes Flackern, einen vorsichtigen Wink, den er mir wohl gar nicht hätte geben dürfen. Ich beruhigte mich und beschloss, mich ganz auf ihn zu konzentrieren. Vielleicht verschwanden die anderen Nervensägen dann.

„Wie heißt du?“

„Hassan.“

Hassan, wie schön. Mit dem kleinen Hassan auf der Suche nach dem großen, alten … toten Hassan.

„Kannst du mich führen?“

„O, ja“, sagte der kleine Hassan eifrig, „natürlich können wir dich führen. Wir sind Fremdenführer.“

„Ich meine – du allein.“

Seine beiden Freunde sahen mich mit unverhohlener Abscheu an.

„Willst du Schweinereien machen?“, fragte der Zweite.

„Wills` Jungs? Ich zeig dir Jungs, he!“, sagte der Dritte und schaute dabei so unbeeindruckt, als hätte er mir gerade parfümierte Seife angeboten.

„Nein, nein!“, rief ich. „Ich will keine kleinen Jungs! Ich will nur einen Führer. EINEN!“

Die Alte sabberte weiter meinen rechten Ärmel voll. Ein Mann hatte sich neben sie gestellt, ein Mechaniker, der gerade noch bis zur Hüfte in einem aufgebockten R4 gesteckt hatte.

„Geben Sie ihr etwas“, sagte er brummig. „Sie ist eine heilige Frau. Brauchen Sie ein Taxi? Soll ich Sie wohin fahren?“

Die Alte kicherte, die drei Jungs berieten sich lautstark untereinander, und ich spürte plötzlich, dass ich zum Magneten geworden war, der nach und nach jeden Menschen auf diesem Platz heranziehen und nicht mehr loslassen würde. Zum heißen Schweiß kam nun der kalte.

Der kleine Hassan zupfte mich wieder. „Gut. Wir führen dich. Aber gib der Frau jetzt Geld.“

„Wie viel?“, fragte ich mit schwacher Stimme.

Hassan grinste und hielt mir seine ausgestreckte Hand unter die Nase. Ich griff in die Hosentasche und legte ein paar feuchte Scheine hinein. Er fischte sich den kleinsten heraus, drückt ihn an sein Herz und gab ihn der alten Frau. Zu dem Mann sagte er, dass wir kein Taxi bräuchten, dann packte er Zeige- und Mittelfinger meiner rechten Hand, umschloss sie fest in seiner Faust und zog mich weiter. Die beiden anderen folgten uns – als Leibwache und Deckung von hinten.

An der nächsten Ecke standen ein paar Tische und Stühle. Ich ließ mich auf einen Stuhl fallen, als hätte ich gerade einen Schwächeanfall erlitten, und die drei Jungs setzten sich dazu. Wir bestellten einen thé menthe und drei Coca Cola und langsam hörte mein Herz auf zu rasen. Die drei grinsten sich an, dann mich, dann klopfte jeder mit der flachen Hand kurz auf sein Herz.

„Wir zeig’ dir Mraksch, no problem!“, sagte der Räuberhauptmann beruhigend.

Ein paar Minuten später verstand ich, wie dieser Parkplatz funktionierte. Es tauchte nämlich ein Mann auf, der offensichtlich seinen Wagen abholen wollte. Ein hagerer Mann in einer weißen Djellaba und einem kräftigen Knüppel in der Hand erhob sich daraufhin von seinem Ruheplatz auf der Ladefläche eines Pickups und ließ sich das Auto zeigen. Es stand ziemlich genau in der Mitte der Autoherde. Der Parkplatzwächter grinste und hob zu seiner großen Zaubervorstellung an. Erst schubste er den Bremsstein vom ersten Wagen der mittleren Reihe, dann packte er diesen an der Stoßstange und zog ihn aus dem Karree heraus. Als er frei war, griff er ins offene Fenster, drehte am Lenkrad und schob ihn bis zur nächsten Hausmauer. Dort ließ er ihn vorsichtig anstoßen und klopfte auf das Blech des Dachs. Dann holte er den zweiten Wagen heraus, den dritten und den vierten, bis er endlich neben seinem Ziel angekommen war. Jetzt griff er wieder durch das offene Fenster und kurbelte wild am Lenkrad, schob den Wagen mit voll eingeschlagenen Vorderrädern erst ein paar Zentimeter vor, kurbelte in die andere Richtung, zog den Wagen zurück, kurbelte, schob, kurbelte, zog, bis sich nach und nach der Wagen aus der Reihe löste. Ein Wunder! Nein, eine feinmotorische Meisterleistung, angesichts derer mir dieses Puzzle wieder einfiel, bei dem 15 nummerierte Plastikquadrate in einem Rahmen sitzen, in dem Platz für 16 ist. Durch Hin- und Her- und Rauf- und Runtergeschiebe muss man diese 15 Plättchen in der richtigen Reihenfolge ordnen. Dieses Spiel führte der Parkplatzwächter hier vor, überdimensional und einfach perfekt.

Der Wagen wurde seinem Besitzer übergeben, der zahlte, stieg ein und fuhr davon. Der Parkplatzwächter fädelte die restlichen Autos wieder ein. Hassan schaute mich an.

„Beeindruckend", sagte ich.

Er lachte. „Ein dummer alter Mann. In New York gibt es unterirdische Parkhäuser, da fahren die Autos auf einem Karussell – und alles geht mit dem Computer! Das ist irre."

Der Zweite sagte: „Woher in Frankreich kommen Sie?"

Der Dritte sagte: „Woll'n Sie ein Auto? Rundfahrt machen?" Ich zahlte und erzählte den dreien – eigentlich

nur Hassan, aber die anderen hörten genauso aufmerksam zu –, was ich vorhatte.

„Das ist nicht schwer“, sagte der kleine Hassan. „Wir finden das Haus. Lesen Sie nur vor, wie der Mann damals gegangen ist. In diesem Viertel gibt es nur eine Straße, die für Ungläubige verboten ist.“

„Obwohl“, sagte der zweite. „Ein bisschen schwer wird es schon werden.“

„Verdamm‘ schwer“, sagte der Dritte und schlug zur Bekräftigung seine rechte Faust in seine linke Handfläche.

Es dauerte nicht lange, bis ich mir eingestehen musste, dass ich ohne die drei nie im Leben das Haus gefunden hätte. Aber auch jetzt, als wir vor der hohen lehmverputzten Mauer mit der kleinen grün lackierten Eingangstür standen, war ich mir nicht ganz sicher, ob es wirklich das Haus war.

Als wir die Stelle erreicht hatten, wo ein nicht zu übersehendes Schild auf Arabisch, Französisch und schlechtem Englisch alle Passanten darauf aufmerksam machte, dass nur Moslems der Durchgang gestattet ist, wollten mich die drei so durchschleusen, wie Hassan das schon mit Jean gemacht hatte. Aber ich traute mich nicht. Wir umgingen die Straße und stießen nach vielen winkligen Abzweigungen und schlängelnden Wegen auf ihr anderes Ende. Dann suchten wir den Laden, in dem es Orangensaft und Gebäck geben sollte. Aber leider kann man in fast jedem Laden Orangensaft und Gebäck kaufen, und von einem blonden jungen Franzosen, der hier vor ein paar Wochen (oder waren es Monate?) ein Gebäck gekauft hatte, das ihn an die »oreilles de souris« seiner

Kindheit erinnert hatte, wusste niemand etwas. Ich kaufte in einem Laden eine Tüte mit noch warmen Blätterteigplätzchen, die mit einer grünen Zuckermasse verziert waren. Wir verkosteten sie alle vier und nickten uns zu wie Detektive, die gerade auf eine Erfolg versprechende Spur gestoßen sind. Aber ob es wirklich die »oreilles de souris« waren? Wo war die kleine Gasse, die von der engen gepflasterten Straße abging, leicht abschüssig, staubig, mit deutlichem Uringeruch? Wir fanden zwei Dutzend davon.

„Hat er sonst nichts geschrieben?", fragte der kleine Hassan, der das Manuskript in meiner Hand misstrauisch betrachtete. Er glaubte wohl, dass irgendein Zauber zwischen diesen Seiten verborgen war.

„Lass uns geh'n! Wir zeig dir Mraksch, okee?"

„Nein", sagte ich als Antwort auf beide Fragen. „Er hat nur geschrieben, dass die Tür grün lackiert ist."

„Fast alle Türen sind grün. Es ist die Farbe Mohammeds."

„Und dass es sehr stark riecht in dieser Gasse – nach altem Obst und ..." Ich ersparte mir den Rest, und Hassan ersparte es sich, sagen zu müssen, dass es in jeder dieser kleinen Gassen stark riecht – nach altem Obst und ...

„Gut", sagte Hassan. „Wir machen es so: Du setzt dich her und wartest ...", dabei deutete er auf eine ausgetretene Stufe an einem Hauseingang, „... und wir laufen los. Jeder in eine andere Richtung, und wir fragen alle, die wir treffen. Ein alter Mann, der Hassan heißt, vor kurzem gestorben ist und mit seiner jungen Enkelin in einem Haus mit einer grünen Tür gewohnt hat. Jemand wird ihn schon gekannt haben."

Seine beiden Freunde waren nicht so begeistert von dem Plan. Sie schauten missmutig auf mich herab, denn ich hatte mich schon brav auf die Stufe gesetzt. Ich gab ihnen ein paar Scheine, und sie waren der Meinung, dass es doch ein guter Plan sei.

Sie liefen davon, und alle paar Minuten tauchte einer von ihnen wieder auf, schüttelte den Kopf, auch wenn er noch weit entfernt war, rannte an mir vorbei und verschwand wieder in irgendeiner Gasse.

Langsam gewöhnte ich mich an das Leben hier, an die hektische Slalomfahrt der Fahrräder, das Klingeln und Schreien, die Hitze und die Gerüche. Ich nickte Vorbeigehenden grüßend zu, blätterte in meinem Manuskript und blieb völlig unbehelligt. Vielleicht sah man es mir an, dass der marokkanische Geheimdienst für mich gerade die Medina durchkämmte.

Es dauerte lange, aber endlich waren alle drei wieder zurück. Wahrscheinlich hatte es etwas länger gedauert, weil sie alle sich unterwegs etwas gekauft hatten: grellgelbe Limonade, eine Tüte Pistazien, Zuckerschnüre. Nur einer hatte so etwas wie eine Spur gefunden, ausgerechnet der Stille, der sich bisher nur dafür interessiert hatte, ob ich nun Franzose war oder nicht. Er hatte ein Haus gefunden, das anscheinend gerade leer stand. Niemand hatte auf sein Klopfen geantwortet. Im Nachbarhaus hatte eine Deutsche ein Riad für Touristen eröffnet, und sie sagte, dass sie früher öfter einen alten Mann aus der Tür hatte kommen sehen.

Aus einer grünen Tür.

Ein paar Minuten später standen wir vor dieser Tür. Es schien alles zu stimmen: Neben einem kleinen Laden, in dem man Getränke, Orangen, Gebäck und Brot kaufen konnte, führte eine Gasse leicht bergab, sie war staubig und eng, und es begann zu riechen – nach vergammeltem Obst, nach Pisse und nach Schimmel. An der Tür ließ ich den schweren Bronzeklopfer dreimal wuchtig anschlagen, nach einer Minute wieder, wieder und wieder – aber im Haus rührte sich nichts.

„Verlassen, wie die Frau gesagt hat."

„Dann fragen wir sie mal."

Man musste in das Riad einsteigen wie in alle Häuser der Medina: Die Tür endete in Brusthöhe und die Schwelle reichte fast bis zum Knie hinauf. So gebückt kommen Gäste, damit sie nicht vergessen, ihre Achtung für den Gastgeber zu zeigen – und Einbrecher, damit man ihnen gleich einen Knüppel auf den Kopf hauen kann. So jedenfalls erklärte der kleine Hassan die marokkanischen Zwergtüren.

Sie hieß Ursula, kam aus Göppingen und hatte dieses Stadthaus vor vier Jahren gekauft. Eine blonde, zähe Person, innerlich und äußerlich beschwingt vom schwäbischen Singsang, der sowohl ihr Französisch als auch ihr Arabisch verbesserte. Sie bot uns einen schattigen Platz im Innenhof an und ließ Tee und Kekse bringen. Nachdem ihre Augen den wirtschaftlichen Aspekt unseres überraschenden Besuchs abgetastet hatten, erkundeten sie den möglichen persönlichen, intimen. Ich ließ sie nicht lange im Unklaren und machte deutlich, dass ich mich mehr für einen alten toten Mann interessierte als für den Inhalt einer sich deutlich hebenden und senkenden bunten Bluse, die mit kleinen Spiegeln und Perlen bestickt war.

„Können Sie mir den Mann beschreiben?“

„Er war alt, trug immer eine Djellaba, schaute mich nie an, grüßte nie – eben so wie alle alten Männer hier.“

„Und haben Sie ihn einmal gegrüßt?“

„Warum hätte ich das tun sollen?“

„Sie waren Nachbarn.“

Ursula seufzte, warf die Haare zurück und griff dramatisch mit beiden Händen hinein, zauste und putzte ihr Gefieder.

„Wir sind in Marrakesch. Das ist keine Stadt wie andere.“

Sie schaute die Jungs demonstrativ nicht an, als sie mir die Geheimnisse »ihrer« Stadt erklärte.

„Die meisten wissen hier nicht einmal, wer ihre Nachbarn sind. Riads sind wie Burgen, wie kleine Städte“, sagte sie und breitete dabei beide Arme aus, umfasste ihr kleines Reich und präsentierte es gleichzeitig. „Eine Stadt in der Stadt. Wollen Sie sie einmal besichtigen?“

Ich wollte nicht, aber das war keine Frage, das war meine Schuld, die ich für den Empfang zu begleichen hatte. Als wir aufstanden, machte Ursula den Jungs mit einer kleinen, graziösen Bewegung klar, dass das Angebot nur für mich gälte. Die Kinder sollten im Garten warten und mit den Schildkröten spielen.

Das klassische zweistöckige Stadthaus war ordentlich renoviert und ohne zu großen Firlefanz eingerichtet. Eine schmale, eckige Wendeltreppe führte aufs Dach hinauf. Ursula ging voran und genoss es offensichtlich, einen fremden Mann so dicht und immer etwas unterhalb zu wissen. Sie blieb einmal überraschend stehen, und ich rannte mit dem Kopf in ihren Rücken und musste mich an ihrer Hüfte festhalten, um nicht aus dem Gleichgewicht zu kommen. Sie lachte zufrieden und ging weiter.

Aus der Deckung des schattigen Treppenhauses getreten, schlugen mir Hitze und Helligkeit ins Gesicht. Wir standen auf einer großen Terrasse mit verschiedenen Ebenen, auf denen sich Sitzgruppen, ein niedriger Esstisch, Kamelsättel, Liegen, Körbe und Zierkissen anmutig verteilten, darüber Sonnensegel und flatternde Berbertücher, dahinter ein Antennenwald vor einem grellen, fast farblosen Himmel.

Dagegen wirkte der Blick hinunter in den Innenhof wie ein kühles, paradiesisches Versprechen. In der Mitte glitzerte Wasser in einem achteckigen Bassin, Rosenblätter schwammen darauf, und die Blüten der Bougainvillearanken schwankten leise im Ventilatorwind. Sechs große braune Augen beobachteten uns, als wir uns nebeneinander über die Brüstung beugten.

„So sieht ein Riad aus“, sagte Ursula, die so nah neben mir lehnte, als wären wir heute Morgen im selben Bett wach geworden. „Wie soll man da seine Nachbarn kennen?“

Ich spazierte einmal rund um die Dachterrasse, dann stieg ich auf einen Mauervorsprung und schaute über die Brüstung, die das Riad nach außen begrenzte. Unten bot sich mir fast der gleiche Anblick: strahlend weißer, von der Sonne fein linierter Putz, ein tiefer Schlund zum Innenhof hinab, ein paar Plastikstühle, gespannte Wäscheleinen mit blauen und weißen Tüchern darauf. Kein heiter verspielter Luxus, eine Hausfrauenterrasse, eine Wasch- und Bügelstube unter dem Himmel.

„Ist das das Haus?“, fragte ich Ursula.

Sie überlegte kurz, schüttelte dann den Kopf und zeigte in die entgegengesetzte Richtung.

Auch dort ein Mauervorsprung. Als ich hinaufstieg, stellte ich mir vor, wie sich alle Frauen Marrakeschs über die Dächer unterhielten, wie ein reißender Plauderstrom in allen Richtungen über die Stadt floss, kreuz und quer, schneller als jede Zeitung gedruckt werden kann, schneller sogar als jede Internetverbindung. Der Blick auf das mögliche Haus Hassans war enttäuschend. Die gleiche Terrasse, weiß und leer, die gleiche Zickzack-Linie der Wäscheleine, doch an ihr hingen nur ein paar grüne Plastikklammern. Kein Ton war zu hören, nirgendwo lag eine Kleinigkeit herum, die Hoffnung machte auf Leben oder eine Antwort auf meine Frage sein konnte. Ein paar grüne Wäscheklammern, das war nicht viel.

Ursula führte mich durch die Gästezimmer, große luftige Räume in sandigen Tönen gestrichen, in dezentem Tausend-und-eine-Nacht-Zauber eingerichtet, Mosaikbäder, Schattenspender und Ruheecken, ein kleines schwäbisches Paradies im marokkanischen Stil. Eigentlich sehr einladend, aber meine Gedanken blieben nicht hier. Sie wanderten durch die Steinwände und versuchten alte Vertraute zu treffen. Romanfiguren.

Die Jungs hatten sich nicht von ihren Plätzen bewegt, knabberten immer noch an ihren Nusskeksen und fühlten sich sichtlich unwohl. Ursula wechselte ein paar schnelle Worte mit ihnen, aber ihr Arabisch war schlecht, und sie log noch schlechter.

„Lassen Sie es gut sein", sagte ich. „Die drei glauben Ihnen ja doch nicht, dass ich ein Zimmer bei Ihnen nehme. Sie wissen, dass ich heute Nacht wieder abfliege."

Sie wurde rot und Hassan strahlte mich an.

„Aber ich möchte Sie bitten, mich zu benachrichtigen, wenn Sie einmal wieder jemand aus dem Nachbarhaus treffen, vielleicht das junge Mädchen mit den kurzen Haaren. Rufen Sie mich dann doch bitte an."

Ich gab ihr meine Visitenkarte und brach mit meiner Truppe auf.

Bis zum Abend noch führten mich die drei durch Marrakesch und wir hatten alle großen Spaß dabei. Ich hatte endlich akzeptiert, dass das Ende eines Romans zu finden nicht die Arbeit eines Übersetzers ist und stattdessen beschlossen, meine Helfer als Kinder für einen Tag zu adoptieren und ihnen zu spendieren, was sie wollten. Seltsamerweise wünschten sie sich zuerst eine Fahrt mit der Pferdekutsche. Sie freuten sich wie die Kinder, obwohl sie ja wirklich noch Kinder waren. Zuvor hatten sie sich noch als coole Alleskönner aufgeführt, so wie es inzwischen die Kinder überall auf der Welt tun. Nachdem wir beschlossen hatten, die Suche aufzugeben und den Tag einfach zu genießen, fiel der letzte Rest von angemalter erwachsener Ernsthaftigkeit von ihnen ab. Sie kreischten im Pferdewagen, als wir durch das Bab Ahmar fuhren, denn der laute Hall unter diesem Tor bedeutete ein gutes Omen für die ganze Familie, sie schauten demonstrativ rechts aus dem Wagen, als wir auf der Route des Remparts am muselmanischen Friedhof linker Hand vorbeitrabten, und sie ließen den Kutscher am Place des Ferblantiers anhalten, weil Hassan eingefallen war, dass es hier ein Café gibt, von dem aus man am besten die Störche beobachten kann. Wir tranken Tee und schauten stumm und ehrfurchtsvoll auf die riesigen Nester, die auf der Stadtmauer und den Ruinen des El-

Badi-Palasts saßen. Ein Wunder von vielen: Wie konnten diese badewannengroßen Gestrüppe nur halten? Ein Wunder mehr, als ich den ersten Storch meines Lebens im Landeanflug sah – ein schwerfälliges Gezappel in der Luft, mit weit von sich gestreckten langen Beinen, ein Bruchpilot oder ein blutiger Anfänger, der die Jungen zu Lachsalven ermunterte. Ich wollte ihnen das Märchen vom Kalif Storch erzählen, aber sie kannten es schon, und es war »nur eine ägyptische Spinnerei«. Die Ägypter mit ihren Geschichten und ihrer angeberischen Art waren hier nicht sehr beliebt. Wieder was gelernt. Wir bestellten Cola und Nüsse, und ich las ihnen ein paar Seiten aus dem Manuskript vor; die Stellen, bei denen der alte Hassan von seinem Großvater, dem Nador, erzählt. Dann besannen sie sich auf ihre Rolle als Fremdenführer und brachten mich zu den Saadier Gräbern, denn Hassan erinnerte sich, dass sein gestorbener Namensvetter in meinem Manuskript davon erzählt hatte. Dort zeigten sie mir stolz das »unendliche Mosaik«, eine Wand mit Tausenden von winzigen farbigen Steinchen, die in perfekter Symmetrie ein sternförmiges Labyrinth bildeten. Ich sollte – „nur mit den Augen, nur mit den Augen!" – den Pfad von der Mitte des Mandalas über all seine Stationen bis zurück zum Ausgangspunkt verfolgen.

Unmöglich. Immer wieder wurden die Augen müde, verzwinkerten sich und warfen mich aus der Bahn, während sie still und andächtig neben mir hockten und dasselbe taten.

„Hat das jemals einer geschafft?", fragte ich Hassan.

„Ich weiß nicht. Ich weiß nur: Wer es schafft, der hat viel Glück im Leben."

„Und wenn du dich ein paar Tage hinsetzt und es immer wieder versuchst, wirst du es dann schaffen?"

„Vielleicht – ja, wahrscheinlich schon."

„Warum tust du es dann nicht?"

„Ach, Baba", sagte er altklug und klopfte mir aufs Knie, „du kannst so gut fragen. Willst du die Medersa sehen? Willst du das Zimmer sehen, in dem der Großvater des alten Mannes gekocht hat?"

Natürlich wollte ich. Wir zogen weiter und schauten uns die alte mohammedanische Hochschule an, die wie mir wie eine Luxusvilla aus einem Hollywoodfilm vorkam. Ein riesiger Swimmingpool vor der Schulaula – was für ein Leben für die kleinen Studenten, die kaum älter gewesen waren als meine Begleiter heute. Im ersten Stock war das Alumnat. Dort reihte sich ein winziges Zimmer an das nächste, und in jedem wohnten früher zwei bis drei Schüler – auf etwas mehr als zehn Quadratmetern. Jedes der Zimmerchen hatte eine kleine Kochstelle, ein winziges Fenster zum Innenhof und eine Mezzanine, eine in Kopfhöhe eingezogene Holzdecke, auf der die Schüler schliefen. Über eine kleine Leiter gelangte man hinauf, und wenn das ein schwedischer Möbelhersteller als Komplettkinderzimmer anböte, wäre es wahrscheinlich der Hit.

Die Sonne hatte ihren höchsten Stand längst überschritten, als wir zu den Souks kamen. Natürlich musste ich Geschenke kaufen, fanden die Jungs, und sie würden mir dabei helfen, den aller-aller-günstigsten Preis zu kriegen – Ehrensache. Ich war ihr sahbi, ihr bghît sahbi, ein Wort, das ich noch nie gehört hatte. Ich übersetzte es intuitiv als „Zahlfreund", in einem literarischen Text hätte ich es wahrschein-

lich als „Tischlein-deck-dich“ übersetzt. Naja, es gibt Schlimmeres.

Es stellte sich heraus, dass jeder der Jungs sich in einem Teil des Basars am besten auskannte. Hassan brachte mich zuerst zu seinem Großvater, der einen kleinen Stand mit Gewürzen, Heilkräutern und mit seltsamen Dingen gefüllten Gläsern hatte, den er Apotheke nannte. Er begrüßte ihn artig und sagte dann, noch bevor mir der ausgezehrte Mann im dunkelblauen Burnus etwas Henna oder Alaunstein in die Hand drücken konnte, um das traditionelle Verkaufsgespräch zu beginnen: „Gib ihm einfach ein paar gute Sachen, eine Tajinemischung und Rosenwasser – aber ohne Show!“

Hassan sprach Arabisch mit seinem Großvater, nur das Wort »Show« sprach er englisch aus. Der alte Mann schaute ihn entsetzt an.

„Was sagst du? Schoo? Was weißt du davon?“

„Na man sagt eben so: Mach keine große Show – erzähl ihm nichts, er ist unser Freund.“

„Aber Schoo ist doch eine trächtige Kamelkuh!“

„Ja, aber ich meine doch das amerikanische – SHOW! Das ist so was wie so ein Riesen… , äh so ein Qachwhad.“

„Ich mach doch keinen Qachwhad!“

„Ich mein ja nur: Gib ihm einfach ein paar gute Sachen, mach einen guten Preis, er kann nicht handeln. Er hat's eilig.“ Hassans Großvater schaute mich an, als hätte ich seinen Enkel verhext.

„Ich habe Zeit“, sagte ich. „Ich lasse mir gerne alles zeigen.“

Der alte Mann lächelte versöhnt, und hinter seinem Rücken verdrehten die Jungs die Augen. Ich ließ mir

Alaunstein zeigen, mit denen man kleine Schnittwunden beim Rasieren stillen kann, ein Glas mit Schlangenhaut, mit der man sich einreiben sollte, wenn die Erektion nachlässt, ein Pulver zum Zähneputzen, das aus Mali kommt, ein anderes, mit dem man sich im Hammam abreibt und das die »schlechte Haut« wegnimmt, Rinde von der Wüstenzeder, getrocknete Ziegenköttel gegen Wundbrand, Manganknollen und Blutstein, er ließ mich Ras el Hanut riechen, eine Gewürzmischung, die einfach für alles gut ist, Rosenwasser aus Beni-Ounif, falschen Safran und echten, beide aus der Gegend um Quarzazate, grünen Tee aus China, eine stark parfümierte Salbe, die angeblich auch die unfruchtbarste Frau zu einer gebärfreudigen Zuchtstute machen sollte, wenn der Mann seinen Penis damit einreibe, er ließ mich Arganöl kosten, mit Limetten versetztes Olivenöl, Fisch- und Huhngewürze für die Tajine, Paprika, Chili und Meersalz, Klumpenzucker und kandierte Rosenblätter. Ich konnte ihn nicht stoppen, und nachdem Hassan sein Gesicht verloren hätte, wenn er mir noch einmal versucht hätte zu helfen, stand er trotzig und stocksteif mit seinen Freunden vor dem Laden und schaute mich beleidigt an.

Endlich hatte ich von allem, was mir sein Großvater als unbedingt notwendig empfohlen hatte, prall gefüllte kleine rosa Plastikbeutel gekauft, die er alle mit schnellen Fingern zuknotete (Knoten, die sich nie mehr öffnen lassen). Wir verbeugten uns mehrmals voreinander, legten die rechten Handflächen auf unsere Herzen und verabschiedeten uns und verabschiedeten uns und verabschiedeten uns und verabschiedeten uns und verabschiedeten uns.

Das Nächste war der Ledersouk, und Abu, der stille Schmale, übernahm die Führung. Ich wollte Lederschlappen kaufen, so genannte Babouschen, und er zeigte mir ein paar schöne Stände, aber ich hatte im Vorübergehen eine schmale, kleine Mauernische gesehen, in der ein alter zahnloser Mann unter einem wahren Regenbogen von Schlappen saß. Dort wollte ich kaufen, aber der Junge zog mich immer wieder zurück, kaum näherte ich mich dem alten Mann. Schließlich wurde es ihm zu viel. Er schlug die Hände über dem Kopf zusammen und ließ mich los.

Ich kaufte dem alten Mann drei Paar Babouschen ab, und er freute sich so, dass er mir zeigte, dass er ganz hinten links doch noch einen Backenzahn hatte.

Hassan zupfte mich am Ärmel und erklärte: „Der alte Mann kauft die schlechten Babouschen von den Läden, zu denen dich Abu gebracht hat. Es sind die mit schiefen Nähten oder rissigem Leder, die man dort nicht verkaufen will. Er kriegt sie für den halben Preis und verkauft sie zum doppelten. Das geht nur, weil ihr Ausländer die alten Männer immer so toll findet!"

Nach dieser Erfahrung hatte es Machmud, der Riese, leicht. Er ging einfach voran, zum Souk seiner Familie, die schon zu allen Generationen Kupferschmiede gewesen waren, jedenfalls so lange man sich zurückerinnerte. Das erzählte mir Hassan, während wir seinem massigen Freund durch das Labyrinth der Gassen und Durchgänge hinterhereilten. Machmud blieb vor dem Laden seines ältesten Bruders stehen und deutete auf eine Moschee-Ampel. Kupferranken fassten grünes und blaues Glas ein und verschränkten sich oben zu einer geballten menschlichen Faust. Ein wunderschönes Stück, das auch mir sofort aufgefallen wäre. Er umarmte seinen Bruder kurz, dann stellte er sich zwischen uns und richtete seinen ausgestreckten Zeigefinger zuerst auf mich, hob kurz fragend die Augenbrauen.

„Er will wissen, ob sie dir gefällt?“, flüsterte Hassan neben mir.

Ich nickte. Machmud nickte auch, dann richtete sich sein Zeigefinger auf seinen Bruder. Der sagte: „tlatamîyya.“

Der Finger zuckte zu mir herum, aber bevor ich noch etwas sagen konnte, rief Machmud: „chamsîn!“ und drehte sich wieder seinem Bruder zu.

Der schien das Spiel schon zu kennen, denn er kratzte sich nur nachdenklich am Kinn und sagte endlich: „miyyatên.“

Machmuds Finger wanderte hin und her zwischen uns:.

„settin!“

„mîyya chamsin!“

„sbeîn!“

„mîyya!“

„tmanîn!“

„tesîn!“

„wachcha.“

Der Bruder grinste breit und wickelte die Ampel in Zeitungspapier ein, dann steckte er sie in die unvermeidliche schwarze Plastiktüte und reichte sie mir. Ich gab ihm einen 100 Dirham Schein und er gab mir zehn Dirham zurück.

Machmud hatte die Moschee-Ampel von 300 Dirham auf 90 heruntergehandelt. Er verachte mich nicht,

sagte mir Hassan, als wir weitergingen, und er glaube auch nicht, dass ich nicht handeln könne, aber inzwischen habe er so viele Giaurs kennen gelernt, dass er seinem Bruder diese Peinlichkeiten gerne ersparte und für die Kunden handelte, die er anbrachte. Natürlich kam dabei nicht immer der beste Preis heraus.

Aber einmal wollte ich doch noch etwas Selbstbestimmtes tun, schließlich war ich älter als alle diese drei Knaben zusammen. Auf dem nächsten kleinen Platz war eine gute Gelegenheit. Zwischen Marktfrauen, die Orangen, Bündel von Teeminze und Knoblauchketten anboten, stand eine Frau im blauen Burnus, im strahlenden Blau der Saharanomaden, mit einem ebenso blauen Tuch um den Kopf gewickelt, so dass nur noch ihre Augen frei geblieben waren. Vor ihr stand ein Korb mit gehäkelten Käppis, die nicht das einzige offensichtliche Bindeglied zwischen Juden und Arabern sind. Die handtellergroßen Stoffkreise für den Hinterkopf tragen nur verschiedene Namen, so wie ihre Götter verschiedene Namen tragen.

Ich wollte eines für meine älteste Tochter kaufen.

Jedes hatte eine andere Farbe, ein anderes Muster, und es dauerte lange, bis ich das richtige gefunden hatte. Fein und dicht gehäkelt aus dünner, fester Schafwolle, weiße und blaue konzentrische Kreise mit einer bunten Borte außen. Ich zog das Käppi aus dem Korb und hielt es der Frau hin.

Dabei schaute ich in ihre Augen.

Aus dem Schlitz des strahlend blauen Tuchs leuchteten zwei ebenso blaue Lichter, umrandet von einer glänzend schwarzen Linie. Um die Augen hatte die Frau blauen Puder aufgetragen, und ich konnte gerade noch daran denken, dass diese Farbe auf arabisch azigza heißt, da hatte mich der Strudel schon erfasst und mitgerissen. »Agelman azigza« stammelte mein blitzartig verblödetes Hirn in einem fort vor sich hin, »blauer Bergsee«, während ich wie ein hypnotisiertes Eichhörnchen vor dieser Frau Männchen machte, in der einen Pfote ein Käppi, im Kopf nur Klebstoff und im Mund eine Wüste.

„Cent dirham", sagte sie mit einem blechernen Französisch, und erst jetzt merkte ich, wie sehr ich blechernes Französisch liebte, wie ich jeden Morgen danach fiebern würde, bis endlich jemand mit schwarz geränderten blauen Augen aufwachte und in diesem blechernen …

Ich musste wohl etwas gesagt haben, denn sie griff nach zwei weiteren Käppis, drückte sie mir in die Hand und sagte: „Prend trois pour deux cent!"

Ich weiß nicht, wie ich aus diesem blauen Bergsee wieder auftauchte und wer mich an Land zog, es erinnerte mich ein wenig an den Filmriss vor zwei Tagen, jedenfalls stand ich mit drei Käppis in der Hand vor meinen Führern und hatte den Mund halb offen stehen.

„Du hast ihr zu lange in die Augen gesehen", sagte Hassan vorwurfsvoll.

„Tut mir Leid. Hab ich vergessen. Ich weiß ja, dass man das nicht machen darf."

„Nicht machen soll", verbesserte mich der Kleine. „Männer werden nämlich verrückt, wenn sie einer Frau zu lange in die Augen sehen. Vor allem einer Berberin. Das sind die Schlimmsten!"

„Lernt ihr so was in der Schule?"

„Phhhh“, machte Hassan. „Das hat mir mein Großvater erklärt, aber das weiß eigentlich jeder Mann, und nur ein Dummkopf weiß es nicht.“

Die Jungen waren froh, dass sie mich vom Lähmungszauber der Berberin wieder erlöst hatten, wenn auch um den Preis dreier völlig überbezahlter Käppis.

„Dafür bring ich dir zwei Dutzend!“, rief Machmud und schlug sich lachend auf die Schenkel. „Zweihundert Dirham! Zweihundert Dirham!!“

Es begann langsam zu dämmern und meine Beine wurden schwer. Ich lud die drei zum Abendessen ein und natürlich mussten wir das auf dem sagenhaften Djemaa el-Fna einnehmen.

Es gab keinen Widerspruch.

Endlich waren wir auf dem Platz der Gehängten angekommen. Blasse Holländerinnen saßen auf Campingstühlchen und ließen sich mit Henna klassische Hochzeitsbemalungen auf Hände und Füße verabreichen – nicht ganz so fein und liebevoll gearbeitet wie bei einer traditionellen marokkanischen Hochzeit, aber sie hatten auch keine acht Stunden Zeit dafür. Außerdem reichte ihnen als Mitbringsel schon der Spruch, den keine Hennamalerin vergisst, ihrer Kundschaft mitzugeben: »In Marokko darf eine Frau so lange keine Hausarbeit machen, so lange man diese Bemalung noch sieht.«

Inzwischen hatten ihre Männer wahrscheinlich von einem der vielsprachigen Guides gehört, dass es dafür ganz einfach ist, sich von seiner Frau zu trennen: Ein Rechtgläubiger musste nur dreimal hintereinander zu ihr sagen: »Ich verstoße dich!« Das gilt als Scheidung. Mit den neuen Eindrücken sammelte sich die internationale Besucherschar auf der Dachterrasse des Café du France, von wo man den ganzen Platz überblicken kann. »Ich verstoße dich!« hörte man immer wieder in den verschiedensten Sprachen und unter kreischendem Gelächter.

An einer Seite wird der Djemaa el-Fna von den Reihen der Orangensaftverkäufer begrenzt. Ich stellte mich mit meiner Fremdenführerschar neben einen der laut nach Kundschaft rufenden Saftpresser und beobachtete ihn. Ein älterer Araber kam, legte eine Fünf Dirham Münze auf den Tisch und wartete. Der Junge mit der weißen Papiermütze, der ständig „asîr del-limûn! jus d'orange!" geplärrt hatte, verstummte, presste vier Orangen aus und goss den Saft in ein leeres Glas. Danach fing er wieder an zu kreischen: „asîr del-limûn! jus d'orange!" Ich ging hin, legte eine Fünf Dirham Münze auf den Tisch und wartete. Der Junge mit der weißen Papiermütze schrie immer weiter „asîr del-limûn! jus d'orange!", presste nebenbei drei Orangen aus, goss den Saft in ein leeres Glas und kippte mir blitzschnell mit einer kleinen Blechkelle Wasser dazu. Ich nahm das Glas in die Hand und schaute ihn an. Er beachtete mich gar nicht. Ich sagte, dass ich den Saft gerne ohne Wasser gehabt hätte. Er schaute hinter mich und winkte, als ob er gerade einen alten Bekannten erspäht hatte und rief: „asîr del-limûn! jus d'orange!" Ich gab es auf und ging zu den Dreien zurück.

Der Saft schmeckte nicht schlecht, aber weil ich wusste, dass er gepanscht war, fand ich ihn dünn. Und ich ärgerte mich.

Ich erzählte den Jungs, dass schon Jean sich über die Orangensaftverkäufer geärgert hatte. „Nie, nie hat

es geklappt, auch nicht, als er mit Bazoo zusammen da war!“

„Ach, es ist doch ganz einfach“, sagte der kleine Hassan, zog eine Münze aus der Tasche, ging zum nächsten Stand und kaufte ein Glas Orangensaft. Ich beobachtete den Saftverkäufer genau. Er presste vier Orangen aus und goss den Saft in ein leeres Glas. Er reichte es Hassan und Hassan brachte es mir.

„Siehst du? Kein Wasser. So einfach ist das. Wenn du es nicht selber kannst, musst du es eben einen anderen für dich machen lassen. Man muss nur einen finden!“

Er hatte Recht. Der Saft war viel besser.

Auf dem Weg zu den Essständen kamen wir an all den Akteuren vorbei, die den Djemaa el-Fna zu einem Gesamtkunstwerk machen – an Akrobaten, Trommlern und Tänzern, an Schlangenbeschwörern, Märchenerzählern und Musikanten, an ständig klingelnden Wasserverkäufern, die das meiste Geld als lebende Fototapete verdienen, denn vor ihrem Wasser warnt jeder Reiseführer. Wir liefen an Trauben von Menschen vorbei, die andere Trauben von Menschen beobachteten, die sich in einem bestimmten Rhythmus bewegten oder sich gegenseitig die nackten Füße auf die gefalteten Hände stellten. Wir gingen an den kleinsten Läden der Welt vorüber, an quadratischen Tüchern, die auf dem Boden lagen, in der Mitte der Verkäufer, umrandet von getrockneten Echsen und Kröten, Pfoten und Häuten, Honig und Bienenwachs, Nadeln und Fäden, Salben und Wässerchen.

Aber bei Hassans Großvater hatte ich das meiste davon schon gesehen, es gab nichts Neues. Alles wiederholte sich, und ich merkte, dass Marokko nicht nur das Land der Wunder, sondern auch das Land der Wiederholung ist. Alles ist schon mal dagewesen, aber es häuft sich und wiederholt sich in einer derartig emsigen Beständigkeit, dass man keinem Marokkaner zu sagen wagt, man hätte seine Vorstellung oder sein Angebot je schon woanders einmal gesehen.

Außerdem weiß man hier nie, wer zum Publikum gehört und wer zu den Darstellern, und wenn die Zeit fortschreitet, der Singsang, der Klingklang und der süße Duft die Sinne benebeln, wenn die Nacht gemächlich und kaum spürbar den Tag verdrängt, dann kann auf dem Djemaa el-Fna keiner mehr sicher sagen, auf welcher Seite er steht.

Wir schlenderten durch die Tischreihen, auf denen sich in verbeulten Blechschüsseln alles präsentierte, was schön und schmackhaft ist: Mergez-Bratspieße, in Kräutern und Öl marinierte Lammrippchen, scharfe Keftabällchen, Muscheln und Schnecken, Ziegenköpfe und Kutteln, scharfe Würste und Klöße aus Zwiebeln und Bulgur. Es standen kleine Tajines auf den transportablen Feuerstellen, die früher – wie mir meine Führer erzählten – noch mit Holzkohle betrieben worden waren. Inzwischen hatte jeder Stand seine eigene große Propangasflasche, immer schön geschmückt, oft angezogen wie eine kleine Tänzerin, wobei der Kopf eine ausgehöhlte Melone bildete, die man über das Ventil und den Druckminderer gestülpt hatte. In bunten Plastikschüsseln lagen aufgeschnittene Gurken und Tomaten und wurden immer wieder mit frischem Wasser bespritzt, in verrußten Kesseln blubberten Suppen und scharfe Saucen, singende Männer steckten mit fettglänzenden Händen Fetzen von Lamm und Rind auf geölte Spieße, Frauen mit

Kopftüchern und feingliedrigen schnellen Fingern stapelten Zuckerwerk und von Honig tropfende Sesamkuchen zu glitzernden Pyramiden. Und immer wieder riefen uns die Aufreißer zu, dass es hier das beste Fleisch, den frischesten Fisch, die schärfste Sauce oder die süßesten Kuchen gäbe, sie deuteten auf die Standnummern, die auf großen weißen Pappschildern wie Standarten ihre kleinen Küchenkönigreiche zierten. Wenn wir weitergingen, riefen sie uns nach: „N'oubliez pas! Numéro 34, c´est le meilleure!“

Je mehr das Tageslicht wich, um so leichter hatten es die zischenden Gaslampen und grellen Batteriestrahler, die Höhepunkte dieses Bacchanals hervorzuheben, wuchsen die schönsten Augenköder zu Denkmälern, wurden die Petersilie hackenden Köche zu Messerakrobaten, die Ausrufer zu begnadeten Deklamateuren und die glücklich mampfenden Gäste zum edlen Logenpublikum. Wer hier nicht einkehrt, hat nichts Menschliches mehr an sich.

Wir hielten es kaum noch aus, doch wohin sich setzen in diesem Überfluss? Hassan zupfte einmal wieder und wieder einmal zur rechten Zeit, deutete auf eine leere Bank vor einem Keftagrill, und wir setzten uns schwätzend und kichernd hin, so als hätten wir uns schon immer gekannt. Die besondere Schönheit in den Gesichtszügen meiner drei Führer nahm ich jetzt erst richtig wahr, und ich war dankbar und begeistert zugleich, zugegeben ein wenig überromantisiert, so wie nach einer besonders guten Prise Kokain oder einer leichten Kifpfeife, aber ich war mir gleichzeitig sicher: Es war die plötzliche Schönheit des Lebens, die sich mir gerade unverstellt offenbarte, ein Moment der Vollkommenheit, obwohl und weil er doch so einfach war. Ein Augenblick, den andere mit „Verweile doch, du bist so schön!“ beschrieben hatten. Wir bestellten Salat und scharfe Bällchen, einen Tintenfischspieß für Machmud, den der Hilfskoch ohne Palaver einfach beim Nachbarstand kaufte und servierte, einen Tee, drei grellgelbe Fanta exotic und eine Literflasche Sidi Harman Wasser. Wir saßen nebeneinander wie Schulbuben auf den Bänken und lachten gleichzeitig über eine dicke weiße Frau, die zwei kleine freche Marokkaner links und rechts unter ihre enormen Oberarme gequetscht hielt und mit ihnen einen Strafmarsch absolvierte. Auf und ab vor unseren Augen, vor den Augen, in die sich langsam der beißende Rauch der Feuerstellen grub, die heiße Luft, die den Hintergrund zum Tanzen bringt, so wie die heiße Wüstenluft die Dünen tanzen lässt. Und genau in diesem Moment, in dieser glücklichen Unschärfe, sah ich ein Paar vorüberschlendern. Sie war klein und nussbraun, wuschelhaarig und hatte stolze Schultern, und sie klammerte sich lachend an ihn – an einen blassen, blonden Jungen, der ebenso glücklich und schulterstolz ging, der Jean sein konnte oder musste, und sie war gewiss Aruscha, seine Beni.

Ich wollte aufspringen, aber ich hatte plötzlich alle Kraft verloren. Ich wollte rufen, aber meine Stimmbänder waren erschlafft, und meine Lungen hatten keine Luft mehr. Ich starrte in den beißenden Rauch, um mir Gewissheit zu verschaffen und wusste doch, dass die Lähmung des Djemaa el-Fna mir keine Gewissheit gönnen würde. Dazu mochte mich dieser Platz zu gerne.

Ich holte wieder Atem, so wie ein Perlentaucher, der mit einer schönen Beute den Wasserspiegel durchstößt. Hassan, Abu und Machmud saßen neben mir, sie lutschten an ihren fettigen Fingern, grinsten mich an und hatten jeder einen neuen Namen für mich gefunden.

Gerade eben.

„Hast du jemanden gesehen, Sidi?", fragte Hassan.

„Ich glaube schon", sagte ich. „Aber ganz sicher bin ich mir nicht."

Das Paar hatte sich umgedreht und mich kurz gemustert, so wie man einen alten Bekannten mustert, den man nicht unbedingt begrüßen muss, wenn man in Eile ist, weil man ihn immer wieder trifft.

Jeden Tag, hier auf diesem Platz oder irgendwo in der Stadt.

Ich dachte an die Papiere, die zwischen zwei Lederdeckel gepresst und von einer grünen Kordel zusammengehalten in meinem Koffer steckten. Wie lange würde ich wohl brauchen, um die 41. Bücher von Hassans Großvater zu übersetzen? Einen Monat? Ein Vierteljahr?

Vielleicht würde ich mich später noch auf die Mosaikbank vor dem Bab Doukkala setzen und vielleicht würde die Frau mit dem blauen Kleid noch einmal vorbeikommen.

Wissenswertes und Nutzloses

Die 41 Bücher des Großvaters

1 Über die Zwiebel
2 Über das Huhn
3 Über sauer eingelegtes Gemüse
4 Das Salz vom Meer und aus der Wüste
5 Über die Olive
6 Über das Arganöl
7 Pasteten mit Fisch
8 Über die Sardine
9 Mein Jahr mit den Enten
10 Zucker
11 Über die Weißfische
12 Alles über Paprika
13 Die Minze als Tee und Gewürz
14 Über die Tomate
15 Tajinegerichte mit Fleisch
16 Meine Gedichte über den Wildhonig
17 Über die Mandel
18 Süße Pasteten
19 Über kaltes und heißes Wasser
20 Über Eingeweide
21 Süßspeisen mit Honig
22 Über den Safran

23 Über gebratenes Gemüse
24 Koriander
25 Über den Knoblauch
26 Über Kichererbsen
27 Langusten und Krabben
28 Lammhackfleisch und 300 Arten es zu würzen
29 Ein Jahr im Wald
30 Couscous süß
31 Über den Thunfisch
32 Alles was ich über Schnecken weiß
33 Brot
34 Dünner Teig mit Belag
35 Tajinegerichte mit Fisch
36 Meine Aufzeichnungen über die Beeren
37 Über die Kartoffel
38 Scharfe Pasteten
39 Über Ziegen
40 Über Suppen
41 Süßspeisen mit Sesam

A

Abziehen (oder legieren)

Man zieht eine Speise ab, indem man Eidotter mit kaltem Wasser, mit etwas Mehl oder auch ohne Letzteres miteinander verquirlt und es dann unter die heiße Suppe oder Sauce rührt.

Abschlagen (das)

Man wirft einen Teig (hauptsächlich Hefeteig) kräftig auf eine glatte Unterlage, vorzugsweise eine Marmorplatte, damit er seine Blasen verliert und feinporiger wird.

Aghroum

Bedeutet in der Berbersprache, die viel älter ist als das zugewanderte Arabisch, schlicht »Brot«. Ein karger Name für ein Restaurant mit Anspruch. Man sollte es nicht als Understatement verstehen, denn Understatements sind in Marokko unbekannt. Es wusste schlicht und einfach keiner der Pächter, was »Aghroum« bedeutet.

Argan-Baum (der)

In Marokko ist der Arganbaum für seine zahlreichen Verwendungen berühmt. Dieser Ölbaum, der nur in Marokko und an einem winzigen Küstenstrich in Südamerika wächst, wurde 1219 zum ersten Mal in der Geschichte von dem berühmten Arzt Ibn Al Baytar erwähnt. Der Arganbaum (Argiana Spinosa) wird zwischen 150 und 200 Jahre alt und ist der zweitwichtigste Ölbaum in Marokko. Der Arganwald zwischen Agadir und Essaouira hat eine Fläche von über 800.000 Hektar mit über 20 Millionen Bäumen.

B

Bain Marie

»Au bain marie« setzen, heißt: eine fertig bereitete Speise in eine Kasserolle mit heißem Wasser warm setzen, wodurch verhindert wird, dass sich eine dickliche Sauce zu sehr anlegt oder noch mehr verdickt.

Baiser

In Deutschland versteht man darunter ein Schaumgebäck aus gezuckertem, steifem Eischnee, und obwohl das ein französisches Wort ist, sollte man von einer französischen Bäckerin nie ein »baiser« verlangen. Sie wird den Kuss fast immer verweigern und im besten Falle stattdessen eine »meringue« anbieten. So heißt dieses Gebäck nämlich in seiner Heimat.

Baraka (die)

siehe Marabut

Barbieren

Einen Fisch barbieren, heißt ihn nicht nur zu schuppen, sondern mit einem scharfen Messer die Schuppen mitsamt der Haut abzuschneiden.
Ganz anders verhält es sich mit der Redensart: »Jemanden über den Löffel balbieren«, wobei balbieren nur die ältere Form von barbieren ist. In den Rasierstuben des Mittelalters spannten die Bader alten, zahnlosen Männern die eingefallenen Wangen dadurch, dass sie ihnen einen Löffel in den Mund schoben. Betrogen wurden dabei nicht die Kunden, sondern nur die Natur, denn auf einer glatten Haut lässt es sich eben besser rasieren als auf einer schrumpligen.

Bismillah (arab.)

Im Namen Gottes.

Blinderbsen (die)

Wenn man einen Teigboden oder eine Teighülle erst später belegen oder füllen will, muss man blind backen. Dazu belegt man eine Form mit dem Teig und füllt getrocknete Kichererbsen hinein, die verhindern, dass er beim Backen seine Form verliert und aufgeht. Die Erbsen werden aufbewahrt und je nach Küche drei- bis hundertmal wiederverwendet.

C

Couscous (der)

Der Couscous kommt aus Tunesien. Er ist in fast jedem Land Nordafrikas so etwas wie ein Nationalgericht. Als Brotersatz kann er mit Fleisch, Fisch, Gemüse, Eiern oder Süßem gegessen werden.
Für die Zubereitung wird normalerweise eine Couscousière benutzt. Dieses Spezialgeschirr besteht aus einem Kupfertopf und einem Aufsatz, dessen Boden erbsengroße Löcher hat. Man kann den Couscous aber auch in einem normalen Haushaltstopf mit einem Siebeinsatz zubereiten.

Serviert wird der Couscous – immer heiß – kegelförmig aufgeschichtet in der Mitte einer großen Platte. Rundherum sind Gemüse, Fleisch, Kräuter und Gewürze angeordnet. Gegessen wird der Couscous traditionell mit den Fingern (der rechten Hand).
Wer sein Couscous mit einem Finger isst, steht unter dem Einfluss des Teufels, wer mehr als drei Finger benutzt, ist ein Gierschlund und Vielfraß – der wahre Gläubige nimmt drei Finger: Daumen, Zeige- und Mittelfinger.

D

Deglacieren

Um den meist sehr aromatischen Bodensatz zu lösen, gießt man Flüssigkeit in die heiße Pfanne.

Djellaba (die)

Typisches Bekleidungsstück für einen marokkanischen Mann. Ein langes, meist helles Gewand mit spitzer Kapuze. Wird zu allen Gelegenheiten, vor allem auf der Straße, über anderer Kleidung getragen. In Ägypten heißt es Galabea, Gallabiya oder Dschallabiya.

Dschinn (der)

Nach islamischer Auffassung sind Dschinn intelligente Geisterwesen, die weder den Menschen noch den Engeln zuzuordnen sind.
In der Vorstellungswelt der Araber vor Mohammed waren Dschinn Wüstengeister. Aus einigen Koranstellen (37,158; 6,128; 72,6) lässt sich rückschließen, dass die Mekkaner die Dschinn als Verwandte Gottes sahen, ihnen opferten und von ihnen Hilfe erwarteten.
Laut Koran wurden die Dschinn von Gott aus Feuer geschaffen. Sie werden damit von den aus Ton geschaffenen Menschen und den aus Licht geschaffenen Engeln und Satanen unterschieden. Die Frage, ob der Teufel «Iblis» den Engeln oder den Dschinn zuzuordnen sei, wird im Koran nicht eindeutig beantwortet. In Sure 18,50 wird vom Teufel behauptet: »Er gehörte zu den Dschinn«. An anderen Stellen wird er offensichtlich unter die Engel eingereiht.
Nach dem Koran gibt es also gute und böse, gottlose und fromme Dschinn.
Die maßgeblichen islamischen Theologen gehen bis heute selbstverständlich von der Existenz der Dschinn aus. Die Rechtswissenschaft diskutierte mit großer Ernsthaftigkeit die möglichen Beziehungen zwischen Menschen und Dschinn bis hin zu der Frage, wie Kinder

aus sexuellem Verkehr zwischen Mensch und Dschinn rechtlich gestellt seien.
Es gibt nur einzelne Stimmen, die die offizielle Lehre von den Dschinn bezweifeln. Während der mittelalterliche Philosoph Ibn Sina ihre Existenz schlichtweg bestritt, versuchen heutige modernistische Koranausleger die Aussagen des Koran als frühen Hinweis auf Mikroben und Bazillen zu deuten. Andere sehen in den Dschinn »verborgene Qualitäten oder Fähigkeiten von Menschen«. Solche Gedanken haben aber weder im Volk noch in der Theologie weite Verbreitung gefunden.
Es gibt verschiedenste Verhaltensmaßregeln dafür, wie man es vermeiden kann, die Dschinn zu stören oder zu verärgern und damit gegen sich aufzubringen, etwa das Meiden bestimmter Orte wie öffentlicher Toiletten oder Müllplätze oder das laute Sprechen über Dämonen. Zu den Vorsichtsmaßnahmen kann auch der Ausspruch »bismillah« (»im Namen Allahs«) vor einer gefährlichen Handlung gehören. Unglück und Probleme werden leicht als Folge feindlicher Aktivitäten von Dschinn gedeutet. Eheschwierigkeiten können damit erklärt werden, dass einer der Partner einen Dschinn verärgert hat oder aber dadurch, dass ein Dschinn etwa auf die Frau ein Auge geworfen hat.
Andererseits versucht man mit Hilfe magischer Praktiken, die guten Dschinn für die eigenen Zwecke einzuspannen. Meist geschieht das über Personen, die sich besonders darauf verstehen.
Über die Märchen aus »1001 Nacht«, etwa »Aladins Wunderlampe«, sind die nützlichen Dschinn auch tief in das westliche Bewusstsein vorgedrungen und spiegeln sich etwa im TV- Flaschengeist »Bezaubernde Jeanny« (Jeanny kommt lautmalerisch von Dschinn!) wider.

E

Emir (der)

Ein Begriff aus vorislamischer Zeit, der »Befehlshaber« meint. Kommandanten und militärische Führer wurden neben ihren Kalifen immer mächtiger, und manche riefen gar einen eigenen Staat aus – das Emirat. Heute bezeichnen sich Prinzen arabischer Königshäuser als Emire, siehe: Vereinigte Arabische Emirate.
Klassischer Spruch dazu:
„Spricht der Scheich zum Emir, zahl'n wir und geh'n wir?
Sprich der Emir zum Scheich: Zahl'n wir nicht und geh'n wir gleich!"

F

Fatwa (die)

Rechtsgutachten eines Muftis/Mullahs (siehe > Mufti)

Fremdenlegion (die)

Am 10. März 1831 wurde durch einen Erlass des französischen Königs Louis-Philippe eine neue Einheit gegründet: die lègion étrangère. Seit diesem Tag wird die Fremdenlegion überall auf der Welt eingesetzt, wo französische Interessen zu vertreten sind. Die ersten Freiwilligen waren Deutsche, Schweizer, Italiener, Spanier und Polen, die sich aus unterschiedlichsten Gründen verpflichteten, aus Kriegshunger, Abenteuerlust, politischer Überzeugung oder aus wirtschaftlichen Zwängen. Es war auch möglich, sich ohne Ausweispapiere zu verpflichten, was vielen Kriminellen den Einzug in die Legion eröffnete und den nicht gerade guten Ruf dieser legendären Einheit begründete.

Fricandeau (das)

Ein gespicktes und gedämpftes Stück Kalbfleisch.

G

Garnieren

In der Küche hat das nichts mit Verzieren zu tun, sondern bedeutet das Umlegen der Hauptspeise mit den Beilagen und das Zugeben der Einlagen zu Suppen und Saucen.

Gebetsteppich

Der klassische Gebetsteppich hat eine eingeknüpfte so genannte Gebetsnische (Mihrab) , die regional sehr verschieden ausfällt. Die kann verschiedene Formen haben – abgestuft, wie eine Treppe oder mit Häubchengiebel. Wo immer ein Muslim betet, wendet er sein Gesicht nach Mekka. Die Spitze der Gebetsnische weist dabei ebenfalls in diese Richtung. Häufig wird eine vom Giebel herabhängende Öllampe eingeknüpft, die das ewige Leben symbolisieren soll.

Giaur (arab.)

Ungläubiger, nicht allzu freundlicher Begriff für alle nichtmoslemischen Mitmenschen.

Glace (franz.)

Hat nichts mit Eis zu tun, es meint vielmehr einen stark eingekochten, fast schon gelierenden Fleisch- oder Fischfond. Die Glace würzt und stabilisiert Saucen.

Glacieren (das)

Das Überziehen des Fleisches, der Fische, der Torten mit einer Gallerte oder dem Zuckerguss. Das geschieht vermittelst eines feinen Pinsels. Kalte Mehlspeisen glaciert man, indem man sie ganz gleichmäßig mit fein geriebenem Zucker bestreut und diesen dann durch einen darüber gehaltenen glühenden Stahl schmilzt und in eine glänzende Kruste verwandelt.

Gnawa (die)

Rituelle Musik aus Marokko. Gnawa heißt eine spirituell-philosophische Bruderschaft aus Nachfahren schwarzer Sklaven, die einst aus den Subsahara-Ländern nach Marokko deportiert wurden.
Über Jahrhunderte haben die Mitglieder ihre vielfältigen Wurzeln lebendig gehalten – beeinflusst nicht nur durch die Kulturen Schwarzafrikas, sondern auch durch das Juden- und Christentum und besonders den Islam.
Die Musik der marokkanischen Gnawa ist bestimmt durch traditionelle Zeremonien. Dabei kommt in den Liedern und Tänzen, in denen Geister beschworen werden, immer wieder die Sehnsucht nach Trance zum Ausdruck.

H

Hacken

Obwohl man inzwischen in der Küche vom Kräuterhacken abgekommen ist, weil die wertvollen aromatischen Säfte der Kräuter vom Holz aufgesaugt werden (inzwischen schneidet man Kräuter meist mit speziellen Scheren), wird das klassische Hacken im »Aghroum« immer noch gepflegt. Man arbeitet hier auf speziellen Tujawurzelbrettern, deren Oberfläche so hart ist, dass sie keine Flüssigkeit aufnehmen.

Hadschi (der)

Der Mekkapilger, der die dritte der religiösen Verpflichtungen des Islam unternommen hat. Vor hundert Jahren war eine Hadschra, die Reise nach Mekka mit den rituellen Handlungen rund um die Kaaba, der heiligsten Stätte des moslemischen Glaubens, eine teure und gefährliche Angelegenheit – heute werden Komplettreisen für Moslems aus aller Welt angeboten, und in Saudi-Arabien kümmern sich Guides um den rechtmäßigen Ablauf der Hadschra. Wer es sich trotzdem nicht leisten kann, ist von dieser Verpflichtung befreit.

Haik (der)

Ein weites, meist knielanges Kleidungsstück aus Wolle oder Baumwolle, das sich die einfachen Leute beim Verlassen des Hauses überwerfen. Darunter kann sich alles verbergen – nichts oder viel, sauber oder schmutzig, der Haik ist das Zelt des kleinen Mannes.

Hammam (der)

Der Typus des islamisch-arabischen Bades ist eine Mischung aus der hoch entwickelten griechisch-römischen und der asiatischen Badekultur.
Im arabischen Raum hatte das Element Wasser verglichen mit dem europäischen schon sehr lange einen besonderen Stellenwert. Die hygienischen Anlagen zur Versorgung der Haushalte mit Wasser wiesen einen hohen technischen Standard auf. Mitteleuropäische Siedlungen hingegen ähnelten bis ins 19. Jahrhundert hinein bisweilen Kloaken.
In islamischen Hausanlagen der reicheren Bevölkerung war die Wasserversorgung ein ausgeklügeltes System. Trink- und Brauchwasser wurden in voneinander getrennten Leitungen durch ein Gebäude geschickt, das von bis zu 100 Personen bewohnt wurde.
Im Innenhof befand sich ein System von Becken, in dem Wasser auf Vorrat gehalten wurde und das sowohl Feuchtigkeit spendete als auch für Kühlung sorgte. Diese Becken waren kunstvoll verziert und Zentrum einer jeden Hausgemeinschaft. In den Häusern der wohlhabenden Klans und Großfamilien war eine eigene Badeanlage für die Bewohner vorhanden. Die gemeinschaftlich genutzten Bäder waren wesentlicher Treffpunkt und wurden Gästen bereitwillig zur Verfügung gestellt.
Das arabische Hammam hat aus den römischen Vorbildern geschöpft und sie verändert. Die Bauten wurden kleiner, die technischen Einrichtungen einfacher. Die Schwimmbassins und Außenanlagen wurden aufgegeben. Der eher bedeutungslose Entkleidungsraum des antiken römischen Bades wurde zu einem großen Ruheraum (maslak) ausgeweitet, der zu Beginn und Ende des Badeaufenthalts besucht wird. Der in der Wichtigkeit der Thermen eher untergeordnete Heiß-

luftraum wurde zum zentralen Raum (beit-al-harar). An ihn sind kreuzförmig ausstrahlend die anderen Einrichtungen und Wasserquellen angelagert. Die römischen Wasserbecken wurden durch warme Steinflächen zum Sitzen ersetzt.
Der extreme Heißluftraum der römischen Therme wurde zu einem Dampfbad (maghtas), das dem zentralen Raum angeschlossen ist. In seiner Mitte befindet sich das einzige Becken des arabischen Bades; es ist in den Boden eingelassen. Von diesen Dampfbädern gibt es zumeist zwei mit unterschiedlich hohen Temperaturen. Statt der lichtdurchfluteten Warmräume gibt es in den arabischen Bädern halbdunkle Kuppelgewölbe, die den Badenden Ruhe und Abgeschlossenheit vermitteln. Unter diesen Kuppeln befindet sich der Sammelplatz der guten Geister. Badende bereiten sich nicht mehr aktiv durch Körperübungen auf das Bad vor, sondern nehmen eine passive Haltung ein. Bedienstete lockern die Glieder, massieren den Körper und seifen die Badenden ein.
Die Bedeutung des Wassers spiegelt sich in den Reinigungsritualen der Moslems nach wie vor wider. Sie sind ebenso fixer Bestandteil des täglichen Lebens wie die Badehäuser. Das Badehaus gilt als ideale Ergänzung zur Moschee. Da das Badehaus eng mit dem islamischen Leben verknüpft ist, wird die Ausstattung desselben zugleich als religiöses Opfer gesehen. Es war den Badenden selbst überlassen, je nach ihrem Rang und Reichtum zu bezahlen. Auch die Bezahlung der Bediensteten galt als gottgefällige Tat. Die Badediener waren von jeglicher Besteuerung befreit.
Die Hammams waren und sind eine soziale Einrichtung, die der Reinigung und der Entspannung dienen. Sie waren der einzige Treffpunkt, der Frauen ein Zusammenkommen außerhalb des Hauses ermöglichte.
Bis heute gibt es in fast jeder islamischen Stadt mehrere Badehäuser. Auch die Dörfer haben Badehäuser, die zur Versorgung der näheren Umgebung errichtet wurden. Meist stehen sie unter öffentlicher Verwaltung. Badehäuser an den Hauptstraßen beherbergen Durchreisende ähnlich wie in europäischen Gastwirtschaften.

Haratin (die)

Die heutige Bevölkerung Marokkos bietet ein Bild größter Vielfalt und Rassenmischung: Berber, Araber – und Haratin. Letztere leben vorwiegend in den Oasen und Siedlungen des Südens: in der Stadt Marrakesch und vor allem im Draatal bei Zagora. Die Haratin haben ihre eigene Sprache, genauer gesagt ihren eigenen Dialekt: »Hassania«.

Es gibt zwar seit langem schon keine Sklaven mehr in Marokko, aber die jahrhundertelange Versklavung der Haratin hat tiefe Spuren hinterlassen. Bis heute werden die Haratin von den übrigen Oasenbewohnern und Nomaden gering geachtet. Sie mussten in der Vergangenheit stets schwere und niedere Arbeiten verrichten. Entsprechend gehören sie auch heute noch zu den ärmsten Bevölkerungsgruppen des Landes.

Ungewöhnlich ist das Dorf »Douar Laabid« (arabisch für Sklavendorf) nur sechs Kilometer von Zagora in Südmarokko entfernt – der einzige Ort Marokkos, in dem ausschließlich Haratin in einer geschlossenen Gemeinde zusammenleben.

Scheich Zaid, einer der Bewohner des Ortes, stammt aus dem Sudan. Er ist der Scheich der Haratin und gleichzeitig der Chef einer Gnawa-Musik-Gruppe. Seine Kultur und seine Tradition pflegt er voller Stolz und Selbstbewusstsein.

Wie Scheich Zaid kennt in Zagora auch jeder Lalla Fatma. Nicht nur die Haratin suchen sie wegen ihrer Heilkünste auf. Die Siebzigjährige ist berühmt, denn sie wendet die uralte Naturheilkunst der Haratin an. Lalla Fatma hat sich auf Augenkrankheiten konzentriert: Mit ihrer Zunge entfernt sie unter anderem kleine Steine und Glassplitter aus den Augen kranker Patienten.

In Marrakesch verdienen die Haratin hauptsächlich als Musiker, Magier und Heiler ihren Lebensunterhalt. Einige von ihnen gehören einer Bruderschaft an, die ein animistisch-afrikanisches Erbe mit dem Islam verbindet: Sie geben sich der Beschwörung und Austreibung von Dschinns hin. Mit Trommeln und großen eisernen Kastagnetten führen sie dann einen stampfenden und rollenden Tanz auf. »Gnawa« nennt man diesen bekannten Haratin-Stamm, abgeleitet von Guinea, denn ihre Vorfahren waren Sklaven von der Goldküste.

Harrier

Der Harrier ist das erste senkrecht startende Flugzeug, das Einsatzreife erreichte. Nach der Erprobung in einer Staffel, die mit Piloten aus drei Nationen aufgestellt wurde, entschieden sich zunächst nur England und die USA zur Beschaffung des Flugzeuges. Das Flugzeug schwebt auf dem Schubstrahl der schwenkbaren Düsen. Feinsteuerung und Stabilität werden durch entsprechende kleinere Düsen in Bug und Heck sowie an den Tragflügelspitzen erreicht. Das Flugzeug kann auch seitwärts fliegen und in der Luft stehen.

In einem Vergleichstest mit einem Fliegenden Teppich ist die Harrier zwar in puncto Geschwindigkeit und Zuladung überlegen, der Teppich jedoch ist leiser, sanfter und umweltfreundlicher.

Haschisch (arab. Hanf)

Rauschgift aus dem Harz des indischen Hanfs. Die getrockneten, feinen Dolden der weiblichen Pflanze heißen in Marokko Kif. Das Rauchen des Kifs hat eine alte Tradition, während die Produktion von Haschisch erst im letzten Jahrhundert begann, hauptsächlich in der für Touristen nicht gerade ungefährlichen Gegend um Ketama in Nordmarokko.
Offiziell ist der Anbau, Handel und Konsum von Haschisch in Marokko verboten. Offiziell. Haschisch und Kif prägen jedoch den Alltag ebenso wie der Marokkanische Minztee.
Der Umgang der Haschischtouristen mit dem bewusstseinserweiternden Stoff ist für die meisten Marokkaner jedoch nur schwer nachzuvollziehen, so erzählte Bazoo von einem englischen Mechaniker, der bei der »Raid Maroc«, einer Safaritour der Offroad-Freaks aus Europa, einen Riesenbrocken Haschisch pur in einer Alufolie rauchte, dazu Wodka und Bier trank, sich anschließend auf seine Geländemaschine setzte und in die Wüste hinaus bretterte. Man war sich einig, dass man diesen Irren niemals wiedersehen würde, aber kaum eine Stunde später brüllte das Motorrad durch das Wüstendorf, der Engländer stieg von seiner Maschine ab, als sie noch die Geschwindigkeit eines fliehenden Kamels hatte, überschlug sich dreimal, kroch in sein Zelt und schlief ein.
Man empfindet hier keinen besonderen Widerwillen oder Ekel angesichts solcher Proleten, sondern bewundert sie als bestaunenswerte Wesen mit einer enormen Aufnahmefähigkeit für Gifte aller Art.

K

Kalif (der)

An der Spitze jedes islamischen Reichs steht der Kalif, wörtlich «der Nachfolger» des Propheten. Anders als der Papst in der katholischen Kirche hat er jedoch keine religiöse Autorität, denn nichts und niemand darf nach dem Koran zwischen den Gläubigen und Allah stehen. Der Kalif hat die Gläubigen zu schützen und ihre freie Religionsausübung zu garantieren. Dafür darf er sich auf die Macht und Mitarbeit von Wesiren, Emiren, Scheichs und Muftis stützen. Die ersten Kalifen waren noch alle mit Mohammed verwandt oder wenigstens verschwägert, später genügte es ihnen, aus demselben Stamm wie Mohammed zu kommen.

M

MARABUT (DER)

In Marokko wird ein Islam praktiziert, der bei den strenggläubigen Wahhabiten aus Saudi-Arabien nur noch als Sektentum verstanden wird. So werden hier heilige Männer verehrt, so genannte Marabuts oder Walis (von »Wali Allah« – Freund Gottes), die über Baraka, eine göttliche Kraft, verfügt haben sollen. Die Grabstätten dieser Marabuts werden ebenso verehrt wie die Plätze, an denen die Heiligen gewohnt oder sogar nur einmal gerastet haben sollen. Die Baraka soll an diesen Orten auf die Gläubigen übergehen. Frauen erbitten sich hier Kindersegen, Männer erfolgreiche Geschäfte.

MARRAKESCH

Marrakesch wurde von alten arabischen Chronisten Mraksch, d.h. »die Stadt«, genannt, heute auch »die Perle des Orients«. Anfangs war Marrakesch nur ein Karawanenlagerplatz. Erst Abou Bekr, der Anführer der Almoraviden, erkannte diesen Platz als vorzügliches Lager für seine Truppen. Sein Vetter Youssuf Ibn Taschfin baute die erste Moschee und Häuser (1062) und pflanzte die riesigen Dattelpalmenhaine – die Palmeraie –, die man jetzt noch im Nordosten der Stadt bewundern kann. Von Marrakesch aus brach Youssuf Ibn Tachfin auf, um das ganze Land zu erobern. Er stieß sogar bis nach Andalusien vor. Marrakesch wurde zur Hauptstadt des Reiches. Nach und nach wurde die Stadt von den Almoraviden und den nachfolgenden Almohaden unter Abd el Moumen (12. Jh.) und später Abou Yakoub Youssuff und Yakoub el Mansour ausgebaut. Aus der Almoravidenzeit blieb nur die neun Kilometer lange Stadtmauer erhalten.
Aus der Zeit der Almohaden gibt es ebenfalls nur Reste, da nachfolgende Sultane die Eigenart hatten, die Paläste ihrer Vorgänger zu zerstören und eigene zu bauen. Zu den eindrucksvollsten Almohadenbauten zählen die Stadttore und das berühmte Minarett der Koutoubia-Moschee. Die nächste Dynastie der Meriniden blieb nur kurz in der Stadt und wählte Fes zu ihrer Hauptstadt. Erst im 16. Jahrhundert, als die Saaditen unter Ahmed El Araj an die Macht kamen, kehrte der königliche Hof nach Marrakesch zurück. Aus dieser Zeit sind noch zahlreiche Bauten erhalten. Am schönsten und kunstvollsten sind die Saadier Gräber, deren Haupteingang der Alouitensultan Moulay Ismail zumauern ließ, und der erst 1917 wieder entdeckt wurde.
Während der Kolonialzeit wurde Marrakesch von dem franzosenfreundlichen Pascha El Glaoui beherrscht, der nach dem Einmarsch

der Franzosen 1912 mit diesen zusammenarbeitete und sich zahlreiche Vorteile durch diese Verbindungen verschaffte. Als König Mohammed V. 1956 den Thron bestieg, war es aus mit seiner Macht.

Minarett (das)

Minarett ist arabisch und bedeutet »Leuchtturm«. Minarette sind Türme zum Gebetsruf für den Muezzin der Moschee. Entwicklungsgeschichtlich ist ein Minarett vom Signalturm oder von den Turmzellen der christlichen Eremiten abzuleiten. Das Minarett ist im westlichen Islam quadratisch, in Ägypten gibt es Sonderformen mit drei Stockwerken, in Persien und Anatolien ist es zylindrisch gestaltet. In der osmanischen Baukunst gewinnt es ein nadelförmiges Aussehen und erhält einen bis drei Balkonumgänge (Scherife). Größere Moscheen haben häufig zwei oder vier Minarette. Die Blaue Moschee in Istanbul hat sechs, die Große Moschee in Mekka sieben Minarette.

Minbar (der)

Ein Minbar ist die hölzerne oder steinerne Predigtkanzel der Moschee. Ein Minbar dient zum Vortragen der Freitagspredigt (Khutba) des Gemeindeleiters (Imam). Ursprünglich wurde der Minbar vom Propheten Mohammed als Richterstuhl eingeführt. Dann jedoch wurde der Minbar nur den Kalifen vorbehalten und stand später in allen Hauptmoscheen rechts vom Mihrab.

Minibar (die)

Kleiner Kühlschrank, meist mit Schloss versehen, der in bessern marokkanischen Hotels auf dem Zimmer steht. Gefüllt in der Regel mit zwei Halbliterflaschen Yeni Harman (Wasser), einer Dose Cola light, einer Dose Fanta exotique (wird nur für den Maghreb abgefüllt, ist extrem süß und entweder pinkfarben oder knallorange), zwei Dosen Orangensaft, einer Tüte kandierte Mandeln und einer Tüte Erdnüsse, manchmal auch Kekse und Eiswürfel. Die Mischung kann individuell abgeändert werden und enthält im Marrakescher »La Mamounia« auch Rotwein und Champagner.

Muezzin (der)

Muezzin ist arabisch und bedeutet »Gebetsrufer«. Ein Muezzin ist ein islamischer Gemeindebeamter, der von dem Minarett einer Moschee täglich fünfmal die Gebetszeiten ausruft. Heutzutage werden die Gebetsrufe jedoch meist vom Tonband abspielt.

Mufti (Mullah) (der)

Name für die islamischen Rechtsgelehrten, die unter anderem prüfen, ob weltliche Maßnahmen und Gesetze dem moslemischen Recht entsprechen (siehe Fatwa). Bei den Schiiten heißen diese Rechtsgelehrten Mullahs; besonders bedeutende Gelehrte werden mit dem Titel Ayatollah geehrt.

P

Pessar (das, von lateinisch: »pessare« – eindringen)

Das Pessar (oder Diaphragma) ist ein Verhütungsmittel für die Frau. Das Pessar ähnelt einem kleinen Hut ohne Rand. Es ist elastisch und lässt sich leicht falten, so dass es ohne Schwierigkeiten in die Scheide eingeführt werden kann und den Muttermund verschließt. Vor jeder Verwendung muss eine spermientötende Creme auf das Pessar aufgetragen werden.

Posten (der)

Der persönliche Arbeitsplatz eines Kochs, mit seinen Messern (von denen jeder andere tunlichst die Finger lassen sollte) und allen Gerätschaften, die er ständig braucht: den Standardgewürzen, Öl und Butter, Mehl, Gewürzsträußen und jeder Menge Tücher.

R

Ramadan (der)

»Beginnt und beendet das Fasten, sobald ihr die Mondsichel seht!« Der islamische Fastenmonat Ramadan beginnt in jedem Land bzw. jeder Gegend, wenn identifizierbare und glaubwürdige Zeugen die jüngste sichtbare Mondsichel (»hilaal«) gesehen haben. In Deutschland wird der Beginn des Ramadan unter anderem durch den »Deutschen Islam-wissenschaftlichen Ausschuss der Neumonde« (DIWAN) bekannt gegeben.

Das Ramadanfasten gehört zu den fünf Säulen des Islam. Die anderen vier Säulen sind: das Glaubensbekenntnis, das rituelle Gebet, die Sozialabgabe und die Wallfahrt nach Mekka. Das Ramadanfasten ist eine Pflicht, von der ein Muslim nur unter ganz bestimmten Umständen entbunden werden kann: Ausgenommen sind beispielsweise Kinder unter 15 Jahren, alte und kranke Menschen und geistig Behinderte. Ebenfalls befreit sind Wöchnerinnen und schwangere Frauen sowie Frauen, die in dieser Zeit ihre Monats-

blutung haben. Sie sind jedoch aufgerufen, die versäumten Tage nachzuholen.
Der Höhepunkt des Fastenmonats Ramadan ist die Nacht der Bestimmung (»Lailaat-ul Qadr«), in welcher dem Propheten Muhammad nach der islamischen Heilsgeschichte und Lehre die erste Sure des Koran herabgesandt wurde. Dreißig Tage lang sind alle Muslime – Sunniten wie Schiiten gleichermaßen – aufgerufen, enthaltsam zu sein und sich von Sonnenauf- bis Sonnenuntergang von allen Genüssen fern zu halten. Der Fastenmonat endet mit dem dreitägigen Fest des Fastenbrechens (»'Id-ul Fitr«).

S

Salamander (der)

Ein echtes Profigerät mit einer schnell und extrem stark aufheizbaren Glühschlange darin, unter der man vor allem empfindliche Gerichte leicht gratinieren kann.

Scheich (der)

Früher wurde fast jeder Moslem über 50 »shaikh« genannt, ein respektvoller Ehrentitel für alle erfolgreichen Geschäftsleute oder weisen Lehrer. Heute noch tragen die Führer des saudi-arabischen Königshauses den Titel Scheich.

Sultan (der)

Dieser Titel entstand erst im 11. Jahrhundert, als der Kalif von Bagdad einem Eroberer ein Amt verleihen musste, weil er ihm das Kalifat nicht übertragen konnte und wollte. Mit dem Sultanstitel ist ein Riss im islamischen Staatsverständnis entstanden: Nie sollte es einen Herrscher neben dem »Gottesmittler«, dem Kalifen, geben.
Die Sultanine dagegen ist nicht die Tochter des Sultans, sondern bedient sich nur des arabischen Worts »sultani«, das »hervorragend« bedeutet, um die besondere Veredelung einer Rosine (große, kernlose, getrocknete Weinbeere) hervorzuheben. Früher nannte man sie auch Sultanrosine.

Souk, Suq (der, Plural: die Souks, Suqs)

Als neuralgisches Zentrum des Handels ist der Souk ein charakteristisches Element des marokkanischen Lebens. In der Stadt wie am Land sind die Souks Orte des Austauschs, des Handelns und vor allem des Lebens.

In den Medinas sind die Souks seit Jahrhunderten in Gilden organisiert. Die Kunsthandwerker und die Händler ließen sich je nach ihrem Wasserbedarf oder je nach Eingang der Rohstoffe nieder. Die Gerber, Schmiede, Bijoutiers, Korbflechter, Heilpflanzenverkäufer, Töpfer, Färber sind alle in Zünften mit einem «Amin» an der Spitze zusammengeschlossen. Diese Ehrenposition wird meist einem von seinesgleichen besonders angesehenen Händler oder Kunsthandwerker erteilt.
Die als laut oder verschmutzend geltenden Berufe, wie die der Schmiede oder der Gerber, wurden aus dem Stadtkern ausgelagert, während die anderen im Herzen der Medina geblieben sind.
Für die Landbevölkerung war der Souk, der meist wöchentlich abgehalten wurde, fast immer der einzige Treffpunkt mit der Außenwelt. Er legt den wöchentlichen Rhythmus fest und fällt auch oft mit dem wöchentlichen Ruhetag zusammen. Seine Bedeutung ist derart groß, dass sehr oft die Ortschaft, in der er stattfindet, nach ihm benannt ist: »El Had Aït Belfaâ« bedeutet etwa Sonntagsmarkt der »Aït Belfâa«. Auf dem Land sind die Souks fliegende Märkte, und es sind immer dieselben Händler, die in einem Gebiet die wöchentliche Souk-Runde machen.
Sie bieten Nahrungsmittel an und ermöglichen es gleichzeitig den Bauern, mit ihren Ernten und ihrem Vieh zu handeln. Die Waren werden hier im Großhandel gekauft, um am selben Tag einzeln verkauft zu werden. Hier findet man auch eine Reihe anderer Sozialfunktionen: Zahnausreißer, Heilpflanzenhändler, mit deren Zaubertränken alle Leiden geheilt werden können, Geschichtenerzähler, Bader oder öffentliche Schreiber.

Souschef (der)

Nachdem in einer professionellen Küche Ton und Stil stark an das Leben auf einem Kriegsschiff erinnern, ist auch die Hierarchie genau geregelt: An der Spitze steht der Patron, dem alles gehört, der aber nichts in der Küche zu sagen hat (der Admiral), der Koch (Kapitän) schafft an, der Souschef (1. Offizier) gibt die Befehle an die Mannschaft weiter und hält sich zur Nachfolge bereit, wenn der Kapitän einmal aufgibt.

T

Tajine (die)

Die Tajine (sprich: »Taschien«) ist ein in Marokko handgefertigter traditioneller Tonkochtopf. Durch das schonende Dämpfen im gemüseeigenen Saft gelingen auf einfache Art schmackhafte Gerichte. Auch das Anbraten, beispielsweise von Zwiebeln oder Gewürzen, ist möglich. Die Tajine ist eines der wenigen Küchengeräte, die durch ständigen Gebrauch ihre Eigenschaften verbessern.
Es gibt mehr als 30 verschiedene Varianten der Tajine, die alle im gleichnamigen Tontopf geschmort werden. Die häufigsten sind solche, bei denen die folgenden Gemüse die Basis darstellen: Kartoffeln, Buschbohnen mit Tomaten, Weißkohl, Blumenkohl, Kartoffeln mit Karotten, Artischocken mit Erbsen, dicke Bohnen, Rettich mit Rosinen, Mandeln, Zwiebeln mit Eiern, Reis mit Oliven, getrocknete Pflaumen oder Zucchini.

W

Wesir (der)

Wesir bedeutet »der Beauftragte«, und als höchster Beamter im Kalifenreich untersteht ihm die gesamte Verwaltung. Im Mittelalter wurde erstmals der Titel Großwesir vergeben, der einem Kabinett von Wesiren vorstand – so wie heute der Ministerpräsident seinen Ministern. Wesire waren meist die wahren politischen Herrscher.

Z

Ziselieren

So nennt man das feine Einschneiden von Fettschichten auf dem zu bratenden Fleisch, die dadurch mehr Fett abgeben und die Hitze schneller ins Fleisch eindringen lassen. Man nennt auch das Ritzen von mit Eigelb bestrichenem Teig so, der auf diese Art verziert wird.

Zwiebel (Allium christophii)

Zwiebeln scheinen aus West- oder Zentralasien zu stammen. In Europa kennt man sie seit der Bronzezeit. Die Zwiebel wird schon im Pentateuch, dem ältesten Teil der Bibel, erwähnt.
Die Zwiebel ist eine mehrjährige Pflanze aus der Familie der Liliengewächse, die in zahlreichen Arten vertreten ist, einen fleischigen Teil unter der Erde (Zwiebel) und einen Blatteil über der Erde (Lauch) hat. Man kennt ungefähr 400 Zwiebelarten.

Zwiebeln gehören zu den wichtigsten Gewürzen Europas und Asiens. So gut wie jedes nordindische Rezept beginnt damit, dass fein gehackte Zwiebeln langsam gebraten werden. Sobald sie sich hellbraun verfärben, kommen weitere Gewürze (frischer Knoblauch und Ingwer sowie getrocknete Gewürze wie Koriander, Kreuzkümmel, Nigella, Curcuma, schwarzer Cardamom oder Chilies) dazu, und die Mischung wird so lange gebraten, bis sie sich goldbraun verfärbt. Diese Mischung (»wet masala«) wird vielfältig genutzt: Man kann sie für Joghurt-, Tomaten- oder Spinatsaucen weiterverwenden oder Fleisch- oder Gemüsegerichten hinzufügen.
Auf eine andere Art und Weise bereitet man auf Zwiebel basierende Saucen in Burma zu, dessen exponierte Lage zwischen China, Indien und Thailand eine einzigartige Küche bedingt. Was man in Burma als »Curry« bezeichnet, sind Gerichte aus Fleischstücken oder Gemüse, die in einer würzigen, zuvor zubereiteten Sauce weich gekocht werden: Zwiebel, Knoblauch, frischer Ingwer, Kreuzkümmel, Koriander und natürlich Chilies werden zu einer glatten Paste verrieben und in nicht zu wenig Öl (am besten Sesamöl) solange gebraten, bis das Öl sich von den Gewürzen scheidet. Durch das lange Braten entwickelt sich ein sehr vielschichtiger, komplexer Geschmack, der burmesische Curries von denen anderer Länder unterscheidet.

Beim Rösten verändert sich der Zwiebelgeschmack und wird süßlich-würzig; die besten Resultate erzielt man bei ganz langsamem Braten in nicht zu heißem Fett. Geröstete Zwiebelringe sind eine beliebte Speisedekoration in Mitteleuropa (z.B. für deutsches Kartoffelpüree), man findet sie aber auch oft in Vietnam und besonders in Indonesien, wo sie fast jeden »nasi goreng« (gebratenen Reis) zieren. Wenn man das Fett aus ihnen heraussaugt oder -presst, so lassen sie sich einige Stunden unter Luftabschluss lagern, ohne ihre knusprige Konsistenz zu verlieren. Getrocknete Zwiebeln weisen wieder einen anderen Geschmack auf und entwickeln ein eher knoblauchähnliches Aroma. Zwiebelpulver oder -granulat ist in den Vereinigten Staaten beliebt, vor allem im Süden und auch in Mexico. Für das klassische »chili con carne« wird es zusammen mit Kreuzkümmel, Oregano, Knoblauch, Pfeffer und Chilies gemischt.

Aber auch als Volksheilmittel ist die Zwiebel berühmt:

Zwiebeln bei Insektenstichen

Frische, rohe Zwiebelscheiben auf Insektenstiche gelegt, lindern Schmerzen und Schwellungen. Bei Bienen- oder Wespenstichen im Mund kann es lebensrettend sein, sofort eine rohe Zwiebel zu kauen, um eine starke Schwellung zu verhindern.

Zwiebelkur bei Wasseransammlungen

Täglich zehn bis fünfzehn mittelgroße Zwiebeln mit Honig essen oder als Salat, mit Öl, Zitrone und saurer Sahne angemacht. Oder: 500 Gramm rohe Zwiebeln pürieren, durch ein Sieb streichen und mit 80 Gramm Honig und einem halben Liter Weißwein mischen. Davon täglich 100 bis 200 Gramm einnehmen.

Zwiebelwickel gegen Ohrenschmerzen

Gehackte rohe Zwiebelstücke in ein Baumwolltuch einschlagen, 20 Minuten aufs Ohr legen und eine Wärmeflasche darüber decken.

Zwiebeldampf-Inhalation bei Erkältungen

Eine Zwiebel fein hacken und in einem Liter Wasser zwei Minuten kochen. Etwas abkühlen lassen und fünf Minuten lang die aufsteigenden Dämpfe einatmen.

Zwiebelsirup und Zwiebelmilch gegen Husten

Mehrere Zwiebeln in Scheiben schneiden, mit Zucker vermischen und einige Stunden ziehen lassen. Von dem entstehenden Saft stündlich einen Teelöffel einnehmen. Oder: eine kleine Zwiebel fein hacken, mit einer Tasse Milch fünf Minuten köcheln lassen. Zwiebeln abseihen, wenn die Milch abgekühlt ist und einen Teelöffel Honig zugeben. Bei stark verschleimten Atemwegen die Milch durch Wasser ersetzen.

Die Rezepte des Kochwettbewerbs:

Garnelen in Zwiebelsauce

300 g geschälte und geputzte Garnelen
100 g ganze blanchierte Mandeln, geröstet
100 g Datteln, halbiert und entsteint
1 EL Honig
1 EL Sonnenblumenöl
2 EL Arganöl
5 mittelgroße Zwiebeln
1 Tomate
1 TL Ras el Hanut
1 TL gemahlener Zimt
1 TL frisch gehackter Ingwer
8 Trockenpflaumen
1 MSP Safran
5 ganze Nelken
Salz, Pfeffer

In einem schweren Bräter das Arganöl zart erhitzen und die in dünne Scheiben geschnittenen Zwiebeln zusammen mit der enthäuteten, entkernten und fein gehackten Tomate andünsten, bis die Zwiebeln glasig werden. Ras el Hanut, Ingwer, Zimt, Safran und Nelken zusammen mit einer halben Tasse Wasser zugeben und köcheln lassen, bis die Sauce deutlich eingedickt ist. Die Nelken herauspicken. Die in feine Streifen geschnittenen Trockenpflaumen, die Dattelhälften und den Honig zugeben, unterrühren und das Ganze bei zarter Hitze zugedeckt etwa 15 Minuten simmern lassen.

In einer Pfanne das Sonnenblumenöl stark erhitzen, die Garnelen scharf anbraten, salzen und pfeffern, Farbe nehmen lassen. Nach zwei Minuten die Mandeln zugeben und mitbraten.

Die Zwiebelsauce auf eine feuerfeste Form geben, Garnelen und Mandeln darauf drapieren und servieren.

Als Vorspeise mit Fladenbrot oder als Hauptgericht mit Reis oder Couscous reichen.

Oignons et marons

500 g frische Esskastanien in der Schale
500 g kleine Cattawissa-Zwiebeln oder
weiße Zwergzwiebeln
50 g Zucker
1/4 l Fleischbrühe
50 g Butter
1/2 Tasse Zitronenlikör (etwa ital. Limoncello)
Salz, weißer Pfeffer

Die Kastanien kreuzweise einschneiden und auf ein nasses Backblech legen, im Herd bei hoher Hitze 8-10 Minuten rösten. Dann herausnehmen und die Schalen und die weißen Häute abziehen. Die Zwiebeln schälen, Triebe und Strünke abschneiden und so zurechtputzen, dass sie nicht viel größer als die Kastanien sind. In der Fleischbrühe kochen, bis sie »al dente« sind, etwa 4-5 Minuten. Abseihen und auf Küchenkrepp trocknen lassen, die Zwiebelbrühe auffangen.

In einer schweren Pfanne die Butter zerlassen, die Kastanien andünsten und mit der Zwiebelbrühe auffüllen, Zucker zurühren und die Pfanne mit einem Deckel zudecken, der nicht dicht schließen sollte, damit Dampf entweichen kann. Nach etwa 20 Minuten sollten die Kastanien in einem sirupartigen Fond schwimmen. Dann die Zwiebeln zugeben, alles zusammen schwenken und immer weiter einkochen, bis Kastanien und Zwiebeln glaciert sind, sich also gleichmäßig mit einer glänzenden Schicht überzogen haben. Zum Schluss mit Zitronenlikör ablöschen, den Belag lösen und gut verrühren, leicht salzen und pfeffern.

Eine sehr mächtige Vorspeise, denn die Zwiebeln und Maronen haben fast die Wucht von Pralinen – gut zu frischem Feldsalat mit Ruccola.